KB185314

이견지夷堅志 정지丁志

【一】

이견지夷堅志 정지丁志 【一】

1판 1쇄 발행　2024년 12월 31일

저　자 | 홍매洪邁
역주자 | 유원준 · 최해별
발행인 | 이방원
발행처 | 세창출판사

신고번호 제1990-000013호
주소 03736 서울시 서대문구 경기대로 58 경기빌딩 602호
전화 02-723-8660 팩스 02-720-4579
이메일 edit@sechangpub.co.kr 홈페이지 www.sechangpub.co.kr
블로그 blog.naver.com/scpc1992 페이스북 fb.me/Sechangofficial 인스타그램 @sechang_official

ISBN 979-11-6684-388-4 94820
ISBN 978-89-8411-820-1 (세트)

이 번역도서는 2018년 정부(교육부)의 재원으로 한국연구재단의 지원을 받아 수행된 연구임 (NRF-2018S1A5A7039016).

잘못 만들어진 책은 구입하신 서점에서 바꾸어 드립니다.
책값은 뒤표지에 있습니다.

이견지夷堅志 정지丁志

An Annotated Translation of

Yijianzhi (Dingzhi)

【一】

[송宋] 홍 매洪邁 저

유원준 · 최해별 역주

세창출판사

해 제

이 책은 송대宋代(960~1279)의 홍매洪邁(1123~1202)가 편찬한 『이견지』 가운데 초지初志의 갑지와 을지에 이어 병지와 정지 각 20권을 번역하고 독자들의 이해를 돕기 위해 상세한 주해를 더한 것이다. 『이견지』는 송대 명문 사대부 가문에서 태어나 고위 관료를 지낸 홍매가 중앙과 지방에서 재직하며 수집한 각종 일화를 모은 책으로서 대략 12세기 말경 편찬된 것으로 추정한다. '이견夷堅'이라는 제목은 『열자列子』「탕문湯問」에서 『산해경山海經』을 가리켜 "우禹가 다니다 그것을 보고, 백익伯益이 확인한 후 이름 붙였으며, 이견夷堅이 이를 듣고 기록하였다"라고 한 데서 유래한 것으로, 홍매 스스로 박문다식博聞多識한 '이견'이라는 인물을 자처하며 지은 것이다. 『이견지』는 편찬 당시 총 420권에 달하였지만 현재 전해지는 것은 그 절반에 불과하다.

저자 홍매는 자가 경로景盧, 호는 용재容齋·야처野處이며, 강남동로 요주 파양현(江南東路 饒州 鄱陽縣, 현 강서성 상요시 파양현江西省 上饒市 鄱陽縣) 사람이다. 아버지 홍호洪皓(1088~1155)는 금조에 사신으로 파견되었다가 15년이나 억류되었음에도 불구하고 시종 충절을 지켰던 인물로 유명하다. 홍호는 금조에 대한 강경책을 주장하며 주화파인 진회秦檜와 대립하였기에 사회적 명망에 비해 정치적으로는 불우하였다. 이런 정치적 입지로 인해 홍매를 비롯한 그의 자식들도 한때 어려움에 처하였다.

홍매는 소흥紹興 15년(1145)에 진사가 되어 여러 관직에 올랐고, 부친에 이어 금조에 사신으로 다녀왔으며, 길주吉州 지사, 감주贛州 지사, 무주婺州 지사 등을 역임하면서 지역 발전에 힘썼다. 순희淳熙 13년(1186) 한림학사翰林學士가 되었으며 그 후 영종寧宗 시기 단명전학사端明殿學士에 오른 후 관직에서 물러났다. 만년에는 향리에 머물면서 저술에만 전념했으며, 그가 남긴 저술로는 『이견지』 외에 『용재수필容齋隨筆』과 『야처유고野處類稿』 및 『사기법어史記法語』 등이 있다.

『이견지』는 홍매가 관리로서 도성을 비롯해 각 지방에 재직하며 전해 들은 민간의 이야기를 집록한 것이다. 그런 만큼 그 내용은 매우 다양하고 풍부하다. 정치와 행정, 전쟁과 군사, 범죄와 사법, 상업과 교통, 문학과 교육, 과거 응시와 당락, 음식과 술, 혼인과 애정, 질병과 의약, 죽음과 저승, 점복占卜과 민간신앙, 불교와 도교 등 당시 사람들의 삶을 총체적으로 보여 주는 다양한 주제들이 포함되어 있으며, 정사正史에서 보기 힘든 황제와 고위 관료의 일화를 비롯해 금조와의 외교관계까지 총망라되어 있다.

물론 수록된 일화 가운데 현재 우리의 합리적 상식으로는 이해하기 힘든 기이하고 괴상한 이야기奇談怪事가 상당수 포함되어 있다. 그래서 그동안 『이견지』는 당시 사회상을 잘 반영하는 기록이라기보다는 지괴소설의 하나로 더욱 주목받아 왔다. 하지만 『이견지』 속의 기이한 일화가 홍매 자신이 지어낸 것이 아니라 각지에서 사실로 인식되고 있었던 이야기를 집록했다는 점이 중요하다. 이는 당시 계층에 상관없이 대다수 사람이 그러한 정신적 · 정서적 형태를 지니고 있었음을 말해 준다. 또한 어떤 일화이건 그것이 인구에 회자되기 위해서는 당시 현실을 반영한 측면이 있어야 한다. 이런 점에서 홍매의 『이견지』는 당시 사람들의 집체적인 심성을 우리에게 그대로 전해 주는 매우 귀중한 자료이다.

최근 송대 연구자들이 『이견지』의 가치에 대해 높이 평가하고 주목하는 것도 바로 이 때문이다. 기존 사서와 달리 필기소설이라는 문학적 특성에 힘입어 『이견지』는 일반 사료에서는 찾아볼 수 없는 그 시대의 호흡과 감정을 고스란히 담고 있다. 특히 성과 사랑, 질투와 욕망, 금기와 기복, 사후세계에 대한 집단 상상 등 기존의 관찬 사서나 사대부의 문집에는 수록되지 않은 당시 사람들의 생생한 삶의 모습이 이야기의 형태로 가감 없이 드러나 있다. 따라서 『이견지』는 일반 사료로는 접근하기 어려웠던 일상사 · 미시사 · 심성사 등에 대한 연구를 가능하게 해 준다는 점에서 각별한 의미를 지닌다.

또 그동안 『이견지』의 한계로 지적되어 온 '객관성' 문제 역시 새로운 이해와 접근이 필요하다. 저자 홍매는 그의 글에서 『이견지』의 사실성과 객관성을 확보하기 위하여 고심하였음을 밝힌 바 있다. 홍매는 『이견을지夷堅乙志』 서문에서 이전의 대표적인 지괴 문학인 간보干寶의 『수신기搜神記』와 서현徐鉉의 『계신록稽神錄』 등을 거론하며, 그 내용이 허무환망虛無幻茫한 데 반해 자신의 기록은 분명한 사실에 근거하고 있다고 강조하였다. 또 일화를 전한 사람의 이름을 명기하여 일화의 사실성을 증명하고자 하였다. 또 홍매는 『이견지』에 기괴한 일화가 포함되어 있음을 인정하면서도 이는 『춘추』나 『사기』 같은 정통 사서에도 포함된 것이라며 그 가치를 당당히 주장했다. 동시대를 살았던 육유陸游도 『이견지』를 '역사서의 보완(史補)' 이상의 것으로 평가하였다.

사실 객관성이라는 것 역시 시대적 한계를 지닌다는 점에서 현재의 관점으로 송대 사유 방식의 객관성을 재단하는 것이 과연 타당한 일인지 다시 생각해 보게 된다. 무엇보다도 『이견지』의 일화를 덮고 있는 운명론적 · 신비주의적 베일을 걷어 내면 오히려 우리가 찾고 있던 송대의 사회상을 더욱 가까이 마주할 수 있게 된다.

그럼에도 불구하고 『이견지』의 활용에는 적지 않은 제약이 따른다. 우선 그 내용이 매우 방대하고 편찬 체례가 체계적이지 않다. 주제별 · 인물별 · 지역별 범주 없이 2,600여 개의 짤막한 일화가 뒤섞여 있기 때문에 그 활용이 쉽지 않다. 문체도 상당히 난해한 편인데, 고위 관료인 저자의 문어체와 설화의 특성상 구어체가 뒤섞여 있어 해석의 어려움이 크다. 더구나 수천 개의 짧은 일화 속에 당시의 정치 · 제도 · 법률 · 문물 · 지명 · 관습 등과 관련된 용어가 전후 맥락 없이 대거 등장한다.

따라서 『이견지』의 번역과 주석은 매우 필요한 작업이다. 중국학계에서는 일찍이 백화白話 번역이 진행되어 현재 중주고적출판사본(中州古籍出版社本, 1994), 그리고 완역본인 구주도서출판사본(九州圖書出版社, 1998) 등이 있다. 한국에서는 2019년 『이견지』(갑 · 을지)의 역주본이 출간되었고(유원준 · 최해별 역주, 세창출판사), 일본에서도 비슷한 시기 갑 · 을지의 일본어 역주본이 출간되었다(汲古書院, 2014~2019). 또, 일본에서는 최근까지 병지 상 · 하권과 정지 상권의 일본어 역주본이 출간되었다(汲古書院, 2020~2024). 이번 『이견지』(병 · 정지) 역주본은 갑 · 을지에 이어 한국학계의 중요한 성과로 평가받을 수 있을 것이다.

『이견지』는 원래 초지初志, 지지支志, 삼지三志, 사지四志의 순서로 발행되었고, 모두 합해 420권으로 이루어져 있었다. 하지만 합본合本은 원대元代에 이미 산일되었던 것으로 추정된다. 지금까지 전하는 판본은 여러 종류가 있다. 우선 광서光緒 5년(1879)에 육심원陸心源이 송본宋本을 중각重刻한 육심원본陸心源本 80권(甲, 乙, 丙, 丁 각 20권)이 있다. 두 번째로는 완위별장본宛委別藏本 79권이 전하며, 세 번째로는 필기소설대관본筆記小說大觀本 50권이 있다. 네 번째로 현재 가장 많은 내용을 수록하고 있는 것으로, 함분루涵芬樓에서 인쇄한 『신교집보이견지新校輯補夷堅志』가 있는데, 초지 · 지지 · 삼지 중 남아 있는 부분에다 보유補遺를 더해 총 206권으로 편찬했다. 1981년 중화서국中華書局에서는 함분루본을 저본底本으로 삼아 표점을 찍고 교감을 한 뒤 『영락대전永樂大典』 등에서 집록해 낸 일문佚文 26개를 「삼보三補」 편으로 추가해 207권에 달하는 고체소설총간古體小說叢刊 『이견지』를 편찬해 냈다. 중화서국본은 현존하는 『이견지』 가운데 가장 완정한 내용을 담고 있다고 할 수 있다. 본 역주는 중화서국본 등 여러 판본을 참고하여 진행하였다.

한편 전체 분량 가운데 상당한 부분을 차지하는 기담奇談이나 괴사怪事 등을 서사 자료로 활용하기 위해서는 당시 사회에 대한 정보가 충분히 제공되어야 한다는 점을 고려하여 각주에서 관련 인물, 지명, 관직, 사건에 대한 배경 지식을 가급적 상세히 담고자 하였다. 특히 이번 병 · 정지의 작업 과정에서는 역사를 전공하지 않는 일반 독자들의 이해를 돕기 위해 중국 역사나 문화와 관련된 주요 명사에 대해 그것이 처음 등장할 때 되도록 상세한 각주를 넣고자 노력하였고, 일화 속 언급되는 지명에 대해서는 해당 지역의 옛 지명과 현 지명에 대해 상세한 설명을 추가하여 일화가 발생한 공간에 대한 이해도를 높이고자 하였다. 필기 소설이기에 풍부하게 표현된 상상력과 송대인의 감정을 최대한 생동감 있는 문체로 재현해 내는 것도 번역자에게 주어진 과제였지만 번역의 정확성과 가독성 사이에서 만족스러운 해답을 찾기란 쉽지 않았다. 아무쪼록 이번 작업이 『이견지』가 대중들에게 널리 읽히고 또 연구자들이 활용하는 데 도움이 되기를 바라며 오류가 있는 부분에 대해서는 독자들의 거침없는 질정도 부탁드린다.

이번 역주 작업은 갑지와 을지에 이어 병지와 정지 각 20권을 번역한 것이니 분량으로는 현존 『이견지』의 1/5 정도 된다. 앞으로도 『이견지』 역주의 후속 작업은 계속될 예정이다. 이번 역주 작업을 통해 『이견지』가 지괴소설을 넘어 송대 사회의 여러 복합적인 모습을 담고 있는 귀중한 사료로 자리매김하고, 『이견지』의 활용을 더욱 촉진시켜 송대 사회 더 나아가 전통시대 중국에 대한 우리의 이해가 더욱 깊어지길 고대한다.

2024년 12월 역주자 드림

범 례

❶ 본 문

- 한문 원문을 먼저 수록하고 번역문을 뒤에 수록한다.
- 가독성을 높이기 위해 번역문에서는 한자의 사용을 최소화한다.
- 지명은 주와 현을 명기하고, 각주를 통해 지리적 정보를 충분히 제공하고자 하였다.
- 대화체 문장은 가급적 본래의 어감을 살려 번역하며, 신분제의 특성을 반영하기 위해 존칭과 비칭을 수용하였다.
- 직접 대화체 문장은 '말하길, 대답하길, 묻길' 등으로 표기한 뒤 줄을 바꿔서 " "로 처리하고, 간접 대화체 문장은 ' '로 표기한 뒤 줄을 바꾸지 않고 처리하는 것을 원칙으로 한다.
- 기원전·후는 (전38~후10)으로 표기한다.

❷ 각 주

- 표제어는 검색의 편의성을 고려하여 관명은 가능한 정식 명칭을, 이름은 본명을 기준으로 한다.
- 관직과 행정명은 북송 말을 기준으로 하되 남송 때의 사안은 당시의 관직과 지명을 따른다.

❸ 이체자

- 이체자는 아래와 같이 통용자로 바꾸어 표기한다.

  舉→擧, 教→敎, 宫→宮, 玘→玘, 曁→暨, 赦→赦, 甯→寧, 凭→憑, 仒→令, 吴→吳, 污→汚, 卧→臥, 衞→衛, 飲→飮, 益→益, 刺→刺, 巔→巓, 癲→癲, 顛→顚, 足+厨→躕, 直→直, 真→眞, 鎮→鎭, 厨→廚, 值→値, 鬬→鬪, 邺→卹

❹ 국호 및 호칭

- 漢文 사료에는 거란의 국호가 여러 차례 바뀌었지만, 거란문자로 된 사료에는

시종 '하라치딴哈喇契丹'으로 표기하고 있다. 이에 통상 거란으로, 특별한 경우에는 원문에 따라 번역한다.

- 遼·宋·金 등 국호가 모두 외자이므로 '거란·송조·금조'로 번역한다. 연호를 표시할 경우에는 거란·송·금 등으로 표기한다.
- 金에 대한 『이견지』 내의 국호 사용례는 금金·금국金國·여진女眞·북로北虜 등 다양하며, 문맥에 따라 어의가 다르다. 문맥에 무리가 없으면 '금조'로 번역하고 그 외는 한자를 병기한다.
- 오늘날의 漢族에 해당하는 漢人·漢民·漢兒·漢家 등은 '한인', 거란과 여진은 가급적 '거란인', '여진인'으로 번역한다.

❺ 용 어

- 字와 출신 지역, 관직, 이름 순 표기를 원칙으로 한다.
- '원년'은 '1년'으로 표기한다.
- 陰府·冥府·幽府·地府·冥司·陰典·陰君: 府·司·典·君 등의 관명이 있을 경우 '명계의 관부·관아·왕'으로 번역하였다. 반면 陰·西·地下는 '저승'으로 번역하되 앞뒤 관계를 보아 '명계'로도 번역하였다.

이견지夷堅志 정지丁志

【一】

ㅣ차 례ㅣ

권 10

이견지夷堅志 정지丁志

【二】

권 11

권 12

권 13

권 14

권 15

이견정지 서문 夷堅乙志序

凡甲丁四書, 爲千一百有五十事, 亡慮三十萬言. 有觀而笑者曰: "『詩』·『書』·『易』·『春秋』, 通不贏十萬言, 司馬氏『史記』上下數千載, 多纔八十萬言. 子不能玩心聖經, 啟瞷門戶, 顧以三十年之久. 勞勤心口耳目, 瑣瑣從事於神奇荒怪, 索墨費紙, 殆半太史公書. 曼澶支離, 連犿叢釀, 聖人所不語, 揚子雲所不讀. 有是書不能爲益毫毛, 無是書於世何所欠? 既已大可笑, 而又稽以爲驗, 非必出於當世賢卿大夫, 蓋寒人 · 野僧 · 山客 · 道士 · 瞽巫 · 俚婦 · 下隸 · 走卒, 凡以異聞至, 亦欣欣然受之, 不致詰. 人何用考信, 茲非益可笑與?" 予亦笑曰: "六經經聖人手, 議論安敢到? 若太史公之說, 吾請卽子之言而印焉. 彼記秦穆公 · 趙簡子, 不神奇乎? 長陵神君 · 圯下黃石, 不荒怪乎? 書荊軻事證侍醫夏無且, 書留侯容貌證畫工; 侍醫 · 畫工, 與前所謂寒人 · 巫隸何以異? 善學太史公, 宜未有如吾者. 子持此舌歸, 姑閟其笑." 他日, 戊志成.

『갑지』에서 『정지』까지 네 권의 책은 모두 1,150개의 일화를 담았으며 대략 30만 자의 분량이다. 어떤 이가 이를 보고 웃으며 말하길,

"『시경』, 『서경』, 『역경』, 『춘추』를 모두 합하여도 십만 자에 미치지 못하며, 사마천의 『사기』도 아래위로 수천 년의 역사를 다루고 있지만 많아야 팔십만 자이다. 그대는 온 마음을 기울여 성인의 경전을 따른 것도 아니고, 주요 부분을 펼쳐 보니 고작 30년의 일이다. 부지런히 돌아다니며 사람들의 마음과 입과 귀와 눈을 빌려 신기하고 황당한 일을 자질구레하게 늘어놓으며 먹과 종이를 낭비하여 태사공

책의 반에 가까운 분량을 채운 것이다. 길게 늘어져 멋대로 이어지다 갈라져 흩어지는 것, 연이어 빙빙 돌다 모이어 곰삭은 것, 이런 부류는 일찍이 성인들이 말하지 않았던 바이고 양자운[1]이 읽지 않는 것이다. 이 책이 있어 조금의 이로움도 더할 수 없다면, 이 책이 없어진들 세상 누가 아쉬워하겠는가? 이미 크게 웃음거리가 되었다. 또한 증거 삼은 것들을 살펴보니 반드시 당대의 현명한 공경 대부에게서 나온 말도 아니고, 대개 한미한 집안의 사람, 떠돌이 승려, 산에 사는 객, 도사, 무당, 촌락의 여자, 노비, 심부름꾼 등이 한 말이며, 그들이 괴이한 이야기로 떠들어대면 기쁘게 그것을 받아 적고 경계하지 않았으니, 사람들이 무얼 근거로 믿겠는가? 이러니 더 웃지 않을 수 있으랴?"

나 역시 웃으며 답하길,

"육경의 경전은 성인의 손에서 나왔으니 어찌 논할 수 있겠습니까? 그러나 만약 태사공의 말이라면 나 역시 그대의 말에 대해 한마디 할 수 있겠소. 사마천은 진목공과 조간자의 일[2]을 기록하였는데, 이는

1 揚雄(前53年~18年): 자는 子雲이고 蜀郡 成都(현 사천성 成都市) 사람이다. 서한 말기의 철학가이자 문학가이다. 어렸을 때부터 공부하는 것을 좋아하였고 박학다식하였으며, 40세 이후 경사를 유람하며 辭賦로 이름을 날렸다. 漢成帝의 중시를 받아 給事黃門郎 등에 임명되었고, 王莽과 교류하였다. 왕망 집권 후, 中散大夫, 天祿閣校書 등으로 임명되었지만 제자 劉棻의 죄에 연루되어 자살을 시도하기도 했다. 후에 대부로 복직되었으나 벼슬을 버리고 귀향하여 저술에 힘썼다. 『논어』와 관련하여 『法言』, 『역경』과 관련하여 『太玄』 등의 저서를 남겼으며, 유가와 도가를 융합하여 나름의 엄밀한 철학 체계를 세웠다는 평가를 받는다.

2 『史記』의 「扁鵲倉公列傳」을 보면, 전설적인 名醫 편작이 치료한 일화가 등장하는데, 그중에는 춘추시대 晉나라의 대부였던 조간자를 치료한 일화가 소개되어 있다. 조간자가 쓰러져 깨어나지 못하자 대신들은 편작을 불러 치료하게 하였는데, 편작은 옛날 秦穆公과 유사한 증상이라 설명하면서 곧 깨어날 것이라고 하였다.

신이한 일이 아닙니까? 또 장릉의 신군[3]이나 이교의 황석[4]은 황당하지 않습니까? 형가의 일을 기록하며 시의였던 하무저의 일을 언급하고,[5] 유후의 용모를 묘사할 때 화공의 그림으로 설명하였는데,[6] 시의

즉 진목공은 하늘의 天帝를 만나 계시를 받고 왔는데, 조대부도 깨어나면 무슨 얘기를 전해 줄 것이라 하였다. 얼마 후 과연 조간자는 깨어났고, 天帝를 만나 晋나라와 周나라의 운명에 대한 계시를 받았다고 하였다. 이에 대신들은 놀라 편작의 이야기를 보고하였고, 조간자는 편작을 불러 후한 상을 내렸다고 전한다.

3 長陵神君: 『史記』 「孝武本紀」에는 다음과 같은 기록이 보인다. 무제가 즉위 후 처음으로 雍縣에 이르러 五畤에서 郊祀를 거행하였고, 그 후로 3년에 한 번씩 교사를 거행하였다. 이때 무제는 제사를 주관할 신군을 구하여 上林苑의 蹏氏觀에 머물게 하였다. 신군은 원래 장릉에 살던 여자로 자식이 요절하자 슬퍼하다 따라 죽었고, 죽은 후에 그녀의 동서인 宛若의 몸에 신령한 모습을 드러낸 것이다. 이에 완약은 그녀를 자기 집에 모시고 제사를 지냈는데 백성들도 와서 제사를 지냈고, 平原君도 그곳에서 제사를 지내자 후에 평원군의 자손들은 지위가 높아지고 이름이 드러나게 되었다. 무제가 즉위할 때 성대한 예로 궁 안에 그녀를 모시고 제사 지내게 했는데, 말소리는 들렸으나 사람은 보이지 않았다고 전한다.

4 圯下黃石: 진 말 항우와 유방이 만난 홍문의 연회에서 유방의 위기를 구하고 후에 蕭何·韓信과 함께 漢의 3대 개국공신인 留侯 張良(?~186)이 한때 下邳(지금의 江蘇省 下邳縣)에서 은신하고 있을 때 黃石公으로부터 『太公兵法書』를 전해 받은 일화를 가리킨다. 『史記』 「留侯世家」를 보면, 어느 날 장량이 圯橋(지금의 江蘇省 徐州市 睢寧縣의 다리)를 건너는데 남루한 차림의 한 노인이 신발을 다리 밑으로 던지고는 장량에게 주워 오라고 하였다. 장량은 신발을 주워 와 공손하게 바쳤지만, 노인은 또 신겨 달라고 했다. 장량은 이 노인이 보통 사람이 아님을 알고 공손히 무릎을 꿇고 신발을 신겨 주었는데, 노인이 웃으며 그 자리를 떠났다. 잠시 후 노인은 돌아와 장량에게 가르쳐 줄 것이 있으니 닷새 뒤 아침에 같은 곳에서 만나자고 했다. 닷새 뒤 아침에 장량은 약속 장소로 갔지만 이미 노인은 그곳에 와 있었고 노인은 장량이 약속에 늦었다며 닷새 뒤에 다시 오라고 하였다. 닷새 후 장량은 해가 뜨기 전에 약속 장소에서 기다리려 했지만 이번에도 노인이 장량보다 먼저 와 기다리고 있었고 닷새 후 다시 오라고 하였다. 장량은 이번에는 아예 밤부터 약속 장소에 나가 노인을 기다렸고, 잠시 후 도착한 노인은 장량을 칭찬하며 그에게 太公望의 병법서를 전해 주었다고 한다. 그리고 노인은 13년 후 濟水 북쪽 穀城山 기슭에서 보게 될 황석이 바로 자신이라고 말하며 사라졌다. 훗날 장량은 노인의 예언대로 산에서 황석을 발견했고, 이를 가지고 돌아와 가보로 전했다고 한다. 유후가 죽었을 때 황석도 함께 장사 지냈고, 매년 제사도 함께 올렸다고 한다.

나 화공은 앞에서 말한 한미한 집안의 사람이나 무당 무리와 무엇이 다르오? 태사공을 열심히 따른 자로 말할 것 같으면 나만 한 이가 없을 것입니다. 그대는 이 말을 새기고 돌아가 잠시 그 웃음을 멈추십시오."

후에 『무지』가 완성되었다.[7]

5 형가(?~前227)는 전국시대 燕 나라 태자 단의 식객이 되어 秦이 침략한 땅을 되찾든가 秦王 政을 죽이든가 해 달라는 단의 부탁을 받고 진에서 도망해 온 장수 樊於期의 목과 연나라 督亢의 지도를 가지고 진에 들어가 진왕을 알현하고 죽이려 하였으나 실패로 끝나 죽임을 당한 장수이다. 당시 형가가 숨겨 둔 비수를 빼 들고 진왕을 추격하자 진왕은 달아났는데 당시 대신들은 황급했고 무기를 가지고 있지 않아 경황이 없을 때였다. 이때 侍醫 夏無且는 들고 있던 약 주머니를 형가에게 던졌다. 결국 진왕이 형가를 칼로 베었고, 이후 공을 논하여 여러 신하에게 상벌을 내렸는데, 하무저에게는 황금 2백 鎰을 주며 말하기를 "무저가 나를 아끼어 약 주머니를 형가에게 던졌구나"라고 했다고 한다.

6 『史記』「留侯世家」를 보면 마지막 논평 부분에서 사마천은 장량에 대해 다음과 같이 언급한다. "나는 그가 건장하고 덩치가 클 것이라 여겼는데 그의 초상화를 보니 그 모습이 예쁘장한 여자 같았다. 대개 공자가 '겉모습으로 사람을 보다가 내가 子羽에게 실수했다'고 하였는데, 유후 역시 비슷한 경우이다."

7 이 서문은 미완성이며, 송대 판본은 이 뒷부분이 공백으로 돼 있다. 또 이 서문은 『戊志』의 서문인 것처럼 보이지만 이와 관련해서는 자세한 내막을 알 수 없다.

이견정지 夷堅丁志 卷 1

01 왕랑선王浪仙

溫州隱者某, 居於瑞安之陶山, 所處深寂, 以耕稼種植自供. 易筮如神, 每歲一下山賣卦, 卦直千錢, 率十卦卽止, 盡買歲中所用之物以歸. 好事者或賫金帛, 經月邀伺, 然出未十里, 卦已滿數, 不復肯更占.

郡人王浪仙, 本書生, 讀書不成, 決意往從學. 値其出, 再拜於塗, 便追隨入山, 爲執奴僕之役. 稍稍白所求, 隱者亦爲說大槪, 又擧是歲所占十卦, 使演其義. 王疲精竭慮, 似若有得, 彼殊不以爲能, 曰: "汝天分止此, 不可彊進也." 遣出山. 然王之學, 固已絶人矣.

有以墓域訟者求決焉, 其卦遇賁, 曰: "爲墳欠土, 此不勝之兆." 後踰月, 前人復來, 又筮之, 遇蒙, 曰: "兆非先卦比, 冢上有草, 當卽日得直." 旣而盡然. 西游錢塘, 時杭守喜方技, 至者必厚待之, 然久而乖戾, 輒置諸罰, 不少貸. 王書刺曰: "術士王浪仙", 守延入, 迎問曰: "君名有術, 曾聽五更城上鼓角聲乎?" 曰: "聞之." "其驗如何?" 曰: "內外皆平寧, 但今夕二鼓後, 法當有婦人告急者." 王還客舍, 廂卒數人已先在, 曰: "君何苦來此? 前後流配者不知幾人矣, 今我輩相臨, 何由得脫?" 翌日未明, 守招與言曰: "昨語甚神, 夜適二鼓, 通判之婦就蓐, 扣門來求藥, 眞所謂婦人告急也."

自此館遇加禮, 遂詢休咎, 對曰: "今年某月某日午時, 召命下." 守固篤信者, 屈指以須. 至期, 延幕僚會飯, 王生預席, 守曰: "王先生謂吾今日忝召節, 諸君試共證之." 食罷, 及午, 寂無好音, 坐客皆悚. 旣過四刻許, 促問至再, 王趨立廷下觀日影, 賀曰: "且至矣." 須臾, 郵筒到, 發封見書, 果召赴闕. 守謝以錢百萬, 約與偕入京, 王曰: "遠郡鄙人, 願一識都邑, 僥倖發身. 但家貧特甚, 俟送公上道, 暫還鄕, 持所賜與妻子, 然後兼程而北未爲晩." 守許之. 旣行, 或問其故, 曰: "使君雖被召, 而前程不見好處, 殆難面君也." 守未至國門乃別除郡, 踰年而卒. 王生不知所終.

한 도인이 온주[1] 서안현[2]의 도산[3]이라는 곳에서 은거하고 있었다. 그곳은 깊고 적막한 산중이어서 도인은 스스로 밭을 갈고 씨를 뿌려 곡식을 거두어 생계를 유지했다. 그는 『역경』에 근거해 점을 치는데 귀신처럼 잘 맞추었다. 매년 한 번씩 하산하여 사람들에게 점을 쳐 주었는데, 한번 점을 쳐 주고 1천 전을 받았다. 하지만 모두 열 번의 점을 보면 즉시 중단하고, 한 해 필요한 물건을 사서 산으로 돌아간 뒤 나오질 않았다. 호사가들 가운데 일부는 금과 비단을 준비하여 만나려고 한 달을 기다리기도 하였다. 하지만 도인은 한 번 하산하면 10리도 못 가서 이미 점을 친 횟수가 열 번이 찼고, 그러면 다시는 점을 더 치려고 하지 않았다.

온주 사람 가운데 왕랑선이라는 자가 있었는데, 그는 본래 서생이었지만 공부로 뜻을 이루지 못하자 도인을 따라 점술을 배우고자 결심하였다. 왕랑선은 도인이 산에서 내려오기를 기다렸다가 길을 막고 거듭하여 절하고 제자로 받아 줄 것을 청하였다. 그리고 곧장 그를 따라 산으로 들어간 뒤 도인을 위해 노복으로 일하면서 조금씩 점술을 배우고 싶다는 것을 말하였다. 도인 역시 그에게 대략적인 요령을 말해 주면서 올해 점친 10가지 괘를 가지고 왕랑선에게 그 뜻을

1 溫州: 兩浙路 소속으로 咸淳 1년(1265)에 度宗의 潛邸여서 瑞安府로 승격하였다. 치소는 永嘉縣(현 절강성 溫州市 永嘉縣)이고 관할 현은 4개, 州格은 刺史州이다. 복건성과 연한 현 절강성 동남부 지역에 해당한다.

2 瑞安縣: 兩浙路 溫州 소속으로 현 절강성 동남부 溫州市의 동남쪽 瑞安市에 해당한다.

3 陶山: 현 溫州市 瑞安市 陶山鎭에 있는 작은 구릉으로 높지는 않지만 도교 학자 陶弘景이 여러 해 거주하며 도교를 연구한 곳으로 유명하다. 본래 이름은 嶼山이었는데 도홍경이 거주하였다 하여 도산으로 개칭하였다.

자세히 풀어 보라고 하였다. 왕랑선은 온 힘을 쏟아 생각하였고 마치 무엇인 터득한 것처럼 여겼지만 도인은 그가 능히 점을 칠 수 있을 거라고 생각하지 않았다. 도인이 말하길,

"너의 타고난 재능은 여기까지이니 무리하게 초과해서는 안 되는 법이다."

그리고 왕랑선에게 하산하라고 하였다. 하지만 왕랑선이 배운 바는 실로 이미 세상에 따를 자가 없는 수준이 되었다. 묘지 문제로 소송하고 있던 한 사람이 그에게 찾아와 판결이 어떻게 될지 미리 알고자 하였다. 점을 치자 '분賁'괘가 나왔다. 왕랑성이 풀이하길,

"'분賁'자는 '무덤 분墳'자에서 '토土'가 빠진 것이니 이기지 못할 징조입니다."

이후 한 달쯤 지났을 때, 그 사람이 다시 찾아와 또 점을 봐 주었더니 '몽蒙'자가 나왔다. 왕랑선이 풀이하길,

"이 괘의 징조는 앞의 괘와는 비할 수 없습니다. '무덤 총冢'자 위에 '풀 초草'가 있으니, 땅은 되찾지 못하더라도 그 땅값은 즉시 받게 될 것입니다."

얼마 지나지 않아 모두 왕랑선의 말처럼 되었다. 왕랑선이 서쪽의 전당[4]으로 놀러 갔는데, 마침 항주[5] 지사가 점술을 좋아하여 점을 잘

4 錢塘: 항주부는 錢塘縣(현 上城區 일대)과 仁和縣(현 下城區 일대)으로 이루어졌다. 錢塘은 전당현을 가리키기도 하지만 秦이 중국을 통일한 뒤 현 항주에 설치한 행정지명이기도 하다. 반면 항주는 隋 開皇 9년(589)에 처음 설치한 지명이어서 일찍부터 錢塘이 항주의 별칭으로 쓰였다. 본문에서는 전당현이 아니라 항주를 가리킨다.

5 杭州: 兩浙路와 兩浙西路의 치소로 建炎 3년(1129)에 臨安府로 승격하였다. 양절로의 치소로 14개 주, 양절서로의 치소로 7개 주를 관할하였다. 치소는 仁和縣과

치는 이들이 오면 후하게 접대하였다. 그러나 시간이 흘러 틀린 것이 확인되면 번번이 벌을 주었고 조금도 봐주는 일이 없었다. 왕랑선이 '술사 왕랑선'이라 쓴 명함을 내놓자[6] 지사가 그를 불러들였는데, 나아가서 맞이하며 묻길,

"그대는 명함에 술사라고 하였는데, 일찍이 5경 무렵에 성벽 위에서 북을 치고 호각을 부는 소리를 들은 바 있소?"

왕랑선이 대답하길,

"들은 일이 있습니다."

"그것은 무슨 조짐이요?"

왕랑선이 풀이하길,

"안팎으로 모두 평안할 것입니다. 다만 역법에 따르면 오늘 밤 2경 이후 급한 상황을 알리러 오는 여인이 있어야 마땅합니다."

왕랑선은 객사로 돌아갔고, 상군[7]의 병졸 몇 명이 이미 먼저 와 있었다. 그들이 말하길,

錢塘縣(현 절강성 杭州市 城區)이고 관할 현은 9개, 州格은 節度州이다. 吳越 이래 경제와 문화의 중심지로 번성하였으며, 남송의 수도로 번영을 유지하였다. 현 절강성 북부 錢塘江의 하류에 해당한다.

6 書刺: 타인을 방문할 때 사용하는 명함을 말한다. 대나무에 이름을 새겨(刺) 명함을 만든 데서 유래한 용어이다. 唐代부터는 주로 붉은 종이를 이용하였는데, 송대에는 붉은 비단을 사용하기도 하는 등 더욱 화려해졌고 기재 내용이 더 상세해졌다. 戰國 시대 이래 謁이라고 했는데 東漢 때부터 刺字·書刺라고 칭했고 名帖·名紙라고도 하였다. 관원을 만나기에 앞서 문을 지키는 이에게 명함을 전달해 달라고 부탁하는 것은 관례였다.

7 廂卒: 지방군인 廂軍의 병졸을 말한다. 송조는 군대를 중앙군인 禁軍과 지방군인 廂軍으로 나누었는데, 상군은 금군에서 탈락한 병력 내지 신체 조건이 좋지 않은 자들로 구성되었고, 때로는 빈민 구제를 위한 대규모 징병으로 보충되기도 했다. 각 관공서의 잡역도 맡아 하였다.

"그대는 무엇 때문에 고생스럽게 여기에 오셨소? 전후로 유배된 자가 몇 명이나 되는지 모를 정도로 많습니다. 지금 우리가 와서 이렇게 지키고 있으니 어찌 빠져나갈 수가 있겠소?"

다음 날 날이 밝기도 전에 지사가 왕랑선을 불러서 이르길,

"어제 그대가 한 말이 정말 신통했소. 밤이 되어 마침 2경이 되었는데, 통판[8] 부인이 아이를 낳으려던 참이라 문을 두드리며 와서 약을 찾았다오. 참으로 당신이 말한 대로 여인이 급함을 알려 온 것이지요."

이때부터 왕랑선을 관사에 머무르게 하며 예를 더해 대우해 주면서 마침내 자신의 관운에 대하여 물었다.

왕랑선이 대답하길,

"올해 모월 모일 오시에 황제께서 부르시는 어명이 내려올 것입니다."

지사는 실로 그 말을 굳게 믿었고, 그날이 오길 손꼽아 기다렸다. 그날이 다가오자 막료들을 불러 음식을 대접하고, 왕랑선도 그 연회에 함께했다. 지사가 말하길,

"왕선생께서 말씀하시길 오늘 내가 황송하게도 황상께서 부르시는 공문을 받을 것이라고 했소. 여러분께서 시험 삼아 보시고 함께 증인이 되어 주시길 바라오."

8 通判: 州의 지사를 도와 민정 · 재정 · 조세 · 사법 등의 업무를 담당하는 부지사이다. 정식 명칭은 知事通判 · 通判州事이나 통상 通判 · 州監 · 州佐 · 主倅 · 倅 등으로도 불린다. 직급은 지사보다 낮았지만, 상관인 지사를 포함한 관리들에 대한 감찰과 황제에 대한 직보 권한이 부여되어 황제의 지방 통제권 강화에 중요한 역할을 담당하였다.

식사를 마치고 오시가 되었지만 조용할 뿐 어떤 좋은 소식도 전해지지 않자 앉아 있던 사람들 모두 두려워하였다. 이미 오시의 절반이 지났을 무렵, 어떻게 된 일이냐고 거듭 재촉하며 물어보는데, 왕랑선은 해시계가 있는 대청 아래로 서둘러 가더니 서서 해그림자를 보고는 축하하길,

"곧 도착할 것입니다."

눈 깜빡할 사이에 공문서 통[9]을 들고 온 자가 도착하였고, 봉해진 통을 열고 공문서를 보니 정말 대궐로 들어오라는 내용이었다. 지사는 사례금으로 백만 전을 주었고, 왕랑선에게 함께 도성에 가 달라고 청하였다. 하지만 왕랑선은 말하길,

"저는 먼 지방의 촌놈이라서 도성에 한 번이라도 꼭 가 보고 싶고, 지사님 덕분에 출세도 하고 싶습니다. 다만 집이 너무 가난해서 지사께서 길에 오르는 것을 먼저 전송하고 잠시 고향에 가서 주신 돈을 처자에게 전해 주고 난 뒤 서둘러 북쪽으로 가도 늦지 않을 것입니다."

지사가 이를 허락해 주었다. 지사가 출발한 뒤 어떤 사람이 함께 가지 않은 까닭을 묻자 왕랑선은 대답하길,

"지사는 황상이 불러서 간 것이긴 하지만 앞날이 그리 좋지는 못합니다. 아마도 지사를 다시 보기는 어려울 것입니다."

지사는 도성의 성문에 도착하기도 전해 다른 주의 지사에 제수되었고, 이듬해 죽고 말았다. 왕랑선의 종적은 모른다.

9 郵筒: 서신을 보낼 때 봉해서 담는 대나무 통을 말한다.

02 승려 여승僧如勝

永嘉僧如勝, 與鄕僧行脚至臨安, 憩道店, 見小兒鬻卦影者, 勝筮之, 兆云: "有玉在土中, 至九月十六日當出土." 兒曰: "吉卦也." 鄕僧得兆, 畫官人挽弓射一僧, 兩矢不中, 後一矢貫其足, 下有龍蟠. 兒不能曉. 僧自推之曰: "我必將以薦作長老, 至三乃效耳. 又龍者君象, 我且游京師, 庶或幸遇." 未幾, 鎭江太守具帖疏備禮, 延如勝住甘露寺, 正以九月十六日. 鄕僧亦喜, 謂且繼此得志. 數年無所成, 會杭卒陳通作亂, 僧避入南山. 嘗出至山腰, 蔽樹視下, 賊黨數輩行陘中, 仰高亂射以搜伏兵, 連發三矢, 最後正中僧足. 別一僧坐于傍曰隆上坐. 乃始驗卦中象無一不應云.

온주 영가현[10]의 승려 여승은 마을의 승려와 행각을 하며 임안부[11]로 가다가 길가의 여관에서 쉬고 있었다. 그때 한 소년이 돈을 받고 괘영점[12]을 쳐 주는 것을 보고, 여승은 점을 봐 달라고 했다. 점괘의 징조는 다음과 같았다.

10 永嘉縣: 兩浙路 溫州 소속으로 현 절강성 동남부 溫州市 북쪽의 永嘉縣에 해당한다.

11 臨安府: 兩浙西路의 치소인 항주로 建炎 3년(1129)에 府로 승격되었다. 高宗이 머물기 시작한 소흥 2년(1132)부터 사실상 남송의 도성이 되었지만, 남송의 법정 수도는 여전히 개봉부였고 임안부의 법정 지위는 계속 行在에 머물렀다. 현 절강성 북서부의 杭州市에 해당한다.

12 卦影: 熙寧 연간(1068~1077)에 사천에서 크게 유행하기 시작한 점술로서 사람의 생년월일시를 취하여 卦를 만들고, 괘의 함의를 12지신에 해당하는 동물 그림을 이용해 우의적으로 표현하여 점을 치는 것을 뜻한다. '軌革卦影'의 약칭이다.

"옥이 흙 속에 묻혀 있으나 9월 16일이 되면 마땅히 땅 위로 나올 것이다."

소년이 말하길,

"길한 괘입니다."

같이 간 승려 역시 점을 보았는데 징조를 나타내는 내용은 한 관원이 활을 당겨 승려를 쏘려 하는데 두 개의 화살은 빗나갔지만, 마지막 한 화살이 그의 발을 관통하였으며 그 아래 용이 서리를 틀고 있는 것이었다. 소년은 그 뜻을 해석하지 못하였다. 승려는 스스로 추측하며 말하길,

"나는 장차 반드시 추천받아 주지[13]가 될 것이나, 세 번을 추천받아야 비로소 그 자리에 오를 것 같소. 또 용은 군주를 상징하므로 내가 장차 도성에 가서 거닐다 보면 운 좋게 황상을 뵐 수 있을지도 모르지요."

오래지 않아 진강부[14] 지사[15]가 공문을 보내고 예를 갖추어 여승에게 감로사[16]의 주지를 맡아 달라고 청하였는데, 때마침 그날이 9월

13 長老: 본래 연로한 어른에 대한 존칭이었으나 불가에서는 석가모니의 수제자, 주지승 및 승려에 대한 존칭으로 폭넓게 쓰인다.

14 鎭江府: 兩浙路 소속으로 본래 潤州였는데 政和 3년(1113)에 鎭江府로 승격되었다. 치소는 丹徒縣(현 강소성 鎭江市 丹徒區)이고 관할 현은 3개, 州格은 節度州이다. 현 강소성 남서부 장강 남단의 鎭江市에 해당한다.

15 太守: 송대 府・州 지사의 별칭이다. 진강부 지사의 정식 명칭은 '知鎭江府軍州事'로 약칭은 知府이며, 한 지역을 鎭守하는 지방관이라는 뜻에서 守臣, 州의 별칭인 郡에서 유래한 知郡이라고도 한다. 한편 郡守・太守는 漢代의 관직명을 이용한 별칭이다. 본래 관직명을 기준으로 삼아 知事로 번역한다.

16 甘露寺: 장강 강변에 있는 고찰로서 東吳 甘露 1년(256)에 창건되었기에 연호를 사찰명으로 삼았다. 『삼국지연의』의 무대이기도 해서 역대 시인 묵객이 즐겨 찾던 곳으로 현 鎭江市 京口區 北固山에 있다.

16일이었다. 같이 있던 승려 또한 기뻐하는데, 여승에 이어 자기도 점을 치고 말했던 뜻을 이룰 수 있으리라 여겼기 때문이다. 그러나 여러 해가 지나도록 아무것도 이루지 못하였고, 오히려 항주에서 발생한 진통[17]의 난[18]을 만나 승려들과 함께 남산[19]으로 피난을 가기에 이르렀다.

하루는 여승의 동향 승려가 피난처에서 나와 산허리에 이르러 나무 뒤에 숨어서 아래쪽 상황을 살피던 중 반군 몇 명이 좁은 골짜기를 지나다가 위를 향해 마구 화살을 쏘아대며 매복한 병력이 있는지 수색하였다. 연이어 세 개의 화살이 날아왔는데 제일 마지막 것이 승려의 발에 명중하였다. 옆에 앉아 있던 다른 승려의 이름이 상좌승 융씨였다.[20] 괘영점에서 드러난 징조 가운데 일치하지 않은 것이 하나도 없음이 비로소 드러났다.

17 陳通: 童貫의 친위부대로 특별 대우를 받던 勝捷軍은 동관이 처형되면서 어려운 입장에 처해졌고, 이어 금군과의 전투에 투입되었다가 패한 뒤 항주로 내려왔다. 하지만 항주 지사 葉夢得은 이들을 홀대하였을 뿐 아니라 군량 지급마저 하지 않자 반란을 일으켰다. 이때 승첩군 하급 무관이었던 진통이 반군을 이끌고 지사 엽몽득을 사로잡고 항주를 점령하였다. 후에 반군의 일부는 秀州 지사 趙叔近의 招安에 응하였고 진통은 자신의 투항을 놓고 교섭을 진행하던 중 御營司 都統制 王淵 군대의 기습을 받고 살해당하였다.

18 陳通의 난: 建炎 1년(1127) 8월, 북송이 멸망한 뒤 童貫 휘하의 勝捷軍 패잔병 등은 항주로 와서 항주 지사 葉夢得의 푸대접과 항주의 부유함에 자극을 받아 약탈을 시도했고, 진통을 그것을 기화로 반란을 이끌었다. 수백 명으로 시작한 반란은 예상과 달리 규모가 커졌고, 남북송 교체기의 혼란과 항주의 중요성 때문에 정국을 뒤흔드는 사건으로 비화되었다.

19 南山: 진강시 남쪽에 있는 招隱山・夾山 등 여러 산의 통칭이다.

20 '隆上坐': '隆'은 '龍'과 발음이 같다. 또 '上'도 '象'과 발음이 같다.

03 병마도감 좌량左都監

修武郎左良, 紹興二十八年爲婺州兵馬都監, 赴幕官王作德晚集, 歸家已夜. 兩人隨之而入, 至中堂乃覺. 良怒曰: "汝何爲者, 敢至此." 執其一痛棰之. 首有兩角屹然, 良知其陰吏也, 猶不肯釋. 其一從後捽良腰, 仆坐, 遂冥冥長往, 將曉乃甦. 言被追到冥府, 二使方白其拒抗之罪. 主者審姓名, 對曰: "婺州都監左良." 主者曰: "吾命逮左琅, 何關此人事?" 卽放還. 良行十餘步回顧, 則二使者已對縶於廡間矣. 明日, 同官來問良疾, 具說其故. 良嘗在張魏公府爲帳下, 氣幹甚偉, 自再生之後神觀索然, 蓋人與鬼鬬, 爲所傷云.

수무랑[21]이었던 좌량은 소흥 28년(1158) 무주[22] 병마도감[23]이 되었다. 하루는 저녁에 막료인 왕작덕의 잔치에 갔다가 집으로 돌아오는데, 밤이 이미 깊었다. 두 사람이 그를 좇아오더니 집 안으로 함께 들어왔다. 좌량은 가운데 건물에 이르러서야 비로소 두 사람이 따라왔

21 修武郎: 政和 2년(1112)에 東頭供奉官을 개칭한 관명으로 무관 寄祿官 52개 품계 중 44위이며 정8품에 해당한다. 政和 2년(1112)에는 정7품인 武功大夫에서 정8품 修武郎까지를 大使臣, 종8품 從義郎부터 종9품 承信郎까지를 小使臣으로 구분하였으므로 대사신에 속한다.

22 婺州: 兩浙路 소속으로 치소는 金華縣(현 절강성 金華市 婺城區)이고 관할 현은 7개, 州格은 節度州이다. 현 절강성 중앙의 金華市에 해당한다.

23 兵馬都監: 唐 후기 환관 출신의 고위직 監軍을 가리키는 말이었는데, 五代 이후 都部署의 부사령관을 뜻하였고 송대에는 行營馬步軍都監 · 路駐泊兵馬都監 · 按撫都監 등으로 폭넓게 쓰였다. 兵馬都監은 관할 구역의 군사 업무를 총괄하는 직책으로 路級 · 州級 · 縣級이 다 포함되므로 통상 주현의 지사나 통판이 겸직하였다.

음을 눈치채었다. 좌량은 화를 내며 말하길,

"뭐 하는 놈들이기에 감히 여기까지 들어왔느냐?"

그리고 둘 중 한 사람을 붙잡아 힘을 다해 몽둥이로 쳤다. 그자의 머리에는 두 개의 뿔이 우뚝 솟아 있었는데, 좌량은 그자가 명계의 옥리인 것을 알고서 더욱 놓아주지 않으려 하였다. 다른 한 사람이 뒤에서 좌량의 허리를 붙잡더니 넘어뜨려 앉혔다. 마침내 좌량의 혼은 아득히 멀리 떠나가는 듯하더니 새벽이 되어서야 깨어났다. 좌량은 다음과 같은 이야기를 하였다.

옥리에게 붙잡혀 명계의 관아에 다다르자 두 저승사자는 바야흐로 그가 대항했던 죄를 상관에게 고하였다. 주관 관원이 좌량의 이름이 적힌 문서를 살펴보았고, 좌량은 그 관원에게 대답하길,

"무주 병마도감 좌량左良입니다."

주관 관원이 말하길,

"내가 좌량左琅을 체포해 오라고 했는데, 이 사람하고 무슨 관련이 있단 말이냐?"

좌량은 곧 풀려났다. 좌량은 10여 보를 걸어 나오다 고개를 돌려보니, 곁채에 두 저승사자가 이미 묶인 채 마주 보고 있었다. 다음 날 병문안하기 위해 관아의 동료들이 오자 좌량은 어젯밤에 있었던 일을 모두 말하였다.

좌량은 일찍이 위국공 장준[24]의 부하로 있었으며 기개가 있고 체구

24 張浚(1097~1164): 자는 德遠이며 成都府路 漢州 綿竹縣(현 사천성 德陽市 綿竹市) 사람이다. 아들 張栻과 함께 주전파의 대표적 인물이며 吳玠·劉錡·楊沂中·虞允文 등과 楊萬里를 발탁하는 등 인재 발굴에도 큰 공을 세웠다. 建炎 3년(1129) 苗傅와 劉正彦이 주도한 반란(苗劉兵變)의 와중에서 고종의 복위에 공을

가 매우 컸으나 다시 살아난 뒤로는 정신과 외모 모두 쇠약해졌다. 대체로 사람이 귀신과 싸우면 기가 상하기 마련이다.

세워 樞密院 지사가 되었다. 紹興 7년(1137) 劉光世 파직 후 갈등이 발생, 酈瓊이 반란을 일으켜 4만 병력을 이끌고 大齊로 투항하여 재상에서 물러났다. 秦檜가 권력을 쥔 뒤 20년간 한거하였다가 孝宗에 의해 발탁되어 북벌에 나섰지만, 符離에서 대패하였다. 隆興 1년(1163)에 魏國公에 봉해졌다.

04 제점형옥사 허항許提刑

靖康冬, 金人再渡河, 河北提刑許亢, 坐棄洛口奔潰竄吉陽. 會中原亂, 不之貶所, 與二子及從卒十餘人間關至南康, 不欲與州郡相聞, 但入廬山一小寺棲止. 僕因摘園蔬與僧爭鬨, 僧密詣郡告云: "遭潰兵行刦, 實繁有徒." 郡守李定信之, 卽調兵授甲, 圍其寺, 盡縛亢父子幷從卒送獄. 亢至廷下大呼稱枉, 且具言平生資歷. 定曰: "豈有曾爲監司, 所至不出謁而避匿者乎?" 諭獄吏研鞫不得情, 乃遣孔目吏入囚室, 陽與好言探跡. 具酒同飮, 了無盜刼之狀. 亢倉黃南來, 妻妾淪落, 告敕不一存, 無以自明, 定疑不可解.

亢長子善占夢, 亢語之曰: "吾夢父子持繖行雨中, 已而大風起, 吹三繖皆半裂飛去, 是何祥邪?" 子泣曰: "夢殊不吉, 此父子離散爲三之象也." 是夕, 孔目又來, 携酒殽甚盛, 與三許劇飮, 且滿飮屬亢曰: "提刑勉一醉, 少頃徙兩令郎它舍矣." 會罷, 各分囚之, 過夜半, 悉以鐵椎擊死. 定上奏, 自言有除盜之功, 未報而卒. 凡豫其事者, 一月內繼死, 唯孔目獨存. 鄱陵人周西瑞嘗知南康軍, 與定先後隔政, 其子轂聞之於孔目云. 亢以武擧得官.

정강 연간(1126~1127) 겨울, 금의 군대가 재차 침입하여 황하를 건너자 하북로 제점형옥사[25] 허항은 싸우지도 않고 낙구[26] 방어를 앉아

25 提刑: 각 路의 법률 · 사건 수사 · 형사 업무 · 권농 · 관리 고과 등을 맡은 提點刑獄司의 장관인 提點刑獄公事의 약칭이다. 그 지위는 京畿路를 제외하고는 轉運使 바로 아래 직급이기 때문에 주지사를 역임한 고위직 관리로 보임하였다.

26 洛口: 황하와 濟南을 잇는 나루터의 옛 지명이다. 濼水와 濟水의 합류지여서 본래

서 포기한 뒤 군대가 뿔뿔이 흩어지게 한 죄로 길양군[27]으로 유배되었다. 하지만 마침 중원 일대가 전란에 휩싸여 어지럽게 되자 허항은 유배지로 가지 않고 두 아들과 자신을 따르던 병졸 10여 명과 함께 험준한 길을 택해 남강군[28]에 도착했다. 그리고 자신의 거취가 남강군의 관원에게 알려지지 않게 하려고 바로 여산[29]의 작은 절에 들어가 머물렀다. 허항의 한 노복이 과수원의 채소를 따다가 사찰의 승려들과 다툼이 일어났고, 승려는 몰래 남강군에 가서 고발하길,

"패잔병들이 와서 노략질하고 있습니다. 무리가 실로 매우 많습니다."

남강군 지사 이정은 승려들의 말을 믿고, 즉시 병사들을 모아 무기를 주고 그 절을 포위하라고 하였으며 허항 부자와 수행 병졸들을 모두 묶어 감옥에 넣었다. 허항은 관아의 뜰에 다다르자 큰소리로 억울함을 호소하였고, 평생의 관직 이력을 상세히 말하였다. 이정이 말하길,

"어찌 한 로를 감찰하던 감사[30]로 있던 분이 이곳에 오셨는데 관에

濼口라고 하였는데, 후에 같은 음이며 널리 알려진 洛자로 대용하다가 洛口가 되었다. 현 산동성 제남시 북쪽에 있었다.

27 吉陽軍: 廣南西路 소속으로 관할 현은 없는 羈縻軍(치소는 현 해남성 三亞市 崖州區)이며 해안 지역만 장악하였다. 758년 이래 유지된 振州를 崖州로(972), 崖州를 珠崖軍으로(1073), 다시 吉陽軍으로 개칭하였다(1117). 현 해남성 남부 三亞市 서쪽에 해당한다.

28 南康軍: 江南東路 소속으로 치소는 星子縣(현 강서성 九江市 星子縣)이고 관할 현은 3개이다. 廬山의 남쪽이며 鄱陽湖를 둘러싼 지역으로 현 강서성 북서부 九江市의 동남쪽에 해당한다.

29 廬山: 江西省 九江市에 있는 산으로 鄱陽湖와 붙어 있다.

30 監司: 路에 대한 監査 권한이 있는 安撫使 · 轉運使 · 提刑按察使 · 提擧常平官을 가리키나 이들 외에도 提擧茶馬 · 提擧茶鹽을 비롯해 走馬承受(=勾當公事)까지

알리지 않고 숨어 지낼 수가 있소?"

옥리를 불러 심문을 하게 했지만, 정황을 파악할 수 없자 이에 공목리[31]를 감옥 안에 들여보내 겉으로는 호의적으로 말하며 종적을 탐문하였다. 술상을 준비해 함께 마시면서도 끝내 도적질한 증거를 찾지 못했다. 허항은 창망 중에 남쪽으로 내려와 처첩은 흩어지고 고칙[32]이 하나도 남지 않아 스스로 증명할 길이 없었기에 이정은 의심을 거둘 수 없었다. 허항의 장남은 꿈으로 점치길 잘하였다. 허항이 아들에게 말하길,

"내가 꿈을 꾸었는데 우리 부자가 우산을 들고 빗길을 가는데, 곧 큰바람이 불기 시작해 우산 3개가 모두 반으로 찢기고 바람에 날아갔다. 이것은 어떤 징조인지 알겠느냐?"

큰아들은 울면서 대답하길,

"그 꿈은 매우 불길합니다. 이는 우리 부자가 셋으로 각각 흩어지게 된다는 징조입니다."

이날 저녁 공목리가 다시 왔는데 술과 안주를 매우 풍성하게 가져왔다. 허씨 삼부자에게 실컷 마시라고 주고, 다 마시고 나자 허항에

광범위하게 포함되었다. 部使·部使者·監司使者라고도 한다.

31 孔目吏: 唐代에 州와 方鎭에 설치한 孔目院의 관리로서 문서 관리와 재정회계 등을 포함한 전반적 업무를 담당하였다. 宋朝도 學士院·崇文院·三司·開封府·殿前司·馬步軍司 등에 모두 공목원을 설치하였다. 책임자인 都孔目官과 부책임자인 孔目官은 모두 8품으로서 서리 가운데 최상급에 해당한다.

32 告敕: 인사 명령을 적어 교부하는 문서를 뜻하며 告身·告命·敕告·官告라고도 한다. 3대 가계·본관·연령·制詞 원문을 적고 문서를 발급한 부서의 장관과 실무 서리의 서명과 인장을 찍어 제작하였다. 관리들은 고칙을 항상 지니고 다녀야 했다.

게 당부하길,

“제점형옥사께서는 거나하게 드시지요. 잠시 후 두 아드님은 다른 옥사로 옮겨 갈 것입니다.”

모임이 파하자 각각 나누어 다른 곳에 가두었고, 한밤이 지나 모두 철추로 때려죽였다. 이정은 이 일에 대하여 조정에 상주하였고 스스로 도적을 물리친 공이 있다고 말하였으나 상주문이 보고되기도 전에 죽고 말았다. 이 일에 가담한 자 모두 한 달 내에 연달아 죽었고, 오직 공목리만 홀로 살아남았다.

개봉부 언릉현[33] 사람 주서서가 일찍이 남강군 지사가 되었지만, 이정과 임기가 달라서 직접 만나지는 못하였다. 주서서의 아들 주곡이 허항에 관한 일을 공목리로부터 들었다고 한다. 허항은 무과 진사[34]로 관직에 올랐던 인물이다.[35]

33 鄢陵縣: 開封府 소속으로 현 하남성 중부 許昌市 동쪽의 鄢陵縣에 해당한다.

34 武擧進士: 唐代에 무과 과거를 처음 시작하면서 砂囊 나르기, 기마 궁술과 창술, 서서 활쏘기 등을 시험과목으로 채택하였다. 송대부터 병서가 추가되었고, 神宗 때부터 武狀元 제도가 생겼기에 ‘무과 진사’로 번역하였다.

35 허항은 금군이 공격하기도 전에 휘하 군졸과 함께 도주하여 북송 멸망에 따른 징벌을 면하기 어려웠다. 게다가 유배지로 가던 중 다시 도주하였기 때문에 처벌이 두려워 廬山에 숨었다가 李定에 의해 살해되었다. 당시 이정의 권한 남용이라는 비판도 있었지만, 재상 李綱은 금군이 오기도 전에 방어 임무를 포기했고, 휘하 군졸과 함께 도주하면서 일반 도적보다 더 심하게 주변 지역을 약탈했다며 일벌백계로 기강을 다잡아야 한다고 주장했고, 고종도 동의하였다. 이와 관련한 기록이 『송사』 권358 「이강전」에 보인다. 하지만 이러한 기록과 달리 『이견지』에서는 허항이 도적질을 하지 않았음을 설명하고 있으며 이정의 가혹한 처벌을 비판하는 듯한 뉘앙스를 풍긴다.

05 하근의 주사위夏氏骰子

夏廑, 字幾道, 衛州汲縣人. 崇寧大觀間, 居太學甚久, 未成名. 家故貧, 至無一錢. 同舍生或相聚博戲, 則袖手旁觀, 時從勝者覓錙銖, 俗謂之'乞頭'是也. 一夕, 束帶焚香, 對局設拜曰: "廑聞博具有靈, 敢以身事敬卜. 今年或中選, 願於十擲內賜之渾化, 不然, 將束書歸耕, 無復進矣." 祝罷, 卽挼莎擲焉, 六子皆赤. 夏愕喜不敢自信, 又祝曰: "廑至誠齋心, 以平生爲禱, 恐適者偶然, 願更以告." 復再投之, 三采皆同, 乃再拜謝神貺. 是歲果於莫儔牓登科, 後官至中大夫川陝宣撫司參議官. 其家藏所卜骰子, 奉之甚肅.(右二事周彀說.)

자가 기도인 위주 급현[36] 사람 하근은 숭녕 연간(1102~1106)부터 대관 연간(1107~1110)까지 태학[37]에서 오래 지냈지만 과거에 급제하지 못하였고 집안 일로 가난해져서 한 푼도 없는 상태가 되었다. 같은 기숙사 동기생 중 어떤 이들은 같이 모여 도박하며 놀았는데, 하근은

36 汲縣: 河北西路 衛州의 치소로서 현 하남성 북부 新鄕市 서북쪽 衛輝市에 해당한다.

37 太學: 북송의 태학은 廣文·律學과 함께 3館이라고 하였지만, 과거 응시 무렵만 1천 명을 넘겼을 뿐 평소에는 하급 관원 자제 10~20명이 거주하던 곳에 불과하였다. 그러다가 慶曆 4년(1044)에 단독으로 분리 독립해 발전하기 시작했고, 거란 사신 접대 시설인 錫慶院을 하사받아 규모를 크게 확대하였다. 특히 변법의 일환으로 太學三舍法을 시행하면서 元豐 2년(1079)에 2,400명 규모로 확대되었고, 崇寧 1년(1102)에는 총 3,800명을 수용하는 시설을 신축하고 '辟雍'이라 개칭하였다. 본문에서 언급한 태학은 황궁의 정남 방향으로 뻗은 御街의 武成王廟 사거리에서 동쪽인 橫街에 있었다.

팔짱을 끼고 옆에서 보기만 하였다. 종종 그는 이긴 사람을 따라가 약간의 떡고물[38]을 얻어 쓰기도 하였는데 속칭 '걸두'라고 칭하는 것이 바로 이를 말한다. 그런데 하루는 밤에 의관을 갖추고 향을 피우며 도박에 쓰는 도구에 절하며 간구하길,

"제가 듣기로 도박 도구에 영험함이 있다고 하였습니다. 그래서 감히 몸소 경건하게 점을 치고자 합니다. 올해 혹시 제가 과거에 급제한다면 원컨대 열 번 던지는 것 안에서 훈화[39]가 나올 수 있도록 해 주십시오. 그렇지 않다면 책을 싸서 고향으로 돌아가 농사를 짓고 다시는 관직에 나갈 일을 도모하지 않겠습니다."

기도를 마치고, 주사위를 두 손으로 부드럽게 비비고 던졌다. 여섯 글자가 모두 같이 나왔다.[40] 하근은 놀랍고도 기뻤지만, 감히 믿을 수가 없었다. 그는 다시 기도를 올리며 간구하길,

"저는 성심을 다하고 온 마음을 다해 일생을 걸고 기도를 올립니다. 아마도 조금 전의 일은 우연의 일치일지도 모르니 원컨대 다시 영험함을 알려 주십시오."

하근은 다시 주사위를 던졌다. 세 번의 결과가 모두 같았다. 그는 비로소 재배하고 신이 베풀어 준 은혜에 감사를 드렸다. 이해 막주[41]

38 錙銖: 무게 단위로 기장 낟알 100개를 1銖, 24수를 1兩, 8냥을 1錙라고 일컬은 데서 유래한 말이다. 매우 가벼운 무게를 뜻한다.

39 渾化: 주사위를 던져 6개가 같은 색이 나타나는 경우를 뜻하는 말이다.

40 六子: 주역 8괘 가운데 震·巽·坎·離·艮·兌을 뜻한다. 이 6개의 괘가 모두 乾卦의 陽爻와 坤卦의 陰爻를 이룬 데서 나온 말이다.

41 莫儔(1089~1164): 자는 壽朋이며 荊湖北路 澧澧州 慈利縣(현 호남성 張家界市 慈利縣) 사람이다. 정화 2년(1112) 과거에서 22세로 장원급제하였다. 起居舍人과 中書舍人을 거쳐 靖康 1년(1126)에 吏部尙書·翰林學士가 되었다. 북송이 멸망한 뒤 張邦昌을 황제로 옹립하는 데 적극적으로 나서서 온갖 비난을 한 몸에 받았다.

가 장원급제하였는데, 정말로 하근도 급제하였다. 후에 관직이 중대부[42]에 올랐고 천섬선무사사[43] 참의관[44]이 되었다. 하근의 집안에서는 점쳤던 주사위를 보관하고 매우 엄숙하게 받들어 모신다고 한다.

(위 두 가지 일화는 주곡이 말한 것이다.)

장방창 즉위 후 상서우승상이 되었으나 장방창이 곧 살해되면서 광서 全州로 유배되었다. 소흥 11년(1141), 진회가 재상이 되자 유배에서 풀려났으나 潮州에서 지내다 사망하였다.

42 中大夫: 문관 寄祿官 29개 품계 중 9위이며 종4품上이었으나 元豐 3년(1080) 관제 개혁 후 문관 寄祿官 30개 품계 중 12위이며 정5품에 해당한다.

43 宣撫司: 국경 부근의 군사적 요충지에 설치한 임시 고위 군 지휘기구인 宣撫使司의 약칭이다. 직제는 선무사 · 선무부사 · 判官 · 參謀官 · 參議官 · 管勾機宜文字 등인데 상설 조직이 아니기 때문에 선무사와 선무부사를 임명하는 것이 상례지만 둘 가운데 하나만 임명하기도 한다.

44 參議官: 선무사의 고위 참모로서 주지사 경력이 있어야 선발될 수 있다. 선무사, 선무부사, 宣撫判官, 參謀官에 이어 5위의 직급이며 轉運判官과 같은 직급이다.

06 도생독을 해독하는 처방治挑生法

莆田人陳可大知肇慶府, 肋下忽瘇起, 如生癰癤狀, 頃刻間大如盌. 識者云: "此中挑生毒也, 俟五更以菉豆嚼試, 若香甘則是已." 果然. 使搗川升麻爲細末, 取冷熟水調二大錢連服之, 遂洞下, 瀉出生葱數莖, 根鬚皆具, 瘇卽消. 續煎平胃散調補, 且食白粥, 經旬復常.

雷州民康財妻, 爲蠻巫林公榮用雞肉挑生, 値商人楊一者善醫療, 與藥服之, 食頃, 吐積肉一塊, 剖開, 筋膜中有生肉存, 已成雞形, 頭尾嘴翅悉肖似. 康訴於州, 州捕林置獄, 而呼楊生令具疾證及所用藥. 其略云: "凡喫魚肉·瓜果·湯茶, 皆可挑. 初中毒, 覺胸腹稍痛, 明日漸加攪刺, 滿十日則物生能動, 騰上則胸痛, 沉下則腹痛, 積以瘦悴, 此其候也. 在上鬲, 則取之, 其法用熱茶一甌, 投膽礬半錢於中, 候礬化盡, 通口呷服, 良久, 以雞翎探喉中, 卽吐出毒物. 在下鬲, 則瀉之, 以米飮下鬱金末二錢, 毒卽瀉下, 乃碾人參·白朮末各半兩, 同無灰酒半升納甁內, 慢火熬半日許, 度酒熟取出, 溫服之, 日一杯, 五日乃止, 然後飮食如其故."

홍화군 포전현[45] 사람 진가대[46]가 조경부[47] 지사로 있었을 때 갈비

45 莆田縣: 福建路 興化軍 소속으로 현 복건성 중동부 莆田市의 城區인 城廂區에 해당한다.

46 陳可大(1092~1179): 자는 齊賢이며 福建路 興化軍 仙游縣(현 복건성 莆田市 仙游縣) 사람이다. 潮州 교수·長樂縣 지사·肇慶府 지사 등을 역임하면서 교육과 수리사업 진흥에 힘썼고, 주민의 부담을 줄이는 등 선정을 베푼 관리로 명망이 높았다.

47 肇慶府: 廣南東路 소속으로 본래 端州인데 重和 1년(1118)에 승격되었다. 치소는 高要縣(현 광동성 肇慶市 高要區)이고 관할 현은 2개, 州格은 節度州이다. 현 광동성 중서부에 해당한다.

뼈 아래가 갑자기 부어오르기 시작했다. 마치 종기가 생긴 것 같았는데 갑자기 크기가 밥그릇만큼 커졌다.

이 병을 잘 아는 자가 말하길,

"이것은 도생독[48]에 중독된 것입니다. 5경까지 녹두를 씹어 보면 검증할 수 있을 것입니다. 만약 향기롭고 감미롭게 느껴지면 틀림없습니다."

시키는 대로 해보았더니 정말 그러하였다. 천승마[49]를 찧어 가루로 만든 다음 끓였다가 차갑게 식힌 물로 천승마 2전을 녹여 계속 마시게 하였다. 그랬더니 곧 설사를 하였고 생파 여러 줄기가 나왔는데 뿌리와 잔털이 모두 온전히 있었다. 부어오른 종기가 곧 사라졌다. 계속하여 평위산[50]을 달여 먹으며 몸을 보충하고 조절하자 곧 흰죽을 먹을 수 있었고 열흘이 지나자 원상태로 회복하였다.

뇌주[51]의 주민 강재의 아내는 닭고기를 이용한 남만南蠻 출신 무당 임공영의 도생독에 중독되었다. 마침 상인 양일이라는 자를 만났는데 그는 의술에 능하여 약을 주기에 먹었다. 먹은 후 얼마 지나지 않

48 挑生毒: '挑生'의 원래 뜻은 주술로 사람 뱃속의 음식물을 괴이한 생물로 변화시켜 사람을 해치는 것을 의미한다. 송대부터 영남지역에서 유행했던 일종의 妖術로 관련 기록이 보이기 시작하며 명대에 이르기까지 사인들이나 의자들 사이에서 자주 언급되는 남방의 요술 또는 병증의 하나로 사용되었다. '挑生蠱'라 불리기도 하며 蠱毒과 유사한 개념으로 쓰였다.

49 川升麻: 삼의 일종으로 뿌리가 굵고 단단하다. 발열과 두통, 인후염, 오랜 설사 등을 치료하는 약재로 쓰인다.

50 平胃散: 蒼朮·陳皮·厚朴·감초·생강·대추 등을 쓰며, 위를 보호하거나 소화를 돕는 약이다.

51 雷州: 廣南西路 소속으로 치소 겸 관할 현은 海康縣(현 광동성 湛江市 雷州市)이며 州格은 刺史州이다. 현 광동성 서남단에 해당한다.

아 고깃덩이 하나를 토해 냈는데, 잘라 보니 근육막 안에 생고기가 들어 있었다. 생고기는 이미 닭의 형상을 하고 있었고, 머리와 꼬리 그리고 부리와 날개는 모두 점차 비슷해졌다.

강재가 뇌주 관아에 고소하였고, 관아에서는 임공영을 붙잡아 옥에 가두었다. 그리고 양씨를 불러 병증과 치료에 쓰는 약 등을 모두 말하게 하였다. 그 대략의 내용은 다음과 같다.

“무릇 생선 살, 오이과에 속하는 과실, 탕이나 차를 먹으면 모두 도생독에 중독될 수 있습니다. 처음 중독되었을 때 가슴과 배에서 조금씩 통증을 느끼게 되고, 다음 날 통증이 점점 더 위로 올라오는데, 무엇인가에 베이는 듯 아픕니다. 열흘이 되면 무언가 살아나 움직일 수 있게 되고, 그것이 위로 올라가면 가슴이 아프고 아래로 내려가면 배가 아픕니다. 이것이 쌓이면 초췌해지는데, 그것이 바로 병의 징후입니다. 만약 횡경막 위에 있다면 그것을 꺼낼 수 있습니다. 그 방법은 뜨거운 차 한 잔에 담반[52] 반 전을 타고 그것이 다 녹으면 입으로 조금씩 마십니다. 한참 지나면 닭의 날개털이 인후 가운데로 나와 독물을 토하게 됩니다. 만약 그것이 횡경막 아래에 있다면 그것을 설사해서 내보내야 합니다. 미음에 울금[53] 가루 2전을 타서 먹으면 독이 곧 설사로 나옵니다. 인삼과 백출[54] 가루 각 반 냥을 섞어 무회주[55] 반 되

52 膽礬: 구리 광산의 산화물로서 가루로 만들어 구토제로 쓰며 가래를 삭히는 약재로도 쓴다.

53 鬱金: 생강과에 속하며, 가슴의 통증이나 열병으로 정신이 혼미해질 때 자주 쓰이는 약재이다.

54 白朮: 국화과 식물의 뿌리줄기로서 脾胃를 보호하고 습한 것을 건조하게 해 주며 中焦를 조화롭게 하는 약재이다.

55 無灰酒: 草木灰를 넣지 않은 약용 술을 뜻한다. 과거에는 술에 석회를 넣어 술의

와 함께 병에 넣고 반나절 정도 천천히 데워 술이 따뜻할 때 그것을 따라서 복용합니다. 매일 한 잔씩 마시면 닷새 후에는 곧 멈출 것입니다. 그 연후에는 평소와 같이 음식을 먹을 수 있습니다."

산성화를 방지하였다.

07 도기법挑氣法

從事郞陳遹爲德慶府理官, 鞫一巫師獄. 巫善挑氣, 其始與人有讎隙, 欲加害, 則中夜扣門呼之, 俟其在內應答, 語言相聞, 乃以氣挑過. 是人腹肚漸脹, 日久, 腹皮薄如紙, 窺見心肺, 呼吸喘息, 病根牢結, 藥不可治. 獄未成而死. 江璆鳴三作守, 以事涉誕怪, 不敢置於典憲, 但杖脊配海南. 此妖術蓋有數種, 或呪人使腹中生鼈者, 或削樹皮呪之, 候樹復生皮合而死者, 然不得所以治法.(右二事陳遹說.)

종사랑[56] 진귤이 덕경부[57] 대리시의 관리[58]로 있을 때, 한 무당과 관련된 옥사를 심문하였다. 이 무당은 도기법[59]에 능했는데, 처음에 어떤 사람과 원수가 되자 그에게 해를 가하고자 하였다. 한밤중에 문을 두드려 그를 불러 안에서 답이 있기를 기다렸다가 말을 주고받는 중에 기를 통해 상대를 해코지하였다. 이 사람은 복부가 점점 부풀어 올라 날이 갈수록 복부의 피부가 종잇장처럼 얇아졌다. 그래서 자세히 보니 심장과 폐가 보였으며 천식으로 숨이 가빠졌다. 병의 뿌리가

56 從事郞: 무관 寄祿官 품계를 나타내는 관명으로 崇寧 2년(1103)에 防禦推官 · 團練推官 · 軍事推官, 軍과 監의 判官을 개칭한 것이다. 종8품이다.

57 德慶府: 廣南東路 소속으로 본래 康州인데 紹興 1년(1131)에 德慶府로 승격되었다. 치소는 端溪縣(현 광동성 肇慶市 德慶縣)이고, 관할 현은 2개, 州格은 節度州이다. 현 광동성 중서부 肇慶市 남쪽과 雲浮市 서쪽에 해당한다.

58 理官: 사법기관인 大理寺의 職事官, 즉 大理寺卿 · 少卿 · 正 · 丞 · 司直 · 評事 · 主簿 등을 모두 포함하는 호칭이다.

59 挑氣法: 挑生法과 유사한 것으로서 무당이 요술을 부려 저주하는 방식을 뜻한다.

아주 굳어서 약으로는 치료가 어려웠다. 재판을 다 마치기도 전에 그 사람이 죽었다. 당시 자가 명삼인 강구가 지사를 맡고 있었는데, 이 일이 황당하고 기괴하여 법에 근거해 다스릴 수가 없어 다만 이 무당을 척장[60]에 처하고 남해의 섬으로 유배 보냈다.

대체로 이런 요술은 여러 종류가 있는데, 어떤 것은 사람을 저주하여 뱃속에 자라를 자라게 한다. 또 어떤 것은 나무껍질을 베어 낸 뒤 저주하고, 다시 나무껍질을 자라게 하여 원래 베어 낸 곳을 덮어 합쳐지면 죽게 되는 방식도 있다. 그러나 그 치료법은 알 수가 없다.(위의 두 가지 일화는 진균이 말한 것이다.)

60 杖脊: 몽둥이로 척추를 때리는 형벌을 뜻한다. 엉덩이를 때리는 곤장은 사망하는 경우가 드물지만, 척장은 대부분 출혈이 있고 사망에 이르는 경우가 많아 杖刑 가운데 가장 무거운 형에 속한다. 脊杖이라고도 한다.

08 남풍현 지사南豐知縣

紹興初, 某縣知縣趙某, 季子二十歲, 未授室, 與館客處於東軒. 及暮客歸, 子獨宿書院, 聞窗外窸窣有聲, 自牖窺之, 一婦人徘徊月明下. 方駭噩間, 已傍窗相揖. 驚問云: "汝何人, 竊至此?" 曰: "我東鄰女也, 慕君讀書, 踰牆相從, 肯容我一聽乎?" 欣然延入, 留不使去. 自是曉往夕來, 子神情日昏悴, 飮食頓削. 父母疑而扣焉, 不以告. 密訊左右者, 曰: "但聞每夜切切如私語, 又時嬉笑, 久欲白而未敢." 父母知爲鬼所惑, 徙歸, 同榻寢, 卽寂然. 踰月, 顔色膳飮稍復舊.

一日獨處房中, 忽大呼求救, 似爲人捽髻而出, 驅行甚速, 擧家不知所爲. 婢僕共牽挽, 而力不可制. 迤邐由書院東趨後園, 纔出門, 去愈速, 將至八角大井邊, 欻仆地不醒. 家人共扶舁歸, 移時乃能言, 云: "實與婦人往還久, 及徙室, 不復來. 今旦父母在堂上, 忽見從外入, 忿怒特甚, 戟手肆罵曰: '許時覓汝不得, 元來只在此!' 便向前捽我髻, 盡力不能脫, 直造井傍, 以手招井內, 卽有無數小鬼出, 皆長三二尺, 交拽我, 勢且入井. 俄一白須翁坐小涼轎, 僕從三十輩, 自園角奔而至, 傳呼云: '不得, 不得!' 羣鬼悉斂手. 翁叱曰: '著棒打!' 僕從擧梃亂擊, 皆還井中. 翁責婦人曰: '我戒汝不得出, 那敢如是?' 婦低首斂衽無一言. 又曰: '元有大石鎭井上, 今何在?' 僕曰: '宅內人輿將搗衣矣.' 咄曰: '不合動.' 著鞭婦人數十, 罵之曰: '汝安得妄出爲生人害? 況郎君自有前程耶!' 逐入井, 命別扛巨石窒于上, 告我曰: '吾乃土地也, 來救郎君. 郎君性命幾爲此鬼壞了. 歸語家中人, 此石不可動也.' 語罷後, 升轎去." 此子後得官, 仕至南豐宰.

소흥 연간(1131~1162) 초, 어느 현의 지사인 조씨의 막내아들은 나이가 스무 살이었는데, 아직 미혼이었다. 막내아들은 객사에 머무는 손님과 함께 관사의 동쪽 사랑채에서 있었는데, 날이 저물어 손님이 돌아가자 아들 혼자 서재에서 잠을 자고 있었다. 그런데 창밖에서 가볍게 깨지는 소리가 들려와 들창을 열고 살펴보니 한 여인이 달빛 아래에서 배회하고 있었다. 막 놀라서 어찌할 바를 모르는 사이에 그 여인은 이미 창가로 왔고, 둘은 서로 인사를 나눴다. 아들은 놀라서 묻길,

"너는 누구냐, 어찌 여기까지 몰래 들어왔느냐?"

그녀가 답하길,

"저는 동쪽의 이웃집 딸이랍니다. 그대의 책 읽는 모습을 흠모하여 담장을 넘어 좇아왔으니 제가 한 번 들어갈 수 있도록 허락해 주시렵니까?"

아들은 들어오라고 흔쾌히 허락한 뒤 오히려 붙잡고 가지 못하도록 하였다. 그때부터 그녀는 밤마다 와서 새벽이면 갔다. 아들의 정신은 날이 갈수록 혼미해졌으며, 식사하는 양도 갑자기 확 줄어들었다. 부모는 무슨 일이 있는지 의심하여 아들을 불러 물었으나 아들은 사실대로 말하지 않았다. 이에 몰래 주위 사람들에게 물어보자 그들이 말하길,

"자세히는 모르나 밤마다 주고받는 말에 애정이 절절했고, 때로는 희롱하며 웃는 소리도 들렸습니다. 저희는 전부터 말씀드리고 싶었으나 감히 그럴 수가 없었습니다."

지사 부부는 아들이 귀신에 홀린 것을 알고 안채로 거처를 옮기라고 하였고, 같은 침상에서 자니 곧 조용해졌다. 한 달이 지나자 어느 정도 예전처럼 안색이 좋아지고 음식도 잘 먹었다. 어느 날 혼자 방에 있는데 갑자기 큰소리로 구해 달라고 외쳐서 가 보니 누군가에게

머리채를 잡힌 채 끌려서 나오는 것 같은 모양새였고, 마구 몰고 가는데 그 속도가 매우 빨랐다. 온 집안사람들은 어찌해야 할 바를 모른 채 멍하고 있는데, 남녀 노복들이 모두 나서서 다 함께 붙잡고 끌어당겼으나 힘으로 제압할 수가 없었다. 서재에서 동쪽 후원까지는 질질 끌려갔으나 대문을 지나치자마자 끌고 가는 속도가 더욱 빨라졌다. 그런데 팔각형의 큰 우물가 근처에 이르러 갑자기 땅에 넘어지더니 정신을 잃고 말았다. 집안사람들이 함께 부축하여 마주 들고 돌아왔다. 얼마쯤 시간이 지나자 비로소 말을 할 수 있었다. 아들이 말하길,

“사실 한 여인과 왕래한 지 이미 오래되었습니다. 안채로 거처를 옮긴 뒤부터 그녀는 더는 찾아오지 않았습니다. 그런데 오늘 아침 일찍 부모님께서 대청에 계실 때 갑자기 그 여인이 밖에서 들어왔는데, 화가 머리끝까지 나서 삿대질하며 제멋대로 마구 욕하고 떠들길, ‘한참이나 너를 찾았는데 찾을 수 없었다. 원래 여기 있었던 것이었네!’ 그러더니 앞으로 와서 나의 머리채를 잡았습니다. 온 힘을 다해 빠져나오려고 했지만 그럴 수 없었고, 곧바로 우물 옆까지 끌려갔습니다. 그녀는 우물 안의 누군가를 손짓하여 불렀는데, 곧 키가 2~3척쯤 되는 많은 작은 귀신들이 무수히 나왔습니다. 그들이 서로 나를 잡아당겨 우물로 집어넣으려는 듯한 모습이었습니다.

잠시 후 관원의 여름용 수레[61]에 탄 흰색 수염을 한 노인 한 분이

61 凉轎: 가마는 신분을 상징하는 것이기도 해서 官轎와 民轎로 구분하고, 官轎는 계절에 따라 여름용의 凉轎와 겨울용의 暖轎로 구분한다. 민간에서는 혼례 때만 화려한 花轎를 사용하고 보통 때는 素轎를 사용하였다.

30여 명의 수행 노복을 거느리고 정원의 모퉁이에서 달려왔습니다. 그들은 그 여인에게 '그래서는 안 돼, 안 돼'라고 소리를 지르자 귀신들이 모두 잡았던 손을 놓았습니다. 노인이 호통을 치며 '몽둥이로 때려라'고 하자 수행하던 노복들이 몽둥이를 들어 마구 내려쳤습니다. 그러자 그들 모두 우물 안으로 다시 들어갔습니다. 노인이 그 여인을 꾸짖길, '내가 너에게 나오지 말라고 주의 주었거늘 어찌 감히 이런 짓을 한단 말이냐?'

그러자 여자는 머리를 조아리고 소매를 걷으며 아무런 말도 하지 않았습니다. 노인이 또 이르기를, '원래 큰 돌로 우물 위를 눌러놓았는데 그 돌은 지금 어디에 있느냐?' 노복들이 말하길, '집안사람이 다듬이돌로 쓰려고 가지고 갔습니다.' 노인은 꾸짖으며 이르길, '그 돌을 함부로 움직여서는 안 된다.' 채찍을 들고 그 여인을 수십 차례나 때리고 꾸짖길, '너는 어찌 망령되이 나와서 살아 있는 사람에게 해를 끼치느냐? 게다가 이 청년은 전도가 유망한 이다.' 노인은 그녀를 우물로 들어가라고 한 뒤 다른 큰 돌을 가지고 오도록 하여 우물 위를 막았습니다.

노인은 저에게 알려 주길, '나는 바로 토지신이오, 그대를 구해 주러 왔지요. 그대의 생명을 이 귀신에게 거의 빼앗길 뻔하였다오. 돌아가 집안사람들에게 말하시오. 이 돌을 함부로 움직여서는 안 된다고 말이요.' 노인은 말이 끝나자 가마를 타고 가 버렸습니다."

아들은 후에 관직에 올랐는데, 남풍현[62] 지사에 이르렀다.

62 南豐縣: 江南西路 建昌軍 소속으로 현 강서성 중동부 撫州市 동남쪽의 南豐縣에 해당한다.

09 금릉의 관사金陵邸

紹興初, 朝士赴調臨安, 過金陵, 投宿官舍, 從僕解擔散去, 獨坐堂上. 良久, 東邊房門自開, 一奴蓬首出, 青衫白袴, 瞠目視之, 擧手指胸曰: "胸中有玉環, 問君知不知?" 瞥然復入. 士駭怖不能支, 幾欲墮地. 驚魄小定, 方攝衣正席, 西邊房門又開, 一婦人衫裙俱青, 抱嬰兒以出, 亦瞠目而視, 指其兒曰: "官人殃殺我?" 語訖, 遽入房. 士肝膽皆震, 欲走而足不能步, 欲呼而聲不能出. 移時, 僕自外至, 急徙於客邸, 迷罔者終日.

소흥 연간(1131~1162) 초, 조정의 한 관원이 인사 명령을 받기 위해[63] 임안부로 가던 도중에 금릉[64]을 지나면서 관사에 투숙하였다. 수행하던 노복들은 짐을 내려놓고 각자 흩어져 관원 홀로 관사의 대청에 앉아 있었다. 한참 지난 후 동쪽 방문이 저절로 열리더니 한 노복이 봉두난발을 한 채로 나왔다. 푸른 적삼과 흰 바지를 입고 있었으며 눈을 크게 부릅뜨고 관원을 바라보며 손을 들어 가슴을 가리키며 말하길,

63 赴調: '吏部에 가서 인사 명령을 받는다'는 뜻으로 '관리를 선발하고 직책을 조정한다'는 調官과 구분된다. 관리로서 임기를 마치고 곧장 인사 명령을 받지 못할 시 대기해야 하는 경우에 해당한다.

64 金陵: 江南東路 建康府(현 강소성 南京市)의 별칭이다. 前333년, 楚 威王이 越國을 멸망시킨 뒤 紫金山과 幕府山 사이에 황금을 묻어 王氣를 억누르고, 金陵邑을 설치한 이래 남경시의 별칭으로 널리 쓰였다.

"가슴에 옥으로 된 고리가 있습니다. 그대는 알고 계시는지요?"

그러고는 깜짝할 사이에 다시 방 안으로 들어왔다. 관원은 놀라고 무서워서 몸을 지탱하지 못하고 거의 바닥으로 쓰러질 지경이었다. 놀란 마음이 조금 가라앉자 막 옷을 여미며 정좌하고 있는데 서쪽 방문이 다시 열리더니 한 여인이 푸른색의 적삼과 치마를 입고서 아기를 안고 나왔다. 그녀 역시 눈을 부릅뜨고 바라보면서 그 아기를 가리키며 말하길,

"관원께서는 왜 나를 앙살[65]하셨습니까?"

말을 마치고는 급히 방으로 들어갔다. 관원은 간담이 서늘하여 벌벌 떨면서 달아나려 했지만, 발을 제대로 뗄 수가 없었고, 소리를 지르려 해도 소리를 낼 수가 없었다. 얼마 지나자 노복들이 밖에서 돌아왔고, 그들은 급히 다른 여관으로 숙소를 옮겼으나 관원은 종일 넋이 빠진 것 같았다.

65 殃殺: 통상 殃煞이라고 한다. 사람이 죽으면서 마지막 숨을 내쉴 때 魂魄이 빠져나가는 것을 가리키며, 出殃이라고도 한다.

이견정지 夷堅丁志 卷 2

01 추씨 집의 개鄒家犬

筠州新昌縣民鄒氏, 豢犬極馴, 每主翁自外歸, 無問遠近, 必搖尾跳躍迎于前. 鄒生嘗負租繫獄, 踰旬得釋, 比還家, 日已晚. 犬喜異常時, 爪誤罥主衣, 衣爲之裂. 鄒以爲不祥, 語妻曰: “我恰出獄, 犬乃爾. 遼山寺方作屋, 吾欲犒匠, 可殺犬烹之, 副以麫五斗往.” 妻如其言.

明日, 鄒詣寺, 命童負一合自隨, 至則僧待於門, 迎白曰: “勿啓合, 得非以犬與麫來乎?” 鄒愕然, 問所以. 僧曰: “檀越久坐堂上, 玆事言之則不忍, 不言則負所託. 昨夜夢檀越之父曰: ‘我以貪戀故, 不能超脫, 託生爲本家犬, 故見吾兒歸必出迎. 適以其釋囚係而還, 喜甚, 誤敗其衣, 兒遂與婦謀而殺我充饋. 雖然就死, 亦幸捨畜身, 若得免刲臠之苦, 師恩厚矣. 生時有銀若干, 密埋于竈外, 恐爲人盜取, 常睡臥其上. 煩戒吾兒發取之, 爲作佛事, 以資冥福, 持所餘尙足營生也.’” 鄒聞言悲慟, 且云: “犬日夜實寢于彼.” 遂瘞之寺後. 歸發其藏, 果得銀如數, 乃設水陸於寺中.

균주[1] 신창현[2] 주민 추씨는 개를 한 마리 길렀는데 훈련을 잘 시켜서 매번 주인이 밖에 나갔다가 집으로 돌아오면 멀고 가까움에 상관없이 반드시 꼬리를 흔들며 뛰어나가 앞에서 그를 맞았다. 추씨가 일찍이 세금이 밀려 감옥에 간 적이 있었는데, 열흘 만에 풀려나 돌아

1 筠州: 江南西路 소속으로 치소는 高安縣(현 강서성 宜春市 高安市)이고 관할 현은 3개, 州格은 刺史州이다. 현 강서성 북서부 宜春市의 중동쪽에 해당한다.

2 新昌縣: 江南西路 筠州 소속으로 현 강서성 서북부 宜春市 가운데의 宜豐縣에 해당한다.

오는데 집 근처에 이르렀을 때 날이 이미 어두워져 있었다. 추씨네 집 개는 평소보다 더 기뻐하다가 그만 발톱으로 주인 추씨의 옷을 잘못 잡아당겨 옷이 찢어졌다. 추씨는 이를 불길한 징조라 여기고 아내에게 말하길,

“내가 막 출옥하였는데, 개가 이런 방정맞은 짓을 했네. 요산사에서 막 새 건물을 짓는다고 하니 그곳 인부들에게 먹을 것을 대접했으면 하오. 이 개를 잡아서 삶고 국수 다섯 말을 곁들여 보냅시다.”

추씨 아내는 남편이 하자는 대로 따랐다. 다음 날, 추씨가 절에 가면서 노복에게 함을 메고 따라오라고 하였다. 요산사에 도착했는데 승려가 산문 밖에서 기다리다가 그들을 맞으며 말하길,

“함을 풀지 마시오. 개고기와 국수를 가지고 오지 않았습니까?”

추씨가 깜짝 놀라 어찌 된 일인지 물었다. 승려가 대답하길,

“시주[3]께서 우리 절에 오래 다니셨으니 이 일을 차마 말씀드릴 수가 없지만, 또 말씀을 드리지 않자니 부탁받은 바를 저버리게 되어 할 수 없이 말씀드립니다. 어젯밤 꿈속에 시주의 부친께서 나와 말씀하길, ‘내가 전생의 인연에 연연했기 때문에 해탈을 할 수가 없어 우리 집의 개로 태어났습니다. 그래서 내 아들이 돌아오는 것을 보면 꼭 나가서 맞이해 주었지요. 마침 감옥에서 풀려나 돌아오는 길이라 크게 기뻐하다가 잘못하여 그 옷을 찢었는데, 아들이 며느리와 상의하여 나를 잡아서 인부들 음식으로 보냈습니다. 비록 죽게 되었지만,

3 檀越: 산스크리트어의 음역어로, 절이나 승려 또는 가난한 사람들에게 재물을 베푸는 이를 말한다. 통상 施主라고 하나 陀那鉢底・陀那婆로 音譯하거나 檀越施主・檀越主・檀那主・檀主 등으로 번역하기도 한다.

운이 좋으면 축생의 몸을 버리고 다시 태어날 수 있을 것입니다. 만약 칼로 살을 자르고 저미는 고통을 피할 수만 있다면 스님의 은혜가 매우 클 것입니다. 살아생전에 약간의 은을 몰래 부엌 밖에 묻어 두었는데, 다른 사람들이 훔쳐 갈까 걱정되어 항상 그 위에 누워서 잤습니다. 번거롭겠지만 내 아들에게 이 사실을 잘 전해 주시고 그것을 꺼내서 불사를 올리게 하여 저의 명복을 빌게 하고 나머지를 가지고 풍족히 잘살 수 있게 해 주십시오.'"

추씨는 스님의 이야기를 듣자 슬퍼하고 비통해하며 말하길,

"우리 집 개는 매일 밤 실제로 그곳에서 잠을 잤었답니다."

곧 절 뒤편에 개를 묻어 주고 집으로 돌아가 은을 숨겨 둔 곳을 파보니 과연 스님이 말해 준 만큼의 은이 묻혀 있었다. 이에 요산사에서 수륙재[4]를 올렸다.

4 水陸齋: 본래 명칭은 '法界聖凡水陸普度大齋勝會'지만 '水陸會 · 水陸道場 · 水陸法會'라고 약칭하며 통상 水陸齋라고 칭한다. 수륙재는 十方諸佛과 聖賢을 모두 모시고 六道 중생이 인연과 근기에 따라 설법을 듣고 공양을 받아 救度하는 것이어서 그 규모가 대단히 크다. 南朝 梁武帝 때 시작되어 송대에 매우 성행하였다.

02 장돈이 꿈에서 행한 의술張敦夢醫

盧陵人張敦, 精於醫術, 浪跡嶺外. 嘗僑寓潮州, 夢人邀去, 大屋沈沈如王居, 立侯門左, 吏導之使入. 及廷下, 望其上帟幕赫然, 主人冠服正坐. 一少年著淺色衣, 紅勒巾, 引敦上診脈, 敦云: "腎藏風虛, 恐耳鳴爲害." 冠服者曰: "連日正苦耳痛, 看得極好, 且覓藥." 顧少年: "可與錢二十千." 敦未暇予藥, 驚而寤, 不省爲何處, 疑必神祠也.

明日徧訪求, 至南海行廟, 盡憶所歷. 引而上者, 蓋東廡小殿王子也. 登正殿瞻視, 神像左耳黃蜂巢焉. 卽謹剔去, 焚香再拜而退. 又明日, 郡之稅官折簡來云: "客船過務敗稅, 抵言是君家物, 果否?" 敦念初無此, 亟往證其妄. 見舟人已繫梁閒, 遙呼曰: "某乃劉提舉姻家蔡秀才田客, 知君與提舉厚, 又與監稅游, 故託以爲詞爾." 敦爲營解縱去. 旣而蔡來謝, 且餉布帛之屬, 正直二十千. 提舉者, 劉景也.

여릉[5] 사람 장돈은 의술에 뛰어났는데, 영외[6]를 정처 없이 떠돌다 일찍이 조주[7]에 잠시 머문 적이 있었다. 하루는 꿈에 어떤 사람이 그

5 盧陵: 江南西路 吉州(현 강서성 吉安市)의 별칭이다. 秦始皇 26년(前221)에 설치한 盧陵縣에서 유래하였으며, 開皇 10년(590)에 吉州로 개칭한 뒤 唐代에 여릉과 길주로 몇 차례 개칭하였고, 송대에는 길주라 칭하였으나 여전히 여릉이 별칭으로 쓰였다.

6 嶺外: 五嶺산맥 이남 지역인 현 광동성 · 광서자치구 · 해남성을 뜻하는 嶺南의 별칭으로 송대에는 廣南東路와 廣南西路가 이에 해당한다. 오령산맥은 江西 · 湖南과 廣東 · 廣西 사이를 가르는 大庾嶺 · 騎田嶺 · 都龐嶺 · 萌渚嶺 · 越城嶺 등 5개 산맥을 가리킨다.

7 潮州: 廣南東路 소속으로 치소는 海陽縣(현 광동성 潮州市 潮安區)이고 관할 현은 3개, 州格은 軍事州이다. 복건성과 접한 현 광동성 동남부 潮州市 · 汕頭市 · 揭陽

를 데리고 어디론가 갔다. 커다란 집은 깊고 그윽하여 마치 왕후장상이 사는 집처럼 보였다. 문의 왼쪽에서 서서 기다리니 서리가 그들을 안내하며 들어가게 하였다. 대청 아래 이르러 그 위를 보니 장막이 눈에 확 들어왔고, 주인이 의관을 갖추고 정좌하고 있었다. 엷은 색 옷을 입고 홍색의 두건을 묶은 한 소년이 장돈을 이끌고 올라가 진맥을 하게 하였다. 장돈이 진맥을 하고 나서 말하길,

"신장의 기가 허하여 아마도 이명 때문에 힘들어하실 것입니다."

의관을 갖춘 주인이 말하길,

"정말로 연일 귀가 아파 아주 고통스럽소. 병을 아주 잘 보는구려. 어서 약을 처방해 주시오."

그는 소년을 돌아보며 이르길,

"이분에게 돈 20관을 드리도록 해라."

장돈은 약을 줄 틈도 없이 놀라 꿈에서 깨어났다. 그곳이 어디인지 알 수가 없었고, 아마도 분명 어떤 사묘일 것이라고만 추측하였다. 다음 날 사방을 둘러보며 그 장소를 찾다가 남해행묘에 이르렀을 때 비로소 자신이 봤던 것들이 모두 기억났다. 자기를 이끌고 위로 올라갔던 소년은 대략 동쪽 행랑채 작은 전각의 왕자였다. 정전으로 가서 올려다보니 신상의 왼쪽 귀에 말벌이 집을 짓고 있었다. 즉시 조심스럽게 벌집을 제거하고 향을 피운 뒤 재배하고 물러났다.

이튿날, 조주의 세무 관리가 편지를 보내서 묻길,

"외부에서 들어온 배가 상세무[8]를 통과하면서 탈세를 하였는데, 다

市에 해당한다.

8 務: 통상 무역 관련 업무를 총괄하는 부서인 市舶務를 뜻한다. 하지만 송대 시박

들 당신 집안의 화물이라고 말합니다. 맞습니까?"

장돈은 생각해 보니 애당초 그런 일이 없기에 잘못된 일이라고 말하려 급히 상세무로 달려갔다. 멀리서 보니 뱃사람들은 이미 기둥 사이에 묶여 있었다. 그들은 저 멀리 장돈이 보이자 큰 소리로 말하길,

"저는 바로 제거관[9] 유씨의 인척인 수재[10] 채씨 댁의 소작인입니다. 선생께서 유 제거관과 돈독한 사이이고, 또 감세관[11]과도 잘 아는 사이라기에 선생의 명의를 빌렸을 뿐입니다."

장돈은 수재 채씨를 위해 감세관에게 잘 설명하여 문제를 해결해서[12] 배를 출발할 수 있게 해 주었다. 얼마 후 수재 채씨가 감사의 인사를 전했고, 또 포백 등을 선물로 보내 주었는데 그 값이 딱 20관에 해당하였다. 제거관은 바로 유경이라는 사람이다.

무는 廣南東路의 광주, 福建路의 泉州, 兩浙路의 임안부 · 明州 · 溫州 · 秀州 · 江陰軍 등에 설치하였을 뿐 조주에는 설치되지 않았다. 물론 시박무 설치와 상관없이 조주에서는 해외 무역이 상당한 규모로 이루어졌고, 특히 광주나 천주 시박사가 세금을 과도하게 부과할 경우, 이를 피해 조주로 들어오는 편법 무역도 성행하였다. 여기에서는 상세무로 번역하였다.

9 提擧: 본래 각 지방관을 관리 감독하는 직책에서 출발하였으나 송대에는 특정 업무를 주관하는 전문 관리직으로 바뀌어 常平司 · 市舶司 등에 提擧常平 · 提擧市舶 등을 임명하였다.

10 秀才: 西漢 때 '孝廉을 통한 관리 선발제도'를 뜻하는 말로 쓰였고 東漢 때 光武帝 劉秀를 피휘하여 '茂才'로 고쳐 부르기도 하였다. 당 · 송대에는 학교의 生員이나 과거에 응시한 수험생의 통칭으로 쓰였고, 명 · 청대에는 府 · 州 · 縣學의 학생을 뜻하였다.

11 監稅: 상세 징수 책임을 맡은 세무 관리의 총칭이다. 감세의 구체적인 명칭은 監臨安府新城縣稅, 監嘉興府都稅院, 監衢州都稅務, 監饒州在城商稅務 등 매우 다양하다.

12 營解: 본래 '위험이나 곤경에서 벗어나게 해 준다'는 뜻으로, 중재하다 등의 뜻이 있다.

03 추밀사 관사인管樞密

縉雲管樞密爲士人時, 正旦夙興, 出門遇大鬼數輩, 形貌獰惡, 叱問之. 對曰: "我等疫鬼也, 歲首之日, 當行病於人間." 管曰: "吾家有之乎?" 曰: "無之." 曰: "何以得免?" 曰: "或三世積德, 或門戶將興, 或不食牛肉, 三者有一焉則我不能入, 家無疫患." 遂不見.

동지추밀원사[13]를 역임한 처주 진운현[14] 사람 관사인[15]이 사인[16] 시절, 정월 초하룻날 아침 일찍 일어나 대문 밖을 나갔다가 커다란 귀

13 知樞密院事: 군사 관련 업무를 총괄하는 樞密院 장관의 본래 명칭은 樞密使이며, 다른 직책을 맡은 상태에서 추밀원 업무를 관장할 때는 知樞密院事라고 구분하고, 약칭은 知院이라고 하였다. 하지만 樞密使와 知樞密院事는 사실상 다를 바가 없어 둘 다 추밀원 장관의 호칭으로 통용되었다. 또 재상 겸직 금지 원칙을 어기고 재상 呂夷簡을 추밀원사로 임명하면서 判樞密院使로 임명한 사례도 있으며, 휘종은 知樞密院事를 임명하는 대신 기안권이 제한된 簽書樞密院事에게 대행하게 했고 다시 첨서추밀원사를 領樞密院事로 바꾸기도 하였다.

14 縉雲縣: 兩浙路 處州 소속으로 현 절강성 남중부 麗水市 북동쪽의 縉雲縣에 해당한다.

15 管師仁(1045~1109): 자는 元善이며 兩浙路 處州 縉雲縣(현 절강성 麗水市 縉雲縣) 사람이다. 강직한 성품의 소유자로 부패한 관리를 엄격하게 탄핵했으며 建昌軍 지사로 재임 시 주민이 사당을 세울 정도로 선정을 베풀었다. 右正言·左司諫·工部侍郞·刑部尙書·揚州 지사·定州安撫使 등을 거쳐 吏部尙書가 되었는데, 모두 뛰어난 치적을 올렸다. 同知樞密院事가 되었으나 병으로 인해 資政殿學士로 사직하였다.

16 士人: 송대 사대부는 그 시대의 고유한 정체성을 지니고 있어 선비, 또은 독서인이라는 일반적 용어로 번역하기에는 적절하지 않다. 또 독서인·지식인의 의미를 지닌 '사인'과 과거 응시와 합격을 전제로 한 사실상 관리와 같은 의미의 '사대부'를 구분할 필요가 있다는 견해가 있으며 洪邁도 양자를 엄격하게 구분하였다.

신 한 무리를 만났다. 생긴 모습이 모질고 악해 보여 그들을 꾸짖고 뭣 하는 놈들이냐고 물었다. 귀신이 대답하길,

"우리는 역병을 몰고 다니는 귀신입니다. 정월 초하루면 사람들에게 병을 퍼뜨려야만 합니다."

관사인이 묻길,

"우리 집에도 들어왔느냐?"

대답하길,

"그런 일 없습니다."

관사인이 물어보길,

"어떻게 해서 역병을 면할 수 있었는가?"

그들이 답하길,

"삼대에 걸쳐 덕을 쌓거나, 가문이 장차 흥하거나, 소고기를 먹지 않았거나 이 세 가지 중 하나만 해당해도 우리는 들어갈 수 없습니다. 그런 집은 역병의 우환을 면할 수 있지요."

그리고는 곧 사라졌다.

04 소고산의 사묘小孤廟

呂愿中赴湖北轉運, 舟行過小孤山, 入謁廟, 見案上古銅洗甚奇, 有款識, 愛之. 白于神, 以所用銅盆易去, 置諸行李舟中, 揚帆而上. 薄晚繫纜, 獨此舟不來. 明日先行, 達九江, 商人繼至, 言後一舟沉溺, 方呼岸上人漉取輜重. 呂亟遣往視, 果也. 篙師云: "離廟下未遠, 便若有物縶柁底, 百計取之不能動. 初無風濤, 正爾覆溺." 點檢所載, 雖濕壞, 皆不失, 獨銅洗不知所如矣. 他日, 有客至廟中, 蓋宛然在故處.

여원중[17]이 호북전운사[18]로 부임하던 중 배가 숙송현 소고산[19]을 지나기에 사묘에 들어가 배알하였다. 그때 제단 위에 놓인 구리로 된 오래된 대야를 보았는데, 관지[20]가 있었기에 마음에 쏙 들었다. 여원

17 呂愿中: 자는 叔恭이며, 京東西路 應天府 宋城縣(현 하남성 商邱市 睢陽區) 사람이다. 秦檜의 추종자로서 호북전운사, 광서경략안무사를 역임하였으나 貪虐했다는 평판을 받았다. 진회 사후 封州로 유배되었다.

18 轉運使: 태조는 건국 직후부터 군수품 조달을 위해 각지에 임시 파견한 轉運使의 관할 구역으로 路를 설치하고 전운사에게 재정을 장악하게 하여 절도사의 실권을 크게 제한하였다. 태종도 전운사에게 치안·형사 업무는 물론 지방관에 대한 감찰 기능까지 부여해서 지방에 대한 행정권을 확실하게 장악할 수 있게 하였다. 하지만 후에 다시 군대를 관장하는 安撫使(帥司), 사법을 관장하는 提點刑獄公事(憲司), 전매와 救濟를 관장하는 提擧常平司(倉司) 등을 두어 전운사의 권한을 분산시켰다.

19 小孤山: 현 안휘성 安慶市 宿松縣을 흐르는 장강 변에 있는 작은 섬이다. 하지만 험준한 절벽과 산세로 유명하며 전략적 요충지여서 송대부터 봉수대를 설치하였다.

20 款識: 제례용 청동기나 종 등에 새긴 글씨나 표지를 뜻한다. 고대의 제례용 청동기에는 청동기를 주조하게 된 경위와 제작자 등이 새겨져 있다.

중은 신에게 고하며 자기가 쓰던 구리 동이와 바꾸어 놓고 원래 있던 것을 배에 있던 짐 보따리에 넣었다. 그러고는 돛을 올리고 출발하였다. 저녁 무렵 닻줄을 묶고 살펴보니 오직 짐을 실은 배만 도착하지 않았다.

다음 날 먼저 출발해 구강[21]에 이르렀는데, 상인들이 탄 배가 연이어 도착하면서 말하길 뒤에 오던 배 한 척은 가라앉았고 그때 마침 강변에 사람들이 있어 불러 물을 헤치고 짐을 꺼냈다고 했다. 여원중이 급히 사람을 보내서 가 보니 과연 그 짐이 실린 배였다. 배를 몰던 사공이 말하길,

"사묘를 떠나서 얼마 가지 않았는데, 마치 무엇인가가 있어 키의 끝을 잡아맨 것처럼 온갖 방법을 다 써 보았지만 배를 움직일 수가 없었습니다. 그리고 애당초 바람도 파도도 없었는데 곧바로 전복되어 가라앉았습니다."

실었던 짐을 모두 점검해 보니 비록 젖었고 손상이 되긴 했지만 유실된 것은 하나도 없었다. 다만 그 구리 대야만 어디로 갔는지 알 수 없었다. 훗날 어떤 과객이 사묘에 가보았더니 원래 놓여 있던 그 자리에 그대로 있었다고 한다.

21 九江: 江南東路 江州(현 강서성 九江市)의 별칭이다. 지명은 이 지역에 이르러 장강이 아홉 갈래로 나누어진다는 데서 유래하였다.

05 부지묘富池廟

興國江口富池廟, 吳將軍甘寧祠也, 靈應章著, 舟行不敢不敬謁, 牲牢之奠無虛日. 建炎間, 巨寇馬進自蘄黃度江至廟下, 求盃珓, 欲屠興國, 神不許, 至于再三, 進怒曰: "得勝珓亦屠城, 得陽珓亦屠城, 得陰珓則幷廟爇焉." 復手自擲之, 一墮地, 一不見. 俄附著于門頰上, 去地數尺, 屹立不墜. 進驚懼, 拜謝而出. 迄今龕護於故處, 過者必瞻禮. 殿內高壁上亦有二大珓, 虛綴楣間, 相傳以爲黃巢所擲也.

홍국군[22] 강구[23]에 부지묘가 있는데, 삼국시대 동오의 장군 감녕[24]의 사당이다. 영험함이 널리 알려져 지나가는 배마다 감히 이곳을 배알하지 않을 수가 없었다. 그리하여 희생을 올리며 제사 지내지 않는 날이 손꼽을 정도였다.

건염 연간(1127~1130)에 도적 마진이 대규모 병력을 이끌고 기주[25]

22 興國軍: 江南西路 소속으로 본래 永興軍인데 太平興國 3년(978)에 홍국군으로 개칭하였다. 치소는 永興縣(현 호북성 黃石市 陽新縣)이고, 관할 현은 3개이다. 호북 · 강서 · 안휘의 교계지로 현 호북성 동남부 黃石市의 남쪽과 咸寧市 동쪽에 해당한다.

23 江口: 본문의 강구는 興國軍 陽新縣 縣城 남쪽을 흐르는 富河가 동쪽의 장강과 합류하는 곳을 가리킨다.

24 甘寧: 자는 興霸이며 巴郡 臨江(현 중경시 忠縣) 사람이다. 삼국시대 동오의 西陵 태수로서 현 황석시 陽新縣과 下雉縣을 다스렸다. 黃初 3년(222) 촉과의 전투에서 사망하여 현 富池鎭 半壁山에 묻혔다.

25 蘄州: 淮南西路 소속으로 치소는 蘄春縣(현 호북성 黃岡市 蘄春縣)이고 관할 현은 5개, 州格은 防禦州이다. 현 호북성 동부 黃岡市의 동남쪽에 해당한다.

와 황주[26] 사이에서 장강을 건너 부지묘 아래에 이르렀는데,[27] 배교[28]를 던져 점을 치며 홍국군 주민을 도살하고자 하였다. 하지만 점을 친 결과 신이 허락하지 않는다는 점괘가 나오자 두세 번이나 더 점을 쳤다.

결국 마진은 홧김에 이르길,

"하나는 위로, 하나는 아래로 떨어지는 승교가 나오면 성내 사람을 도살하고, 2개 모두 평평한 쪽이 위로 향하는 양교가 나와도 도살할 것이며, 반대로 2개 모두 평평한 쪽이 땅에 닿는 음교가 나오면 도살은 물론 부지묘까지 몽땅 불사를 것이다."

마진이 다시 손으로 배교를 던지자 한 개는 바닥에 떨어졌지만, 한 개는 보이질 않았다. 잠시 후 보니 문 옆에 붙어 있었는데, 그 높이가 바닥에서 여러 척이나 되었고, 게다가 불뚝 솟아 있는데도 떨어지지 않았다. 마진은 놀랍고 두려워 신께 절하고 사죄한 뒤 밖으로 나갔다.

지금까지도 감녕의 감실은 원래 있던 곳에 보존되어 있는데, 지나가는 자들은 반드시 찾아가 예를 다한다. 신전 안의 높은 벽 위에 또 두 개의 큰 배교가 도리[29] 사이 허공에 걸려 있다. 전하는 바에 따르

26 黃州: 淮南西路 소속으로 치소는 黃岡縣(현 호북성 黃岡市 黃州區)이고 관할 현은 3개, 州格은 軍事州이다. 현 호북성 동부에 해당한다.

27 馬進에 관한 일화의 일부는 『夷堅甲志』, 권7-12, 「禍福不可避」에도 실려 있다.

28 盃珓: 길흉을 알아보기 위해 사묘에서 점치는 데 쓰는 도구를 말한다. 원래 조개를 이용하였으나 후에 대나무 등을 이용하여 마치 송편을 반으로 잘라놓은 것처럼 한쪽은 둥글고 한쪽은 평평하게 만든다. 2개를 함께 던져서 떨어진 모습을 보고 길흉을 점치는데, 둘 다 반듯하거나 뒤집어질 경우, 하나는 반듯하고 하나는 뒤집어질 경우 등 경우의 수는 셋이다.

29 楣: 기둥과 기둥 사이에 건너 얹는 나무인 도리, 또는 문지도리 위에 가로 건너지

면 황소[30]가 던진 것이라고 한다.

른 나무를 뜻한다.

30 黃巢(820~884): 曹州 寃句縣(현 산동성 菏澤市) 사람으로 과거에 떨어진 뒤 鹽商으로 활동하던 중 난민을 규합하고 王仙芝의 반란에 호응하여 거병하였다(875). 왕선지가 전사한 뒤 반군의 지도자가 되어 均平을 주장하고 전국을 횡행하며 관군을 격파하고 乾符 6년(879)에는 廣州를, 廣明 1년(880)에는 낙양과 장안을 점령하였다. 大齊를 건국하고 황제에 올랐으나 곧 퇴각하고 中和 4년(884)에 피살되었다. 전국을 流賊처럼 전전하며 파괴하였고, 특히 대운하 조운체계를 파괴하여 당조의 멸망을 촉진하였다.

제남 사람 왕씨濟南王生

濟南王生, 參政慶曾宗人也. 登第出京, 行數十里間, 憩道旁舍. 主人亦士子, 留飮之酒. 望舍後橫屋數楹, 簾幙華楚, 問爲誰, 曰: "某提擧赴官閩中, 單車先行, 留家於此, 以俟迎吏, 今累月矣." 遙窺其內, 隱隱見女子往來, 甚少艾, 注目不能去.

抵暮留宿, 主人夜與語, 因及鄕里門閥. 審其未娶, 爲言: "提擧家一女, 極韶媚, 方相託議親, 子有意否?" 生欣然, 唯恐不得當也. 主人爲平章, 翌日約定. 女之母邀相見, 曰: "吾夫遠宦, 鍾愛息女, 謀擇對甚久, 不意邂逅得佳壻. 彼此在旅, 不能具六禮, 盍相與略之." 乃草草備聘財, 擇日成婚, 且許生挈女歸濟南.

須至閩遣信來迎, 旣別, 不復相聞, 生不以爲疑, 女固自若. 歷四五年, 生二子, 起居嗜好與常人不殊, 但僮僕汲水時, 只用前桶而棄其後, 以爲不絜. 自携一婢來, 凡調飪紉縫, 非出其手不可, 夜則令臥床下. 忽告生云: "我體中不佳, 略就枕, 切勿入房驚我." 生然之. 俄頃, 震雷飛電, 大雨滂沛, 火光煜然, 盡室危怖. 移時始定, 女與婢皆失所在矣.

初, 生之入京, 道經某處龍母祠, 因入謁, 睹龍女塑容端麗, 心爲之動, 默念他年娶妻如此, 足慰人心. 及出門, 有巨蛇蟠馬鞍上, 驅之弗去, 始大恐, 復詣祠拜而謝過. 洎出, 乃不見. 後遇玆異, 識者疑其龍所爲云.

제남[31] 사람 왕씨는 참지정사[32]를 지낸 자가 경증인 왕차옹[33]의 종

31 濟南: 京東東路 齊州의 별칭이지만 政和 6년(1116)에 濟南府로 승격되어 정식 행정지명이 되었다. 치소는 歷城縣(현 산동성 濟南市 歷城區)이고 관할 현은 5개, 軍

친이다. 과거에 급제한 후 도성에서 나와 수십 리를 가다가 길가의 한 민가에서 쉬려고 하였다. 그 집의 주인은 역시 사대부 집안 사람이라 집에 머물게 한 뒤 술을 대접하였다. 왕씨가 집 뒤를 바라보니 집 본채 뒤에 늘어선 행랑채[34]가 여러 칸[35] 있었는데, 늘어진 주렴과 장막이 화려했다. 누가 사느냐고 물어보자 대답하길,

"제거관 모씨가 민중[36]으로 부임하게 되어 본인만 수레를 타고 먼저 출발했고, 집안 식구들을 이곳에 남겨 두었다고 합니다. 가족들은 그가 영리[37]를 보내오길 기다리고 있다는데 저 집에 머무른 지는 몇

은 1개, 州格은 節度州이다. 춘추전국시대 齊國에서 유래한 齊州과 漢代 濟南郡에서 유래한 濟南이 함께 지명으로 쓰였다. 현 산동성 중서부에 해당한다.

32 參政: 부재상인 參知政事의 약칭이다. 唐代에 中書令·侍中·尙書僕射 이외의 관리가 재상 업무를 맡게 될 경우, 임시 파견직임을 밝히기 위해 생긴 관명이지만, 송대에는 상설 부재상으로서 同平章事·樞密使·樞密副使와 함께 宰執의 일원이었다. 송 초에 본래 재상 曹普의 보좌역으로 설치하였다가 조보의 전횡을 막기 위해 권한이 강화되었다. 元豐 3년(1080) 관제 개혁으로 폐지되었다가 남송 때 다시 회복되었다. 정원은 통상 2~3명이었고, 남송 때에는 3명을 유지하였지만 1~4명인 경우도 있었다.

33 王次翁(1079~1149): 자는 慶曾이고 京東東路 齊州 歷城縣(현 산동성 濟南市 歷城區) 사람이다. 處州 지사를 지냈지만, 관운이 좋지는 못하였는데, 후에 秦檜의 심복을 자청하여 吏部員外郞·秘書少監·起居舍人·中書舍人·工部侍郞·御史中丞으로 고속 승진하였다. 진회를 대신해 재상 趙鼎을 비판한 공으로 參知政事가 되어 주화론을 대변하면서 韓世忠·張浚·악비의 병권을 해제하였고, 고종 생모의 귀국 문제를 담당한 禮儀司 파견을 거부해 실각하였다. 진회의 走狗라는 악평이 자자하였다.

34 橫屋: 본채 앞의 양쪽에 늘어선 방을 뜻한다. 대문간에 붙어 있는 행랑채의 성격을 지니고 있다.

35 楹: 방 한 칸을 뜻하는 量詞로 쓰였다.

36 閩中: 복건의 별칭이다. 본래 秦이 중국을 통일하고 현 복건성에 설치한 郡의 명칭에서 유래하였다. 秦末에 폐지되었으나 복건을 가리키는 말로 널리 쓰였다.

37 迎吏: 송대 관아에서 경비와 파견 등의 업무를 담당하였던 군졸인데, 부임하는 관리를 맞이하기 위해 파견되기도 했다. 통상 迓兵·迓卒이라고도 한다.

달 됐습니다."

멀리서 그 집안을 들여다보니, 얼핏얼핏 여자가 돌아다니는 것이 보였고, 매우 젊고 아름다워서 눈길을 돌릴 수 없었다. 날이 저물어 하루 묵고 가게 되자 주인은 밤에 그와 더불어 이야기를 나누었고, 고향과 집안에 관하여 물어보다가 왕씨가 미혼임을 알게 되었다. 그러자 그를 위해 말하길,

"제거관 집안에 딸이 하나 있는데 매우 아름답고 귀엽다오, 마침 신랑감을 찾아 달라고 부탁을 해 온 터라 그런데 그대는 생각이 어떠하오?"

왕씨는 흔쾌히 수락하고 오로지 성사가 되지 못할까 걱정할 뿐이었다. 집주인이 중매[38]를 서서 다음 날 약속을 정했다. 딸의 어머니는 왕씨를 맞으며 말하길,

"우리 남편이 멀리 부임하였으나 이 딸[39]을 각별하게 사랑하여 사윗감을 고른 지가 꽤 오래되었는데 예상치 못한 좋은 사윗감을 얻게 되었네요. 피차 이동 중이어서 육례를 갖출 수는 없으니 서로 생략하는 것이 어떻겠습니까?"

이에 간단하게 빙재[40]를 준비하고 택일하여 혼례를 마쳤으며, 왕씨

38 平章: 平章은 통상 '平正彰明'을 뜻하나 '상의하여 처리하다'라는 뜻도 있다. 본문에서는 중매로 번역하였다.

39 息女: 다른 사람의 면전에서 자기의 딸을 칭하는 말이다.

40 聘財: 결혼 전에 결혼을 약속하는 의미로 주고받는 예물로서 聘禮의 중심이다. 빙재는 신랑 측이 중매인을 앞세워 신부의 집을 방문해서 혼인 의사와 함께 전달한다. 신부 측에서도 약간의 예물을 준비하여 사의를 표하는데 이를 가리켜 還禮라고 한다. 빙재는 혼례 절차의 하나로서 唐代에 법적으로 규정될 정도로 중시되었고 송대에는 더욱 그러하였다.

가 딸을 데리고 제남으로 돌아가는 것을 허락하여 주었다. 곧 복건에서 보낸 편지와 함께 아병이 와서 딸은 가족과 이별하였다. 그 후로 다시는 서로 소식을 전하지 못하였으나 왕씨는 이를 이상하다고 여기지 않았고, 딸도 그것을 아주 자연스레 생각하였다.

그 뒤로 4, 5년이 흘렀고 두 아들을 낳았다. 생활하는 것이나 좋아하는 것 모두 보통 사람들과 다르지 않았다. 다만 노복이 물을 길어오면 그저 물통 위의 것만 마시고 아래의 물은 버렸는데, 그것은 아래의 물이 깨끗하지 않다고 여겼기 때문이다. 또 시집오며 데리고 온 여종이 한 명 있었는데 음식을 만들거나 옷을 짓거나 그 여종이 한 것이 아니면 손대지 않았고, 밤에는 그녀에게 침상 아래에서 누워 자라고 하였다.

그런데 하루는 아내가 왕씨에게 갑자기 말하여 이르길,

"내 몸이 좋지 않아서 잠시 누워 있으려고 합니다. 절대 방 안으로 들어와 나를 놀라게 하지 마세요."

왕씨가 아내가 시키는 대로 하였다. 그런데 잠시 후 천둥과 번개가 치며 큰비가 쏟아붓듯 내리더니 불빛이 환하게 빛났다. 온 집안사람들이 위험하다고 느끼며 두려워하였다. 잠시 후 비로소 안정되었지만, 아내와 여종 모두 어디론가 사라져 보이질 않았다.

애초 왕씨가 도성으로 가던 중 모처에 있는 용모사라는 사묘에 들어가 배알하였다. 그때 용녀의 소조상을 바라보곤 너무 단아하고 수려한 그 모습에 심장이 마구 뛰었다. 그리고 훗날 이 용녀처럼 아름다운 여인을 아내로 맞이할 수 있다면 자신의 마음에 족히 위안이 될 것이라고 속으로 생각하였다. 사묘의 대문을 나오려는데 큰 뱀이 말안장에 똬리를 틀고 있었고 쫓아내려고 했지만 가지 않았다. 그제야 비로소 크게 두려워서 다시 사당으로 가서 배알하고 사죄하였다. 다시 나왔을 때 비로소 뱀이 사라져 보이지 않게 되었다. 이후 이러한 기이한 일을 겪게 되었는데 알 만한 사람들은 이 모든 것이 그 용이 한 일이라고 생각하였다.

07 해염현의 한 도인海鹽道人

王觀復待制, 崇寧初爲海鹽令, 當春月, 啓縣圃賣酒, 游人沓至. 王長子鉞, 字秉義, 年十餘歲, 亦縱目焉. 逢一野道人, 擧手前揖, 呼爲"供奉", 談笑久之乃去. 鉞惡其官稱, 歸以白父, 莫測所謂也. 後十年, 政和官制行, 改西頭供奉官爲秉義郞, 始悟道人之言, 乃更名鈇, 而字承可.

자가 관복인 대제[41] 왕본[42]은 숭녕 연간(1102~1106) 초에 수주 해염현[43] 지사가 되었다. 봄이 되자 현의 관아 내에 있는 정원을 개방하고 술을 팔자 상춘객이 답지하였다. 자가 '병의'인 왕본의 큰아들 왕월은 당시 나이가 십여 세쯤이었는데, 그 역시 와서 여기저기 기웃거리고 있었다. 왕월은 우연히 떠도는 도인을 한 사람 만났는데, 그는 손을

41 待制: 待制는 황제의 명령을 대기하는 시종관 직책을 말한다. 唐太宗 때 5품 이상의 京官에게 中書省과 門下省에서 숙직하며 황제의 방문에 대비하게 한 데서 유래하였다. 송대에도 龍圖閣 · 天章閣 · 寶文閣 등 궁중 주요 전각마다 정3품인 閣學士, 종3품인 直學士, 종4품인 學士와 待制를 두었다. 종4품관 이상의 고관이고, 황제의 측근이라는 점에서 중시되었는데, 직급은 學士와 같으며 같은 직급의 경우 서열은 전각의 설치 순에 따랐다. 역대 대제의 위상은 송대가 가장 높았다.

42 王本: 자는 觀復이며 江南西路 洪州 分寧縣(현 강서성 九江市 修水縣) 사람이다. 元豐 연간에 과거에 급제하였으며 海鹽縣 지사로 있으면서 배수를 위해 松江을 준설하였으나 공사로 인해 사망자가 많았다. 揚州 지사 겸 淮南東路 兵馬鈐轄을 지냈다.

43 海鹽縣: 兩浙路 秀州 소속으로 현 절강성 북동부 嘉興市 남동쪽의 海鹽縣에 해당한다.

들어 앞에서 읍을 하며 그에게 '공봉'이라 부르고 한참 웃으며 이야기를 나눈 후 가 버렸다.

왕월은 '공봉'이라는 관직명이 싫어서[44] 집으로 돌아가 아버지 왕본에게 말했지만, 왕본도 도인이 말한 '공봉'이 무슨 말인지 짐작할 수 없었다. 10년 뒤 정화 연간(1111~1118)에 관제를 개혁하면서 서두공봉관[45]을 병의랑[46]으로 바꿨는데 이때 비로소 도인의 말뜻을 깨달을 수 있었다. 이에 이름을 '부'로, 자를 '승가'로 고쳐 주었다.

44 供奉: '공봉'은 황제의 좌우에서 시중드는 사람을 뜻하지만, 唐代에는 侍御史 9명 가운데 3명을 內供奉으로 임명하였고, 玄宗이 '翰林供奉'을 임명한 사례도 있었다. 송 역시 무관은 '東·西頭供奉官', 환관은 '內東·西頭供奉官'이라고 하였기 때문에 환관 고유 직책은 아니었지만, 무관과 환관 모두 경시되었기 때문에 싫어한 것 같다.

45 西頭供奉官: 政和 2년에 궁중 내 기구로 환관 조직인 入內內侍省과 무관 조직인 內侍省의 직명을 고쳐 東·西頭供奉官을 필두로 이하 11개 단계를 만들었다. 품계는 북송 전기에는 8품, 원풍 개혁 이후 종8품이었다.

46 秉義郎: 무관 寄祿官 52개 품계 중 46위이며 從8품에 해당한다.

08 두 마리 자라가 읊은 시二鼈哦詩

王承可侍郞, 建炎末居分寧田舍, 夢黑衣男女僅三十輩, 兩人如夫婦, 立於前, 餘皆列于後, 泣拜乞命. 夢中似許之. 明日, 縱步門外, 逢村民負鼈來, 傾置地上, 二大者居前, 餘二十六枚在後. 恍憶昨夕事, 盡買之, 放諸溪流. 是夜夢二黑衣來謝, 且哦詩兩句云: "放浪江湖外, 全勝沮洳時." 超然有自得之貌, 喜色可匊. 蓋向者處陂澤之間, 而爲人所取也.

자가 승가인 시랑 왕부[47]는 건염 연간(1127~1130) 말에 고향인 홍주 분녕현[48] 농가에 머물렀는데, 꿈에 검은 옷을 입은 남녀가 30명 가까이 나타났다. 부부같이 보이는 두 사람이 앞에 서 있었고, 나머지는 모두 그 뒤에 줄을 서서 있었는데, 울면서 목숨을 살려 달라고 절하였다. 잘 기억 나지는 않지만 꿈에서 그들의 부탁을 들어주겠다고 허락한 것 같았다.

다음 날 대문을 나와 발길 가는 대로 걷고 있다가 자라를 등에 지고 오는 한 촌민과 우연히 마주쳤다. 촌민은 잠시 자라를 바닥에 내려놓았는데, 큰 것 두 마리가 앞에 있고, 나머지 스물여섯 마리가 그

47 王鈇(?~1149): 본명은 王鉞, 자는 承可로 江南西路 洪州(현 강서성 南昌市) 사람이다. 秦檜의 추천으로 출사하여 直秘閣 · 兩浙西路提點刑獄 · 兩浙西路轉運副使 · 戶部侍郞 · 湖州 지사 · 廣州 지사 등을 지냈다. 호부시랑 때 양절로 經界法을 추진하였다.

48 分寧縣: 江南西路 洪州 소속으로 현 강서성 북서부 九江市 서쪽의 修水縣에 해당한다.

뒤에 있었다. 돌연 어젯밤 꿈이 떠올라 그것을 모두 사서 흐르는 시냇물에 놓아주었다. 그날 밤 꿈에 다시 검은 옷을 입은 두 사람이 찾아와 감사의 인사를 하였고, 또 시 두 구절을 읊으며 이르길,

"강호 밖으로 정처 없이 떠돌았는데, 이젠 낮은 습지에서 마음껏 몸을 펼칠 때가 되었구나!"

활연한 태도가 무엇인가 뜻을 이룬 모양이었고, 희색이 가득했다. 아마 예전에 연못가에 살았던 자라로 누군가에 의해 잡힌 바 되었다가 풀려나서 그런 것 같았다.

09 통판 장씨張通判

乾道六年, 縉雲人張某爲韶州通判, 隨行僕與婢通, 事敗, 擒付獄. 陰諭錄參吳君, 使斃之, 吳以白郡守周濟美, 周以爲不可, 使正法具獄, 杖脊, 配隸嶺北. 張意不滿, 擇本廳軍校使護送, 戒云: "殺之而歸, 當厚賞." 校奉命就道, 越二日, 拉殺之于南雄境上. 是夜, 周夢僕泣訴曰: "某有罪, 賴使君全活之恩, 今竟爲通判所殺, 幸使君哀之." 明日, 窮治其事, 軍校者已歸, 趣治之, 亦坐決配. 張在書室, 見僕立于前, 方以未押行爲怒, 忽無所睹, 即仆地, 遂得疾暴下, 踰旬而卒.

건도 6년(1170) 처주 진운현 사람 장모씨가 소주[49] 통판으로 있을 때 수행하던 노복과 여종이 사통하였는데 일이 드러나자 붙잡아 감옥에 가두었다. 그리고 녹사참군사[50] 오씨에게 그들을 죽이라고 은근히 분부하였다. 오씨는 이를 자가 제미인 지사 주순원[51]에게 보고하자 지사는 그럴 수 없다고 하며 그들에게 법대로 하여 판결한[52] 뒤 척

49 韶州: 廣南東路 소속으로 치소는 曲江縣(현 광동성 韶關市 曲江區)이고 관할 현은 5개, 州格은 軍事州이다. 현 광동성 중북부 韶關市의 서쪽에 해당한다.

50 錄參: 州·軍에서 감옥 관리와 속관에 대한 규찰 업무를 주관하였던 관리인 錄事參軍事의 약칭이다. 錄事參軍·錄事 등으로도 칭하였다. 품계는 7~8품관이었고, 元祐 연간 이후로는 종8품이었다.

51 周舜元: 자는 濟美이며 韶州 지사로 熙寧 5년(1072)까지 5년을 재임하였다. 周敦頤와 程顥·程頤 사당인 先賢祠를 韶州 州學에 건립함으로써 광남 지역에 이들의 학문이 보급되는 데 크게 기여하였다.

52 具獄: 판결의 근거가 되는 모든 문서를 갖춘다는 뜻이며, 판결을 확정한다는 뜻으로도 쓰인다.

장에 처하고 광동 이북 지역으로 유배를 보냈다. 장씨는 불만에 차서 소주 관아에 속한 장교 한 명을 골라 그에게 죄인들을 호송하라고 시킨 뒤 그에게 당부하길,

"그들을 죽이고 돌아와라. 그러면 후하게 상을 주겠다."

장교는 명을 받들고 길을 가던 중 이틀 뒤 남웅주[53] 관할 지역에서 그들을 몽둥이로 쳐서 죽였다. 그날 밤 주순원이 꿈을 꾸었는데 노복이 읍소하길,

"제가 죄를 지은 것은 맞습니다만 지사님 덕분에 목숨만은 부지할 수 있게 은혜를 입었습니다. 그러나 지금은 결국 통판에 의해 죽임을 당했습니다. 원컨대 지사께서는 저를 불쌍히 여겨 주십시오."

다음 날 그 사안에 대해 모두 캐묻고 장교라는 자가 이미 소주로 돌아와 있기에 급히 그를 조사하니 역시 연루된 것이 밝혀져 유배형에 처하였다. 통판 장씨는 서재에 있었는데 노복이 앞에 서 있는 것을 보았다. 마침 아직 압송되지 않은 것에 화를 내려는데 갑자기 그가 보이지 않았다. 장씨는 곧 바닥에 쓰러졌고, 마침내 병을 얻어 심하게 설사하더니 열흘이 지나 죽고 말았다.

53 南雄州: 廣南東路 소속으로 본래 雄州인데 河北東路 雄州와 구분하기 위해 開寶 4년(971)에 남웅주로 개칭하였다. 치소는 保昌縣(현 광동성 韶關市 南雄市)이고 관할 현은 2개, 州格은 軍事州이다. 현 광동성 중북부 韶關市의 동북쪽에 해당한다.

10 손사도孫士道

福州海口巡檢孫士道, 嘗遇異人, 授符法治病, 甚簡易, 神應響答. 提刑王某之弟婦得疾, 爲物凴焉, 斥王君姓名, 呼罵不絶口. 如是踰年, 禳祀禱逐無不極其至, 不少痊. 聞孫名, 遣招之. 孫請盡室齋戒七日, 然後冠帶焚香, 親具狀投天樞院.

弟婦已知之, 云: "孫巡檢但能治邪鬼爾, 如我負寃何?" 及孫至, 邀婦人使出. 王曰: "病態若此, 呼者必遭咄罵, 豈有出理?" 孫曰: "試言之." 婦欣然應曰: "諾. 少須, 盥洗卽出矣." 良久, 整衣斂容如平時, 見孫曰: "我一家四人皆無罪而死於非命, 旣得請上天, 必索償乃已, 法師幸勿多言." 且披其胸示之云: "被酷如此, 寃安得釋?" 孫但開曉勸解, 使勿爲厲, 卽再三拜謝而入. 孫密告王曰: "公憶南劍州事乎?" 王不能省. 孫先已書四人姓名于掌內, 展示之, 王頷首不語, 意殊悔懼. 蓋昔通判南劍日, 以盜發屬邑, 往督捕, 得民爲盜囊橐者, 禽其夫婦, 戮之. 其女嫁近村, 聞父母被害, 亟來哭, 悲號忿詈. 王怒, 又執而戮之. 女方有娠, 實四人併命也. 孫曰: "此寃於吾法不可治, 特可暫寧爾. 它日疾再作, 勿見喚也." 自是婦稍定, 越兩月復然, 訖王死, 婦乃安.

복주 복청현 해구진[54]의 순검[55]인 손사도는 일찍이 기이한 인물을

54 海口鎭: 福建路 福州 福清縣 소속으로 현 복건성 동중부 福州市 동남쪽 福淸市의 龍江 하구에 있는 海口鎭에 해당한다.

55 巡檢: 군사 · 치안 · 소방 · 전매 위반 규찰 업무를 담당하는 巡檢司의 책임자로서 통상 종8품 閤門祗侯 이상의 무관을 임명하는 州 巡檢使와 달리 軍 · 監 · 縣 · 鎭 · 寨 · 驛의 巡檢은 종8품 供奉官 이하의 무관을 임명하였다. 하지만 순검사의 약칭이 순검이고, 순검의 약칭이 巡이어서 명칭만으로는 구분이 모호하다. 巡檢

만나 부적으로 병을 치료하는 방법을 전수받았는데 매우 쉽고 간단했으며 신령이 잘 응답해 주었다. 제점형옥사 왕모의 제수가 병들었는데, 요물이 빙의하여 시숙인 왕씨의 성과 이름을 함부로 부르며 질책하고 쉴새 없이 욕을 해댔다. 1년이 넘도록 이렇게 지내면서 제사를 지내고 기도하는 등 빙의한 요물을 물리치려고 해보지 않은 일이 없었다. 하지만 조금도 나아지지 않았다.

그러다가 손사도의 이름을 듣고 사람을 보내 그를 초대하였다. 손사도는 가족 모두에게 7일 동안 재계하라고 요청하고, 재계를 마친 뒤 의관을 갖추고 분향을 하며 친히 글을 준비해 천추원[56]에 올렸다. 그러자 제수는 이미 그 사실을 알고서 말하길,

"순검사는 단지 사악한 귀신만 다스릴 수 있을 뿐, 저처럼 원통함을 안고 있는 귀신을 어떻게 다스리겠습니까?"

손사도는 왕씨 집에 도착하여 제수에게 나오라고 청하게 시켰다. 왕씨가 말하길,

"병증이 얼마나 심한지 제수를 부르러 가는 사람마다 반드시 꾸짖음과 욕설에 시달립니다. 어떻게 해서든 나오게 할 방법이 없는지요?"

손사도가 답하길,

"그래도 시험 삼아 말이나 해보시지요."

그러자 제수는 흔쾌히 응하겠다며 말하길,

司는 路의 提點刑獄司 소속이었다.

56 天樞院: 『道法會元』, 卷265에 따르면 천계를 총괄하는 紫微北極玉虛大帝 휘하에 文을 관장하는 上清天樞院과 武를 관장하는 北極驅邪院이 있어 모든 귀신을 통어한다고 한다.

"알겠습니다. 조금만 시간을 주시면 얼굴을 씻고 곧장 나가겠습니다."

얼마 후 평상시와 같이 옷을 잘 차려입고 얼굴을 매만진 여자가 손사도를 보고 말하길,

"우리 집 일가족 네 명이 모두 아무런 죄도 없이 비명횡사했습니다. 이미 하늘에 고하였으며 반드시 목숨을 갚아야 끝이 나니 법사께서는 여러 말씀하시지 않았으면 좋겠습니다."

여자는 자신의 가슴을 파헤쳐 손사도에게 보여 주며 말하길,

"잔혹하게 죽임당했던 것이 이와 같습니다. 맺힌 한이 어찌 풀어지겠습니까?"

손사도는 다만 좋은 말로 타이르고 한을 풀라고 권하는 수밖에 없었으며, 너무 심하게만 하지 말라고 당부하였다. 여자는 곧 두세 번 절하며 감사를 표하더니 집 안으로 들어갔다. 손사도가 은밀하게 왕씨에게 묻길,

"공께서는 남검주[57]에서 있었던 일을 기억하시는지요?"

왕씨는 기억에 없었다. 손사도는 먼저 네 사람의 이름을 손바닥에 쓰더니 그것을 보여 주자 왕은 고개를 끄덕이며 말을 잇지 못했다. 그는 매우 후회하며 두려워하였다. 대략 예전에 남검주에서 통판으로 있었을 때, 관할 읍성에 도적 떼가 일어났다. 왕씨가 가서 도적들을 체포하는 일을 감독하였는데, 한 백성이 보따리를 훔치는 것을 보

57 南劍州: 福建路 소속으로 四川의 劍州와 구분하기 위해 太平興國 4년(979)에 南劍州로 개칭하였다. 치소는 劍浦縣(현 복건성 南平市 延平區)이고 관할 현은 5개, 州格은 刺史州이다. 현 복건성 북서부에 해당한다.

고 그 부부를 잡아다 죽였다. 그 딸이 인근 마을로 시집갔는데, 부모가 죽임을 당했다는 사실을 듣고 급히 와서 곡을 하며 비통함에 소리치고 화를 내며 비난했다. 왕씨가 분노하여 다시 그녀를 잡아다 죽였다. 그녀는 당시 임신 중이어서 실제로 네 사람의 목숨을 앗아간 것이다. 손사도가 말하길,

"이런 원한은 나의 법술로는 다스릴 수 없고, 그저 잘해야 잠시 평안을 찾을 뿐이지요. 훗날 병이 재발하더라도 저를 부르지 마십시오."

이때부터 왕씨의 제수는 조금씩 안정을 찾더니 2개월이 지나 다시 발작하였다. 하지만 왕씨가 죽자 제수는 비로소 평안해졌다.

11 조주의 임산부潮州孕婦

乾道三年, 潮州城西婦人孕過期, 及産, 兒才如手指大, 五體皆具, 幾百枚, 蠕蠕能動. 以籃滿載投于江, 婦人亦無恙. 古今無此異也.

건도 3년(1167) 조주성의 서쪽에 사는 한 여자가 임신했다. 산달이 되어 분만하였는데, 아기는 겨우 손가락 크기만 했고, 사지가 모두 갖추어 있기는 했지만, 손가락과 발가락이 수백 개나 되었고, 모두 꿈틀거리며 움직였다. 광주리에 그것을 담아 강에 던졌다. 산모는 별 탈이 없었다. 자고이래 이처럼 기이한 일은 없었다.

12 장주의 꿈張注夢

邵武人張汪, 紹興丁卯秋試, 夢人以箸插于髻, 曰: "子欲高薦, 當如此乃可." 旣寤, 熟思之曰: "吾名汪, 若首加點, 則爲注." 乃更名注, 是年果薦送. 將試春官, 又夢綠衣小兒自袱中曳其衣曰: "勿遽往, 可待我也." 旣而不利, 至乾道己丑始以免擧再行, 而同里丁朝佐亦預計偕, 二人同登科. 朝佐正生於丁卯, 始悟前夢, 戲謂丁曰: "爲爾小子, 遲我二十一年." 相與大笑而已.

소무군[58] 사람 장왕은 소흥 정묘년(17년, 1147) 가을 해시를 쳤다. 꿈에 한 사람이 젓가락을 상투에 꽂으면서 말하길,

"그대가 좋은 점수로 천거되려면 응당 이처럼 되어야만 한다."

잠에서 깨어 깊이 생각하며 자문자답하길,

"내 이름이 왕汪이니 만약 머리에 점을 찍으면 곧 주注가 된다."

이에 이름을 주注로 고쳤더니 정말로 그해에 합격하여 천거되어 도성으로 보내졌다. 장차 예부에서 주관하는 성시[59]를 치르려고 하는

58 邵武軍: 福建路 소속으로 치소는 邵武縣(현 복건성 南平市 邵武市)이고 관할 현은 4개이다. 현 복건성 서북부 南平市 서쪽의 邵武市와 三明市 서쪽의 建寧縣에 해당한다.

59 春官: 『周禮』의 天官·地官·春官·夏官·秋官·冬官 등 6관의 하나로 禮制·祭祀·曆法 등을 담당한 大宗伯의 장관으로 후대 상서성 禮部尙書로 바뀌었다. 그런데 光宅 1년(684)부터 神龍 1년(705)까지 禮部를 春官, 예부상서를 春官尙書로 고친 일도 있어 후대 춘관은 예부를 뜻하는 말로 통용되었다. 省試를 주관한 부서이다.

데, 다시 꿈에 녹색 옷을 입은 어린아이가 강보에서 그의 옷을 잡으며 말하길,

"서둘러 가지 마세요. 저를 좀 기다려 주세요."

장주은 과거를 보았지만 합격하지 못했다. 건도 기축년(5년, 1169) 이르러 비로소 해시를 면제[60]받고 다시 성시를 보러 가는데, 같은 마을의 정조좌 역시 함께 가기로 했고, 두 사람은 동시에 급제하였다. 정조좌는 바로 정묘년에 태어났는데, 장주는 그제야 비로소 일전에 꾸었던 꿈의 뜻을 깨닫고 우스갯소리로 정조좌에게 말하길,

"너 같은 꼬맹이 때문에 내가 21년이나 기다려야 했나 보다."

그들은 서로 크게 웃었다.

60 免擧: 建炎 1년(1127), 高宗은 북송의 멸망과 전쟁의 혼란 속에서도 민심 회유를 위해 揚州에서 과거를 거행하면서 응시 자격을 대폭 완화해 주었고, 建炎 3년(1129)에는 省試 불합격자에게도 同進士出身을 소급 적용해 주었다. 또 紹興 1년(1131)에는 轉運司에 조서를 내려 元符 이후 과거에 응시하였거나 태학에서 공부한 관련 문건 등을 禮部로 올리게 하여 이런 특혜의 근거로 삼았다. 아울러 解試에 합격한 뒤 관련 증빙 문건을 잃어버리거나 훼손한 자에게는 京官 2명의 보증을 조건으로 소재지 州軍에서 해시 합격 증서를 발급해 주도록 하였다. 이런 혜택을 입은 자를 가리켜 '免解擧人', '免解進士'라고 한다.

13 유도창劉道昌

劉道昌者, 本豫章兵子, 略識字, 嗜酒亡賴, 橫□(市)肆間. 嘗以罪受杖于府, 羞見儕輩, 不敢歸, 徑登滕王閣假寐, 夢道士持一卷書置其袖, 曰: "謹祕此, 行之可濟人, 雖父兄勿示也." 戒飭甚至. 旣寤, □(書)在袖間, 頓覺神思洒落, 視其文, 蓋符咒之術. 還家卽繪事眞武像, 爲人治病行醮. 所書之符與尋常道家篆法絶異, 凡所療治, 或服符水·或掬香爐灰·或咒棗, 殊爲簡易. 且告人曰: "夜必有報應." 無不如□(意). 以治牛疫, 亦皆愈. 郡人久而知敬, 共作眞武堂居之. 初, 將鑿池取水施病, 盡, 忽有泉涌于庭, 極甘冽, 及加浚治, 正得一古井. 今其術盛行, 而道書不可得見, 但以符十許道刻石云.

유도창이라는 사람은 본래 예장[61] 병사의 아들로 대략 글을 알았지만, 술을 좋아하고 하는 일이 없이 저잣거리를 돌아다니는 건달이었다. 일찍이 죄를 지어 관아에서 곤장을 맞자 평소 어울리던 친구들을 보기가 부끄러워 돌아가지 못하고, 곧바로 등왕각[62]에 올라 낮잠을 잤다. 꿈에 한 도사가 책 한 권을 가져와 그의 소매에 넣어 두고 말하길,

"이 책을 잘 보관하여라. 이 책에 쓰인 것을 행하면 다른 사람을 구

61 豫章: 江南西路 洪州(현 강서성 南昌市)의 별칭이다. 서한 초에 豫章郡을 설치한 뒤 '豫章'이 洪州의 별칭으로 계속 사용되었다.

62 滕王閣: 현 강서성 南昌市 서북부 贛江 강변에 있는 누각으로 永徽 4년(653)에 처음 건설되었다. 당 태종의 동생 滕王이 건설을 주도해서 등왕각이라고 명명되었다. 등왕각은 호북성 무한의 黃鶴樓, 호남성 악양의 岳陽樓와 함께 강남 3대 누각으로 꼽힌다.

해 줄 수 있을 것이다. 비록 너의 아버지나 형에게라도 이 내용을 보이지 말거라."

그는 매우 엄격하게 타일렀다. 잠에서 깨어 보니 정말 소매 사이에 책이 들어 있었고, 순간 신령스러운 사고의 경지와 맑은 정신을 느낄 수 있었다. 그 책을 보니 대개 부적을 태운 잿물과 주문에 관한 방법을 다룬 것이었다. 집으로 돌아와 즉시 진무대제[63] 초상을 그려서 모시고, 사람들을 위해 병을 고쳐 주고 초재를 지내 주었다. 그가 쓴 부적은 보통의 도사들이 쓰는 전서체와 판이했고, 무릇 치료하는 방법도 어떨 때는 부적을 태운 물을 마시게 하고, 어떨 때는 향로의 재를 한 움큼 쥔다거나 또는 주문을 외운 대추를 먹이는 등 매우 간단하고 쉬웠다. 또 사람들에게 말하길,

"밤에 반드시 효험을 볼 것이오."

그러면 예상대로 되지 않는 경우가 없었다. 소의 역병도 치료하였는데, 역시 모두 병이 나았다. 홍주 사람들은 오랫동안 그를 존경하였고, 함께 진무대제를 모시는 '진무당'을 만들어 유도창을 그곳에 살게 하였다. 당초 그는 연못을 파서 물을 길어 병을 치료하였는데, 물이 마르자 갑자기 뜰에서 샘이 솟았고 그 물이 매우 차고 달았다. 이에 더욱 깊이 파보니 곧 아주 오래된 우물을 찾을 수 있었다. 그가 쓰던 방술은 지금도 성행하나 그 도서는 찾을 수가 없다. 다만 그가 쓴 부적 10여 건이 비석에 새겨져 전해 온다고 한다.

63 眞武大帝: 북방의 신으로 玄天上帝 · 玄武大帝라고도 칭하며 祠廟인 眞武廟는 통상 성곽의 북쪽에 위치하여 北極廟라고도 칭한다. 갑옷을 입고 손에 칼을 들고 거북이를 밟고 서서 있는 위풍당당한 모습으로 형상화되며, 옆에는 三界의 공과와 선악을 기록하는 金童玉女가 시립하고 있다.

14 이씨가 신선으로부터 받은 영약李家遇仙丹

豫章丐者李全, 舊隸建康兵籍, 紹興辛巳之戰, 傷目折足, 汰爲民, 而病廢不能治生, 乃乞於市. 掖二拐以行, 目視荒荒, 索塗甚苦. 每過王侍郎宅門, 必與數錢, 忽連日不至, 謂必死矣. 經半月復來, 則雙目瞭然, 步行輕捷, 自說: "逢道人授藥方, 且戒我: '服之有效, 當貨以濟人, 勿冒沒圖利, 日得七百錢便足.' 問其姓, 不肯言. 我積所丐金, 便成藥, 服之十日, 眼已見七分, 而腳力如舊矣. 卽用其方賣藥, 持大扇書'李家遇仙丹', 揭二拐于竿, 服者皆驗, 然所得未嘗過七百錢. 一日, 多至兩千, 遂臥病不能出, 錢盡乃安." 時乾道己丑歲也.

예장에 사는 걸인 이전이라는 자는 예전에 건강부[64] 소속 병사였는데, 소흥 신사년(31년, 1161)의 전란 때 눈을 다치고, 다리가 부러져 군대에서 도태되어 일반 백성이 되었다. 그는 장애가 있어서 생계를 꾸릴 수가 없어 저자에서 구걸하며 지냈다. 양쪽 겨드랑이에 목발을 짚고 걸어 다녔으며 눈이 아주 어두침침하여 길을 찾는 일마저 매우 힘들어하였다.

매번 시랑 왕씨의 저택 문을 지날 때마다 시랑은 꼭 이전에게 돈을

64 建康府: 江南東路 소속으로 본래 南唐의 江寧府를 昇州(975)로, 다시 江寧府(1018)로 바꿨고, 建炎 3년(1129)에 建康府로 개칭하고 사실상 부도읍지(陪都)로 운영하였다. 단 관할 현의 등급을 赤縣·畿縣으로 승격시켜 주었으나 南京으로 공식화하지는 않았다. 치소는 江寧縣·上元縣(현 강소성 南京市 江寧區)이고, 관할 현은 5개이며 州格은 節度州이다. 현 강소성 남서부 장강 이남 지역에 해당한다.

몇 푼씩 주었는데 갑자기 여러 날 동안 이전이 오지 않기에 필시 그가 죽었나 보다 생각했다. 그런데 보름이 지나 다시 왔는데 두 눈은 명료해지고, 걸음걸이도 경쾌하고 민첩해졌다. 이전이 스스로 말하길,

"한 도인을 만났는데 약방문을 주면서 저에게 주의하길, '이것을 먹고 효과가 있으면 응당 팔아서 다른 사람을 구제하되 염치없이 이익을 얻으려 해서는 안 된다. 매일 700전을 얻으면 족할 것이다.' 그 도인의 성을 물었지만, 대답해 주려고 하지 않았습니다. 저는 구걸하여 모은 돈으로 약을 만들어 열흘 동안 복용했더니 눈이 이미 십중칠은 돌아왔고, 다리의 힘도 예전과 같아졌습니다. 그 처방대로 조제하여 약을 팔면서 큰 부채에 '이씨가 신선에게 받은 영약'이라 쓰고 두 목발의 끝에 걸어 두었지요. 이 약을 먹는 자마다 모두 효험을 보았습니다. 그러나 벌어들인 돈이 700전을 넘은 적은 아직 없습니다. 하루는 번 돈이 많아서 2천 전에 이르자 곧 병으로 누워서 밖으로 나올 수가 없었고, 돈을 다 쓴 뒤에야 몸이 비로소 몸이 편안해졌습니다."

이때가 건도 기축년(5년, 1169)이었다.

15 유삼랑劉三娘

豫章狂婦劉三娘, 病心疾, 每持二木箠相敲擊, 終日奔走于市, 衣服藍縷垢汚, 好辱罵人, 夜或宿祠廟中, 雖有子爲兵, 然視之泊如也. 宋鎭甫樞密獨識爲異人. 張如瑩尙書作守, 常呼入府舍, 留三兩夕, 與飮食, 或棄廷下, 或遺矢被中. 久之, 忽告常所往來者曰: "某日吾當死." 已而果然. 其子瘞諸野. 後半年, 郡駛往長沙見之, 擊箠如故, 駛驚問曰: "三娘, 爾死矣, 那得在此?" 笑曰: "寄語吾兒, 在此甚安." 再三問, 不對, 亦不復再見. 歸語其子, 發視窆處, 空空然.

예장의 한 미친 여자인 유삼랑은 마음의 병을 앓고 있었는데, 매번 두 개의 나무 채찍을 들고 치고 때리며 종일 시장을 분주히 돌아다녔다. 의복은 남루하고 더러웠으며 다른 사람에게 욕하고 소리 지르기를 좋아하였다. 밤이면 간혹 사묘에 들어가 자기도 하였다. 비록 병사가 된 아들이 있기는 하지만 그는 그런 어머니를 담담하게 대하였다. 자가 진보인 추밀사 송박[65]만이 유일하게 그녀가 기이한 사람이라는 것을 알았다.

자가 여형인 상서우승[66] 장징[67]이 홍주 지사였을 때 그녀를 자주 관

65 宋樸(1129~1209): 자는 輿九이며 江南東路 建康府 溧陽縣(현 강소성 常州市 溧陽市) 사람이다. 병부상서를 거쳐 24세에 簽書樞密院使 겸 參知政事를 지냈다. 하지만 곧 화의를 반대하였다는 점과 거지와 어울리는 등 풍속을 해친다는 등의 사유로 곧 탄핵을 받아 실각하였다. 본문에서는 송박의 자가 鎭甫라고 하였다.

66 尙書右丞: 본래 품계와 관련된 寄祿官이고 직급은 6부 상서보다 낮았다. 그러나

사로 불러들여 이삼일씩 머무르게 하였다. 음식을 주면 어떨 때는 대청 아래로 버리기도 하고, 어떨 때는 이불에 오줌을 누기도 했다. 그렇게 지낸 지 오래되었는데, 갑자기 평소 왕래가 있었던 사람에게 말하길,

"모일에 저는 죽을 것입니다."

과연 그러하였다. 아들이 그녀를 들판에 묻어 주었다. 이후 반년이 흘렀는데, 장사[68]로 가던 홍주의 전령[69]이 그녀를 보았다. 채찍을 치고 때리는 것이 예전과 똑같아 그는 놀라 물어보길,

"삼랑, 그대는 이미 죽었는데 어찌 이곳에 있소?"

그녀가 웃으며 말하길,

"제 아들에게 말 좀 전해 주세요, 저는 여기서 아주 잘 지낸다고요."

이런저런 것을 물어봤지만 대답도 없이 사라져 다시는 보이지 않았다. 돌아가 그 아들에게 말을 전하니 아들은 삼랑이 묻힌 곳을 파헤쳐 보았다, 하지만 아무것도 없이 텅 비어 있었다.

원풍개혁 때 부재상인 參知政事직을 없애면서 상서좌승·상서우승으로 대체하였다. 품계는 정2품이며 좌승이 우승보다 선임이다. 建炎 3년(1129)에 다시 參知政事직을 회복시키면서 없어졌다. 재상인 문하시랑·중서시랑과 함께 執政에 속한다.

67 張澄(?~1143): 자는 如瑩이고 淮南西路 廬州 舒城縣(현 안휘성 六安市 舒城縣) 사람이다. 靖康 1년(1126)에 監察御史로서 유배지 英州로 가고 있던 童貫을 추적하여 南雄州에서 처형하는 일을 주관하였다. 中書舍人·御史中丞을 거쳐 尙書右丞이 되었으나 苗傅·劉正彦 반란에 부화뇌동한 혐의로 江東湖北制置使로 나갔다가 곧 서경 分司로 낙직되었다.

68 長沙: 荊湖南路 潭州(현 호남성 長沙市)의 별칭이다. 천상의 별(星象) 長沙星에 대응하는 지상의 지역(星野)으로 취한 지명이다. 長沙는 춘추 이래 사용한 지명이고, 潭州는 隋에서 처음 사용한 지명이라서 통상 장사라 칭하였다.

69 駛: '駛卒'을 의미하며, 달리기를 잘하는 하급 군졸을 선발해 공문·서신·소식을 전하는 심부름을 맡겼는데, 힘들고 천한 일로 간주되어 경시되었다. 駛卒 외에도 駛步·走卒·走吏라고도 하였으며 속칭은 急足이다.

16 홍국군의 옥졸興國獄卒

興國軍司理院有囚抵法, 當陵遲. 獄卒李鎭行刑, 囚告之曰: "死不可辭, 幸勿斷我手, 將不利於爾家." 鎭不聽, 至市, 先斷其二手, 曰: "看汝將奈我何?" 越二日, 鎭妻生子, 兩腕之下如截. 時王濱稚川爲通判, 親見之.

홍국군 사리원[70]에서 한 죄수가 법을 어겨 능지처참[71]을 당하게 되었다. 옥졸인 이진이 형을 집행하게 되었는데 그 죄수가 이진에게 당부하길,

"죽는 것은 피할 길이 없겠지만, 제 손만은 자르지 말아 주셨으면 감사하겠습니다. 만약 자른다면 장차 그대의 집에 좋지 않은 일이 생길 것입니다."

70 司理院: 지방의 刑事 사건을 전담하는 기관이다. 五代에는 각 州마다 馬步獄을 두고 馬步都虞侯가 관장하였는데, 開寶 6년(973)에 司寇院으로 바꾸고 문관을 책임자로 임명하였다. 太平興國 4년(979) 司理院으로 개칭하고 전국 각 州·府·軍·監에 설치하였다. 인구가 많거나 형사사건이 많은 곳에는 좌·우 2개의 사리원을 설치하였다. 책임자는 司理參軍이며, 2곳인 경우 左司理參軍·右司理參軍이라고 하였다.

71 凌遲: 죄인의 생살을 한 점 한 점 예리한 칼로 저미되 목숨을 유지하게 하여 최대한 고통을 주는 잔혹한 형벌인 凌遲處斬의 약칭이다. 죄수를 기둥에 묶어 둔 채 손발부터 시작해 가슴과 배까지 통상 사흘에 걸쳐 3~4천 번이나 저미기에 속칭 '殺千刀'라고도 했다. 마지막으로 생식기를 자르고 내장을 적출한 뒤 머리를 잘라 나무에 매달고(梟首) 몸을 해체하며 뼈는 분골한다. 五代에 처음 시작해서 기존의 車裂刑도 능지로 대신하면서 대폭 확대되었다.

이진은 그의 청을 들어주지 않았다. 시장에서 형을 집행할 때 먼저 그의 두 손을 자르며 말하길,

"네가 앞으로 나에게 어떻게 할지 두고 보마!"

이틀이 지나서 이진의 아내가 아들을 낳았는데, 두 팔뚝 아래가 마치 잘린 것 같았다. 이때 자가 치천인 왕자[72]가 통판으로 있을 때였는데 직접 보았다고 한다.

72 王濱: 자는 稚川이며 吉州·衡州·常德府 지사를 지냈다. 길주 지사로서 당시 횡행하던 茶寇의 공격에 대비하여 방어책을 잘 세워 안정을 유지할 수 있었다. 淳熙 연간에 宮觀官으로 사임하였다.

17 돼지로 인한 구씨 집안의 재앙丘氏豕禍

乾道六年, 南雄州攝助教丘悅家病疫. 其家大猪育數子, 或人頭·雞頭·豹首·馬首, 儼如塑繪瘟鬼狀. 遂殺豬祭而禳之, 其禍愈甚, 悅與妻皆死, 長子如岡□魁鄉薦, 亦夫婦併亡, 凡八九喪. 百計禱禬, 久□乃定, 此近豕禍也.

건도 6년(1170) 남웅주 주학의 대리[73] 조교[74]인 구열의 집에 역병이 발생했다. 구열의 집에서는 어미 돼지가 여러 새끼돼지를 기르고 있었는데, 어떤 것은 사람의 머리를, 어떤 것은 닭의 머리를, 어떤 것은 표범의 머리를, 어떤 것은 말의 머리를 하고 있었다. 마치 소조상塑造像으로 만들거나 그림으로 그려진 역귀[75]의 모습과 똑같았다. 이에 곧장 돼지를 잡아서 재를 지내 사악한 기운을 물리치려고 하였으나

73 攝: 대리나 겸직을 뜻한다. 본래 파견직 관원의 업무 성격에 따라 '知·權·攝·判·同·守·試' 등으로 구분하던 당대 제도가 송대에는 더욱 세밀해졌다. 知는 주관 관원임을, 權은 임시 대리를, 同은 자신의 품계보다 높은 직급을 대행하는 것을, 守는 자신의 품계보다 높은 직급을 임시 署理하는 것을, 判은 자신의 직급보다 낮은 직급을 겸직하는 것을, 試는 일종의 試補를 뜻한다.

74 助教: 政和 3년에 유배형에 처한 관리, 納粟으로 관직을 산 자, 遺表恩澤이나 特奏名에 의해 관직을 줄 경우에 대비하여 종8품~종9품관에 이르는 10개 직급을 정하고 이를 통칭 散官이라고 하였다. 주학의 조교는 散官 가운데 가장 말석이며 납속·은택·특주명으로 관직을 얻는 이에게 주었다.

75 瘟鬼: 전염병으로 온 마을이 다 죽으면 마지막까지 남았던 사람이 죽은 뒤 온귀가 된다는 민간설화가 있다. 전염병을 퍼뜨리는 일을 한다는 점에서 瘟神과 다르지 않지만, 신격은 판이하다.

그 화가 더욱 심해져 구열과 그의 아내가 함께 죽었다. 큰아들 구여강은 향시에서 1등을 하여 성시에 참여할 수 있는 추천까지 받았는데, 그들 부부까지 다 죽는 등 모두 8~9명이나 죽었다. 백방으로 기도하고 재를 지낸 후 한참 만에 겨우 안정이 되었다. 이 모든 것이 돼지를 가까이하여 생긴 재앙이었다.

18 선성의 이미 죽은 부인宣城死婦

宣城經戚方之亂, 郡守劉龍圖被害, 郡人爲立祠. 城中蹀血之餘, 往往多丘墟. 民家婦任娠未産而死, 瘞廟後, 廟旁人家或夜見草間燈火及聞兒啼, 久之, 近街餠店常有婦人抱嬰兒來買餠, 無日不然, 不知何人也, 頗疑焉. 嘗伺其去, 躡以行, 至廟左而沒. 他日再至, 留與語, 密施紅線綴其裾, 復隨而往. 婦覺有追者, 遺其子而隱, 獨紅線在草間冢上. 因收此兒歸, 訪得其夫家, 告之故, 共發冢驗視, 婦人容體如生, 孕已空矣, 擧而火化之. 自育其子, 聞至今猶存.『荊山編』亦有一事, 小異.

선성[76]에서 척방의 난[77]이 있었을 때 용도각[78] 직학사인 지사 유씨가 사망하자 선성 주민들이 그를 위해 사당을 세워 주었다. 성안은 피가 홍건할 정도로 많은 사람이 죽었고, 많은 곳이 폐허로 변하였다.

76 宣城: 江南東路 宣州(현 안휘성 宣城市)의 별칭이다. 晉 太康 2년(281)에 宣城郡을, 隋代에 宣州를 설치한 뒤 宣城과 宣州가 여러 차례에 걸쳐 바뀌 쓰였다.

77 戚方: 척방은 본래 말을 키우던 廂兵 출신이나 용감하고 활을 잘 쏴서 杜充의 부장이 되었다. 패전 후에 도적이 되었다가 투항하여 鎭江府 都統制가 되었으나 臨安府를 약탈했고 다시 宣州를 공격하다 실패하자 호주 吉安縣을 약탈하는 등 동남 최대의 도적집단으로서 남송 건국기에 조정에 큰 부담을 주었다. 결국 岳飛가 직접 나서 공격하고 張俊의 원병까지 합세하자 6천 병력과 6백 필의 말을 내놓고 항복하였다.

78 龍圖閣: 송조는 황제 사후 조서를 비롯한 관련 문서를 총괄 보존하는 건물을 차례대로 세웠다. 건립 순서는 龍圖閣·天章閣·寶文閣·顯謨閣·徽猷閣·敷文閣·煥章閣·華文閣·寶謨閣·寶章閣·顯文閣 등이었다. 이 건물의 주인을 가리켜 閣主라고 하는데, 용도각은 태조가 閣主여서 가장 중시하였다.

민가의 한 여자는 임신 중에 죽었는데, 사묘의 뒤편에 묻어 주었다. 사묘 옆집에 살던 사람이 밤에 풀 사이에서 횃불을 보았고 어린 아이 울음소리도 들었다. 한참 후 근처 거리의 전병 가게에 아기를 안은 한 부인이 하루도 빠지지 않고 늘 와서 전병을 샀는데 누구인지 몰라 자못 의심스러웠다. 그래서 하루는 그녀가 갈 때를 기다려 따라가 보았는데 사묘 왼쪽으로 가더니 사라졌다. 다른 날 다시 왔기에 그녀를 붙잡고 말을 걸면서 몰래 빨간색 실을 그녀의 치마에 묶어 두고 다시 따라가 보았다. 여자는 뒤쫓는 자가 있다는 것을 느꼈는지 그 아기를 남겨 둔 채 숨었다. 오직 붉은색 실이 풀 사이의 무덤 위에 놓여 있었다. 이에 그 아이를 데리고 돌아와 남편의 집을 찾아 연유를 말해 주었다. 함께 그 무덤을 파서 보니 부인의 몸은 살아 있는 듯하였으나 만삭이었던 배는 이미 비어 있었다. 남편은 그녀를 꺼내어 화장하였다. 아이는 데려와 키웠는데 듣자 하니 지금까지 잘 있다고 한다. 『형산편』에도 비슷한 일이 적혀 있는데 그것과 조금은 다르다.

19 백사역의 귀신白沙驛鬼

南劍州東界白沙驛素多物怪, 行客僕廝單寡莫敢宿. 紹興甲戌, 方務德侍郎帥閩, 幕府七八人來迎, 皆宿是驛. 時當初暑, 並設榻堂上, 夜□(久)方就枕. 主管機宜王曉忽驚魘謈呼, 衆起, 燭火視之, 尙爲紛拏抵鬬之狀. 良久乃醒, 云: "適睡猶未熟, 有白衣婦人來, 就床見逼, 驅逐不去, 且挽吾衣不置. 諸君起, 方相捨耳." 衆視曉袒服, 碎如懸鶉, 爲之通夕秉燭不敢寐.

남검주 동쪽 끝에 백사역이 있는데 본래 괴이한 요물이 많이 나타난다고 해서 지나는 과객과 노복들은 혼자거나 수가 적을 때는 감히 이곳에서 숙박할 생각을 하지 못했다. 소흥 갑술년(24년, 1154), 자가 무덕인 시랑 방자[79]가 복건안무사[80]가 되어 부임하는데, 안무사사의

79 方滋(1102~1172): 자는 務德이며 양절로 嚴州 桐廬縣(현 절강성 杭州市 桐廬縣) 사람이다. 淮西와 紹興의 按撫制置大使, 廣南西路 轉運使를 비롯해 각지 지방관을 역임하였으며 權刑部侍郎과 權戶部侍郎을 지냈다. 두 차례 금국에 사신으로 다녀왔으며 재정관리로서도 상당한 성과를 내었으나 廣東經略使로 있으면서 고급 향료를 섞어 만든 비싼 향초를 秦檜에게 뇌물로 보내 獵官운동한 것으로도 유명하다.

80 帥: 宋代에 각 路마다 安撫司나 經略安撫司를 두고 각 路의 軍政을 담당하게 했는데, 이 기관의 약칭이 帥司이고, 장관인 安撫司使를 가리켜 帥 또는 帥臣이라고도 하였다. 하지만 經略使와 宣撫使의 약칭도 帥臣 또는 大帥였다. 한편 소흥 3년(1133)에 설치한 制置使 · 制置大使의 경우에도 帥라고 칭하는 등 군대를 통솔하는 지휘관을 통칭하는 말로 폭넓게 쓰였다. 방자의 관직이 무엇이었는지 정확하게 알 수는 없지만, 복건은 안무사사 치소이므로 안무사사로 번역한다.

막료 7, 8명이 와서 그를 맞이하며 백사역에서 묵게 되었다. 당시 초여름이었는데, 모두 대청에 침상을 두고 밤이 깊어 바야흐로 잠을 청하였다. 그런데 기밀 업무를 주관하는 왕효가 갑자기 가위가 눌려 놀라서 소리를 질렀다. 이에 사람들이 모두 일어나 촛불을 켜고 가서 보니 여전히 어지럽게 붙잡고 버티며 싸우는 모양을 하고 있었다. 한참 후 비로소 깨어나 이르길,

"막 잠을 청하여 아직 깊이 잠들기 전이었는데, 흰색 옷을 입은 여인이 오더니 곧장 침상으로 와서 나를 압박하였다. 쫓아내려 하는데도 가지 않고 내 옷을 끌어당기며 놓지 않았다. 그대들이 일어나서 오니 곧 놓아주었다."

사람들이 왕효의 속옷을 보니 마치 누더기처럼 찢어져 있었다. 그리하여 그들은 밤새도록 촛불을 켜고 감히 잠을 청하지 못했다.

20 이원례李元禮

福州福清人李元禮, 紹興二十六年爲漳州龍溪主簿, 攝尉事, 獲强盜六人. 在法, 七人則應改京秩. 李命弓手冥捜一民以充數, 皆以贓滿論死. 李得承務郎, 財受告, 便見寃死者立於前, 悒悒不樂. 方調官臨安, 同邸者扣其故, 頗自言如此. 亟注泉州同安縣以歸, 束擔出城, 鬼隨之不置. 僅行十里, 宿龍山邸中, 是夜暴卒.(此卷皆王稚川說.)

복주 복청현[81] 사람 이원례는 소흥 26년(1156)에 장주 용계현[82] 주부[83]가 되어 현위[84] 직까지 임시 대리하고 있던 중 강도 6명을 잡았다. 법률 규정에는 강도를 7명 이상 체포하면 응당 경관으로 승진할 수 있었다.[85] 이원례는 궁수[86]들에게 명하여 몰래 백성 한 명을 찾아

81 福清縣: 福建路 福州 소속으로 현 복건성 동중부 福州市 동남쪽의 福淸市에 해당한다.

82 龍溪縣: 福建路 漳州 소속으로 현 복건성 남동부 漳州市의 城區인 薌城區에 해당한다.

83 主簿: 문서 작성, 문서 · 인장 관리, 물품 출납을 관장하는 관리로 중앙과 지방 관아에 모두 두었다. 품계는 기관과 시기에 따라 다른데, 중앙 관아의 주부는 元豐 관제 개혁 이후 종8품이었고, 縣主簿는 元祐 연간(1086~1094) 이후 정9품에서 종9품 사이였다. 현의 편제는 지사, 縣丞, 主簿, 縣尉로 이루어졌다.

84 縣尉: 縣의 치안을 담당한 관리로서 知事 · 縣丞 · 主簿의 아래 직급이며 弓手라고 칭한 縣尉司의 병력을 이끌고 주로 縣城을 관리하였다. 품계는 현의 크기에 따라 북송 전기에는 8品下~9品下였고, 元祐 연간(1086~1094) 이후에는 정9품~종9품 사이였다. 궁수는 향촌에 배정된 職役 가운데 하나로 통상 中等戶가 차출되었다.

85 改秩: 송대 관원은 중앙정부에서 근무할 수 있는 자격을 갖춘 7품 이상의 京官과 그렇지 못한 8~9품의 選人으로 크게 나눌 수 있다. 7등급으로 나누어진 선인 내에

서 그 수를 채우라고 한 뒤 그들은 도적으로 몰아 모두 사형에 처하였다.

그 공으로 이원례는 승무랑[87]으로 승진하게 되었지만, 막 고신을 받았을 때 바로 억울하게 죽은 자가 앞에 서 있는 것이 보였다. 이원례는 마음이 울적하고 편치 못했다. 다른 관직으로 전보되어 임안부로 가서 대기하게 되었는데, 함께 여관에서 묵는 이가 울적해 하는 까닭을 묻자 그 이유를 자못 스스로 말하였다. 극도로 서둘러서 천주[88] 동안현[89] 지사에 제수되어 복건으로 돌아가고자 짐을 정리해 임안부의 성문을 나왔는데 그 귀신이 따라오며 놓아주지 않았다. 겨우 십 리를 가서 용산[90]의 한 저점[91]에 머물고 있는데 그날 밤 갑자기 죽었다.(이 2권의 일화 모두 자가 치천인 왕자가 말한 것이다.)

서 승진을 가리켜 循資라고 칭하고, 선인에서 경관으로 승진하는 것을 가리켜 改官·改秩이라고 칭한다.

86 弓手: 현위와 순검사 휘하의 주요 병력으로서 주목적은 도둑을 체포하는 것이었다. 1만 호 이상의 현에는 30명, 1천 호 이하의 현에는 10명 등 인구에 따라 궁수의 정원을 정하였다. 남송 때는 궁수와 土兵으로 명확하게 구분하여 제점형옥사의 통제를 받게 하였다.

87 承務郎: 북송 전기에 문관 寄祿官 29개 품계 중 25위로 종8품下였다.

88 泉州: 福建路 소속으로 치소는 晉江縣(현 복건성 泉州市 晉江市)이고 관할 현은 7개, 州格은 節度州이다. 본래 福州를 가리키는 지명이었는데 景雲 2년(711)부터 현 泉州市의 지명으로 바뀌어 쓰기 시작하였다. 廣州 등과 함께 남방무역의 거점으로 市舶司가 설치 운영되었다. 현 복건성 동남부 해안에 해당한다.

89 同安縣: 福建路 泉州 소속으로 현 복건성 동남부 泉州市 남동쪽의 同安區에 해당한다.

90 龍山: 산세가 蒼龍 같다고 하여 붙여진 지명으로 현 杭州市 順安縣에 있다.

91 邸: 客商을 위해 상품 보관과 교역, 여관 기능을 행하던 邸店을 뜻한다. 邸閣·邸舍·邸肆·邸鋪·塌坊·塌房이라고도 한다.

이견정지 夷堅丁志 卷 3

01 무사량武師亮 | 02 통판 왕씨 노복의 아내王通判僕妻 | 03 운림산雲林山
04 광록대부 손우孫光祿 | 05 강치평江致平 | 06 숭산의 죽림사嵩山竹林寺
07 육중거陸仲擧 | 08 낙양에 나타난 괴수洛中怪獸 | 09 옹기여翁起予
10 대부 호씨胡大夫 | 11 창가의 작은 여자 귀신窗櫺小婦
12 소주의 동쪽 역참韶州東驛 | 13 해문현의 염장海門鹽場
14 양주의 취객揚州醉人 | 15 해문현의 주부海門主簿
16 남풍현 주부 왕씨南豐主簿 | 17 도적 사화육謝花六

01 무사량武師亮

撫州金谿主簿武師亮, 秩滿, 泊家于近村龍首院. 夜有擲瓦擊窗者, 疑寺僧所爲, 旦而詰之. 僧不敢對, 徐言曰: "此邑三郎神, 響跡昭著, 得非有所犯乎?" 武未信. 明日, 行廊廡間, 瓦礫從空而下, 紛紛不絕. 時方雪作, 而擲者皆乾, 殆若古墓中物. 武始懼, 召僧誦經禱謝, 怪亦然, 至飛石滿磬.

父取一塼題誌, 擲而祝曰: "果觸犯三聖, 願復以來." 頃之再至, 題處宛然. 不得已, 自東廂遷於西, 以避其怒. 行李未定, 擾擾如初, 乃盡室入邑中, 寓妙音道觀. 怪益甚, 呼道士設醮致敬, 略不爲止. 武怒, 呼神名詬之曰: "汝爲神, 當聰明正直, 何暴我如是? 吾之待汝亦至矣, 曾不少悛, 恣具邪佷. 自今以往, 吾不復畏汝矣!" 語訖, 音響寂然. 先是, 家之箱篋, 雖無鎖鑰者, 亦如爲物所據, 牢不可啟, 是日開闔如常. 石害遂息.

무주[1] 금계현[2] 주부 무사량은 임기를 마치자 관사에서 나와 가족을 데리고 인근 촌락에 있는 용수원이란 절에 묵었다. 밤에 기와 조각을 던져 창을 부순 자가 있어 사원의 승려가 한 소행으로 의심하고 아침이 되자 가서 캐물었다. 승려는 대답하기를 주저하였으나 천천히 말

1 撫州: 江南西路 소속이나 紹興 1~3년(1131~1133)에는 江南東路에 속하였다. 치소는 臨川縣(현 강서성 撫州市 臨川區)이고 관할 현은 5개, 州格은 軍事州이다. 현 강서성 중동부에 해당한다.

2 金溪縣: 江南西路 撫州 소속으로 본문에서는 金谿縣으로 썼지만 통상 金溪縣으로 쓴다. 현 강서성 중동부 撫州市 동북쪽의 金溪縣에 해당한다.

하길,

"이 마을의 삼랑신은 명성이 자자한데 혹 삼랑신께 무례를 범한 일이 있지는 않으신지요?"

무사량은 그의 말을 믿지 않았다. 다음 날 행랑채의 복도를 걷고 있는데 기와와 벽돌 조각[3]이 공중에서 날아와 분분히 떨어지는데 멈출 줄을 몰랐다. 마침 눈이 오고 있었는데, 던져진 것들은 모두 마른 상태였고, 마치 오래된 무덤에서 나온 물건인 것 같았다. 무사량이 비로소 두려워하며 승려를 불러 경을 외고 기도를 올려 사죄하였다. 그러나 괴이한 현상은 역시 계속되어 날아다니는 돌에 풍경이 큰 소리로 울릴 정도였다. 무사량의 아버지는 벽돌 조각 하나를 가져와 붓으로 써서 표시한 뒤 다시 던지며 신에게 기도하길,

"정말로 삼랑신께 무례를 범한 것이 맞는다면 이 벽돌 조각을 다시 보내 주시길 바랍니다."

잠시 후 다시 날아왔는데 표시한 것 그대로였다. 어쩔 수 없이 거처를 동쪽 행랑채에서 서쪽으로 옮겨 신이 노한 것을 피해 보려고 하였다. 하지만 짐을 다 옮기기도 전에 시끄럽게 날아오는 것이 처음과 같기에 온 집안 식구들을 데리고 현성 안에 있는 묘음도관에 머물렀다. 그런데도 괴이한 현상은 더욱 심해져 도사를 불러 초재를 지내 사죄를 올렸는데도 멈추지를 않았다. 무사량은 화가 나 신의 이름을 대놓고 부르며 꾸짖길,

3 *瓦礫*: 본래 깨진 기와와 자갈이란 말로서 쓸모없는 물건을 뜻한다. 본문에서는 오래된 무덤에서 나온 물건 같다고 하고 또 '塼'이라고도 하여 '기와와 벽돌 조각'으로 번역하였다.

"너는 명색이 신이 아니냐. 총명하고 정직해야 함이 당연한 이치인데, 어찌 이처럼 우리를 괴롭힌단 말이냐? 내가 지극하게 너를 모셨지만 조금도 개전의 정을 보지 못하였다. 너의 태도는 그저 사악하고 모질 뿐이니 지금부터 다시는 너를 경외하지 않을 것이다!"

말을 마치자마자 시끄러웠던 소리가 멈추고 고요해졌다. 이에 앞서 집안의 궤짝들은 열쇠로 잠그지 않았는데도 무엇인가에 의해 눌린 듯 굳게 닫혀 열리지 않았는데 이날부터 평소와 같이 여닫을 수 있게 되었고, 기와 조각으로 인한 피해 또한 마침내 종식되었다.

통판 왕씨 노복의 아내王通判僕妻

撫州王通判, 家居疎山寺. 其僕之妻少而美, 寓士周舜臣深屬意焉, 而不可致. 會王遣人篝火扣門, 邀周夜話. 及開門, 乃僕妻也, 顧周笑, 吹燈滅, 相隨以入, 曰: "非通判招君, 我作意來此爾." 周不勝愜適, 遂留宿. 明日再相逢, 漠然如不識面, 頗怪之. 又疑與疇昔之夜所合者肥瘠不類, 至夜復來, 不敢納. 堅不肯去, 天未明, 忽不見. 周密扣寺僧, 蓋鄰室有婦人藁柩. 旋得病, 月餘乃愈. 蔡子思教授者聞之, 特詣其室, 焚香致禱, 求一見, 欲詢鄉里姓氏爲誰, 將爲訪其家, 寂無所睹.

무주의 통판 왕씨 가족은 소산사[4]에 머물고 있었다. 통판의 한 노복 아내가 젊고 예뻤는데, 소산사에 잠시 머물던 사인 주순신이 그녀를 사랑하는 마음이 깊었으나 뜻을 이룰 수 없었다. 마침 왕통판이 사람을 보냈다며 문을 두드려 주순신을 부르더니 밤에 담소를 나누고자 모닥불을 피우고 와 주길 청한다고 했다. 문을 열고 보니 바로 그 노복의 아내였다. 그녀는 주순신을 보며 미소를 지었고, 입김으로 등불을 끈 뒤 주순신과 함께 방안에 들어와서 말하길,

"통판께서 그대를 부른 것이 아니고 내가 뜻이 있어 이곳에 온 것입니다."

4 疏山寺: 唐 中和 연간(881~885)에 敕建 사찰로 창건된 고찰이다. 송대에도 태종과 진종의 어필사액 사원으로 높은 위상을 자랑하였고 왕안석과 육유 등 저명 인사들이 남긴 기록이 상당하다. 현 강서성 撫州市 金溪縣 滸灣鎮에 있다.

주순신은 좋아서 어찌할 줄 모르며 곧장 그녀와 함께 하룻밤을 보냈다. 하지만 다음 날 다시 만났을 때는 마치 모르는 사람처럼 무관심하여 자못 괴이하게 여겼다. 또한 어젯밤 함께 보냈을 때와 그 몸집이 서로 다르게 여겨졌다.

밤이 되어 그녀가 다시 찾아왔는데, 감히 들어오라고 할 수 없었다. 그녀 또한 문 앞에서 버티며 가려고 하지 않았는데, 날이 채 밝기 전에 갑자기 사라져 보이지 않게 되었다. 주순신은 몰래 승려에게 물어보았더니 아마도 옆방에 보관된 여자의 관 때문인 것 같았다. 얼마 후 주순신은 병이 났고, 한 달 정도 지나 겨우 나았다. 교수 채자사라는 이가 이 이야기를 듣고 특별히 그 방으로 들어가 향을 피우고 기도를 올렸다. 한 번 보기를 청하면서 살던 마을과 성씨를 물어보며 누구인지 알아본 뒤 장차 그 집을 찾아보려 하였다. 그러나 그녀는 조용할 뿐 아무런 답도 하지 않았고, 아무것도 보이지 않았다.

03 운림산雲林山

臨川徐彦長, 居金谿雲林山下, 妻黨倪氏訪之, 宿於外室. 時天雨晦冥, 夜半後, 有物推門, 門卽開, 徑入踞爐, 吹火明而坐. 倪從帳間窺之, 似羊有鬚, 遍體皆溼, 下床叱之. 物躍起, 仆於倪身, 倪大叫走出, 得脫. 不知何怪也.

임천[5] 사람 서언장은 금계현 운림산[6] 아래 살고 있었고, 아내의 친척 예씨가 방문하여 바깥채에서 머물고 있었다. 당시 비가 오고 있어 어두컴컴했는데 한밤이 지나자 무언가가 문을 밀었고 문이 열리자 곧바로 들어와 화롯가 옆에 걸터앉아 바람을 불어서 불을 지피고 앉았다. 예씨는 장막 사이로 그것을 엿보았는데, 양처럼 생긴 데다 수염이 있었고, 온몸이 젖어 있었다. 예씨가 침상에서 내려와 '누구냐'고 소리를 지르며 질책하자 그것이 벌떡 일어나더니 예씨 옆에 쓰러졌고, 예씨는 놀라서 소리치며 뛰어나와 겨우 피할 수 있었다. 그 괴이한 것이 무엇이었는지는 알 수 없다.

5 臨川: 江南西路 撫州(현 강서성 撫州市)의 별칭이다. 臨川郡이 처음 설치된 것은 東吳 太平 2년(257)이고, 撫州가 처음 설치된 것은 隋 開皇 9년(589)인데다 그 뒤로 임천과 무주 두 지명이 번갈아 사용되었다.

6 雲林山: 강남서로 撫州 · 建昌軍과 강남동로 信州와의 경계에 있는 산이다.

04 광록대부 손우孫光祿

鄭人贈光祿大夫孫俁卒, 其家卜地以葬. 長子恪夢與弟河東尉悚侍父及客張彦和者同遊山寺, 光祿令煮麵, 恪辭以飽, 彦和亦不食而起, 獨悚與對食. 食罷, 光祿曰: "此去小梅山只四五里耳." 彦和曰: "幾有十里." 光祿曰: "然. 蓋楊妃村只四五里也." 夢後十日, 河中報悚訃音至, 亦相從卜葬, 正與光祿同日. 旣過墳寺, 寺僧饌麵以供兩靈几, 宛然夢中事也. 墓在小梅山南, 相去十里, 又四里有楊家莊云.

사후에 광록대부[7]로 추증된 정주[8] 사람 손우가 죽었을 때 그의 가족들은 장지를 잘 가려서 장례를 치르고자 하였다. 큰아들 손각은 꿈에 하동로에서 현위로 있는 동생 손송과 함께 아버지 손우와 손님 장언화라는 이를 모시고 산사를 유람하고 있었다. 아버지 손우가 면을 삶으라고 하였는데, 손각은 배가 부르다며 먹길 사양하였으며 장언화 역시 먹지 않고 일어났는데, 오로지 동생 손송만이 아버지와 함께 식사하였다. 식사를 마친 후 손우가 말하길,

"여기는 소매산에서 4~5리밖에 되지 않을 것 같다."

7 光祿大夫: 문관 寄祿官 29개 품계 중 3위의 고관으로 종2품이었다. 원풍 3년의 관제 개혁 때 金紫광록대부와 銀靑광록대부가 신설되면서 30계 품계 중 5위, 정3품으로 조정되었다.

8 鄭州: 京西北路 소속으로 崇寧 4년(1105)에 西輔가 되었다. 치소는 管城縣(현 하남성 鄭州市 城區)이고 관할 현은 5개, 州格은 節度州이다. 현 하남성 중북부에 해당한다.

장언화가 말하길,

"거의 십리 정도는 될 겁니다."

손우가 답하길,

"그런가. 그렇다면 아마 여기서 양비촌[9]까지 4~5리 정도밖에 안 되겠구나."

꿈을 꾼 지 열흘이 되자 하중부[10]에서 동생 손송이 사망하였다는 부고가 전해 왔다. 이에 동생의 장지까지 함께 골랐다. 동생이 죽은 날은 아버지 손우와 같은 날이었다. 후에 묘지 옆의 공덕분사[11]를 지나는데 절의 승려가 면을 삶아 두 신위 앞에 봉양하니 이는 꿈에서의 일과 똑같았다. 묘지는 소매산 남쪽으로 절에서 10여 리 떨어진 곳이었다. 또 4리 떨어진 곳에 양가장이라는 곳이 있었다.

9 楊妃村: 양귀비의 고향으로 알려진 곳으로 현 산서성 運城市 臨猗縣 牛社鎭에 있다.

10 河中府: 永興軍路 소속으로 치소는 河東縣(현 산서성 運城市 永濟市)이고 관할 현은 7개, 州格은 節度州이다. 현 산서성 서남부 運城市의 서남쪽에 해당한다.

11 墳寺: 송대에는 황실과 사대부는 물론 富商에 이르기까지 사당 대신 부근에 가묘를 관리하고 제사 지낼 수 있는 사찰을 세우는 것이 일반적인 풍조였다. 그 규모와 권한 등에 따라 功德寺·墳寺·墳庵 등으로 나누지만 명확한 구분이 있는 것은 아니며 통상 功德墳寺 또는 功德院이라고 칭하였다.

05 강치평江致平

江致平與能相老翁善, 翁忽告之曰: "君何爲作損陰德事? 不一年死矣." 江, 吉人也, 應曰: "吾安得有此?" 翁曰: "試思之." 江曰: "自省無他惡, 但昔年爲試官時, 置一親舊在高等, 其實有私焉, 獨此事耳." 翁曰: "是也. 君以一己好惡而私天爵以授人, 其不免矣." 未幾而卒. 嗚呼! 世人之過倍江公萬萬者比肩立, 可不懼哉!

강치평[12]은 점을 잘 보는 노인과 친하게 지냈는데, 노인이 갑자기 그에게 말하길,

"그대는 어찌하여 음덕을 까먹는 일을 하셨습니까? 일 년을 넘기기 전에 죽을 것입니다."

강치평은 좋은 사람이었는데, 대답하길,

"제가 어찌 그런 일을 했겠습니까?"

노인이 묻길,

"잘 생각해 보시오."

강치평이 말하길,

"스스로 돌아보면 다른 잘못은 없었는데, 다만 작년에 과거의 시관[13]으로 있을 때 잘 아는 친구에게 높은 등수를 주었는데, 실은 사사

12 江致平: 江南東路 徽州 婺源縣(현 강서성 景德鎭市 婺源縣) 사람이다. 휘종 때 三舍法에 의해 과거에 급제하였다.

13 試官: 과거 답안지를 채점하는 관리이다. 시관 외에도 과거 문제 출제를 담당한 考

롭게 처리한 것이지요. 이것뿐입니다."

노인이 말하길,

"바로 그 일입니다. 그대는 개인의 좋고 싫음에 따라 하늘이 내려준 조정의 작위를 사사로이 사람들에게 주었으므로, 이 잘못은 사면될 수 없습니다."

얼마 지나지 않아 강치평이 죽었다. 오호라! 세상 사람 중 강치평보다 더한 죄를 지은 자가 헤아릴 수 없이 많고도 많을 텐데, 이 어찌 두렵지 않을 수 있겠는가!

官, 시험 감독을 맡은 監試, 과거 관련 실무를 총괄하는 提調, 시험지를 나눠 주고 거두어들이는 업무를 담당하는 收掌, 개인정보 유출을 막기 위해 답안지를 봉하는 업무를 맡은 彌封, 그리고 부정행위를 막기 위해 시험장 주변을 순찰하는 巡緝 등 다양한 직책이 있다. 출제와 채점을 동시에 맡을 경우 考試官이라고 한다.

06 숭산의 죽림사嵩山竹林寺

西京嵩山法王寺, 相近皆大竹林, 彌望不極, 每當僧齋時, 鐘聲隱隱出林表, 因目爲竹林寺, 或云五百大羅漢靈境也. 有僧從陝右來禮達磨, 道逢一僧, 言: "吾竹林之徒也, 一書欲達于典座, 但扣寺傍大木, 當有出膺者." 僧受書而行, 到其處, 深林茂竹, 無人可問. 試扣木焉, 一小行者出, 引以入, 行數百步得石橋, 度橋百步, 大刹金碧奪目. 知客來迎, 示以所持書, 知客曰: "渠適往梵天赴齋, 少頃歸矣." 坐良久, 望空中僧百餘, 駕飛鶴, 乘師子, 或龍或鳳, 冉冉而下. 僧擎書授之, 且乞掛搭, 堅不許. 復命前人引出, 尋舊路以還. 至石橋, 指支徑, 令獨去. 才數步, 反顧, 則峻壁千尋, 喬木參天, 了不知寺所在.

서경[14]의 숭산[15]에 법왕사[16]라는 절이 있는데 그 근처가 모두 대나

14 西京: 京西北路 西京 河南府(치소는 현 하남성 洛陽市 老城區)로서 송은 건국 초부터 오대의 관례에 따라 開封府(현 하남성 開封市)를 '東京', 하남부를 '서경'으로 삼았다. 하남은 河東 · 河內에 대응하는 지명이다. 후에 남경 應天府(현 하남성 商丘市), 북경 大名府(현 하북성 邯鄲市 大名縣)를 추가하여 4京 체제를 유지하였다.

15 嵩山: 하남성 鄭州市 登封市에 있는 산으로 696년 측천무후에 의해 오악 가운데 중악으로 봉해졌다. 동쪽의 太室山과 서쪽의 少室山의 72개 봉우리로 이루어졌으며, 유 · 불 · 도 모두에게 중요한 산으로 간주되었다. 소실산에 자리 잡은 소림사는 달마대사의 면벽 10년 전설과 함께 선종의 출발지이자 무술의 본향으로 유명하다. 태실산에 있는 中嶽廟는 전국 5악묘 가운데 가장 규모가 크고, 崇陽서원은 程顥 · 程頤 형제가 수학한 곳이자 중국 4대 서원의 하나다.

16 法王寺: 숭산 玉柱峰 아래 자리한 고찰로서 중국 최초의 사찰이라는 낙양 白馬寺보다 3년 늦은 永平 14년(71)에 건립되었다.

무 숲이어서 대숲 끝이 두 눈에 다 들어오지 않을 정도였다. 매번 스님들이 공양할 시간이 되면 종소리가 은은하게 대숲 밖으로 들렸기에 절을 가리켜 죽림사라 부르게 되었다. 어떤 사람은 오백 나한이 머물던 영험한 곳이라 말하기도 했다. 한 승려가 달마대사[17]의 유적을 순례하고자 섬서[18]에서 찾아왔는데, 길에서 한 승려를 만났다. 그 승려가 말하길,

"저는 죽림사의 제자로 지금 이 편지를 취사를 담당하는 스님[19]께 전달하려고 합니다. 그저 절 근처의 큰 나무를 두드리기만 하면 응당 대답하는 이가 있을 겁니다."

승려는 편지를 받은 뒤 죽림사를 향해 갔다. 죽림사에 도착하여 보니 숲은 깊고 대나무는 무성하였을 뿐 아무도 없어서 길을 물을 수 없었다. 그래서 한 나무를 시험 삼아 두드려 보니, 한 어린 행자가 나와서 그를 이끌고 들어갔다. 수백 보쯤 걷자 돌로 된 다리가 나왔고, 다리를 건너 다시 100보를 걷자 큰 사찰이 나왔는데 황금빛과 푸른빛이 눈부시게 빛나서 눈길을 끌었다. 손님을 접대하는 승려가 나와 맞이하기에 가지고 있던 서찰을 보여 주었다. 지객승이 답하길,

"취사를 담당하는 스님께서는 마침 범천[20]에게 가서 봉양을 받고

17 達摩: 남인도에서 온 고승으로 본래 이름은 보디다르마이다. 527년 廣州에 와서 북쪽으로 올라가 北魏의 낙양을 비롯해 각처를 다니며 불법을 전하고 특히 少林寺에서 慧可에게 법을 전해 중국 禪宗의 시조가 되었다고 한다.

18 陝右: 황제는 南面을 하기 때문에 방향은 황제를 중심으로 서쪽이 右, 동쪽이 左가 된다. 따라서 陝右는 곧 섬서가 된다.

19 典座: 사찰 내 식사 및 잡무를 맡은 승려이다. 典坐라고도 한다.

20 梵天: 힌두교의 창조의 신 브라흐마이다. 前15~前10세기의 베다시대에는 최고의 신으로 숭배되었으나 5~6세기부터 유지의 신 비슈누, 파괴의 신 시바가 중시되면서 힌두교의 3대 주신 가운데 하나가 되었다. 불교에서는 석가모니의 협시불로 帝

오신다고 하였습니다. 잠시 후면 돌아올 것입니다."

한참 앉아 있다가 하늘을 보니 승려 백여 명이 보였다. 어떤 이는 학을 타고 날고 있었고 어떤 이는 사자를 타고 있었고, 어떤 이는 용을, 어떤 이는 봉황을 타고 천천히 내려왔다. 승려는 삼가 서찰을 그에게 전해 주었고, 또한 절에 머물 수 있게 해 달라고 요청했으나 끝내 허락을 받지 못했다. 절에서는 다시 앞의 사람들에게 명하여 밖으로 내보내라고 하였고, 그는 왔던 길을 그대로 돌아나갔다. 돌다리에 이르렀을 때 한쪽 길을 가리키며 이제부터 혼자 가라고 하였다. 몇 걸음을 가서 뒤돌아보니 험한 절벽이 천 길이 되었고 높은 나무가 하늘을 찔렀다. 아득하여 절이 있던 곳을 알 수가 없었다.

釋天과 함께 불법의 수호신으로 알려졌다.

07 육중거陸仲擧

大觀中, 太學生陸仲擧因上書論事, 屛出學. 後復游京師, 夢神告云: “汝當發跡, 何不上書?” 明夜再夢. 陸以嘗坐此謫, 殊不信, 乃遷舍避之. 是夜又夢, 猶未謂然. 走謁故人高伸尙書丐歸資, 相見甚喜, 留之宿. 翌旦朝回, 謂曰: “天覺極惱人, 欲作政典, 令吾爲校證官.” 陸曰: “此乃『周官六典』中一事耳, 何不便作『六典』, 而獨擧其一耶?” 伸曰: “君好作一書言其事.” 陸始思神言, 亟草書論之. 伸命楷書吏立謄寫以入, 遂得迪功郞. 時張天覺爲相.

대관 연간(1107~1110)에 태학생[21] 육중거는 상소를 올려 정사에 대해 논하다가 태학에서 쫓겨났다. 후에 다시 도성에 와서 돌아다니는데 꿈에 신이 나타나 그에게 이르길,

“그대는 응당 출세할 것인데 왜 상소를 올리지 아니하는가?”

이튿날 밤에도 똑같은 꿈을 꾸었다. 육중거는 일찍이 상소를 올리는 일로 인해 벌을 받았기 때문에 특별히 꿈을 믿지 않았고, 그 신을

21 太學生: 송의 최고 학부인 國子監은 3년마다 과거를 앞두고 국자감 내에 임시로 太學館을 개설하여 관리의 자제가 신원보증서인 家狀을 제출하고 시험에 통과하면 國子監牌를 주어 太學館 학생으로 인정하고 省試 참여 정원을 확보해 주었다. 그래서 과거 때 1천 명에 달한 태학관은 성시를 마치면 폐쇄하였고, 다만 ‘태학생’이란 칭호는 유지할 수 있게 해 주었다. 그러다가 慶曆 4년(1044)에 태학을 설치하고 8품 이하 문무관의 자제와 서민의 입학을 허용하고 이들을 內舍生이라 칭하였으며, 熙寧 1년(1068)에 내사생 아래 단계로 外舍生을 두었고, 熙寧 4년에 三舍法을 도입하면서 上舍 · 內舍 · 外舍生 제도가 확립되었다.

피하기 위해 다른 곳으로 이사하였다. 이날 밤에 또 같은 꿈을 꾸었지만, 육중거는 여전히 그렇게 해야 한다고 생각하지는 않았다. 육중거는 고향으로 돌아갈 돈을 빌리기 위해 예전부터 잘 알고 지내던 상서 고신에게 찾아갔다. 고신을 육중거를 만나 매우 기뻐했으며, 육중거를 자기 집에 묵게 하였다. 다음 날 아침, 고신은 조회를 마치고 돌아와 육중거에게 말하길,

"자가 천각인 장상영은 정말 사람을 피곤하게 하네. 정전政典을 편찬한다며 나에게 교증관[22]을 맡으라는 거야."

육중거가 묻길,

"정전은 곧 『주관』[23]에서 말한 육전[24] 가운데 하나가 아닙니까? 어찌 육전을 편찬하지 않고 그 가운데 하나인 정전만 편찬하려고 하는 걸까요?"

고신이 말하길,

"자네가 글을 잘 써서 그 문제에 관해서 거론해 봐."

육중거는 비로소 신이 했던 말을 떠올렸다. 급히 서둘러 글을 써서 그 일에 대하여 논하였다. 고신은 문서를 작성하는 서리에게 명하여 즉시 글을 옮겨쓰게 한 뒤 조정에 바쳤다. 마침내 육중거는 이 일로 적공랑[25]이 되었다. 당시 재상은 장상영이었다.

22 校證官: 통상 비각에서 교정을 담당하는 일은 編校官이라고 불린 編校秘閣書籍, 校勘官이라고 불린 館閣校勘이 맡았다. 교감관은 비록 京官이 맡기는 했지만 관각 내 말단직이었다.

23 周官: 『尙書』「周書」의 篇名으로서 西周의 관제를 기록한다고 했지만, 실제로는 서주에 가탁하여 전국시대에 전개한 이상적 정치제도에 관한 서적이다.

24 六典: 서주의 6개 분야 국법으로 治典·教典·禮典·政典·刑典·事典을 가리킨다.

25 迪功郎: 종9품의 하위 관직으로 적공랑 아래로는 通仕郎·登仕郎·將仕郎이 있다.

08 낙양에 나타난 괴수洛中怪獸

宣和七年, 西洛市中忽有黑獸, 髣髴如犬, 或如驢, 夜出晝隱. 民間訛言, 能抓人肌膚成瘡痏. 一民夜坐簷下, 正見獸入其家, 揮杖痛擊之, 聲絶而仆. 取燭視之, 乃幼女臥於地, 已死. 如是者不一. 明年而爲金虜所陷.

선화 7년(1125)에 서경인 낙양의 저잣거리에 갑자기 검은 동물이 나타났는데, 모양이 개를 방불케 했고, 어떻게 보면 당나귀 같기도 하였다. 밤에 나오고 낮에 숨어 있어 민간에서는 그 동물이 사람의 피부를 잡으면 그곳에 부스럼이 난다는 말이 돌았다. 한 주민이 밤에 처마 아래 앉아 있는데 마침 그 괴수가 그 집으로 들어가는 것을 보았다. 지팡이를 휘둘러 그 괴수를 힘차게 때리자 소리를 지르며 엎어졌다. 촛불을 가지고 가서 자세히 살펴보니 어린 여자아이가 바닥에 누워 있었고, 이미 죽어 있었다. 이와 같은 일은 한 번이 아니었는데, 이듬해 이곳은 금로金虜[26]에 의해 함락되었다.

26 金虜: 송에서 금을 가리킬 때 멸칭으로 金虜 또는 北虜를 사용했다. 송의 대외 인식을 잘 보여 주는 용어이다.

09 옹기여翁起予

翁起予商友, 家於建安郭外, 去郡可十里. 上元之夕, 約鄰家二少年入城觀燈, 步月松徑, 行未及半, 遇村夫荷鉏而歌, 二少年悸甚, 不能前, 但欲宿道傍民舍. 翁扣其故, 一人曰: “適見靑面鬼持刀來.” 一人曰: “非也, 我見朱鬣豹褌持木骨朵耳.” 翁爲證其不然. 明旦, 方入城, 其說靑面者不疾而卒. 朱鬣者得疾, 還死于家. 翁獨無恙.

자가 상우인 옹기여는 집이 건주 건안현[27] 성곽 밖에 있었다. 건주 관아에서 대략 10리 정도 떨어진 곳이었다. 상원절[28] 밤에 이웃집 소년 두 명과 성안으로 가서 연등제를 보려고 하였다. 달빛 아래서 소나무 사이로 난 길을 걷고 있는데 반 조금 못 미친 곳까지 갔을 때 호미를 들고 노래를 부르는 촌락의 농부와 마주쳤다. 두 소년은 심히 두려워 떨며 더는 못 가겠다면서 길가 민가에서 묵자고 하였다. 옹기여가 왜 그러냐고 까닭을 묻자 한 소년이 말하길,

“막 검푸른 얼굴을 한 귀신이 칼을 가지고 오는 것을 봤습니다.”

27 建安縣: 福建路 建州의 치소이다. 복건에 최초로 설치한 4개 현 가운데 하나이며 현 복건성 북동부 南平市 중남쪽의 建甌市에 해당한다.

28 上元節: 음력 정월 대보름날 밤인 元宵節의 별칭으로 7월 15일의 中元節(盂蘭盆節), 10월 15일의 下元節(水官節)과 함께 三元節의 하나다. 漢文帝에 의해 元宵節로 정해졌고, 武帝 때 우주를 주재하는 최고의 신인 ‘太一神’을 모시는 날로 승격되었다. 각양각색의 등을 켜서 장관을 이뤄 등롱절이라고도 한다. 등롱은 隋代부터 출현하였다고 하는데, 연중 엄격한 등화관제가 해제되는 날이어서 많은 사람이 거리로 쏟아져 나오는 날이기도 하다.

다른 소년은 말하길,

“아니야, 나는 붉은색 갈기에 표범 가죽으로 만든 잠방이를 입고 손에는 나무로 만든 골타[29]를 쥐고 있는 모습을 보았어.”

옹기여는 그렇지 않았다고 설명해 주었다. 다음 날 아침 막 성으로 들어가려는데 검푸른 얼굴의 귀신을 보았다고 한 소년은 앓지도 않고 죽었다. 붉은색 갈기를 보았다는 소년도 병을 얻었고, 집으로 돌아가 죽었다. 오직 옹기여만 혼자 별 탈이 없었다.

29 骨朵: 나무나 쇠로 만든 긴 몽둥이로 끝에 미늘 모양의 쇳덩이나 나무토막을 붙인 무기로 마치 뼈가 이어진 것 같은 모양에서 나온 이름이다. 당대 이후에는 형벌용으로, 송대 이후에는 의장용으로 썼다.

10 대부 호씨胡大夫

常州人胡大夫爲信州守, 方交印, 廳事大梁迮迮有聲, 呼匠升屋相視. 將加整葺, 梁折廳摧, 壓死者數人. 不越數日, 胡疽發于背. 堂中湯爐內灰火無故飛揚, 遍滿一室. 巨蛇垂頭梁上, 呱呱作兒啼. 胡病三日而卒.(右十事皆鄭人孫申元翰所錄.)

상주[30] 사람인 대부 호씨가 신주[31] 지사가 되어 막 인장을 전해 받고 있는데 주관아 대청의 대들보에서 '찍찍' 하는 소리가 들렸다. 장인을 불러 지붕으로 올라가 자세히 보게 하였다. 막 지붕의 기와를 정돈하려는데, 대들보가 부러져서 청사가 무너졌다. 대들보에 눌려 압사한 자가 여러 명 되었다. 며칠 지나지 않아 호대부의 등에 종기가 났다. 대청의 물 끓이는 화로 안에서 재와 불꽃이 이유 없이 날리더니 온 집에 가득했다. 커다란 뱀이 대들보 위에서 머리를 늘어뜨리고 있었고, '응애' 하며 아기 울음소리를 냈다. 호씨는 병이 난 지 사흘 만에 죽었다.(위의 열 가지 일화 모두 자가 신원인 정주 사람 손한이 기록한 것이다.)

30 常州: 兩浙路 소속으로 치소는 晉陵縣과 武進縣(현 강소성 常州市 城區)이고 관할 현은 4개, 州格은 軍事州이다. 현 강소성 장강 남단의 가운데에 해당한다.

31 信州: 江南東路 소속으로 치소는 上饒縣(현 강서성 上饒市 信州區)이고 관할 현은 6개, 州格은 刺史州이다. 현 강서성 동북쪽 上饒市의 동남쪽에 해당한다.

11 창가의 작은 여자 귀신窗櫺小婦

常州宜興僧妙湍掌僧司文籍, 與其輩二人以歲暮持簿書赴縣審核, 宿于廡下空室. 三僧同榻, 二僕在門外, 已滅燭就枕, 湍善鼓琴, 暗中搏拊不止, 二僧亦未交睫. 聞有敲窗者, 問之, 不對, 以爲小吏故作戱耳. 少焉一聲劃窗甚響, 僧起, 再明燈, 卽升榻, 望窗紙破處有婦人小面, 正可櫺間. 良久, 入卓上立, 形體悉具, 僅高尺餘. 僧喚僕不應, 密相與計: "此亦無足畏, 俟其至前, 則兩人執之, 一人啓門呼僕入, 五男子當一女鬼, 便可成擒也."

婦人稍下, 據倚坐, 已與常人等, 遂揭帳而登. 僧始聳然, 如體挾冰霜, 不暇施前策. 婦人忽趨而下, 自爲揜帳, 取鉢便溺, 其勢如傾斗水. 退至火邊, 大聲吼, 雷從地起, 物與燈皆不見. 湍琴猶在膝, 驚魄定, 方復起, 共坐達旦, 明日告邑胥, 皆莫知何怪, 其室今爲吏舍云.

상주 의흥현[32]의 승려 묘단은 승사[33]의 문서를 관장하고 있었는데, 한 해가 끝날 무렵 두 승려와 함께 장부를 들고 의흥현 관아에 가서 감사를 받았다.[34] 그들은 현아 행랑채의 빈방에 묵었다. 세 사람의 승

32 宜興縣: 兩浙路 常州 소속으로 현 강소성 장강 남단 無錫市의 서쪽 宜興市에 해당한다.

33 僧司: 마치 일반 관료조직처럼 승단을 국가에서 직접 관리한 데서 나온 용어로서 통상 僧官이라고 칭하였다. 송대에는 주지의 권한을 대폭 강화하고 주지 아래 승단 조직을 東序와 西序 두 계통을 나누었다. 東序에는 6知事라고 칭한 都寺 · 監寺 · 維那 · 悅衆 · 典座 · 直歲를 두었다. 西序에는 6頭首라고 칭한 上座(=首座) · 書記 · 知藏 · 知客 · 知沐(=浴主) · 知殿을 두었다.

34 송대에는 사찰의 창건을 비롯해 운영에 이르기까지 관의 엄격한 통제하에 두었

려가 모두 하나의 침상을 사용했고, 두 명의 노복은 문밖에 있었다. 이미 촛불을 끄고 잠을 자려고 하는데, 묘단이 평소 거문고 연주를 잘하여 깜깜한 와중에도 거문고를 가볍게 연주하며 멈추지 않았다. 두 승려 역시 아직 눈을 감지 않은 상태였다.

밖에서 창문을 두드리는 소리가 들리기에 누구냐고 묻자 대답이 없자 관아의 소사들이 일부러 장난치는 것이라 여겼다. 잠시 후 더욱 큰 소리가 창문을 뚫고 한번 세차게 울렸다. 승려가 일어나 다시 촛불을 밝히고 침상 위로 올라가 내다보니 창문의 종이가 찢어진 곳에 한 여인의 작은 얼굴이 보였고, 그 크기가 꼭 격자창 문살 크기만 했다. 한참 뒤 그녀가 방안에 들어와 탁자 위에 섰는데, 형체는 모두 갖추고 있었지만, 키가 겨우 한 척 정도에 불과하였다. 승려가 노복을 불렀지만, 대답이 없자 은밀하게 서로 계략을 꾸미길,

"저 여인은 그렇게 두려워할 필요까지는 없을 것 같아. 그녀가 앞으로 오기를 기다렸다가 두 사람이 잽싸게 그녀를 붙잡고, 한 사람이 문을 열어 노복들에게 들어오라고 소리치면 다섯 남자가 한 명의 여자 귀신을 맞서는 것이니 그 정도면 충분히 잡을 수 있을 것야."

그 여인은 천천히 내려와 의자에 기대고 앉았는데 이미 보통 사람의 키만큼 커졌고, 곧 휘장을 제치고 침상으로 올라왔다. 승려들은 비로소 모골이 송연해졌고, 옆구리에 얼음을 끼고 있는 것처럼 온몸이 차갑게 굳어서 조금 전에 꾸민 계책을 시행할 겨를이 없었다. 여인은 갑자기 침상에서 뛰어 내려가더니 스스로 장막으로 가리고 바

다. 수계와 도첩을 통해 일정한 인원을 유지하도록 했다.

리때를 가져와 오줌을 쌌는데, 그 양이 한 말이나 될 정도였다. 그녀는 물러나 촛불 가에 이르더니 큰 소리로 울부짖었는데, 마치 천둥소리가 땅에서 울려 퍼지는 것 같았다. 그리고 그 요물과 촛불 모두 사라져 보이지 않았다.

묘단의 거문고는 여전히 무릎에 있었고, 놀란 마음이 안정되자 비로소 다시 일어나 함께 앉아서 새벽까지 밤을 지새웠다. 다음 날 현의 서리에게 말하였지만, 어떤 요괴인지 아는 사람이 아무도 없었다. 그 방은 지금까지도 서리들의 숙소로 쓰고 있다고 한다.

12 소주의 동쪽 역참韶州東驛

王行中與兄克中自撫州金谿携僕卒十餘人往廣州省其父, 過韶州東境, 將入驛, 驛卒白: "此有所謂七聖者, 多爲往來之害, 不若詣旅邸安靜無事." 行中以謂卒憚於供承, 故妄言恐我, 且吾一行不爲少, 正有物怪, 豈不能禦, 竟宿焉. 衆僕處外, 三僕在堂. 夜且半, 內外諸門忽同時洞開, 燈燭陳列. 行中又疑爲盜, 杖劍膝上, 須其入而殺之. 克中但蒙被坐, 誦楞嚴呪.

良久, 聞堂上兵刃戛擊, 其呼譟應和之聲全與世間惡少年所習技等. 行中窺于門, 見七男子, 被髮袒裼, 各持兩刀, 跳擲作戲, 始大懼, 徑登床, 伏于兄後. 衆鬼入室, 盡挈箱篋出, 幷帳亦掣去, 取行庖食物啖嚼. 又竊窺之, 已斷三僕首, 幷手足肝肺分挂四壁, 益駭怖, 不敢復開目, 漸亦昏睡. 俄鄰雞再唱, 寂不聞聲, 心稍定. 天明而起, 則籠帳之屬元不移故處, 三僕悉無恙. 略述所見頗同, 但不深記屠割時事. 其宿于外十輩亦有被此害者, 雖皆不死而神氣頓癡, 顔色枯悴, 蓋血液已失故也. 克中仕至肇慶通判, 行中爲廣西幹官而卒.

왕행중과 그의 형 왕극중은 무주 금계현에서 노복과 군졸 십여 명을 데리고 광주[35]의 아버지를 뵈러 가는 길이었다. 도중에 소주 동쪽 경계선을 지나면서 한 역참에 들어가 묵으려고 하였는데, 역졸이 말하길,

35 廣州: 廣南東路의 치소로서 4개 부, 14개 주, 43개 현을 관할하였다. 州의 치소는 番禺縣과 南海縣(현 광동성 廣州市 城區)이고 관할 현은 8개이며 州格은 節度州이다. 현 광동성 중남부에 해당한다.

"이곳은 소위 칠성신이라는 신령이 왕래하는 길손에게 자주 해를 입히니 근처의 여관이나 저점에 가서 묵는 것이 편안하고 무탈할 것입니다."

왕행중은 역졸이 접대하는 것을 귀찮게 여겨 망령된 말로 자기를 겁주는 것이라 여기고, 자기네 일행이 적지 않아 설령 요물이나 요괴가 있다고 하더라도 어찌 막지 못할까 싶어서 마침내 그곳에 묵기로 했다. 노복 여러 명을 밖에서 있게 하고, 노복 세 명은 대청에 들어와 있게 했다. 밤이 깊었을 때, 갑자기 안팎의 여러 문이 동시에 열리더니 등불과 촛불이 모두 켜졌다. 왕행중은 또 도적의 소행이라고 의심하여 몽둥이와 검을 무릎 앞에 두고 그들이 들어오면 죽여 버리려고 하였다. 왕극중은 그저 이불을 뒤집어쓰고 앉아 『능엄경』의 진언만 암송하고 있었다.

한참 후 대청에서 칼과 창이 서로 부딪히는 소리가 들렸고, 그 부르고 대꾸하는 소리가 모두 세간의 불량 청소년들이 무예를 연습할 때와 똑같았다. 왕행중은 몰래 문을 열고 엿보았더니 일곱 명의 남자가 보였다. 모두 머리를 풀어 헤치고 웃통을 벗은 채로 각자 두 개의 칼을 가지고 뛰어다니고 던지며 장난치고 있었다. 그는 비로소 크게 두려워하며 곧바로 침상으로 올라가 형의 뒤에 숨었다. 여러 명의 귀신이 방으로 들어와 상자를 모두 끌고 나갔고 장막 역시 끌어당겨 갔으며 보따리 안에 음식물을 가져다 먹어 치웠다.

또 몰래 살펴보니 이미 노복 셋의 머리가 잘려져 있었고, 손과 발 그리고 간과 폐가 사방 벽에 걸려 있었다. 더욱 놀라 떨며 다시 눈을 뜰 수조차 없었다. 점점 혼미해져 잠이 들었다. 잠시 후 이웃집 닭이 두 번째 울자 조용해지면서 아무 소리도 들리지 않았다. 마음도 조금

진정되었다.

하늘이 밝아 일어나 보니 짐 바구니나 장막 등은 원래 있던 자리에 그대로 있었고, 세 명의 시종도 모두 아무 일이 없는 듯했다. 대략 서로 본 것을 이야기했는데 거의 비슷했다. 그러나 참혹하게 죽임을 당하고 몸이 잘려 나간 당시의 일은 자세히 기억하지 못했다. 밖에서 잠을 잤던 십여 명의 사람 중에도 이번 일로 피해 본 이가 있었다. 비록 모두 죽지는 않았지만, 정신이 아둔해졌고 안색은 초췌해졌다. 대략 피를 많이 흘린 탓이다. 왕극중은 관직이 조경부 통판에 이르렀고, 왕행중은 광서전운사사 간판공사[36]까지 지내고 죽었다.

36 幹官: 각 부서의 실무를 관장하던 중견 간부의 통칭인데 본문에서는 轉運司 幹辦公事의 약칭이다. 전운사가 관할 구역을 순시하면 관아에 남아 치소 州縣의 관리 감독하는 업무를 맡았기 때문에 현지사 급의 경조관을 임명하였다. 본래 勾當公事였는데 高宗의 이름 趙構의 '구'와 발음이 같아 피휘하여 개칭하였다.

13 해문현의 염장海門鹽場

通州海門縣監鹽場劉某, 生一男, 夜睡驚啼. 父母往視, 見兒頭上有泥捻饅頭兩枚, 揮去之, 兒即愈, 它日復然. 自是常置坐側, 或與乳媼介處, 則怪復至. 劉知祟所爲, 責之曰: "汝能爲怪, 胡不施吾夫婦間, 但困嬰孩何也?" 是夜故出宿外舍以驗之. 明旦起, 枕席及踏牀上凡列泥饅頭三十餘, 大小各異, 又衣服器皿之類多無故而失, 訪之無蹤, 婢妾良以爲苦.

一日, 守門者語老僕曰: "兩尼童入宅甚久, 可以遣出." 僕入白之, 元無有也. 少頃, 門者見其出, 即隨逐之, 過牆角小廟而隱. 劉具香酒詣其處禱曰: "自居官以來, 於事神之禮無所曠, 何乃造妖如此? 今與神約, 能悉改前事, 當召僧誦經, 辦水陸供, 以資冥福. 不然, 投偶像於海中, 焚祠伐樹, 二者唯所擇." 再拜而退.

才還家, 前後積失衣皿六十種, 宛然具存, 兒疾亦不作. 劉滿秩善去. 代者到郡, 郡守田世卿招飯, 席間話此事. 至暮更衣. 久不返. 遣官奴就視, 已仆地氣絶, 呼醫拯療, 中夕始甦. 旣之官, 兩子倂夭. 世卿聞彼大樹起孽, 命卒伐爲薪. 劉氏免其禍而代者當之, 爲可憐也.

통주[37] 해문현[38]의 염장을 감독하는 유모씨는 아들을 한 명 낳았는데 아기가 밤에 자다가 놀라 울었다. 부모가 가서 보니 아이의 머리

37 通州: 淮南東路 소속으로 지명이 通州(960~1022), 崇州(1023~1032), 通州(1033~1126)로 바뀌었다. 치소는 靜海縣(현 강소성 南通市 城區)이고, 관할 현은 2개, 州格은 軍事州이다. 현 강소성 동남부에 해당한다.

38 海門縣: 淮南東路 通州 소속으로 현 강소성 동남부 南通市 동남쪽의 海門區에 해당한다.

위에 흙으로 빚은 만두 두 개가 있었다. 그것을 가져다 버리니 아이가 곧 좋아졌지만, 다른 날 그 같은 일이 또 벌어졌다. 이때부터 항상 아기를 자신의 옆에 두었는데, 하루는 유모가 있는 곳에 두자 괴이한 일이 다시 일어났다. 유씨는 요괴가 한 일이라는 것을 알고 꾸짖길,

"네가 능히 괴이한 일을 할 수 있다지만 어찌 우리 부부에게 하지 않고, 갓난아기를 힘들게 하는데 도대체 왜 그러느냐?"

그날 밤에 일부러 바깥채로 나와 자면서 요괴를 시험해 보았다. 다음 날 아침 일어나 보니 베개 자리와 발을 기대는 탁자[39] 위에 진흙으로 만든 크기는 각기 다른 만두가 무려 36개나 놓여 있었다. 또 많은 의복과 그릇 등이 이유도 없이 사라져 그것을 찾아다녔지만, 흔적도 없어 첩과 여종들이 찾느라 매우 힘들어했다. 하루는 문을 지키고 있던 자가 늙은 노복에게 말하기를,

"어린 비구니 둘이 집 안으로 들어간 지 제법 오래되었는데, 내보내야 합니다."

노복이 들어와 말을 전했지만, 원래 그런 일이 없었다. 하지만 잠시 후 문지기는 두 어린 비구니가 나가는 것을 보고는 곧 그들을 쫓아갔다. 담장 끝 작은 사묘를 지나자 곧 사라졌다. 유씨는 향과 술을 준비하여 그곳에 가서 기도하길,

"내가 관직에 오른 뒤 신을 섬기는 예에 빈틈이 없었습니다. 그런데 어찌하여 이와 같은 요상한 일이 벌어진단 말입니까? 지금 신께 약속드리려고 합니다. 앞의 일들을 모두 다 없애 주시면 마땅히 승려

39 蹋牀: 앉아 있을 때 발을 걸쳐 놓는 작은 탁자를 말한다. 속칭은 脚踏子이다.

를 불러 경을 암송하고 수륙재를 올리도록 하여 명복을 빌도록 하겠습니다. 그렇지 않다면 신상을 바다 한가운데 던져 버리고, 사묘를 불사르고 나무를 벨 것입니다. 두 가지 중 하나를 선택하십시오."

재배하고 물러났다. 집에 돌아오자 전후로 없어진 옷가지와 기물 60여 종이 모두 예전과 똑같이 있었고, 아기의 병도 재발하지 않았다. 유씨는 임기를 다 마치고 잘 돌아갔다. 유씨의 후임자가 통주에 도착하자 지사 전세경[40]이 불러서 식사 대접을 하던 자리에서 이 일을 이야기하였다. 그리고 저녁이 되자 후임자는 옷을 갈아입겠다며 갔는데 오랫동안 돌아오지 않았다. 관아의 노복을 보내서 찾아보게 하였는데, 이미 기절하여 바닥에 쓰러져 있었다. 의사를 불러 급히 치료하니 한밤중에 비로소 깨어났다. 그는 관직에 부임한 뒤 두 어린 아들을 다 잃었다.

전세경은 저 큰 나무가 재앙을 일으켰다고 들은 바 있어 병졸들에게 명해 그것을 베어 땔감으로 삼았다. 유씨는 그 화를 면했으나 그 후임이 화를 당했던 것이니 참으로 안타까운 일이다.

40 田世卿: 淳熙 12~14년(1185~1187)에 金州(현 섬서성 安康市) 都統制와 殿前司都指揮使를 지냈다.

14 양주의 취객揚州醉人

建炎二年, 鄭人孫宣仲侍父大夫君如揚州, 舍於旅邸, 周官人者亦寓焉. 一客醉且狂, 從外來, 踞肆邸內, 出穢惡語. 周指孫居室謂曰: "此官員性猛厲, 將執汝, 盍去之!" 客愈喧勃不可禁. 良久, 大夫君出謁, 宣仲獨守舍. 客徑入室, 解索縛宣仲於案. 時羣僕悉出, 無救解者, 周生亦閉戶. 客忽自捨去, 登高橋語行人曰: "我適詣某店, 遭孫大夫父子困辱, 無面目見人." 遂取腰間小佩刀刺喉下, 立死. 邏卒以告兵官, 亟逮捕孫·周諸人至, 且將驗視死者. 俄而復蘇能言, 自索紙對狀云: "實以醉後狂言, 元未嘗爲孫氏所辱. 橋上云云, 亦不能記. 皆身之所爲, 他人無預也." 於是盡得釋, 其人旋踵竟死. 非生前一狀, 孫幾爲所累云.

건염 2년(1128)에 정주 사람 손선중은 대부[41]인 아버지 손씨를 모시고 양주[42]로 갔다가 한 저점에서 묵었는데, 관인 주씨 역시 그곳에 묵고 있었다. 그때 몹시 술에 취해 미친 사람처럼 된 손님 한 명이 밖에

41 大夫: 문관 寄祿官 29개 품계 중 3위인 光祿大夫부터 11위인 朝散大夫까지는 관명에 大夫가 포함되어 있는 종2품~종5品下 관을 통칭한다. 12위 朝奉郎부터 27위 將仕郎까지 관명에 郎이 있는 정6品上~종9品下의 郎官과 구별된다. 元豐 3년(1080) 관제개혁 후에는 30개 품계 중 3위인 光祿大夫부터 19위인 朝奉大夫까지의 정2품~종6품관을 통칭하는 것으로 바뀌었다.

42 揚州: 淮南東路의 치소로서 10개 주, 2개 군을 관할하였다. 민간에서는 회남동로를 가리켜 揚州路라고도 칭하였다. 州의 치소는 江都縣(현 강소성 揚州市 江都區)이고 관할 현은 3개, 州格은 節度州이다. 현 강소성 장강 북단 揚州市 남서쪽과 安徽省 滁州市 동쪽 돌출부에 해당한다.

서 숙소 안으로 들어와 제멋대로 걸터앉더니 거친 욕을 뱉어냈다. 주씨는 손씨가 거하는 방을 가리키며 말하길,

"저 방에 계신 관원께서는 한 성질 하시는 분이다. 너를 잡아갈 수 있으니 어서 가는 것이 좋을 것이다."

하지만 그 취객은 더욱 시끄럽게 떠들고 소란을 떨었는데, 말릴 방법이 없었다. 한참 후 손대부가 인사할 사람이 있어 출타하고 손선중이 혼자 방을 지켰다. 그 취객이 방으로 곧장 들어오더니 줄을 풀어 손선중을 책상에 묶었다. 당시 노복들은 모두 외출 중이라 풀어 줄 사람이 없었고, 관인 주씨 역시 문을 닫고 있어서 보지 못하였다. 그 취객은 갑자기 손선중을 두고 가 버리더니 높은 다리에 올라 행인들에게 말하길,

"내가 어느 여관에 들렀다가 손대부 부자를 만나 곤욕을 치렀습니다. 사람들을 볼 면목이 없네요." 그리고는 허리춤에 있던 작은 칼을 꺼내 자기 목을 그어서 즉사하였다. 순찰하던 병졸이 이 사실을 군관에게 알렸고, 군졸은 즉시 손씨와 주씨 등 여러 명을 잡아들였다. 그리고 죽은 자를 검시하였다. 잠시 후 그 취객은 깨어나 말을 할 수 있었는데, 스스로 종이에 써 달라며 진술하길,

"실제로는 제가 술에 취한 뒤 헛소리를 한 것일 뿐 손씨에게 곤욕을 당한 일은 처음부터 없었습니다. 다리 위에서 뭐라고 했는지도 기억나지 않네요. 모두 나 자신이 저지른 일로 다른 사람은 잘못이 없습니다."

이에 손씨와 주씨는 풀려날 수 있었고, 그 취객은 곧이어 숨을 거두었다. 살아서 그렇게 진술한 문서가 없었다면 손씨는 거의 이 사건에 연루될 뻔했다.

15 해문현의 주부海門主簿

通州海門縣主簿攝尉事, 入海巡警, 爲巨潮所驚, 得心疾, 謂其妻曰: “汝年少, 又子弱, 奈歸計何?” 妻訝其不祥. 簿曰: “有婦人立我傍, 求緋背子, 宜卽與.” 妻縫緋紙製造焚之. 明日又言: “渠甚感激, 但云失一裾耳.” 妻詣昨焚處檢視, 得於灰中, 未化也, 復爲製一衣. 簿時時說: “見人從竈突中下, 而居室相去遠, 目力不能到.” 凡月餘, 預以死日告妻, 奄忽而隕.

官舍寓尼寺, 妻不勝懼, 倩兩尼伴宿. 才過靈幃前, 一尼遽升几坐, 作亡者語, 且命邀邑宰孫愬. 孫來, 與問答甚悉, 又數小吏某人之過, 乞箠之. 孫如其戒, 而諭以理曰: “君誠不幸, 死亦命也. 眷眷如是, 何得超脫?” 爲邀僧惠瑜說佛法, 經一日, 尼乃醒. 及喪歸, 又對衆附語, 令其妻‘欲嫁則嫁, 切不可作羞汙門戶事, 吾不怨汝’. 人或疑小吏之故云.

통주 해문현 주부가 현위 직을 임시 대리하여 바다로 가서 순찰하던 중 거대한 파도에 놀라 심장병에 걸렸다. 주부가 아내에게 말하길,

“당신은 나이가 젊고 또 아들도 어리니 어떻게 살아갈 수 있을지 걱정이오?”

아내는 남편이 왜 그런 불길한 말을 하는지 의아했다. 주부가 다시 말하길,

“한 여인이 내 옆에 서 있는데, 붉은색 배자[43]를 원한다고 하니 당장 만들어 주는 것이 좋겠소.”

아내는 붉은색 종이를 기워 배자를 만든 뒤 그것을 태워 주었다. 이튿날 남편이 다시 이르길,

"그 여인이 매우 감격하면서도 다만 옷자락 한쪽 끝이 없다고 합디다."

아내는 어제 종이 옷을 태웠던 곳에 가서 살펴보니, 재 가운데 아직 다 타지 않은 부분이 있음을 보고 다시 옷을 하나 지어 태워 주었다. 주부는 때때로 이르길,

"한 사람이 부엌 굴뚝에서 갑자기 내려와 방안에 들어와 멀찍이 앉아 있는데 내 시력으로는 확실하게 보이지 않는구려."

한 달쯤 지나 죽을 날을 미리 아내에게 말하더니 돌연 죽고 말았다. 주부의 가족은 비구니 사찰을 관사로 이용해 거주하고 있었는데 아내는 두려움을 견딜 수 없어 비구니 두 명을 청해서 함께 잤다. 영구를 가려놓은 휘장을 지나가자마자 한 비구니가 갑자기 탁자에 올라앉더니 죽은 남편의 목소리로 말을 하면서 아내에게 현 지사 손소를 불러오라고 하였다. 손소가 오자 그와 이것저것 상세히 말을 주고받았고, 한 소사의 잘못을 일일이 지적하고 매질해 줄 것을 부탁하기도 하였다. 손소는 그가 일러 주는 대로 한 뒤 다시 주부에게 사리를 들어 설득하길,

"그대는 진실로 불행하긴 했지만 죽음 또한 운명이 아니겠나. 이처럼 연연해하면 어찌 다음 생으로 넘어갈 수 있겠는가?"

43 背子: 옷 위에 덧입는 옷으로 隋代부터 입기 시작하여 송·명대에 크게 유행하였다. 송대의 배자는 길이가 무릎에 닿는 긴 것과 허리까지 오는 짧은 것이 있었으며, 소매는 짧은 것이 주류를 이루었다.

승려 혜유를 청해 불법을 설파하게 하니 하루가 지나자 비구니가 비로소 정신을 차렸다. 장례를 마치고 집으로 돌아가자 다시 빙의하여 여러 사람에게 말하길, 아내로 하여금 '재혼을 하려거든 재혼을 하되 절대로 집안을 더럽히는 일은 해서는 안 되며 그런 경우에는 내가 용서하지 않을 것'이라고 하였다. 사람들은 현의 소사와 관계된 것이 아닐까 의심하기도 하였다.

16 남풍현 주부 왕씨南豐主簿

閩人王某爲南豐主簿, 惑官奴龍瑩, 遣妻子還鄕, 獨與瑩處. 知縣孫慤諫止之, 不肯聽, 終竊負以逃. 繼調湖南教授, 瑩隨之官, 飮食菜茹皆資於外庖. 一日, 瑩携粥來, 勤渠異常時. 王未暇食, 忽有煤塵落盌內, 命撤之. 瑩曰: "但去其汚處足矣, 何必棄?" 强王必使食, 王怒曰: "旣不以爲嫌, 汝自啖之." 瑩亦不可, 王愈忿. 適一犬自前過, 乃翻粥地上, 縱使食, 須臾間, 犬吐黑血, 宛轉而死. 王詰其事, 瑩曰: "粥自外入, 非知其然也." 命呼庖者. 庖者曰: "每日實供粥, 旦獨却回, 云宅內已自辦之. 元粥尙在, 可具驗也." 遂窮搜室中, 得所煮鉢, 瑩始色變. 執送府訊鞫, 服與候兵通, 欲置藥毒主翁, 然後罄家貲以嫁. 及議罪, 以未成減等, 杖脊而已. 此可爲後生之戒, 非落塵賜祐, 王其不免.

민[44] 사람으로 건창군 남풍현 주부인 왕씨는 관노비인 용형에게 반해 아내를 고향으로 돌려보내고 혼자 용형과 지냈다. 남풍현 지사 손각은 주부에게 그러지 말라고 직언했지만, 들으려 하지 않았고, 임기를 마치고는 몰래 용형을 데리고 도망갔다. 이후 호남의 교수로 전보되었는데, 용형도 그를 따라 함께 부임지에 갔고, 음식이며 야채 등 먹을 것을 모두 외부 주방에서 가져와 먹었다.

하루는 용형이 죽 한 그릇을 가져와 그에게 힘껏 권하였는데 평소와 뭔가 달리 이상했다. 왕씨가 미처 먹기도 전에 갑자기 재 같은 먼

44 閩: 복건성의 오랜 별칭이다. 지명은 복건 지역에 대한 오랜 명칭인 閩越에서 유래하였다.

지가 그릇에 떨어졌기에 죽을 치우라고 명했다. 용형이 말하길,

“그저 먼지를 걷어 내면 충분하지 굳이 버릴 필요까지 있나요?”

왕씨에게 반드시 먹이려고 강권하니, 왕씨가 화내며 말하길,

“당신은 그것이 싫지 않은 모양이나 당신이나 혼자 드시오.”

하지만 용형도 먹지 않겠다고 하니, 왕씨는 더욱 화가 났다. 마침 개 한 마리가 앞을 지나가기에 죽을 바닥에 던져 먹게 하였다. 곧 개가 검은 피를 토하더니 바닥에서 구르다가 죽었다. 왕씨가 어찌 된 일이냐고 캐묻자 용형은 말하길,

“죽은 밖에서 가져온 것입니다. 저는 어찌 된 까닭인지 알지 못합니다.”

부엌에서 일하는 자를 불러 오라고 시키자 요리사가 말하길,

“매일 실제로 죽을 올리는데 오늘 아침만 유독 죽을 돌려보내며 집 안에서 이미 죽을 만들었다고 하였습니다. 원래 만들었던 죽이 아직 그대로 있으니 가서 모두 살펴보십시오.”

마침내 부엌을 샅샅이 수색하니 죽 그릇을 찾을 수 있었다. 그러자 용형의 안색이 비로소 변하였다. 그녀를 붙잡아 관아로 보내 추국을 하니, 왕씨의 시중을 드는 병사와 사통했고, 죽에 약을 넣고 주인을 죽인 뒤 집안의 자산을 다 가지고 그에게 시집가려고 하였다고 자백하였다. 죄를 논하는데 미수에 그쳤기에 감경하여 척장만 받았다. 이 일은 후대 사람들이 경계 삼을 만하다. 떨어진 먼지가 도와주지 않았다면 왕씨는 죽음을 면하지 못했을 것이다.

17 도적 사화육謝花六

吉州太和民謝六以盜成家, 擧體雕青, 故人目爲花六, 自稱曰'青師子', 凡爲盜數十發, 未嘗敗. 官司名捕者踵接, 然施施自如. 巡檢邑尉數負累, 共集近舍窮索之. 其黨康花七者, 家已豐餘, 欲洗心自新, 佯爲出探官軍, 密以告尉. 尉孫革又激諭使必得, 遂斷其足來, 乃遣吏護致.

扣其平生, 自言: "精星禽遁甲, 每日演所得禽名, 視以藏匿. 如値畢月烏, 則以月夜隱於烏巢之下. 値房日兔, 則當晝訪兔蹊. 往來若與本禽遇, 則必敗. 家居大屋, 而多棲止高樹上. 是時與康七同行劫, 事旣彰露, 課得觜火猴, 乃往水濱猴玃所常游處. 忽一猴過焉, 甚惡之. 明日復得前課, 又明日亦如之. 而猴無足, 知必無脫理. 見康七來, 疑之, 欲引避, 爲甘言所啖, 又念相與爲盜十年, 不應遽賣我. 纔相近, 右足遂遭斫, 尙能跳行數十步, 得一草藥, 解止血定痛, 拔以裹斷處. 又行百步, 痛極乃仆, 今無所逃死也."

是年會赦, 亦以一支折得放歸. 今猶存, 雖不復出, 但爲羣盜之師, 鄕里苦之.(右七事孫革說.)

길주[45] 태화현[46]의 주민 사육은 도적질로 일가를 이루었는데, 온몸에 푸른색으로 문신을 하여 사람들은 그를 '문신한 사육'이란 뜻에서

45 吉州: 江南西路 소속으로 치소는 廬陵縣(현 강서성 吉安市 吉州區)이고 관할 현은 6개, 州格은 刺史州이다. 현 강서성 중서부에 해당한다.

46 太和縣: 江南西路 吉州 소속으로 현 강서성 중서부 吉安市 중남쪽의 泰和縣에 해당한다.

'화육'이라 불렀고 그 스스로는 '청색 사자'라고 칭하였다. 무릇 수십 차례 도적질하였는데, 한 번도 실패한 적이 없었다. 관에서는 도적을 잘 체포하기로 소문난 이들이 줄지어 쫓아다녔지만, 그는 득의양양하며 잘 빠져나갔다.

순검사와 현위는 누차 그에 대한 책임과 연루되어 처벌받았다. 그들은 그의 집 근처에 함께 모여 샅샅이 그를 찾았다. 그 도적 무리 중에는 강화칠이라는 자가 있었는데, 집안이 부유해지자 마음을 고쳐먹고 새롭게 살기로 하였다. 관군의 동향을 탐색하는 것처럼 위장해서 현위에게 몰래 고발했다. 현위 손혁은 그를 거듭 격려하며 반드시 잡아 오라고 하였고, 강화칠이 마침내 사육의 발을 잘라 오자 서리를 보내 잡아 올 수 있었다. 사육에게 그간의 경위에 대하여 심문하니 사육 스스로 말하길,

"저는 별자리와 동물 이름으로 점을 쳐 도망 다니는 데 능숙하여 매번 점으로 얻은 동물의 이름대로 분장하여 숨었습니다. 만약 '필월조'[47]가 나오면 곧 달밤에 까마귀 둥지 아래에 숨었습니다. 또 '방일토'[48]가 나오면 곧 낮에 토끼가 다니는 길로 찾아갔습니다. 오고 갈 때 만약 그 동물과 만나면 절대 잡을 수 없었습니다. 큰 집에 살고 있긴 하지만 대부분 높은 나무 위에서 머물렀습니다.

이때 강칠과 함께 도적질하였는데, 범죄 행각이 다 들켰을 때는 점괘로 '자화후'[49]가 나왔습니다. 곧 원숭이가 자주 놀던 물가로 가야

47 畢月烏: 28수의 하나로 서방 7宿 중 5번째 별로 宿昴와 이웃하여 함께 매우 밝기로 유명하다.

48 房日兔: 28수의 하나로 동방 7宿 중 4번째 별로 房星이라고도 한다.

49 觜火猴: 28수의 하나로 서방 7宿 중 6번째 별로 觜星이라고도 한다.

했었는데, 갑자기 원숭이 한 마리가 가로 지나가 심히 마음에 걸렸습니다. 다음 날 다시 점을 쳤는데 앞의 점괘와 같았고, 그 이튿날 역시 그러하였습니다. 게다가 그 원숭이는 발이 없었기 때문에 '이번에는 도망칠 수가 없겠구나'라고 생각했습니다. 강칠이 오는 것을 보고 뭔가가 의심스러워 피하려고 하였지만, 그의 감언이설에 넘어가고 말았습니다. 그건 그와 함께 도둑질한 세월이 10년이나 되니 보니 그가 갑자기 나를 팔아넘기리라고는 생각하지 못한 탓입니다. 강칠에게 가까이 다가서자마자 그는 도끼로 나의 오른쪽 다리를 찍었습니다. 그래도 수십 보는 도망칠 수 있어서 겨우 약초를 구해 지혈하고 통증을 가라앉힐 수 있었습니다. 또 그 약초를 뽑아서 상처 난 곳을 감싸고 다시 백 보 정도를 걸었는데, 통증이 심해 쓰러졌고, 지금 이렇게 죽음으로부터 도망갈 수가 없게 된 것입니다."

이해 사면령이 내려졌고, 그 역시 한쪽 다리를 잃었기에 사면을 받아 풀려났다. 지금도 살아 있는데, 다시 세상에 나오지는 않지만 군도들의 스승이 되어 향리에서는 골머리를 앓았다.(위의 일곱 가지 일화는 손혁이 말한 것이다.)

이견정지 夷堅丁志 卷 4

01 다섯째 오빠 손유孫五哥

鄭人孫愈, 王氏甥也, 年十八九歲時到外家, 與舅女眞眞者凭闌相視, 有嘉耦之約. 歸而念之, 會有來議婚對者, 母扣其意, 云: "如眞眞足矣." 母愛之甚, 亟爲訪于兄, 兄言: "吾數壻皆官人, 而甥獨未仕. 若能取鄉薦, 當嫁以女." 愈本好讀書, 由此益自勤苦. 凡再試姑蘇, 輒不利. 女亦長大, 勢不可復留, 乃許嫁少保趙密之子.

愈省兄愬于臨安, 因赴飲舅氏, 眞眞乘隙垂淚謂曰: "身已屬他人, 與子事不諧矣." 愈不復留, 卽還崑山故居. 遇侄革於道, 邀同舟, 問之曰: "世俗所言相思病, 有之否? 我比日厭厭不聊賴, 腸皆掣痛如寸截, 必以此死." 革宛轉慰解, 且誚之曰: "叔少年有慈親, 而無端戀著如此, 豈不爲姻黨所笑?" 旣至家, 館革于外舍, 愈宿母榻. 半夜走出, 呼革起曰: "恰寢未熟, 聞人呼五哥, 視之, 則眞眞也. 急下牀, 茫無所睹, 此何祥哉?"

革留旬日, 過臨安, 適眞眞成禮於趙氏. 次日合宴, 恍然見人立其旁, 驚曰: "五哥何以在此?" 便得疾, 踰月乃瘳. 是時愈已病, 羸瘠骨立, 與母謁醫蘇城, 及門, 爲母言: "此病最忌噦逆及嘔血, 若證候一見, 定不可活." 語畢, 忽作惡, 吐鮮血數塊而死. 方女有所見之夕, 愈尙無恙, 豈非魂魄已逝乎? 後生妄想, 不識好惡, 此爲尤甚, 故書以戒云. 女今猶存.

정주 사람 손유는 왕씨의 생질로서 18~19세쯤에 외가에 다녀왔는데, 외삼촌의 딸 진진과 난간에 기대어 서로 마주 보며 놀다가 부부의 언약을 맺었다. 집으로 돌아온 후에도 그녀만 생각하였는데, 마침 어떤 사람이 와서 혼사를 제안하자 어머니는 아들에게 의사를 듣고

는 말하길,

"진진이 같은 며느리면 만족할 만하지."

어머니는 아들을 매우 사랑하였기에 서둘러 친정 오빠를 찾아갔다. 친정 오빠가 말하길,

"나에게 여러 사위가 있는데 모두 관원이지 않니, 생질만 아직 관직에 있지 않으니 만약 향시에 합격하기만 하면 진진이를 시집보내겠다."

손유는 본래 책 읽는 것을 좋아하였는데 이때부터 더욱 분발하여 열심히 공부하였다. 그러나 고소[1]의 향시에 거듭 응시하였지만, 번번이 떨어졌다. 진진이 역시 나이가 차 그녀를 더 잡아 두고 있을 수는 없었기에 집에서는 소보[2]인 조밀[3]의 아들에게 시집보내기로 혼약을 맺었다. 손유는 형 손소를 보러 임안부에 갔다가 외삼촌 집에 잠시 들러 술을 마셨다. 진진은 그 틈을 타서 눈물을 흘리며 손유에게 말

1 姑蘇: 兩浙路 蘇州(현 강소성 蘇州市)의 별칭이다. 州城의 옆에 있는 姑蘇山에서 유래한 가장 오래된 지명이며 춘추전국 이후 오랫동안 吳縣·吳郡으로 불렸다. 소주라는 지명은 開皇 9년(589)에 비로소 출현하였다. 江表라는 별칭도 있다.

2 少保: 周代의 관제로서 太師·太傅·太保 등 3公 다음 직책인 少師·少傅, 少保를 가리켜 '3少'라 하였다. 후대에 형식상 3公은 황제를, 3少는 황태자를 보좌하는 직책이라고 했지만, 고위 관직에 추가하는 명예직일 뿐 실제 직무는 없었고 송대 역시 부재상에게 부여하는 명예직으로 활용하였다. 그러나 휘종은 政和 2년(1112)에 정식 관직으로 정1품 '三少'를 두었고 선화 7년(1125) 이후 절도사 직책을 제수한 뒤 加官으로 수여하였다.

3 趙密(1095~1165): 자는 微叔이며 河東路 太原府 淸源縣(현 산서성 태원시 淸徐縣) 사람이다. 남송 건국 직후 張俊 휘하에서 무공을 쌓았고, 소흥 연간에는 李成과 馬進을 격파하였으며, 회서 일대에서 금군을 여러 차례 패퇴시켰다. 그 공으로 龍神衛四廂도지휘사가 되어 侍衛步軍을 지휘하였다. 후에 태위·殿前都指揮使가 되었으며 少保로 은퇴하였다.

하길,

"저는 이미 다른 사람에게로 시집가게 되었습니다. 그대와의 인연은 잘 맺어지지 못하게 되었습니다."

손유는 차마 더 머무를 수가 없어서 곧 고향인 소주 곤산현[4]으로 돌아갔는데, 가던 중 우연히 길에서 조카 손혁을 만나자 함께 배를 타고 가자고 청하였다. 손유는 조카인 손혁에게 털어놓길,

"세상에서 말하는 소위 상사병이 있기는 있는 것 같구나? 나는 근래 마음이 답답하여 버틸 수가 없고, 창자가 온통 마디마디 끊어지는 것처럼 고통스러우니 필시 이 때문에 죽을 것 같구나."

손혁은 완곡한 말로 손유를 위로하면서 또 걱정하길,

"삼촌은 나이도 젊고 자애로우신 어머니께서도 계신데, 연연해하는 마음이 이처럼 끝이 없으니 어찌 인척과 집안사람에게 웃음거리가 되지 않겠습니까?"

집에 도착하여 손혁은 바깥채에 머물게 하고 손유는 어머니의 침상에 누워서 잤다. 그런데 손유가 한밤중에 나와서 걷다가 손혁을 불러 깨우길,

"막 침상에 누워 아직 깊이 잠들지는 않았는데 어떤 사람이 '다섯째 오빠'라고 부르는 소리가 들려서 가 보니 진진이었어. 서둘러 침상에서 내려와 보니 아득할 뿐 보이는 것이 전혀 없더구나. 이것이 무슨 징조일까?

손혁은 열흘 정도 머무르다 임안부로 갔는데, 마침 그때가 진진과

4 崑山縣: 兩浙路 平江府 소속으로 현 강소성 남동부 蘇州市 동쪽의 昆山市에 해당한다.

조씨가 혼인을 올리는 날이었다. 다음 날 연회가 열렸을 때, 진진은 어떤 사람이 자기 옆에 어슴푸레하게 서 있는 것을 보았다. 그녀가 놀라 묻길,

"다섯째 오빠가 어찌 여기에 있습니까?"

그리고는 곧장 병에 걸려 한 달이 지나서야 비로소 나았는데, 바로 그때 손유도 이미 병으로 여위어 뼈만 남았다. 어머니와 함께 의사 소성에게 찾아가던 중 대문 앞에 이르렀을 때 어머니에게 말하길,

"이 병은 구역질하고, 피를 토하는 것이 가장 안 좋습니다. 만약 그런 증상이 하나라도 있으면 절대로 살 수가 없을 것입니다."

말을 마치자마자 병세가 갑자기 악화하여 붉은 핏덩어리 여러 개를 토하면서 죽었다. 바로 진진에게 손유가 보였던 그날 밤 손유는 그런대로 별 탈이 없었는데, 몸이 죽기 전 혼백이 먼저 죽어서 진진에게 간 것이 어찌 아니겠는가? 젊은이들은 망령되이 생각하며 유익함과 해로움을 잘 인식하지 못하는데, 남녀 간 사랑에 대해서는 이 같은 상황이 더욱 심하다. 이에 글로 써서 경계로 삼고자 한다. 왕진진은 지금도 여전히 살아 있다.

02 사명부의 승司命府丞

王筌, 字子眞, 鳳翔陽平人. 其父登科, 兄弟皆爲進士. 筌獨閑居樂道. 一日郊行, 憩瓜圃間, 野婦從乞瓜, 乳齊於腹. 筌知非常人, 問其姓, 曰: "吾蕭三娘也." 筌取瓜置諸橐以遺之. 婦就食, 輟其餘, 曰: "爾可嘗乎?" 筌接取而食, 無難色. 婦曰: "可敎矣! 神仙海蟾子今居此, 當度後學, 吾明日挾汝往見." 及見, 海蟾曰: "汝以夙契得遇我." 命長跪傳至道, 授丹訣, 戒以積功累行.

遂還家白母, 遣妻歸, 周游名山. 一時大臣薦其賢, 賜封"沖熙處士." 元符三年, 再游茅山. 先是, 中峰石洞忽開, 『眞誥』所謂華陽洞天便門者也, 一閉千歲矣. 又甘露□降, 道士劉混康曰: "必有異." 旣而筌乃來受上淸籙. 是夕, 仙樂聞于空浮之上. 留踰歲, 晝夢二天人與黃衣從者數百乘, 擁白虎來迎. 跨虎而行, 登危躡險, 由中峰入石洞向所開便門, 顧視左右, 金庭玉室. 兩靑衣童入通, 見茅君, 再拜謁. 君問勞甚厚, 曰: "帝已勑汝華陽洞天司命府丞." 因賜金尺以還. 及寤, 別混康曰: "吾數將盡, 且有所授, 從此逝矣." 下投道人葛沖曰: "敢以死累公." 預言八月十七日當解化, 及期, 具衣冠端坐而卒. 時建中靖國歲, 春秋財六十一.

자가 자진인 봉상부 양평현[5] 사람 왕전은 그의 아버지도 과거에 급제하였고 형제들도 모두 진사가 되었는데, 왕전 홀로 한유하게 살면서 안빈낙도하였다. 하루는 교외에 나가 오이밭에서 쉬고 있었다. 촌

5 鳳翔府에는 陽平縣이 없으며, 송대 다른 지역에도 陽平縣 관련 기록을 찾기가 어렵다.

부의 아내 같은 사람이 따라와 오이를 달라고 하였는데, 유방이 배까지 늘어져 있었다. 왕전은 그 부인이 평범한 사람이 아님을 알고 그의 성을 물었다. 그녀가 답하길,

"나는 소삼랑이라고 합니다."

왕전은 오이를 따서 자루에 넣어 그녀에게 주었다. 부인이 오이를 먹다가 조금 남기더니 말하길,

"댁도 맛보면 좋을 텐데?"

왕전이 받아서 먹는데 전혀 꺼리는 기색이 없었다. 부인이 말하길,

"가르칠 만하겠구나! 호가 해섬자인 신선 유조[6]께서 지금 여기에 머물고 있는데 후학을 길러 깨치게 해 줄 수 있으니 내가 내일 그대를 데리고 가서 뵐 수 있게 해 주겠소."

해섬자를 만나자 그가 말하길,

"너는 전생에 쌓은 인연이 있어 나를 만날 수 있게 됐구나."

왕전에게 무릎을 꿇으라 하고 심오한 도를 전하여 주었다. 연단의 비법을 전수하며 공력과 선행을 쌓으라고 가르침을 주었다. 왕전은 곧장 집으로 돌아와 어머니에게 있었던 일을 알리고 아내를 친정으로 돌려보낸 후 명산을 주유하였다. 한번은 어떤 대신이 그의 현명함을 보고 조정에 추천하였고, 황제는 '충희처사'에 봉하였다. 원부 3년(1100), 그는 다시 모산[7]을 유람하였다. 이보다 앞서 모산의 중봉에

6 劉操: 자는 宗成이고, 호는 海蟾子이며 거란 남경 析津府(현 북경시) 사람이다. 16세에 거란에서 과거에 급제한 뒤 관직에 있다가 도를 배워 全眞教의 5祖 가운데 하나가 되었다.

7 茅山: 江蘇省 鎭江市 句容市에 위치한 산으로 句容 · 金壇 · 溧水 · 丹徒 · 丹陽市 사이에 있다. 茅氏 3형제가 도를 닦아 신선이 되었다고 하여 三茅山이라고 했다가

있는 석굴이 갑자기 열렸는데, 이는 곧 『진고』[8]에서 이야기한 화양동천[9]의 편문으로 한번 닫히면 천 년 동안 열리지 않았다는 그 문이다. 게다가 감로[10]까지 내렸다. 도사 유혼강이 말하길,

"반드시 기이한 일이 있을 것입니다."

얼마 후 왕전이 모산으로 와서 '상청록'을 받았다. 이날 저녁 선계의 음악이 공중에서 들려왔다. 왕전은 모산에서 한 해 넘게 머물렀고, 낮잠 자던 중 꿈에 두 천인과 누런색 옷을 입은 시종들을 태운 수백 개의 수레가 보였고, 흰색 호랑이를 안고 와서 그를 맞았다. 그는 호랑이를 타고 나아갔고, 위태롭고 험준한 바위산을 올라 중봉에서 석굴로 들어가 얼마 전 열린 편문으로 나아갔다. 좌우를 돌아보니 금으로 꾸민 대청과 옥으로 장식한 방이 보였다. 두 명의 푸른 옷을 입은 동자가 와서 그를 모군[11] 앞에 나아가게 하니 그는 두 번 절하고 알현하였다. 모군은 수고했다고 따뜻하게 위로하였으며, 왕전에게 말하길,

"상제께서는 이미 조칙을 내려 너에게 화양동천 사명부의 승丞으

후에 모산으로 바뀌었다. 도교 茅山宗派의 본산이며, 도교의 10대 洞天 가운데 제8동천이며, 72福地 가운데 제1복지에 해당한다.

8 『眞誥』: 東晉의 許謐((305~367) · 許翽 부자가 眞人의 가르침을 기록한 것을 梁의 陶宏景(456~536)이 편찬한 책으로 도교 上淸派의 경전이다. 당시까지의 도교 철학을 집대성하여 총 20권으로 이루어졌으며, 불교 윤회설의 영향을 받아 仙 · 鬼 · 人의 순환적 세계관을 설명하기도 하였다.

9 華陽洞天: 도교에서는 신선이 사는 洞天福地를 10大洞天, 36小洞天, 72福地로 구분한다. 화양동천은 句曲洞天이라고도 하며 10대 동천 가운데 8번째에 해당하는 모산의 華陽洞을 뜻한다.

10 甘露: 『老子』에서 "천지가 서로 합하여 감로가 내린다(天地相合, 以降甘露)"라고 하여 길상함을 상징한다.

11 茅君: 모산에서 도를 닦아 신선이 된 茅氏 3형제를 뜻한다.

로 삼았다."

이에 금으로 만든 자를 하사받고 돌아왔다. 꿈에서 깨어나 유혼강에게 이별을 고하며 말하길,

"나의 수명은 거의 다한 것 같습니다. 또한 전수를 받은 것도 오늘부로 다한 듯합니다."

또 도인 갈충에게 일러 말하길,

"제가 죽어 그 뒤처리로 감히 공께 누를 끼칠 것 같습니다."

왕전은 8월 17일에 죽을 것이라 예언하였고, 그날이 되자 의관을 갖추고 단정하게 앉아 죽었다. 당시가 건중정국 연간(1101)으로 향년 겨우 61세였다.

유사언劉士彦

劉士彦自睦州通判替歸京師, 檥舟宿泗間, 遇乞人, 可十七八, 目瑩脣朱, 光采可鑑. 異而問之, 對曰: "吾賣豆, 每粒千二百錢." 劉曰: "吾適乏錢, 只有所衣綿襖以奉償, 如何?" 曰: "固可也, 容取豆." 以紙一幅於兩乳間擦摩之, 輒有黑豆數粒出, 取一與劉, 擲其餘汴水中. 劉欲吞之, 曰: "未也." 又擦胸掖間, 復有菜豆數粒出, 亦取一與劉而擲其餘. 劉併吞二豆畢, 與所許衣, 笑而不取. 劉始病蠱不能食, 即日食如初而益多, 後面色如丹, 但每歲一發渴必飲水數斗, 覺二豆在腹中如棗大. 乞人又約某年相見於淮西, 不知如何也.(右二事見『浮休集』.)

유사언은 목주[12] 통판에서 교체되어 도성으로 돌아가던 중, 숙주[13]와 사주[14] 사이에서 배를 대고 쉬고 있었다. 한 걸인을 만났는데, 나이가 17~18세쯤 되어 보였고, 눈빛은 영롱하고 입술은 붉었으며 광

12 睦州: 兩浙路 소속으로 方臘의 난을 진압한 이듬해인 宣和 3년(1021)에 嚴州로 바꿨고, 咸淳 1년(1265)에 建德府로 승격되었다. 치소는 建德縣(현 절강성 杭州市 建德市)이고, 관할 현은 6개, 監은 1개, 州格은 節度州이다. 이다. 현 절강성 북부 杭州市의 서남쪽에 해당한다.

13 宿州: 淮南東路 소속으로 치소는 符離縣(현 안휘성 宿州市 埇橋區)이고, 관할 현은 5개, 州格은 節度州이다. 송대에는 汴河가 통과하던 지역이었다. 현 안휘성 북부 宿州市 남단과 淮北市에 해당한다.

14 泗州: 淮南東路 소속으로 치소는 盱眙縣(현 강소성 淮安市 盱眙縣)이고 관할 현은 3개, 州格은 刺史州이다. 남송 초 금과의 전쟁터이자 국경이어서 상당히 쇠퇴하였다. 汴河가 淮河로 유입되는 교통의 요지였는데, 1128년 황하의 물길이 바뀌면서 지형이 크게 바뀌었다. 현 강소성 중서부 洪澤湖 남쪽에 해당한다.

채가 나서 사람을 비추는 듯했다. 기이하게 여겨져 물어보니, 그자가 대답하여 말하길,

"저는 콩을 팝니다. 한 알에 1,200전입니다."

유사언이 말하길,

"내가 마침 돈이 없으니, 이 입고 있는 솜옷으로 값을 치를 수밖에 없는데 그래도 되겠지요?"

그가 답하길,

"그렇다면 좋습니다. 콩을 가져가시지요."

종이 한 장을 꺼내 두 젖꼭지 사이에 놓고 비벼대니 문득 검은콩 몇 알이 나왔다. 그 가운데 한 알을 유사언에게 주었고 나머지를 변수[15]에 버렸다. 유사언이 그것을 먹으려고 하자 걸인이 말하길,

"아닙니다."

다시 가슴과 겨드랑이 사이에 넣고 비벼대니 다시 색깔 있는 콩 몇 알이 나와서 그 하나를 유사언에게 주고 나머지를 버렸다. 유사언은 콩 두 알을 입으로 삼키고 약속한 옷을 주자 그는 웃으며 받지 않았다. 유사언은 당초 독충을 이용한 해코지에 걸려 음식을 먹지 못하고 있었는데, 그날부터 예전처럼 먹을 수 있었을 뿐 아니라 전보다 더 많이 먹게 되었다. 이후 얼굴색이 주사처럼 붉어졌다. 다만 매년 한 번 병이 도지면 갈증으로 반드시 물을 몇 말씩 마셔야 했는데, 콩 두

15 汴水: 汴河의 별칭이다. 隋煬帝 때 대운하를 개착하면서 만든 通濟渠 구간으로 강남의 물자를 도성인 개봉으로 보급하는 역할을 맡았다. 唐代 이후 廣濟渠라고 칭하였지만, 속칭인 汴河로 더 널리 알려졌다. 현 하남성 鄭州 滎陽市 동북쪽에서 황하의 물을 받아들여 개봉 성곽 서쪽에 있는 宣澤 · 利澤 두 수문을 거쳐 성 안으로 들어와 通津 · 上善 두 수문을 거쳐 흘러나갔다.

알이 뱃속에서 대추처럼 커지는 것을 느낄 수 있었다. 걸인과는 모년에 회서에서 다시 만나기로 약속했는데, 그 뒤 어떻게 되었는지 모른다.(위의 두 가지 일화는 『부휴집』[16]에 실려 있다.)

16 『浮休集』: 자가 芸叟, 호가 浮休居士인 張舜民(1034?~1100?)의 문집이다. 장순민은 永興軍路 邠州(현 섬서성 咸陽市) 사람으로 監察御史 · 提點秦鳳路刑獄 · 陝西轉運使 · 陝州 지사 · 潭州 지사 · 青州 지사를 지냈다. 후에 元祐黨籍에 포함되어 商州에 안치되었다.

04 장제의 말蔣濟馬

乾道七年秋, 大饑, 江西湖南尤甚, 民多餧死. 八年春, 邵州遣吏蔣濟往衡山岳市買朴硝等物造甲. 乘馬以行, 緣道踐人麥田, 或以米飼馬. 二月二十七日, 至衡山境內櫟岡, 忽天色斗暗, 不辨人物, 雷聲大震. 良久開晴, 濟與馬皆仆地死矣. 邵州以事申轉運司, 轉運判官陳從古牓揭一路以示戒.

건도 7년(1171) 가을, 큰 기근이 들었다. 강서와 호남의 상황이 더욱 심각해서 백성 중 상당수가 굶어 죽었다. 이듬해인 8년(1172) 봄, 소주[17]에서는 서리 장제를 형산의 악시[18]에 보내 박초[19] 등을 사서 가지고 와 갑옷을 만드는 데 쓰게 하였다.

장제 등이 말을 타고 길을 따라가면서 다른 사람의 보리밭을 밟았고, 또 쌀을 말의 사료로 썼다. 2월 27일, 형산 경내의 역강에 도착하였는데, 갑자기 하늘색이 크게 어두워져서 사람과 물건을 알아볼 수가 없게 되었고 천둥소리가 크게 울렸다. 한참 후 다시 맑아졌는데,

17 邵州: 荊湖南路 소속으로 寶慶 1년(1225)에 寶慶府로 승격하였다. 치소는 邵陽縣(현 호남성 邵陽市 城區)이고 관할 현은 2개, 州格은 軍事州인데, 淳祐 6년(1246)에 寶慶軍節度州로 승격되었다. 현 호남성 중서부 邵陽市의 북동쪽과 婁底市 서남쪽에 해당한다.

18 岳市: 荊湖南路 潭州 衡山縣 서북쪽 30리(현 호남성 衡陽市 南岳區 南岳鎭)에 있는 岳廟 앞에 형성된 시장이다.

19 朴硝: 화약·광택 안료·유리를 만드는 재료인 硝石을 정제하여 만든다. 피혁·유리 제품 생산에 쓰이며 이뇨제 등의 약재로도 쓰인다. 芒消·盆消라고도 한다.

장제와 말 모두 땅에 엎어져 죽어 있었다. 소주에서는 이 일을 전운사에 보고하였고, 전운판관 진종고[20]는 길에 방을 게시하여 경계로 삼게 하였다.

20 陳從古(1122~1182): 자는 希顔 또는 晞顔이고 兩浙路 潤州 金壇縣(현 강소성 常州市 金壇區) 사람이다. 蘄州 지사 · 湖南提點刑獄 · 湖南轉運判官 · 襄陽府 지사를 지냈다. 乾道 8년(1171)에 호남전운판관에 제수되었다.

05 검은 옷을 입고 머리카락을 양 갈래로 딴 여자

皁衣鬌婦

婺源士人汪生, 乾道六年春過常州宜興, 爲周參政館客. 季冬之夕, 有婦人自外來, 通身皆皁衣, 頂爲兩髻, 貌絶美, 手捧漆盤, 盤中盛果饌, 別用一銀盂貯酒, 徐步至前曰: "夫人以天寒夜長, 念先生孤坐, 令妾進酒." 汪且喜且疑, 謂夫人不應深夜遣美妾獨出, 豈非宅內好事者欲試我歟? 然服飾太古, 似非時世裝, 二者皆可疑, 不敢擧首, 亦不飮. 婦人曰: "此酒正爲先生設, 何所嫌?" 言之再三, 汪遂飮. 猶未半, 婦人自取果恣食, 又謔浪嬉笑, 通綢繆之意. 汪始愧恐, 放酒走出. 良久, 復入焉, 一無所見. 明夜, 其來如初, 至于三. 汪不得已, 悉所見白周公. 公曰: "家間尋銀盂無處所, 方以責婢僕, 得非怪邪?" 命遍索幽隱, 至酒室, 見古鐺甚朴, 盤盂皆在內, 周曰: "必此物也." 擧其腹視之, 乃唐乾封年造, 卽碎之. 自此無所睹.(汪說.)

휘주 무원현[21]의 사인 왕씨는 건도 6년(1170) 봄에 상주 의흥현으로 가서 참지정사 주필대[22] 집의 가정교사로 있었다. 늦겨울 12월의 밤,

21 婺源縣 : 江南東路 徽州 소속으로 현 강서성 북동부 上饒市 북쪽의 婺源縣에 해당한다.

22 周必大(1126~1204): 자는 子充이고 江南西路 吉州 廬陵縣(현 강서성 吉安市 吉安縣) 사람이다. 과거에 급제하였고 博學鴻詞科에도 선발되었다. 兵部 · 禮部 · 吏部尙書 · 한림학사를 거쳐 參知政事 · 樞密使 · 左丞相을 지냈으며 觀文殿대학사로 사임하였으며, 太師로 추증되었다. 강직한 성품과 부국강병과 민생 개선을 위한 노력 등으로 높은 평판을 받았다. 陸游 · 范成大 · 楊萬里 등 당대 문인과 교류하면서 문단의 대부 역할을 하였으며, 朱熹에 대해 각별히 배려하였다.

한 여인이 밖에서 들어왔는데 몸에는 온통 검은색 옷을 걸치고 있었고, 머리는 양쪽으로 쪽을 틀어 올렸으며 용모는 매우 아름다웠다. 손에는 칠기로 된 쟁반을 들었고, 쟁반 안에는 과일과 음식이 풍성히 담겨 있었다. 따로 술을 담은 은 주발을 들고 왕씨 앞에 천천히 걸어와 말하길,

"마님께서 날도 춥고 밤도 긴데 선생이 홀로 앉아 계신 것을 생각해 첩에게 술을 올리라고 하셨습니다."

왕씨는 한편 기쁘기도 하고 한편 의심스럽기도 하였다. 부인이 깊은 밤에 아름다운 첩을 홀로 보낼 리 없을 것인데, 그렇다면 집안에 일을 벌이길 좋아하는 자들이 자신을 시험해 보려는 것이 아니겠는가 여겼다. 또 여자의 옷이 너무 예스러워 요즘 세상의 옷 같지 않았다. 두 가지 모두 의심스러워 감히 머리를 들어서 보지 못하였고 술을 마시지도 않았다. 여인이 말하길,

"이 술은 선생을 위해 준비한 것입니다. 거리끼는 것이 무엇이지요?

그녀가 재삼 권하자 왕씨는 마침내 술을 마셨다. 아직 반을 다 마시지 못했는데, 부인은 스스로 과일을 집어 편하게 먹었다. 또한 실없이 희롱하고 웃으며 인연을 맺고자 하는 뜻을 드러냈다. 왕씨는 비로소 부끄럽기도 무섭기도 하여 술을 내려놓고 밖으로 걸어 나왔다. 한참 후 다시 들어가 보니 아무것도 보이지 않았다. 이튿날 밤 그녀는 어제처럼 찾아왔고, 세 번을 그렇게 하였다. 왕씨는 어쩔 수 없이 자기가 본 모든 것을 참지정사에게 말했다. 참지정사가 말하길,

"집에서 은 주발을 찾았지만 없어서 마침 남녀 노복들을 꾸짖으려던 참이었는데, 어찌 괴이하지 않다고 할 수가 있겠소?"

사람들에게 명해 깊고 은밀한 곳까지 다 찾아보라고 하였고, 술을 보관하는 방에 들어가 보니 오래된 솥이 보였는데 매우 질박하였다. 그 안에 쟁반과 은 주발이 모두 들어 있었다. 참지정사가 말하길,

"이 물건이 틀림없다."

주발을 들어서 가운데 부분을 들여다보니 곧 당 건봉 연간(666~668)에 만든 것이었다. 즉시 주발을 부쉈다. 그 후 아무것도 나타나지 않았다.(이 일화는 왕씨가 말한 것이다.)

06 원주의 수재沅州秀才

沅州某邑村寺中, 僧行者十數輩. 寺側某秀才, 善妖術, 能制其命. 凡僧出入必往告, 得覞施必中分, 不然且受禍, 雖雞犬亦不可容. 紹興三十年, 客僧旦過, 方解包, 會鄰村有死者, 急喚僧誦經入殮. 時寺衆盡出, 唯此客獨往, 得錢七百以還. 旣而衆歸, 知是事, 相顧嗟愕, 至暮悉捨去, 客固不悟也.

飢甚, 入廚取食, 畢, 自閉三門, 升佛殿, 坐佛脚下, 以袈裟蒙頭, 誦楞嚴呪. 夜過半, 迅雷一聲起, 霹靂繼之, 而窻櫺間月色如晝. 俄聞鈴鐸音, 若數壯夫負巨□, 欲上復下, 如是三四反, 又若失脚而墮, 遂悄無所聞. 天明出視, 得四紙人於階下, 旁一棺, 亦紙爲之, 漫摺於懷中. 少頃衆至, 見之驚, 爭問夜所睹, 具以本末告之, 且云: "彼人習邪法, 旣不能害人, 當自被其害." 試共往扣, 則秀才果已斃, 四體如刀裂. 寺以告縣, 遣巡檢索忠者體究其事云.(王充老說.)

원주[23] 어떤 현의 한 촌락의 절에 승려와 행자가 십수 명이 살고 있었다. 절 옆에 한 수재가 살고 있는데, 요상한 술법에 능하여 사람의 목숨을 빼앗을 수 있었다. 무릇 승려가 출입할 때마다 반드시 가서 고해야 했고, 시주를 받으면 반드시 반으로 나누어야 하였다. 그렇지

23 沅州: 荊湖北路 소속으로 기존의 洽州를 懿州로 고쳤지만(965), 직접적인 통치력이 미치지 못하는 羈縻州였다. 熙寧 7년(1074)에 군대를 파견해 점령한 뒤 沅州로 바꿨다. 치소는 盧陽縣(현 호남성 懷化市 芷江侗族自治縣)이고 관할 현은 4개, 州格은 軍事州이다. 沅江 상류 지역으로 현 호남성 중서부 懷化市의 가운데에 해당한다.

않으면 화를 당하였는데 닭이나 개도 피해 갈 수 없었다.

소흥 30년(1160), 한 객승이 아침 일찍 찾아왔는데, 막 짐을 풀려던 차에 마침 이웃 마을에서 죽은 자가 있어서 급히 승려를 불러 경을 외우고 염을 해 달라고 요청하였다. 당시 절의 승려와 행자 모두 외출하고 오직 객승만 있어 그가 혼자 가게 되었다. 객승은 돈 700전을 받고 돌아왔다. 잠시 후 절의 승려와 행자가 돌아와 이 일을 알게 되었고, 서로 바라보며 놀랐다.

저녁이 되어 모두 절을 버리고 떠났는데, 객승만 무슨 일인지 눈치채지 못하고 있었다. 그는 너무 배가 고파서 주방으로 들어가 먹을 것을 찾고 식사를 마친 뒤 스스로 정문[24]을 닫아걸고 불전에 올라 불상의 발아래 쪽에 앉아 가사를 머리에 뒤집어쓰고 '능엄주'[25]를 외웠다.

한밤이 지날 무렵 갑자기 천둥소리가 한 번 울리더니, 이어서 벼락이 내리쳐서 창문틀 사이로 달빛이 대낮같이 밝았다. 잠시 후 크고 작은 방울 소리가 들렸고, 마치 여러 명의 건장한 남자들이 거대한 무엇을 짊어지고 위로 옮겼다 다시 아래로 내려놓으려는 것만 같았다. 이렇게 서너 번을 반복하다가 또 발을 헛디뎌 넘어지는 것 같았다. 잠시 후 마침내 조용해지고 아무 소리도 들리지 않았다. 하늘이

24 三門: 통상 사찰의 입구에 있는 山門인 一柱門, 수호신인 사천왕을 모신 天王門, 둘이 아닌 절대의 경지를 상징하는 不二門을 뜻하지만, 좌우의 쪽문을 포함한 3칸으로 된 正門을 뜻하기도 한다.

25 楞嚴呪: 大佛頂如來의 깨달음의 공덕을 논한 총 427句의 주문으로 부처가 깨달음을 얻고 중생을 제도하였다고 하여 재앙을 물리치고 무량한 공덕을 성취하는 주문으로 널리 암송되었다. 『楞嚴經』 제7권에 수록되었다. 『능엄경』의 원명은 『大佛頂如來密因修證了義諸菩薩萬行首楞嚴經』으로 信行에 관한 주요 경전이다.

밝아와 나가서 보니 종이로 만든 네 개의 인형이 계단 아래 있었고, 옆에는 관이 하나 놓여 있는데 역시 종이로 된 것이었다. 객승은 마음 내키는 대로 접어서 가슴의 품에 집어넣었다. 잠시 후 모두 돌아왔는데 승려를 보고 놀랐고, 밤새 본 것에 대해 앞다투어 물었다. 객승은 처음부터 끝까지 다 말해 주고 또 이르길,

"그 사람은 사악한 법을 익혔으니, 다른 사람에게 해를 입힐 수 없으면 스스로 그 해를 입게 됩니다."

혹시나 해서 함께 가서 보니 수재는 과연 이미 죽어 있었고, 사지는 마치 칼에 찢긴 것 같았다. 절에서는 이를 현에 고하였고, 현에서는 순검사 색충을 보내 그 일을 직접 조사하게 하였다.(이 일화는 왕충로가 말한 것이다.)

07 덕청현의 나무 요괴德清樹妖

宋安國爲浙西都監, 駐湖州, 其行天心法猶不廢. 德清民家爲祟擾, 邀宋至其居, 治不效, 更爲鬼挫辱. 宋忿怒, 詣近村道觀, 齋戒七日, 書符誦呪, 極其精專, 乃仗劒被髮, 入民居後大樹下, 禹步旋繞. 忽震雷從空起, 樹高數丈, 大十圍, 從頂至根析爲兩, 又震數聲, 枝幹無巨細皆劈裂如算籌, 堆積蔽地. 怪遂掃跡.

송안국은 절서 사원도감[26]이 되자 호주[27]에 머물면서 열심히 천심법[28]을 수행했다. 호주 덕청현[29]의 한 민가가 요괴에게 괴롭힘을 당하자, 송안국을 청해 그 집에 오게 하였다. 하지만 천심법으로 다스리는데도 효과가 없고 도리어 요괴에게 망신을 당하였다. 송안국은 분노하여 가까운 촌락의 도관을 가서 7일간 재계한 뒤 부적을 쓰고 주문을 외우며 온 정신을 극도로 집중하게 되자 칼을 가지고 머리를

26 都監: 관할 구역의 군사 업무를 총괄하는 兵馬都監의 약칭이기도 하지만 사찰을 감찰하는 승려를 칭하기도 한다.

27 湖州: 兩浙路 소속으로 치소는 烏程縣과 歸安縣(현 절강성 湖州市 吳興區)이고 관할 현은 6개이며 州格은 節度州이다. 太湖 남쪽 평야지대로 현 절강성 북쪽에 해당한다.

28 天心法: 사악한 妖魔를 물리치고 백성을 구하는 데 쓴다는 '上清北極天心正法'의 약칭이다. 도교 符籙派의 하나로 淳化 연간(990~994) 때 창시된 天心派의 소의경전에 해당한다.

29 德清縣: 兩浙路 湖州 소속으로 현 절강성 북서부 湖州市 남쪽의 德清縣에 해당한다.

늘어뜨린 뒤 민가의 뒤에 있는 큰 나무 아래로 가서 칠성의 기를 받기 위해 빙빙 돌았다.[30]

그러자 갑자기 천둥소리가 공중에서 울리더니, 그 높이가 여러 장이며, 둘레가 사람 열 명이 둘러싸야 할 정도로 큰 나무가 꼭대기에서부터 뿌리까지 둘로 갈라졌다. 또 천둥소리가 여러 번 치더니 가지와 줄기가 큰 것 작은 것 할 것 없이 모두 산가지처럼 가늘게 쪼개지더니 땅을 덮을 만큼 쌓였다. 괴이한 일도 마침내 흔적 없이 사라졌다.

30 禹步: 도교의 齋醮의식 가운데 하나로 별에 대해 예를 올리고 신령을 부르는 동작이다. 28宿과 9宮 8卦가 그려진 罡單이라는 천 위에서 별자리를 밟고 지그재그로 걷는다. 罡이란 북두성의 자루를 뜻한다. 이에 步罡踏斗 또는 步北斗라고도 하며 통상 禹步라고 칭한다. 禹步란 우임금이 창안하였다고 해서 붙여진 이름이다.

08 첨판 곽씨의 딸郭簽判女

湖州德清縣寶覺寺, 頃有郭簽判, 葳女柩於僧房, 出與人相接, 大爲妖害. 後既徙葬, 而物怪如初. 寺中扃此屋三間, 不敢居. 久之, 侍衛步軍遣將卒來近郊牧馬, 宗室子趙大詣寺假屋沽酒, 僧云: "無閑舍, 獨彼三間, 以鬼故不爲人所欲, 然非所以處君也." 趙曰: "得之足矣, 吾自有以待之." 卽日啓門, 通三室爲一, 正中設榻, 枕劍而臥. 夜漏方上, 女已颯然出, 豔妝鮮服立於前, 趙曰: "汝何人? 何爲至此?" 笑而不言. 問之再三, 皆不對. 趙遽起抱之, 頗窘畏, 爲欲去之狀. 俄頃間如煙霧而散, 懷中了無物. 自是帖然, 趙居之十餘年, 不復有所睹.

호주 덕청현 보각사에는 얼마 전 첨서판관청공사[31] 곽씨 딸의 관을 승방에 두었는데, 이 딸의 혼백이 나와 사람들과 만나며 크게 해를 끼쳤다. 이후 이미 옮겨서 장례를 치른 뒤에도 예전과 같이 괴이한 일들이 벌어졌다. 절에서는 이 승방 세 칸을 잠그고 감히 거주하지 못했다. 오랜 시간이 지나 시위친군보군사[32]에서 장교와 병사를 보내

31 簽書判官廳公事: 첨서는 공문서에 서명한다는 뜻이다. 판관은 본래 唐代에 採訪使·節度使·觀察使·經略使 등의 使職官에게 1~2명씩 배치한 고위 보좌관에서 시작해 五代와 송대에는 막료직을 포괄하는 용어로 사용되었다. 太平興國 4년(979)에 절도사의 권한을 억제하기 위해 京官 15명을 파견하여 절도사와 공동으로 공문에 서명할 권한을 부여하였다. 京官은 僉判, 選人은 判官으로 구분하였는데, 英宗 즉위 후 僉署를 簽書로 개칭하였고, 政和연간(1111~1118)에 일시 司錄參軍으로 개칭한 일이 있다. 종8품관이며 약칭은 簽書判官 또는 簽判이다.

32 侍衛親軍步軍司: 송대 중앙군인 禁軍의 최고 지휘부는 殿前司, 시위친군마군사, 시위친군보군사로 구성되어 이를 가리켜 三衙라고 하였다. 시위친군보군사의 최

근교에서 말을 키웠는데, 종실인 조대라는 자가 절에 와서 방을 빌리고 술을 팔고자 했다. 승려가 말하길,

"빈방이 없습니다. 오직 저기 세 칸이 있는데 귀신이 나타나는 관계로 사람들이 들어가려고 하지 않습니다. 그러니 당신이 거처할 만한 곳이 안 됩니다."

조대가 말하길,

"이 세 칸 방을 얻을 수만 있다면 그것이면 족합니다. 나 스스로 그 귀신을 기다리지요."

그날 바로 문을 열고 세 칸의 방을 통하게 하여 하나로 만든 다음 가운데에 침상을 놓고 검을 베개로 삼고 누웠다. 밤에 무덤[33]에서 한 여자가 바람처럼 나오더니 곱게 단장하고 아름다운 옷을 입은 채로 앞에 서 있었다. 조대가 묻길,

"너는 누구냐? 어떻게 여기에 왔느냐?"

그녀는 웃기만 할 뿐 아무런 말도 하지 않았다. 그녀에게 거듭해 물어보았지만 끝내 대답하지 않았다. 조대가 급히 일어나 그녀를 껴안았는데, 자못 두려워하며 황급히 도망가려는 듯한 모습을 보였다. 순간 연기처럼 사라졌고, 품에는 아무것도 없었다. 이때부터 평안해졌다. 조대는 그곳에 십여 년을 살았는데, 다시는 곽씨의 딸을 보지 못하였다.

고 지휘체계는 도지휘사, 부도지휘사, 都虞候이다.

33 方上: 秦漢代에는 陵의 지상 부분을 가리키는 말이었는데 후에 무덤 또는 무덤 안의 관 자리를 가리키는 말로 쓰였다.

09 진강부의 술 창고鎭江酒庫

歐陽嘗世爲鎭江總領所酒官, 以酒庫摧陋, 買民屋數區, 卽其處撤而新之. 時長沙王先生赴召過鎭江, 其人精治案魑魅, 不假符水呪祓, 蓋自能默睹. 歐陽遇之於府舍, 卽往謁, 邀至新居, 具食以待, 扣之曰: "此地有鬼物乎?" 曰: "有二鬼, 一以焚死, 一以縊死, 然皆畏君, 不敢出. 但一大蛇枉死, 不知其故, 當令君見其形." 左右聞者毛悚. 飯罷, 王語主人: "可視壁間." 視之, 蛇影大如椽, 長袤丈, 自東而西. 乃具詢主吏, 對曰: "一酒匠因烝酒墮火中, 一庫典以盜官錢自盡." 而不能記蛇事云.(右三事皆歐陽雋說, 此其父也.)

구양씨는 일찍이 대대로 진강부 총령소[34]에서 술을 관리하는 관리가 되었는데 술 창고가 오래되어 훼손되자 민가 여러 채를 산 뒤 그 집들을 부수고 새롭게 지었다. 당시 장사의 왕선생이 황제의 부름을 받아 진강부를 지나고 있었는데, 그는 도깨비를 다스리는 데 정통했다. 부적을 태운 잿물 또는 주문이나 푸닥거리 등에 기대지 않았으니, 아마도 스스로 말없이 귀신을 볼 수 있기 때문인 것 같았다. 구양씨는 그를 진강부 관사에서 만난 일이 있었으므로 가서 뵙기를 청하고 신축한 창고로 그를 초대하여 식사를 잘 대접하였다. 그에게 묻기

34 總領所: 북송 멸망과 남송 건국기의 혼란 속에서 군수 문제를 신속하게 처리하기 위해 대원수부 · 도독부 · 선무사 · 御前司都統制 등에 설치한 관직이다. 紹興 11년(1141)에 전국 군대를 10개 駐札御前諸軍都統制 체제로 개편하고 淮東 · 淮西 · 湖廣 · 四川總領所를 설치하여 군수 문제를 해결하고 군 통제에 나서게 하였다.

를,

"이곳에 귀신이 있습니까?"

그가 대답하기를,

"두 귀신이 있습니다. 하나는 불에 타 죽었고, 하나는 목을 매 죽었습니다. 그러나 모두 당신을 두려워하고 있어서 감히 나오지 못하고 있습니다. 다만 커다란 뱀 한 마리가 억울하게 죽었는데 그 이유를 모르겠습니다. 마땅히 당신에게 그 모습을 보여 주어야 하겠군요."

좌우에서 이 말을 듣고 모두 모골이 송연하였다. 식사를 마친 후 왕선생이 구양씨에게 말하길,

"벽 사이를 보시면 됩니다."

그가 벽을 보니 뱀의 그림자가 보였는데 크기가 서까래처럼 굵고, 길이는 1장 정도 되어 동쪽에서 서쪽으로 가로놓여 있었다. 이에 주관 서리에게 가서 상세히 물어보니 그가 대답하길,

"술을 만드는 장인 한 사람이 술을 증류하다가 불구덩이에 떨어진 적이 있고, 술 창고의 출납을 주관하던 서리[35] 한 명은 공금을 훔쳤다가 자살한 일이 있었습니다."

그러나 뱀과 관련한 일은 기억하지 못하였다.(위의 세 가지 일화 모두 구양준이 말한 것이다. 이 일화의 구양씨는 그의 아버지다.)

35 庫典: 본래 창고의 출납을 관장하던 서리인 庫子를 개칭한 것이다. 도성의 庫典은 문신한 군졸로 임명하였고, 州郡의 庫典은 보증인의 담보가 있어야 임명되었다.

10 교수 호씨의 어머니胡教授母

處州胡教授母, 年九十而終. 前兩日, 何人來與語, 使之告世人云: "大鼓不鳴, 深水不流. 六月降霜, 蘆沉石浮. 間隔寒泉, 高山一丘." 且言冥司處處令人報世間, 公直爲上, 勿攘田土錢物, 見專治此等事. 更有數語, 傳者以爲不可載. 時乾道八年.(何德揚說.)

처주[36]의 교수[37] 호씨의 어머니가 90세로 죽었는데, 죽기 이틀 전 어떤 사람이 와서 그녀에게 말하면서 세상 사람들에게 전하라고 하길,

"큰 북이 울리지 않고 깊은 물이 흐르지 않으며 6월에 서리가 내리고 갈대가 가라앉으며 바위가 둥둥 뜬다. 차가운 우물물이 끊어지고 높은 산이 구릉이 된다."

또 말하길 명계의 관아에서는 곳곳마다 사람들에게 세상에서의 일을 반드시 갚도록 하니, 공평하고 정직한 것이 가장 우선이며 논밭이나 돈과 물건을 훔치지 않아야 하며 명계에서는 이런 일들을 전적으

36 處州: 兩浙路 소속으로 치소는 麗水縣(현 절강성 麗水市 蓮都區)이고 관할 현은 6개, 州格은 軍事州이다. 仙霞嶺산맥으로 북쪽 경계를 이루며 현 절강성 남중부에 해당한다.

37 敎授: 至道 1년(995)에 司門員外郞 孫蟦을 황실 자손의 교육기관인 宗子學의 '교수'로 임명한 것이 최초의 學官 직으로서의 교수였다. 州學 교수는 慶曆 4년(1044)부터 轉運使 · 주지사가 주현의 관리나 향시 합격자(擧人) 가운데 선발하여 임명하였다. 熙寧 6년(1073)부터는 中書門下省에서 京朝官 가운데 선임하되 부득이한 경우 하급 관리인 選人이나 擧人 가운데 선발하도록 하였다.

로 다스린다.

이런 말들은 여러 번 들려오지만 전하는 자들은 이를 모두 기록할 필요가 없다고 여긴다. 이는 건도 8년(1172)의 일이다.(이 일화는 하덕양이 말한 것이다.)

대세영戴世榮

武翼郎戴世榮, 建昌新城富室也, 所居甚壯麗. 紹興三十二年, 家忽生變怪, 每启房門, 常見杯盤殽饌羅列地上, 羣犬拱立于傍, 篋中時時火作, 燒衣物過半而篋不壞. 妻趙氏在寢, 覺牀側如人擊破瓦缶數枚者, 一室振動, 塵霧滃然, 尋卽臥病. 或擲甎石器物從空而下, 門闥窗柱敲擊不暫停, 其音亦錚淙可愛. 驗擊處皆如藺栗痕, 歷歷可數.

醫者黃通理持藥至, 奪而覆之, 倉黃卻走, 飛石搏其腦, 立死. 巫者湯法先跳躍作法, 爲二圓石中其踝, 匍匐而出. 僧志通持穢跡呪, 結壇作禮, 未竟, 遭濕沙數斗壅其頭項, 幾至不免. 親戚來問疾者, 慮有所傷敗, 皆面壁而行. 百種禳禬無少效. 趙氏以所受張天師法籙鋪帳頂, 裂而擲之地, 竟不起.

世榮足患小疽, 遭怪尤甚, 乃取魚網, 離地數尺, 徧布室中, 以避投石之害. 猶擲於網之下不已. 相近三二十里人家, 盌楪陶器無一存者, 皆不知所以失, 蓋其日夜所擊之物也. 世榮疾篤, 見異物立廷下, 馬首赤鬣, 長丈餘, 須臾, 首漸低, 大吼一聲, 拏空而去. 不數日疽潰而死, 家遂衰替. 世榮雖富室子, 然鄉里稱善人, 殊不測所以致怪也.(趙氏兄善宰說.)

무익랑[38] 대세영은 남강군 건창현[39] 신성의 부잣집 출신으로 사는

38 武翼郎: 政和 연간(1111~1118)에 신설되었고 무관 寄祿官 52개 품계 중 42위이며 종7품에 해당한다.

39 建昌縣: 江南東路 南康軍 소속으로 현 강서성 북중부 九江市 남쪽의 永修縣에 해당한다.

곳도 매우 장엄하고 화려했다. 소흥 32년(1162) 집안에 갑자기 변괴가 생겼는데, 매번 방문을 열 때마다 잔과 쟁반의 안주와 반찬이 바닥에 놓여 있고, 여러 마리의 개가 옆에 얌전히 서 있으며 궤짝 속에는 때때로 불이 지펴져 옷가지의 절반을 넘게 태우고도 궤짝은 멀쩡했다.

아내 조씨가 자고 있었는데, 어떤 사람이 침상 옆에서 여러 개의 기와와 질그릇을 부수고 있는 것을 알고 잠에서 깨었다. 온 방안이 진동하였고, 먼지가 흩어져 안개처럼 솟구쳐 올랐고 조씨는 곧장 병으로 눕게 되었다. 어떨 때는 벽돌과 기물을 공중으로 던져 아래로 떨어지는 것 같고, 문과 창문 기둥을 두드리고 부수는 소리가 잠시도 멈추지 않았는데 때로는 그 소리가 맑은 쇳소리나 물소리처럼 듣기 좋은 경우도 있었다. 두드린 곳을 살펴보니 모두 누에고치나 밤알만 한 흔적이 분명하게 헤아릴 수 있을 정도로 나 있었다.

의사 황통리가 부인을 치료하기 위해 약을 가지고 왔는데 약을 빼앗아 뒤엎어 버리자 황통리는 황망히 되돌아가려고 했지만 하는데 돌이 날아와 그의 머리를 쳤고, 황통리는 즉사하고 말았다. 무당 탕법선은 이리저리 뛰어오르며 법술을 펴고자 했지만 둥근 돌 두 개가 그의 복사뼈를 적중하여 결국 기어서 나갔다. 승려 지통도 예적금강[40]의 주문을 외우며 제단을 만들고 예를 다하였으나 미처 다 마치기도 전에 몇 말이나 되는 젖은 모래가 그의 정수리에 쏟아져 거의 죽을 뻔하였다. 친척 중 병문안을 오는 이가 있었는데, 다치게 될까

40 穢迹金剛: 불교의 축귀 방식 가운데 하나이며, 除穢金剛 또는 穢迹法이라고도 한다.

우려하여 모두 벽을 보며 걸어 들어왔다. 온갖 종류의 제사와 푸닥거리에도 불구하고 효험이라고는 거의 없었다. 아내 조씨는 자신이 받은 장천사[41]의 법록[42]을 장막 맨 위에 펼쳤지만, 곧 찢겨서 바닥으로 내던져졌고, 조씨는 마침내 사망하고 말았다.

대세영은 발에 작은 종기가 나서 앓았는데 괴이한 현상이 나타난 후 증상이 더욱 심해졌다. 이에 어망을 가져다 방바닥에서 몇 척 높이로 방안 가득 펼쳐 놓고 떨어지는 돌을 피하려고 하였지만, 어망 아래로 돌이 계속 던져지는 것은 여전하였다. 주변 20~30리 떨어진 집들은 사발과 접시 및 도기 등 하나도 남아나는 것이 없었는데 모두 어디로 갔는지 몰랐다. 대개 그날 밤 부서진 물건이 이것들일 것이다. 대세영의 병은 더욱 심해졌다.

그는 대청 아래에 괴이한 물체가 서 있는 것을 보았는데 말 대가리 모양에 길이가 1장이나 되는 붉은 갈기가 나 있었다. 곧장 머리를 조

41 張天師: 도교 天師道의 창시자인 張陵(34~156)의 계승자를 말한다. 張道陵이라고도 하며 豐縣(현 강소성 徐州市 豐縣) 사람이다. 太學生 출신으로 江州 지사를 지냈고 사천에서 수도한 뒤 '天師'를 자칭하며 '天師道'라고 하는 도교를 창시하였다. 張道陵은 老子를 '太上老君'이라 칭하며 鼻祖로 존숭하고 『道德經』을 기본 경전으로 삼고 『老子想爾注』를 편찬하였으며 符籍·符水를 중시하였다. 장도릉은 섬서성의 漢中을 중심으로 종교적 공동체를 건설하였는데, 신도에게 5말의 곡식을 내게 하여 세칭 '五斗米道'라 칭하여졌다. 天師의 직위는 아들 張衡, 손자 張魯에게 계승되었고, 4대 張盛은 근거지를 강서성 鷹潭市 貴溪市에 있는 龍虎山으로 옮겨 후대로 이어졌기에 통상 張天師라고 칭하였다.

42 法籙: 도교에서 귀신을 물리치고 사악한 잡귀를 진압하는 데 쓰는 丹書나 부적을 가리킨다. 籙은 天神의 이름을 秘文으로 적은 것이다. 이를 통해 재앙이나 사악한 기운을 물리칠 수 있다고 하여 도사의 법술을 드러내는 핵심적 요소로 간주한다. 法籙 외에도 符籙·符文·符書·符術·符篆·符圖·甲馬 등 다양한 별칭이 있다.

금씩 숙이더니 큰소리로 한 번 울부짖고, 허공을 휘어잡으며 어디론가 가 버렸다. 며칠이 지나지 않아 종기가 터졌고 대세영은 죽었으며 가세는 점점 기울었다. 대세영은 비록 부잣집 아들이었지만 향리에서 좋은 사람으로 불리었는데, 특별히 이러한 괴이한 일을 당한 까닭을 알 수가 없다.(이 일화는 조씨의 친정 오빠인 조선재가 말한 것이다.)

12 경서로의 밭 가운데 나타난 뱀京西田中蛇

河中府老兵胡德, 壯年往京西捕盜, 晝過村野, 遇大蛇於麥壠中昂首疾行, 麥爲之靡. 數卒挾槍刺殺之, 其長丈許, 分爲十餘臠, 各挈提以去. 德取其頭挂于槍, 行未遠, 村婦人望見, 搏膺迎哭曰: "誰令兒輕出以速死?" 率家人共挽德至所居哀訴, 且買蛇頭瘞之.

又一客以端午日入農民家乞漿, 値其盡出刈麥, 方小立, 聞屋側喀喀作聲, 趨而視, 則有蛇踞屋上, 垂頭簷間, 滴血于盆中. 客知必毒人者, 默自念: "吾當爲人除害." 乃悉取血置其家鼇甕內, 詣鄰邸以須. 良久, 彼家長幼負麥歸, 皆渴困, 爭赴厨飮虀汁. 客飯畢, 復過其門, 則擧室死矣. 外舅爲河中敎授日, 胡德爲闇者說此事.

하중부의 노병인 호덕은 젊은 시절 도적을 잡으러 경서로[43]에 갔다. 하루는 대낮에 어떤 촌락의 들판을 지나다가 보리밭 두둑에서 대가리를 세우고 빠르게 지나가는 큰 뱀을 보았는데, 보리가 그 때문에 쓰러질 정도였다. 여러 명의 병졸이 창으로 뱀을 찔러 죽였다. 그 뱀은 길이가 1장쯤 되었는데, 십여 개의 덩어리로 나누어 각각 손으로 들고 갔다. 호덕은 그 대가리 부분을 받아서 창끝에 걸고 길을 가고 있었다.

43 京西路: 乾德 1년(963), 수도인 東京 開封府의 서쪽에 처음 설치되어 至道 3년(997), 전국 15개 轉運使路 체제의 하나로 운영되었다. 治所는 서경 河南府(현 하남성 洛陽市)이고 관할 주는 16개, 軍은 2개였는데, 熙寧 5년(1072)에 남로와 북로로 분리되었다. 현 하남성 서남부와 섬서성 동남부, 호북성 북부에 해당한다.

그런데 얼마 가지 않아 한 촌락의 부인이 멀리서 이를 보고 가슴을 두드리며 통곡하며 말하길,

"누가 내 아이를 이리 경솔하게 나오게 해서 빨리 죽게 했단 말인가?"

온 집안사람들을 이끌고 나와 함께 호덕을 잡아끌고 자기들이 사는 곳으로 가서는 호덕에게 울며 호소하고, 뱀의 대가리를 사서 땅에 묻어 주었다.

또 단오날[44]에 길을 지나가던 한 나그네가 마실 물을 달라고 부탁하기 위해 길가에 있는 한 농민의 집에 들어갔는데, 마침 보리를 베러 모두 밭에 나가 아무도 없었다. 그래서 잠시 서서 기다리고 있는데 집 옆에서 '쿵쿵' 하는 소리가 들려 급히 가서 살펴보니 뱀이 지붕 위에서 웅크리고 앉아 있었다. 처마 사이로 대가리를 늘어뜨리고 있었고, 쟁반에는 피가 뚝뚝 떨어지고 있었다.

나그네는 이것이 반드시 사람에게 독이 될 것을 알고 아무 말 없이 곰곰이 생각하길,

"내가 마땅히 다른 이들을 위해 화근을 없애야겠어!"

이에 피를 모두 모아서 그 집의 야채즙을 담은 항아리에 담아 둔 뒤 잠깐 옆집에 갔다. 한참 뒤 그 집의 어른과 아이 모두 보리를 메고 집으로 돌아왔다. 이들 모두 목이 마르고 기운이 없어 다투어 부엌으로 가서 그 항아리의 야채즙[45]을 마셨다. 객이 이웃집에서 식사를 마

44 端午: 5월 5일을 가리킨다. 전국시대 楚의 屈原이 간신의 모함을 받고 귀향하던 중 5월 5일 멱라수에서 투신하자 그의 영혼을 위로하기 위해 제사를 지낸 데서 유래하였다고 전해진다. 하지만 본래는 5월 5일이 蒼龍7宿가 正南中天으로 날아오르는 '飛龍在天'의 길일인 데서 유래하였다.

치고 다시 그 집 문을 지나는데 가족들이 모두 다 죽어 있었다. 필자의 장인께서 하중부 부학의 교수로 있을 때 호덕이 문지기에게 이 일을 말하는 것을 들었다고 하셨다.

45 薑汁: 생강에 파나 부추를 넣어 만든 즙으로 갈증을 해소하거나 마음이 답답한 것을 해소하는 데 좋다고 한다.

13 건창군 우물에서 나온 물고기建昌井中魚

大觀戊子年七月五日, 建昌軍驛前大井水連日腥不可飮. 居民浚治之, 得一魚, 可三指大, 類鯽, 而眼上赤紋色如金, 頭有兩角, 細而堅硬. 民貯以巨桶, 幷買楮鏹, 送于江. 至暮, 大風急雨, 吹折大木無數, 皆疑以爲龍類云.

대관 무자년(2년, 1108) 7월 5일, 건창군[46] 역참 앞 큰 우물의 물에서 연일 비린내가 나서 마실 수가 없었다. 주민들은 우물을 파서 살펴보다가 물고기 한 마리를 발견하였다. 손가락 세 개를 합친 만큼 컸고, 붕어와 비슷하였는데 눈 위에 붉은색 줄무늬가 있었고 몸통은 황금색이었으며 머리에는 두 개의 뿔이 나 있었는데 가늘고 딱딱했다. 백성들이 이를 커다란 통에 보관하다가 종이로 된 돈꿰미를 사서 함께 강에 놓아주었다. 저녁이 되자 큰바람이 일고 갑자기 비가 오더니 무수히 많은 큰 나무가 강풍에 부러졌다. 모두 이 물고기가 용의 일종이었을 것으로 여겼다.

46 建昌軍: 江南西路 소속이나 紹興 1~3년(1131~1133)에 일시 江南東路에 속하였다. 치소는 南城縣(현 강서성 撫州市 南城縣), 관할 현은 2개였는데 소흥 8년(1138)에 2개가 신설되었다. 현 강서성 중동부 撫州市의 동남쪽에 해당한다.

14 왕립의 구운 오리고기王立爊鴨

中散大夫史忞自建康通判滿秩，還臨安鹽橋故居，獨留虞候一人，嘗與俱出市，値賣爊鴨者，甚類舊庖卒王立，虞候亦云無小異．時立死一年，史在官日，猶給錢與之葬矣．恍忽間已拜于前，曰：“倉卒逢使主，不暇書謁．”遂隨以歸，且獻盤中所餘一鴨．

史曰：“汝旣非人，安得白晝行帝城中乎？”對曰：“自離本府卽來此．今臨安城中人，以十分言之，三分皆我輩也．或官員・或僧・或道士・或商販・或倡女，色色有之．與人交關往還不殊，略不爲人害，人自不能別耳．”史曰：“鴨豈眞物乎？”曰：“亦買之於市，日五雙，天未明，齎詣大作坊，就釜竈燖治成熟，而償主人柴料之費，凡同販者亦如此．一日所贏自足以餬口，但至夜則不堪說，旣無屋可居，多伏於屠肆肉案下，往往爲犬所驚逐，良以爲苦，而無可奈何．鴨乃人間物，可食也．”

史與錢兩千遣去，明日復以四鴨至，自是時時一來．史竊歎曰：“吾，人也，而日與鬼語，吾其不久於世乎！”立已知之，前白曰：“公無用疑我，獨不見公家大養娘乎？”袖出白石兩小顆，授史曰：“乞以淬火中，當知立言不妄．”此媼蓋史長子乳母，居家三十年矣．史入戲之曰：“外人說汝是鬼，如何？”媼曰：“六十歲老婢，眞合作鬼．”雖極忿慍，而了無懼容．適小妾熨帛在旁，史試投石於斗中，少頃焰起，媼顔色卽索然，漸益淺淡如水墨中影，忽寂無所見．王立亦不復來．予於丙志載李吉事，固已笑鬼技之相似，此又稍異云．(朱椿年說，聞之於史倅．)

중산대부[47] 사민은 건강부 통판의 임기를 다 마치고 임안부 염교[48]

47 中散大夫: 문관 寄祿官 29개 품계 중 10위이며 정5품上이었으나 元豐개혁 후 문신

부근의 고향 집으로 돌아와 지내고 있었다. 우후[49] 한 사람만 남아서 그의 시중을 들었는데, 어느 날 두 사람은 함께 시장에 갔다가 구운 오리고기를 파는 사람을 만났다. 그런데 사민은 그 사람이 예전에 주방에서 일했던 왕립과 매우 닮았다고 여겼고, 우후 또한 조금도 다르지 않다고 말하였다. 왕립은 죽은 지 이미 일 년이 지났는데 그가 죽었을 당시 사민은 통판으로 재직 중이어서 그를 위해 부조하여 장례를 치를 수 있도록 해 주었다. 두 사람이 놀라서 어찌할 줄 모르고 있는데, 그자가 이미 앞으로 와서 절하며 말하길,

"갑자기 모셨던 주인을 만나게 되니 뵙기를 청하는 명함도 찾을 겨를이 없네요."

곧 사민을 따라 그의 집으로 가는 길에 왕립은 쟁반에 있던 팔다 남은 오리고기 한 마리를 바쳤다. 사민이 말하길,

"너는 이미 이 세상 사람이 아닌데 어찌 대낮에 도성에서 돌아다닐 수 있단 말이냐?"

寄祿官 30품계 가운데 14등으로서 종5품이다. 元祐 3년(1088) 이후 정원이 20명으로 정해져서 결원이 있어야만 승진할 수 있게 되었다. 시종관이 아니라면 고과평가는 중산대부로 끝난다.

48 鹽橋: 항주시 中河를 가로지르는 다리로서 소금을 운반하는 배를 상대로 鹽稅를 징수한 데서 유래한 명칭이다. 893년 吳越이 항주 羅城을 건설하면서 만든 10개 성문 가운데 하나가 鹽橋門인 것으로 보아 송대 이전에 이미 건설되었던 것으로 보인다. 후에 다리 위에 惠濟廟를 두어 惠濟橋라고도 하였다.

49 虞候: 송의 군대 편제는 크게 廂·軍·營·都로 나눌 수 있다. 이 가운데 廂·軍·營 상위 3개의 편제 단위마다 각각 도지휘사와 도우후를 지휘관과 부지휘관으로 임명하지만, 都에는 都頭와 副都頭를 두었다. 부도두 아래에 軍使와 兵馬使를 각 1명씩 두고, 병마사 아래에 將虞候·承局·押官 등의 하위 무관을 두었다. 虞候는 도우후나 장우후와 달리 관리가 개인적으로 고용한 비서·시종, 호위에 불과하다.

왕립이 대답하길,

“건강부를 떠난 뒤 곧장 이리로 왔습니다. 지금 임안부 성안의 사람들 가운데 열 명에 세 명은 모두 저와 같은 귀신입니다. 어떤 사람은 관원으로, 어떤 사람은 승려나 도사로, 어떤 사람은 상인이고, 어떤 사람은 창녀이며 각양각색으로 다양하게 있습니다. 사람들과 교유하며 주고받는 것도 다르지 않고, 대체적으로 다른 사람에게 해를 입히지도 않습니다. 그러니 사람들도 구별할 수가 없을 뿐이지요.”

사민이 물어보길,

“오리고기가 어찌 진짜라 말할 수 있느냐?”

그가 대답하길,

“오리고기 역시 시장에서 사는데, 날마다 열 마리를 사서 새벽이 되기 전에 오리고기만 전문적으로 가공해 주는 곳[50]으로 가져갑니다. 그러면 그들이 부뚜막의 가마솥에 넣고 삶아서 잘 익혀 줍니다. 그러면 그곳 주인에게 연료비를 지급합니다. 저처럼 오리고기를 파는 자들은 모두 이렇게 합니다. 하루 버는 돈으로 입에 풀칠은 할 수 있습니다. 다만 밤이 되면 말할 수 없을 정도로 힘든데 기거할 수 있는 집이 없기에 대체로 도살장의 고기 두는 선반 아래에서 엎드려 잡니다. 종종 개들에게 놀라 쫓겨나기도 하니 실로 고생스럽기는 하지만 어찌할 방법이 없습니다. 오리고기는 귀신의 것이 아니라 이 세상의 고기이므로 드셔도 됩니다.”

50 大作坊: 作坊은 본래 수공으로 물건을 만드는 공장이나 장소를 뜻한다. 통상 민간의 소규모 작방과 관의 대규모 작방으로 구분하나 여기에서는 오리고기를 전문적으로 가공해 주는 곳 정도로 이해할 수 있다.

사민은 2,000전의 돈을 주고서 돌려보냈다. 이튿날 다시 오리고기 네 마리를 가져왔고 그때부터 종종 왕래하였다. 사민은 몰래 탄식하며 이르길,

"나는 사람인데 매일 귀신과 대화를 나누고 있으니 내가 이승에서 살날이 얼마 남지 않았다는 말인가!"

왕립은 사민의 생각을 벌써 알아차리고 그의 앞으로 다가가 말하길,

"공께서는 저를 의심하실 필요가 없습니다. 댁에서 일하는 큰 유모를 못 보셨습니까?"

그는 소매에서 조그만 흰 돌 두 알을 꺼내어 사민에게 주면서 이르길,

"청컨대 이것을 불에 태워 보시지요. 제 말이 허황하지 않음을 당장 알게 되실 것입니다."

왕립이 말한 할머니는 사민 큰아들의 유모로서 사민의 집에 함께 산 지 이미 30년째였다. 사민이 집에 들어가 그녀를 놀리며 말하길,

"밖의 사람들이 그러는데, 네가 귀신이라며? 어찌 된 일이지?"

유모가 말하길,

"저는 이미 육십 된 노파인데 진짜 귀신이 되기에 딱 맞지요."

유모는 사민의 말에 비록 극도로 화를 냈긴 했지만 그렇다고 두려워하는 기색은 전혀 없었다. 마침 어린 첩이 옆에서 옷을 다리고 있기에 사민은 시험 삼아 흰 돌을 다리미 불 속에 던졌다. 잠시 후 불꽃이 일더니 유모의 안색이 쓸쓸하게 바뀌며 점점 옅어져서 수묵화의 그림자처럼 변하더니 홀연히 사라져 보이지 않았다. 왕립 역시 다시 오지 않았다.

내가 『이견병지』에 이길의 일화를 기록하면서[51] 실로 귀신의 재주가 고만고만한 것을 보고 웃었는데, 이 일화 또한 조금 다를 뿐 거의 같다고 하겠다.(이 일화는 주춘년이 말한 것이다. 주춘년은 사민의 부관에게서 들었다고 하였다.)

51 李吉의 일화에 관하여는 『이견병지』, 권9-10, 「이길의 훈제 닭」 참조.

이견정지 夷堅丁志 卷 5

01 관상을 본 세 명의 사인三士問相

政和建州貢士李弼・翁溹・黃崇三人偕入京師, 游相國寺. 時有術者工相人, 平生禍福只斷以數語, 其驗如神. 共扣焉, 曰: "李君卽成名, 官至外郎. 翁君須後一舉, 官亦相次. 黃君隔三舉乃可了, 官亦與翁同." 旣而弼・溹如其言, 崇蹉跎恰九歲, 方復獲解.

入京, 相者猶在, 見崇來大呼曰: "何爲至此?" 崇話疇昔事, 且言李・翁二君已登科. 相者曰: "往來如織, 安能記省? 姑以君今日論之, 法當得陞朝官以上, 奈何作不義事, 謀財殺人? 陰譴已重, 速歸. 非久當死, 不必赴省試也." 又問幾子, 曰: "三人." 曰: "行亦絶矣." 崇不樂而退, 果下第, 歸不一年而死. 三子繼夭, 妻改嫁, 其嗣遂絶.

初, 崇母旣亡, 父年過六十, 買妾有娠, 臨就蓐, 崇在郡學, 父與崇弟謀: "晚年忽有此, 吾甚愧. 今將不舉乎, 或與人乎? 不然, 姑養育, 待其長, 使出家, 若何?" 對曰: "此亦常理, 唯大人所命. 不若舉而生之, 兄歸須有以處." 妾遂生男. 弟遣信報崇, 崇卽還, 揖父於堂. 父告以前事, 命抱嬰兒出. 時當秋半, 閩中家家造酒, 汲水滿數巨桶置廷內, 以驗其滲漏. 崇以手接兒, 徑擲桶中溺殺之. 父抆淚而已. 蓋黃氏貲業微豐, 崇畏兒長大必謀分析, 故亡狀如此, 宜其隕身絶祀也. 李弼仕至朝奉郎宗子博士, 翁溹至承議郎台州通判, 相者可謂造妙矣.

정화 연간(1111~1118), 건주[1]의 향시에 합격한 사인[2]인 이필과 옹절

1 建州: 福建路 소속으로 치소는 建安縣(현 복건성 南平市 建甌市)이고 관할 현은 7개, 監은 1개이며 州格은 節度州이다. 唐 武德 4년(621)에 처음 설치되면서 福州와 함께 福建省의 유래가 되었다. 建州는 紹興 32년(1162)에 建寧府로 승격했지만, 워낙 오래된 지명이어서 별칭으로 계속 쓰였다. 현 복건성 북동쪽에 해당한다.

그리고 황숭 세 사람은 함께 도성에 도착한 뒤 대상국사[3]에 들러 구경하였다. 당시 대상국사에는 점치는 사람이 있었는데 관상에도 일가견이 있었다. 관상만으로 평생의 화복에 대해 몇 마디 말로 단호하게 얘기해 주었는데, 그 말이 귀신같이 들어맞았다. 세 사람은 함께 점을 보았다. 그가 말하길,

"이필께서는 곧 이름을 날릴 것이며, 관직은 상서성 원외랑[4]에 이를 것입니다. 옹절께서는 얼마 지난 후 과거에 합격할 것이며 관직은 이필보다는 조금 아래일 것입니다. 황숭께서는 세 번 과거를 본 후에야 합격할 것이고 관직은 옹절과 같을 것입니다."

얼마 후 이필과 옹절은 그의 말처럼 되었지만, 황숭은 꼬박 9년을 허송세월하고 겨우 해시에 다시 합격하였다. 도성에 도착한 뒤 가 보니 관상을 봐 주던 이가 여전히 그곳에 있었다. 그는 황숭을 보더니 다가와서 큰 소리로 말하길,

"어찌 여기에 오셨습니까?"

황숭이 예전에 관상을 봐 주었던 일을 이야기하고, 또 이필과 옹절은 이미 과거에 급제하였다는 이야기도 해 주었다. 그 관상가가 말하길,

2 貢士: 송대 주현의 시험인 解試, 즉 鄕試 · 漕試 · 學館試 등에서 합격해 조정에 추천된 擧人이라는 뜻이다.

3 相國寺: 원래 戰國시대 信陵君의 집터였다고 전해지는 곳에 天保 6년(555)에 창건된 고찰이다. 景雲 2년(711)에 唐 睿宗으로부터 '大相國寺' 편액을 받았으며, 송대에는 황실 사원으로 공인되어 황제의 방문이 관례화되었고 국가 제례의 중심지가 되었다. 또 외국 사신이나 승려가 개봉에 오면 꼭 방문하는 곳의 하나였으며 많은 사람이 찾는 곳이라서 각종 기예와 문예활동의 중심지로 유명하였다.

4 外郎: 尙書省 24司 員外郎의 약칭이며 그 밖에도 員外 · 員郎 등이 있다.

"사람이 오고 가는 것이 베틀의 북과 같은데 어찌 다 기억하고 살피겠습니까? 잠시 당신의 지금 운세에 대하여 말하자면 이치상 마땅히 승조관[5] 이상의 자리에 올라야 하는데 어찌 의롭지 않은 일을 저지르셨습니까? 재물을 탐내 사람을 죽이다니요. 명계의 견책이 이미 엄중합니다. 속히 집으로 돌아가세요. 오래지 않아 죽을 것입니다. 성시[6]를 보러 갈 필요도 없습니다."

관상가는 또 아들이 몇이냐고 묻기에 황숭이 답하길,

"셋입니다."

관상가가 말하길,

"장차 대가 끊어질 것입니다."

황숭은 우울한 심정으로 물러났다. 그는 과연 과거에 급제하지 못했고, 집으로 돌아간 지 일 년도 안 돼 죽었다. 세 명의 아들도 연이어 요절하였고 그의 아내도 재혼하니 그 후사가 마침내 끊어졌다. 애초 황숭의 모친이 죽고 나서 아버지가 환갑이 넘었는데 첩을 들였고 그 첩이 임신하였다. 출산을 앞두고 황숭은 주학[7]에 있었는데, 아버

5 陞朝官: 당 · 송대에 조회 때마다 황제를 직접 만날 수 있는 고위 관원을 뜻한다. 朝官 · 常參官이라고도 한다. 당대에는 문관 5품 이상이었고, 송은 원풍 관제 개혁 이후 문하성 起居郎, 중서성 起居舍人, 상서성 侍郎, 어사대 中丞 이상으로 제한하였다.

6 省試: 尙書省 禮部에서 주관하는 시험이며, 禮部試 · 省闈 · 禮闈 등의 별칭도 있다. 解試에 합격한 擧人은 가을에 추천 절차를 거쳐 겨울에 도성에 집결한 뒤 이듬해 봄에 禮部에서 주관하는 省試에 응시하였다.

7 郡學: 주에 설치된 관학인 州學의 별칭이다. 주학은 내부적으로는 府學 · 州學 · 軍學 · 監學으로 구분하였다. 북송 초에는 임의로 학교를 세우지 못하게 규제하였으나 慶曆 4년(1044), 范仲淹 · 歐陽修 · 宋祁 등의 노력으로 금령이 해제되어 학생 200명 이상이면 縣學을 설치하도록 한 것을 계기로 학교 설립이 신속히 이루어졌고 신설이 어려울 경우, 孔廟나 관아의 건물 일부를 사용해서 개교하게 하였다.

지가 황숭의 동생과 논의하기를,

"만년에 갑자기 아이가 생긴다니 나는 심히 부끄럽구나. 지금 그 아이를 죽여야 하나?[8] 아니면 다른 사람에게 줘 버려야 하나? 그렇지 않으면 잠시 키우고 있다가 장성하면 집을 내보낼까? 어떻게 하면 좋겠느냐?"

황숭의 동생이 대답하여 말하길,

"그렇게 생각하시는 것도 인지상정이지요. 저는 그저 아버지의 명에 따르겠습니다. 다만 먼저 낳아서 기르다 보면 형이 돌아와서 알아서 처리할 것입니다."

첩은 마침내 출산하였는데 아들이었다. 동생이 편지를 보내 황숭에게 이 사실을 알렸고, 황숭은 즉시 돌아와 대청에서 아버지에게 인사를 올렸다. 아버지가 그동안 있었던 일을 얘기하니 갓난아기를 데리고 나오라고 명하였다. 당시는 한참 가을이었는데, 복건에서는 이때 집 집마다 술을 빚었다. 그들은 뜰 안에 여러 개의 큰 물통을 세워 놓고 물을 가득 기른 뒤 물이 새는지 살펴보곤 했다. 황숭은 자기 손으로 아기를 받아 곧바로 물통에 던져 익사시켰다. 아버지는 눈물을 훔칠 뿐이었다. 대체로 황씨네 집안의 재산은 약간 넉넉한 편이었지만, 황숭은 아이가 크면 반드시 재산 분할을 요구할 것을 걱정하여 이런 망령된 짓을 저질렀다. 자신도 죽고 후사도 끊어져야 마땅했던 까닭이 있었다. 이필의 관직은 조봉랑[9]으로 종자학[10] 박사[11]에 이르

그래서 주학은 대부분 관아 옆에 위치하였으며, 교실 · 기숙사 · 藏書閣 · 孔廟를 기본 시설로 하였다.

8 不擧: 출산 때 준비하는 따뜻한 물이 담긴 대야에 신생아를 익사시키는 것을 가리켜 '不擧子'라고 한다.

렀고, 옹절은 승의랑으로 태주[12] 통판에 이르렀으니, 그 관상가의 말은 실로 신묘하다고 할 만하다.

9 朝奉郎: 문관 寄祿官 29개 품계 중 14위로 정6品上이었으나 元豐 3년(1080) 관제 개혁 후 30개 품계 중 22위, 정7품으로 바뀌었다. 20위인 朝請郎, 21위인 朝散郎과 함께 이른바 三朝郎의 하나이다.

10 宗子學: 북송의 종실은 6택에 거주하였고, 6택에 각기 대학과 소학을 설치하고 學官을 임명하여 교육시켰다. 元祐 6년에 처음 宗子學을 설치 운영하였다. 남송 때 일시 宮學이라고 개칭하기도 했지만 嘉祐 7년에 다시 종자학으로 고쳤다. 통상 宗學이라고 약칭하였으며 宗庠이라고도 하였다.

11 宗子學博士: 崇寧 4년(1105)에 宮學 교수를 종자학박사로 개칭하였다. 紹興 4년(1134)에 다시 궁학 교수로 바꿨으나 嘉定 9년(1216)에 종자학박사로 고쳤다. 국자감 교수와 같은 정8품이나 서열은 太常博士보다 낮고 국자감 교수보다는 위였다. 통상 종자박사 · 종학박사라고 약칭하였다.

12 台州: 兩浙路 소속으로 치소는 臨海縣(현 절강성 台州市 臨海市)이고 관할 현은 5개이며 州格은 刺史州이다. 靈江의 하구에 자리하였으며 현 절강성 동중부에 해당한다.

02 통판 진자휘의 딸陳通判女

興化陳子輝, 紹興戊午, 待南雄通判闕, 居鄕里. 當夏夜, 家人聚飮, 其妻顧長女使理樂, 樂聲失節, 怒而叱去之, 女不復出. 酒罷, 問所在, 得於後堂空室中, 對燈把針, 癡不省事, 挾輿還, 臥床則已死. 氣雖絶而心微溫, 醫巫拯療不效, 凡奄奄百二十日.

聞泉州有道士善持法, 招之而至. 先以法印印遍體, 乃召其魂, 云爲漳州大廟所錄. 後兩夕忽呻吟作聲, 至旦, 屈右足呼痛, 視之, 一指破流血. 正晝, 稍能開目. 又明日, 始言: "外翁□我去." 女外家在漳州, 元未嘗識, 而說其舍宇不少差. 且云: "外翁嫁我與大王作小妻, 受聘財金釵兩雙, 臂纏一雙, 銀十笏, 錢千貫, 采帛不勝計, 豬羊各二十口, 酒數十缸. 我入王宮, 夫人極相憐, 每日食飮必三人共坐, 又令訓諸小婢音樂, 留甚久. 外報家人來欲取我, 我未欲歸, 王亦使逐去. 比兩日間, 又報或持官文書督取甚峻, 王發怒, 遣兵扞拒之. 使者將擧火焚宮, 通我身皆火焰, 王欲相近不復得. 羣吏曳我以出, 王索轎送我, 轎卒恐懼奔竄. 不得已獨行, 山路險确, 腰股俱疲. 過嶺下, 小石損我足, 仆地移時, 至今猶痛不堪忍." 自是神采如舊, 但每至陰雨則小腹必痛, 後以嫁迪功郎郭某, 辛酉歲成昏於南雄州.

흥화군[13] 사람 진자휘는 소흥 무오년(8년, 1138)에 남웅주 통판의 자리가 비기를 기다리면서 향리에 머무르고 있었다. 여름밤에 가족들이 모여 술을 마시고 있었는데 그의 아내가 큰딸에게 악기를 연주

13 興化軍: 福建路 소속으로 치소는 莆田縣(현 복건성 莆田市 城廂區)이고 관할 현은 3개이다. 현 복건성 연해 중부에 해당한다.

해 분위기를 돋우라고 하였다. 그런데 음악 소리가 박자가 맞지 않자 아내는 벌컥 화를 내며 딸을 꾸짖더니 쫓아 버렸다. 큰딸은 술자리로 돌아오지 않았다. 술자리가 파하고 딸이 어디에 있는지 물어보자 별당의 빈방에 있다는 말을 들었다. 등불을 마주하고 바늘을 쥔 상태로 인사불성이었다. 그녀를 부축하여 방으로 데려와 침대에 누였는데 이미 죽은 것 같았다. 기가 비록 끊어졌지만, 심장은 미약하나마 체온이 남아 있어 의술을 행하는 무당을 데려와 치료하였지만, 효과가 없었다. 이렇게 숨이 끊어질 듯 지낸 지 120일이 되었다.

천주의 어떤 도사가 뛰어난 법술로 소문이 났다는 소문을 듣고 그를 초대하였다. 그는 먼저 도교의 법인[14]을 가져와 온몸에 찍고 난 뒤 딸의 혼을 부르기 시작하였다. 도사는 딸의 혼이 장주[15]의 큰 사묘에 등록되어 있다고 말하였다. 이틀이 지나 밤이 되자 딸은 갑자기 신음 소리를 내기 시작하였고, 이른 아침이 되자 오른발을 구부리며 통증을 호소하기에 살펴보니 발가락 하나가 다쳐서 피가 흐르고 있었다. 한낮이 되자 딸이 조금이나마 눈을 뜰 수 있었다. 다시 하루를 지나자 비로소 말을 하기 시작하였는데,

"외할아버지가 저를 데리고 가셨어요."

외가는 장주에 있었는데 큰딸은 전에 가 본 적이 없었는데도 외가

14 法印: 도교에서는 황제의 옥새나 관부의 관인을 모방하여 각종 의식마다 신이나 도교 조직의 명의로 된 도장을 사용하는데, 이를 가리켜 法印이라고 칭한다. 법인의 종류와 격식, 형태 등은 종파와 신의 위상에 따라 매우 다양하며 통상 관료조직에 대응하여 만들어졌다.

15 漳州: 福建路 소속으로 치소는 龍溪縣(현 복건성 漳州市 薌城區)이고, 관할 현은 4개, 州格은 軍事州이다. 광동성과 인접한 현 복건성 남동부에 해당한다.

의 집을 얘기하는데 조금도 틀린 바가 없었다.

게다가 또 말하길,

"외할아버지가 저를 대왕의 첩으로 시집보냈어요. 빙재로 금비녀 두 쌍과 팔찌 한 쌍, 은판 열 개,[16] 돈 천 관, 헤아릴 수 없이 많은 양의 채색 비단, 돼지와 양 각 스무 마리, 술 수십 항아리를 받았습니다. 제가 왕궁으로 들어가자 부인은 매우 어여삐 여겨 주셨고, 매일 식사할 때 반드시 세 사람이 함께 앉아서 하였습니다. 또 저보고 어린 여종들에게 음악을 가르치라 하였습니다. 그렇게 오랫동안 궁궐에 머물렀는데, 외부에서 누군가가 와서 보고하길, 집에서 사람을 보내 저를 데려오라고 하였다고 했습니다. 저는 돌아가고 싶어 하지 않았으며 왕 역시 그를 쫓아내고자 하였습니다. 최근 이틀 동안 다시 사람을 보내 관의 공문서를 지니고 와서 데려가겠다며 독촉하는 것이 매우 준엄하자 왕은 화를 냈고, 병사를 보내 그를 막았습니다. 집에서 보낸 사람이 횃불로 궁에 불을 질렀고, 불이 저에게 붙어 온몸이 화염에 휩싸여서 왕께서 저에게 가까이 오려고 해도 그럴 수 없었습니다. 여러 명의 서리가 저를 끌고 나왔고, 왕이 수레를 찾아 저를 보내주려 했지만, 수레를 끄는 병졸들도 무서워 도망쳐 버렸습니다. 부득이 혼자 걸어 나오는데 산길은 험하고 척박했으며 허리와 다리가 모두 쑤셨습니다. 고개 아래를 지나는데 작은 돌에 발을 다쳐서 한참 동안 바닥에 엎어져 있었습니다. 지금도 통증이 참을 수 없을 만큼 심합니다."

16 笏: 얇은 판으로 만든 금 · 은을 세는 단위이다.

이때부터 몸과 마음이 옛날과 같이 돌아왔다. 그러나 매번 흐리고 비가 올 때마다 아랫배가 아팠다. 후에 적공랑 곽씨에게 시집가게 되어 신유년(1141)에 남웅주에서 혼례를 올렸다.

03 눈이 네 개인 개四眼狗

建陽黃德琬買一犬, 純黑, 而眉下兩點白如眼然, 因呼爲四眼. 居三歲, 田僕陳六來告曰: "宅主衆犬, 屢齧殺羊." 驗之而信. 家凡六犬, 命悉擊殺之, 勿令遺類以相敎習. 五犬死, 獨四眼佚去. 過兩夕, 來夢於黃妻云: "官欲盡殺犬, 我實無罪, 平生不咬羊, 只在後門夜守賊, 願免一死." 妻言之於黃, 明日再究詰, 果不與同類混跡, 心欲貸之, 已復歸矣. 自是眞宿後牆下, 又七年尙存.

건주 건양현[17] 사람 황덕완이 개 한 마리를 샀는데 온몸이 검은색이었으나 눈썹 아래 흰색 점이 두 개가 있어서 마치 눈동자 같았다. 그래서 사람들은 그 개를 '네 개의 눈'이란 뜻에서 '사안'으로 불렀다. 3년이 지나 밭에서 일하는 노복 진육이 와서 말하길,

"주인집 개 여러 마리가 누차 저의 집 양을 물어뜯어 죽였습니다."

가서 살펴보니 과연 그랬다. 집에는 모두 여섯 마리 개가 있었는데, 황덕완은 모두 때려죽이라고 명하였고, 개들을 남겨서 서로 따라하는 일이 없도록 하였다. 다섯 마리가 죽었는데, 오직 '네 개의 눈'만 사라지고 없었다. 이틀 밤이 지나 '네 개의 눈'이 황덕완 아내의 꿈에 나타나 말하길,

"주인께서는 개를 다 죽이라고 하셨는데, 저는 사실 무죄입니다.

17 建陽縣: 福建路 建州 소속으로 현 복건성 북부 南平市의 城區인 建陽區에 해당한다.

평생 양을 문 적이 없습니다. 그저 후문에서 밤사이 도적을 지키겠으니 바라건대 죽음만은 면해 주십시오."

아내가 이를 황덕완에게 말하였고, 다음 날 다시 잘 살펴보니 과연 그 개는 다른 개들과 무리 지어 다녔던 흔적이 없었다. 황덕완은 속으로 그 개를 죽이지 않겠다고 생각하자 그 개는 어느새 다시 돌아와 있었다. 이때부터 실제로 후문 담장 아래서 밤을 보냈고, 이렇게 7년이 지나도록 아직 살아 있다.

04 생전의 빚을 갚은 승려 사일師逸來生債

建陽醫僧師逸, 好負債. 嘗從縣吏劉和借錢十千, 累取不肯償. 劉憤曰: "放爾來生債." 自是絶口不言. 後五歲, 逸死. 又二歲, 劉之母夢其來, 如平常, 俯而言曰: "昔欠錄公錢十貫, 今日謹奉還." 遂去. 母覺而告劉: "此何祥也?" 拂旦, 田僕來報: "昨夕三更, 白牸生犢."

건령군 건양현 사람으로 의술에 뛰어난 승려인 사일은 자주 빚을 졌다. 일찍이 현의 서리인 유화에게 돈 10관을 빌렸는데 거듭된 빚 독촉에도 불구하고 갚으려 하지 않았다. 유화가 분개하여 말하길,

"지금 갚지 않으면 내세의 빚으로라도 남겨 둘 테니 갚지 않고는 못 배길 거요!"

이때부터 입을 다물고 빚 갚으란 말을 하지 않았다. 5년 후 사일이 죽고, 다시 2년이 흘러 유화 어머니 꿈에 사일이 나타났다. 모습은 평상시와 같았는데 머리를 숙이며 말하길,

"일전에 아드님에게 돈 10관을 빌렸는데 갚지 못하였습니다. 오늘 삼가 다 갚아 드리려 합니다."

그리고는 가 버렸다. 어머니가 깨어나 이를 유화에게 말해 주며 물어보길,

"이게 무슨 징조일까?"

새벽에 밭일을 맡은 노복이 와서 보고하길,

"어젯밤 3경쯤 흰색 암소가 송아지를 낳았습니다."

05 빚을 갚은 장일張一償債

建陽鄕民張一, 貸熊四郞錢兩千, 子本倍之, 經年不肯償. 熊督索倦矣, 好與言曰: "無復較息, 但求本錢, 可乎?" 張愧謝, 稍以與之, 竟負元數八百, 熊亦不復取. 三年而張卒, 卒之四年, 熊夢張以八百錢來償, 置地上, 皆小錢. 留與坐, 啜茶乃去. 覺而與妻說, 方竟, 一僕扣門曰: "牛生犢甚大, 急欲酒作福." 熊喜甚. 僅再旬, 犢不疾輒死. 鄰屠來就買, 熊需兩千, 屠笑曰: "是有何所直? 剝而盡貨, 豈不及此數! 但有鬻牛之名, 當先以酒及杯羹啖里正, 又以餉四鄰, 乃取其贏. 今唯有八百錢, 幸見付, 否則已耳." 解腰間囊擲于地, 正張生夢中所償處, 儼然小錢也. 熊方悟前事, 亟與之.

건령군 건양현의 촌민 장일은 웅사랑에게 돈 2천 전을 빌렸는데, 이자까지 원금의 두 배가 될 정도로 여러 해가 지나도록 갚으려 하지 않았다. 웅사랑은 빚 독촉하는 것도 지쳐서 장일에게 좋게 말하길,

"더는 이자는 따지지도 않을 테니 제발 원금이라도 갚으시오. 가능하겠소?"

장일이 부끄러워하며 사죄하였고, 약간의 돈을 갚았지만, 결국 원금 800전은 갚지 못하였다. 웅사랑 역시 다시 더 달라고 하지는 않았다. 3년이 흘러 장일이 죽었고, 그 뒤로 다시 4년이 지났는데, 웅사랑의 꿈에 장일이 나타났다. 장일은 800전을 가지고 와서 남은 빚을 갚았는데, 돈을 바닥에 던져 두었다. 돈은 모두 동전이었다. 그를 잠시 머물게 하여 함께 앉아 차를 마시고 떠나게 하였다. 잠에서 깨어나

이를 아내에게 말하는데, 막 말을 마치려 할 때 한 노복이 문을 두드리며 말하길,

“소가 송아지를 낳았는데 매우 큽니다. 서둘러 술을 준비하여 복을 빌지요.”

웅사랑은 매우 기뻤다. 하지만 겨우 열흘이 지날 무렵 송아지가 아프지도 않았는데 갑자기 죽었다. 이웃에 사는 백정이 와서 송아지를 사려고 하자 웅사랑은 2천 전을 요구했다. 백정이 웃으며 말하길,

“무슨 송아지 값이 그 정도나 하겠습니까? 물론 잘라서 다 팔아 버리면 어찌 2천 전도 안 되겠습니까! 그러나 소를 팔았다고 소문이 나면 응당 먼저 술과 탕으로 이정[18]을 먹여야지요.[19] 또 사방의 이웃들에게 한턱내야 하지요, 그리고 나서야 그 나머지가 제 몫이 됩니다. 지금 딱 800전이 있으니 현금으로 드릴 수 있으면 그나마 다행입니다. 그렇지 않으면 없던 일로 하시지요.”

그는 허리춤의 주머니를 풀어 땅에 던졌다. 그곳은 마침 장일이 꿈에 나타나 돈을 갚은 곳이었다. 또 분명히 동전이었다. 웅사랑은 그제야 전에 꾸었던 꿈이 무슨 뜻인지 알아차리고 급히 송아지를 내주었다.

18 里正: 송대 향촌의 差役으로 戶長·鄕書手와 함께 세금 징수 책임을 맡았으며, 衙前 役을 맡기도 했다. 里君·里尹·里宰 등의 별칭이 있다.

19 송대는 물론 중국 역대 어느 시대든 소의 도축을 엄격하게 규제하였다. 그것은 소가 농사짓는 데 없어서는 안 될 중요한 가축이었고, 가죽과 뿔 등은 갑옷과 화살을 만드는 중요한 원료였기 때문이다. 따라서 소를 잡으면 부득이한 사유가 있었음을 향촌의 이정에게 고해야만 했다.

06 오휘의 처첩吳輝妻妾

紹興甲子五月, 江浙閩所在大水, 崇安縣黃亭鎭人百餘家, 盡走登扣冰庵以避之, 門廊堂殿皆滿. 建陽人吳輝, 娶黃亭藍氏, 端午日妻歸寧, 正値水禍, 同一妾從父母棲于庵之鐘樓. 睡覺, 聞雞鳴, 則身乃在山上松林中, 莫知所以能至. 迨旦觀之, 蓋庵後山也. 妾亦在旁, 父母與家人皆不見. 凡來庵中千口, 其得生者十之一, 悉若虛空中有人送出者. 庵屋盡爲水蕩去, 地面亦無復存.

소흥 갑자년(14년, 1144) 5월, 강남·양절·민 지역에 큰 홍수가 났다. 건주 숭안현[20] 황정진[21]의 주민 백여 가구가 모두 구빙암[22]으로 올라가 수해를 피하였다. 암자의 대문과 복도, 대청과 불전 모두 사람들로 가득 찼다. 건령군 건양현 사람 오휘는 황정진의 남씨를 아내로 맞았는데, 단오날이라 아내의 친정에 다니러 왔다가 마침 수해를 맞았다. 남씨는 남편이 데리고 온 첩과 함께 부모를 따라 암자의 종루에 있었다. 닭의 울음소리를 듣고 잠에서 깼을 때 몸은 산 위의 소

20 崇安縣: 福建路 建州 소속으로 현 복건성 북부 南平市 북쪽의 武夷山市에 해당한다.

21 黃亭鎭: 숭안현은 咸平 1년(998)에 6개 里를 통합해 설치되었고, 元豐 5년(1082)에 13개 里가 추가되어 총 19개 里로 구성되어 청대까지 지속되었다. 그중 豐陽里(현 興田鎭)에 黃亭驛이 설치되어 있었기에 黃亭이 풍양리의 별칭으로 쓰이긴 했지만, 황정진이 설치된 기록은 찾기 어려웠다.

22 扣冰庵: 숭안현 豐陽里 扣冰溪에 있던 암자로서 이 일대에서 활동하던 唐末의 고승 扣冰(844~928)에게서 유래한 명칭이다.

나무 숲에 있었는데, 어떻게 해서 여기까지 올 수 있었는지 알 수가 없었다. 새벽이 되어 잘 살펴보니 암자의 뒷산이었다. 첩도 옆에 있었는데 부모와 가족 모두 보이지 않았다. 무릇 구빙암으로 피신한 사람들이 천여 명이었는데 살아서 돌아간 자가 십 분의 일 정도였다. 마치 허공에서 누군가가 사람들을 다 내보내 버린 것 같았다. 암자의 건물은 물론 건물 바닥까지 모두 물에 휩쓸려 가서 아무것도 남지 않았다.[23]

23 武夷山이 자리한 숭안현은 서북 고지대와 동남 저지대 간의 해발 고도 차이가 매우 크다. 숭안현에서 가장 낮은 지역이 황정역이 있는 풍양리여서 폭우의 피해가 이처럼 컸던 것으로 보인다.

07 구용현 사람들句容人

紹興二十一年十二月，知建康府王伸道晌遣駛卒往茅山元符宮，限回程甚速．還次中塗，値夜寒甚，望山腳下園屋內爇火，亟就之．至則村民七八輩圍守一尸，云："是人自縊於此室，吾曹乃里正及鄰保，懼爲蟲鼠所壞，故共守以須句容尉之來．" 衆或坐或睡，駛卒不敢久留，獨出行．

月色朦朧，方前趨，而屋內人有相踵者，與之語，亦相應答．可二里許，正逢一缺溝，駛躍而過．後者不能越，墜於溝中，其聲董然．駛回步扶掖，則死矣．奔詣道旁舍，扣戶告主人曰："我欲還府，有山下守尸者相從，失足溝中，似不可救．幸爲語諸人，使視之．" 舍翁燭火以往，正見數輩驚遽馳走，言失卻死尸．聞其報，隨以前，果得之．復舁還室，擧置繩繯中．明日，尉熊若訥始至．蓋强魂附尸欲爲厲，駛卒亦危哉．

소흥 21년(1151) 12월, 자가 신도인 건강부 지사 왕상王晌[24]은 전령을 모산 원부궁[25]으로 보냈는데 기한을 촉박하게 주어 급히 돌아오게 하였다. 전령은 돌아오는 중에 밤이 되고 날씨가 추운데 산 아래 과수원집에 불이 켜 있는 것을 보고 급히 그곳으로 갔다. 그곳에 가 보니 촌민 7~8명이 시체 하나를 둘러싼 채 지키고 있었다. 그들이 말

24 王晌에 대하여는『이견을지』, 권12-7,「왕상의 나쁜 점괘」참조.

25 元符宮: 江蘇省 鎭江市 句容市에 위치한 茅山 積金峰에 있는 도관인 '元符萬寧宮'의 약칭이다. 陶弘景이 처음 암자를 세웠다고 전해지며 至德 연간(756~758)에 처음 도관이 건립되었다. 元符 1년(1098)에 철종의 칙령으로 元符觀 중건을 시작해서 휘종 崇寧 5년(1106)에 '元符萬寧宮'이란 명칭으로 준공되었다.

하길,

"이 사람은 이 방에서 스스로 목을 매 자살하였고, 우리는 이정과 인보[26]로서 벌레와 쥐가 시체를 훼손할까 봐 함께 지키면서 건강부 구용현[27] 현위가 오기를 기다리고 있소이다."

무리 중 어떤 이들은 앉아 있었고 어떤 이들은 자고 있었다. 역졸은 감히 오래 머물 수가 없어서 홀로 나와 출발했다. 달빛이 흐릿한 상태에서 막 앞으로 서둘러 가고 있는데 과수원집에 있던 사람 가운데 누군가 뒤따라왔고, 그에게 말을 걸기에 대답하며 응해 주었다. 2리쯤 갔을 때, 마침 부서진 도랑 하나가 있어 전령은 건너 뛰어갔다. 하지만 뒤따라오던 자는 도랑을 뛰어넘지 못하고 도랑으로 떨어졌는데 '쿵' 하는 소리가 들렸다. 전령은 뒤로 돌아가 그를 부축하여 일으켜보니 이미 죽어 있었다. 급히 길가의 집으로 달려가 문을 두드리며 주인에게 말하길,

"나는 속히 건강부로 돌아가야 하는데 산 아래서 시신을 지키고 있던 자가 따라오더니 도랑에서 실족하였고 이미 살릴 수 없을 듯합니다. 그 사람들에게 알려 주고 와서 봐 달라고 해 주시길 부탁드립니다."

집주인인 노인은 횃불을 들고 그곳으로 갔다가 마침 여럿이서 놀

26 鄰保: 唐代의 향촌 조직으로 4집을 1鄰, 3린을 1保로 편제하였으나 별도의 책임자를 두지는 않았다. 이 隣保制는 후대에도 이어져 명칭과 규모는 각기 다르지만 계속 유지되었다. 왕안석이 신법을 추진하던 때는 10집을 1保, 50집을 1大保, 10大保를 1都保로 하는 보갑법을 도입하였다.

27 句容縣: 남송 江南東路 建康府 소속으로 天禧 4년에 常寧縣으로 바꿨으나 곧 句容縣으로 회복되었다. 현 강소성 장강 남단 鎭江市 서쪽의 句容市에 해당한다.

라 급히 달려 도망치는 것을 보았다. 그들은 시신을 잃어버렸다고 했다. 그들에게 사정을 알려 주니 노인을 따라갔다가 결과적으로 잃어버린 시체를 찾았다. 다시 시신을 들고 방으로 돌아가서 자살한 줄이 매인 곳에 두었다. 다음 날 현위 웅약눌이 비로소 왔다. 대개 강력한 혼이 시신에 붙어 전령을 해하려고 한 것이다. 전령 역시 얼마나 위험한 상황이었는가!

08 형산 농장의 항아리荊山莊甕

秦氏當國時, 金陵田業甚富. 曰永寧莊者, 保義郎劉穩主之. 曰荊山莊者, 陳某主之. 紹興壬申, 劉因事過陳舍, 留宿. 晚如厠, 見羣豬環瓮飲米泔, 瓮爲豬所摩, 微露黃色, 扣之, 則銅也. 還訪於陳, 曰: "頃以瓦甕或木槽飼豕, 屢爲所壞. 前歲耕夫獲此於土中, 吾以米五斗得之, 質性堅重, 庶其可久." 劉曰: "我欲買往句容, 改鑄器玩, 可乎?" 陳曰: "細事耳." 劉償絹兩匹, 命僕持歸, 磨治瑩潔, 光采粲然. 是歲, 齎租入詣秦府, 試以獻相君. 相君視之, 乃眞金也. 蓋漢時生金所製, 重二十四斤. 卽奏諸御府, 而厚以錢帛犒劉生.

진회[28]가 나라를 좌지우지하고 있을 때 금릉에 대단히 많은 전토를 보유하고 있었다. 영녕농장이라는 곳은 보의랑[29] 유온이 관리하고 있었고, 형산농장이라는 곳은 진씨가 관리하고 있었다. 소흥 임신년(22

28 秦檜(1090~1155): 자는 會之이며 江南東路 江寧府(현 강소성 南京市) 사람이다. 御史中丞으로서 금조가 張邦昌을 황제로 추대하는 것을 반대하였다가 휘종 · 흠종과 함께 포로가 되어 끌려갔다가 탈출하였다(1130). 이듬해 參知政事를 거쳐 곧 재상이 되었고, 高宗의 절대적인 신임하에 19년 동안 남송 국정을 좌지우지하였다. 金軍의 거듭된 남침에 항전하며 失地 회복을 주장하는 여론을 억압하고 主和 정책을 추진하여 紹興和議(1142)를 체결함으로써 남북대치 국면을 안정시키는 데 성과를 거두었다. 하지만 淮河 이북 영토의 포기, 신하의 예로 歲貢을 바치는 등 굴욕적 화의를 체결한데다, 岳飛를 살해하고 권력을 남용하였기에 후대 대표적인 간신으로 낙인찍혔다.

29 義郎: 무관 寄祿官으로 원풍 관제 개혁 후 정9품에 해당한다. 본래 左班殿直과 右班殿直이었던 명칭을 政和 2년(1112)에 각각 成忠郎과 保義郎으로 개칭한 것이다.

년, 1152) 유온은 일 때문에 진씨네 집을 지나가다가 하룻밤 묵게 되었다. 밤늦게 화장실을 가는데, 여러 돼지가 항아리를 빙 두르고 쌀뜨물을 마시고 있었다. 항아리는 돼지무리에 쓸려 약간 누런빛을 띠고 있었다. 두드려 보니 구리로 만든 항아리였다. 방으로 돌아와 진씨에게 물어보니, 그가 말하길,

"예전에는 옹기로 된 독이나 나무로 된 구유로 돼지를 사육하니 여러 차례 부서졌었죠. 작년에 밭 갈던 농부가 밭에서 이것을 발견했다고 하기에 제가 쌀 다섯 말을 주고 이것을 얻었답니다. 재질이 견고하고 묵직해서 오래 쓸 수 있을 거라 여겼습니다."

유온이 말하길,

"내가 이걸 사서 건강부 구용현으로 돌아가 녹여서 장식용 그릇을 만들려고 하는데 되겠소?"

진씨가 답하길,

"별일 아닙니다!"

유씨는 비단 두 필을 주고 노복에게 가져가게 하였다. 문질러 깨끗하게 닦으니 광채가 찬연했다. 이해 소작료를 거두어 진회의 집으로 가는 편에 이 항아리를 재상 진회에게 바치려고 하였다. 재상이 항아리를 살펴보니 진짜 황금이었다. 이것은 대체로 한나라 때 생금[30]으로 주조한 것이며 무게가 24근이나 나갔다. 진회가 이를 황실 창고에 보관하게 하였고, 유온에게는 돈과 비단을 후하게 주어 포상하였다.

30 生金: 캐낸 뒤 별다른 정련 과정을 거치지 않은 금을 말한다.

09 원씨 집의 개員家犬

員琦爲建康軍統領官日, 部有四人善盜, 晝解人衣, 夜探雞犬, 無虛日. 琦諭隊將戒之, 貸其前過, 曰: "後勿復犯." 琦家養狗, 黑身而白足, 名爲銀蹄, 隨呼拜跪, 甚可愛. 忽失之, 揭牓募贖, 凡兩日餘, 老兵來報: "四倫方殺狗亨食." 亟遣驗視, 狗已熟, 皮毛儼然. 琦命虞候泣埋, 又以灰印印地面, 使不可竊取. 窮究曲折, 果四人同謀, 二人用索鉤罥之於東門外城下. 琦呼責將官, 猶以已□(微)物, 使勿深治. 將官取同謀者杖背五十, 正盜者鞭滿百, 旬日內受鞭者皆死.

一夕, 琦門內聞狗爬聲, 絶似銀蹄, 家人皆笑曰: "豈狗鬼乎?" 呼之即應, 及啓門, 搖尾而入, 銜人衣, 且拜且躍, 悅樂不勝名狀. 明日驗瘞處, 印如初, 土亦不陷, 但穴中空空. 又疑向所殺者爲他人家畜, 復具載形色遍牓外間, 許人識認, 亦無尋訪者, 始知其寃業所召云. 銀蹄再活十年方死.

원기가 건강부 소속 군대의 통령관[31]으로 있을 때 부하 가운데 네 명이 도둑질에 능하였다. 낮에는 사람들의 옷을 벗겨 훔치고 밤에는 닭과 개를 훔쳤는데, 허탕 치는 날이 없었다. 원기는 부대장에게 타일러 앞으로 그러지 못하도록 했다. 대신 그동안의 잘못은 용서해 주기로 하고 말하길,

"앞으로는 다시 죄를 저질러서는 안 된다."

31 統領官: 소흥 5년(1135)에 처음 설치한 무관직으로서 군 최고 편제인 '軍'의 최고 사령관인 都統制 바로 아래의 고위직이다.

원기의 집에서는 개를 한 마리 키우고 있었는데 온몸의 털이 검은 색이나 발은 하얬다. 그래서 이름을 '은발굽'이라 했다. 은발굽을 부를 때마다 엎드려 무릎을 꿇었는데 매우 귀여웠다. 어느 날 갑자기 보이지 않아 방을 부치고 현상금을 걸었다. 무릇 이틀이 지났을 때 어느 노병이 와서 보고하길,

"네 명의 도둑이 막 개를 잡은 뒤 삶아 먹으려고 하고 있습니다."

급히 사람을 보내 조사해 보니 개는 이미 삶는 중이었고, 가죽과 털만 그대로였다. 원가는 우후를 시켜 직접 가서 묻으라고 하였고, 또 석회를 뿌려 바닥에 표지를 새기게 하여 도난당하지 않도록 했다. 자초지종을 조사하여 물으니 과연 네 명이 함께 모의를 한 일이었다. 두 사람씩 새끼줄과 갈고리로 묶어 동문 외성 아래 묶어 놓았다. 원기가 부하 장관[32]을 불러 책망하기를 개는 미물이므로 그들을 너무 심하게 벌주지 말라고 하였다. 부하 장관은 함께 도둑질을 모의한 사람에게 척장 50대를, 그리고 주동자에게는 100번을 채찍질하였다. 열흘이 안 돼 채찍을 맞은 자들은 모두 죽었다.

어느 날 밤, 원기의 집 대문 안에서 개가 대문을 긁는 소리가 들렸는데 은발굽과 똑같았다. 집안사람들은 모두 웃으며 말하길,

"어찌 개에게도 혼이 있는가?"

32 將官: 熙寧 7년(1074)에 更戌法을 폐지하고 將兵法을 시행하여 禁軍 편제를 기존의 廂·軍·營·都 4단계에서 將·部·隊의 3단계로 바꾼 뒤 전국에 37개의 路 단위의 禁軍 사령부로 '將司'를 설치하였는데 점차 증가하여 100여 개에 이르렀다. 그리고 將司마다 虎符를 장악한 1명의 지휘관인 將을 임명하여 관할 군에 대한 전권을 부여하였다. 품계는 정8품 이상이었으며 涇原路 제1장, 제2장 등으로 불렀다. 將官·將領·正將은 將의 별칭인 동시에 副將의 별칭이기도 하다. 將 소속 병력수는 지역에 따라 차이가 크며 동남 지역은 3천 명에 그쳤다.

은발굽을 부르자 곧바로 응답하기에 문을 열어 주자 꼬리를 흔들며 들어오더니 사람의 옷을 물기도 하고 엎드리고 뛰기도 하니 기뻐하며 즐거워하기가 형용하기 힘들 정도였다. 다음 날 묻은 곳을 파서 보니 표지를 새긴 것이 여전하였고, 흙 또한 파헤쳐지지 않았는데, 무덤 안은 텅텅 비어 있었다. 그들은 또 예전에 죽임을 당한 개가 다른 집에서 기르던 개가 아닌지 의심하고 당시 모양을 자세히 써서 바깥에 방을 부쳐 다른 사람들이 알아볼 수 있게 하였는데, 아무도 알고 찾아오는 이가 없었다. 그제야 비로소 그 개가 억울하게 죽어 다시 찾아온 것임을 알게 되었다. 은발굽은 그 후 10년을 더 살고 죽었다.

10 위회묘의 신威懷廟神

建陽縣二十里間蓋竹村有威懷廟, 以靈應著. 陳秀公升之少年時, 家苦貧, 朋友勉以應鄉擧, 公雖行而心不樂, 過廟入謁, 祝盃筊曰: "某家貧, 今非費數千不可動, 亦無所從出, 敢以決於靈侯." 擧三投之, 皆陰也, 意愈不樂. 同塗者强挽以前, 旣入城, 夢人白言, 蓋竹威惠侯來相見. 出延之, 具賓主禮, 神起謝曰: "公惠顧時, 吾適赴庵山宴集, 夫人不契勘, 誤發三陰筊. 公此擧卽登科, 官至宰相矣." 公驚寤. 他日, 齋戒密往禱, 連得吉卜. 如所占, 果拔鄉薦, 明年, 登甲科, 爲熙寧相.

건령군 건양현에서 20리쯤 떨어진 곳에 있는 개죽촌에는 위회묘가 있는데 영험하기로 소문이 났다. 수국공 진승지[33]는 어렸을 때 집안이 매우 가난하였는데 친구들은 그에게 향시[34]를 보라고 권면하였다. 진승지는 비록 향시를 보기로 했지만, 돈이 없어 우울하였다. 위회묘를 지나면서 들어가 신을 배알하고 배교를 던져 점을 치면서 기원하길,

"저의 집은 가난한데 지금 당장 몇천 전이 없으면 갈 수조차 없습

33 陳升之(1011~1079): 자는 暘叔이며 福建路 建州 建陽縣(현 복건성 南平市 建陽市) 사람이다. 감찰어사 · 右司諫 · 起居舍人 등으로 5년간 간관으로 100여 차례 직간하였다. 河北都轉運使 · 眞定府 지사 · 추밀부사를 거쳐 추밀사 겸 制置三司條例司가 되어 왕안석과 함께 신법 추진의 중책을 맡았으나 갈등으로 사임하였다. 후에 추밀사로 재임명되었으나 병으로 사임하였다. 秀國公에 봉해졌다.

34 鄕擧: 본래 향리에서 인재를 선발한다는 뜻으로서 향시에 합격하여 성시에 응시하는 鄕貢이 된다는 뜻이다.

니다. 하지만 돈이 나올 곳 또한 전혀 없으니 어찌 해야 할지 영험한 신께서 결정해 주실 것을 감히 청합니다."

진승지는 배교를 세 번 던졌는데 모두 음교가 나와서 더욱 우울했다. 함께 향시를 보러 가던 이들이 강권하며 끌고 가서 겨우 건령군 성안으로 들어갔다. 꿈에 어떤 사람이 나타나 말하길 '개죽촌의 위혜후가 너를 보러 왔노라'라고 했다. 나가 신을 맞으며 손님과 주인의 예를 갖추고 나니 신이 일어나 사과하며 이르길,

"그대가 나를 찾아왔을 때 나는 마침 암산의 연회에 참석하러 갔소. 그런데 한 부인이 잘 살피지도 않고 함부로 세 번의 음교를 내주고 말았구려. 공께서는 이번 과거에 합격할 것이며 관직도 재상에 오를 것이오."

진승지가 깜짝 놀라 깨어났다. 다른 날 그는 목욕재계하고 몰래 가서 기도를 올렸더니 연거푸 길한 점괘가 나왔다. 점친 결과처럼 과연 향시에 합격했고, 이듬해 전시 진사과에 합격하였으며, 희녕 연간(1068-1077)에 재상이 되었다.

11 영천사의 요괴靈泉鬼魅

王田功撫幹, 建陽人, 居縣境之靈泉寺. 寺前有田, 田中有墩, 墩上巨木十餘株, 徑皆數尺, 藤蘿繞絡, 居民目爲鬼魅, 幽陰肅然, 亦有歲時享祀者. 王將伐爲薪, 呼田僕操斧, 皆不敢往. 王怒, 欲撻之, 不得已而行. 纔施數斧, 木中血流, 僕懼乃止, 還白焉. 王撻其爲首者二人, 曰: "只是老樹皮汁出, 安得血?" 羣僕知不可免, 共買紙錢焚之, 被髮斫樹, 每下一斧卽呼曰: "王撫幹使我斫." 竟空其林, 得薪三千束, 時紹興十三年也. 經月, 王疽發於背, 自言見祟物. 旣死, 祟猶不去. 衆爲別栽木其處以謝之, 今蔚然成林, 祟始息.

자가 전공인 건령군 건양현 사람 왕무간은 현의 경내에 있는 영천사[35]에 머물렀다. 절 앞에는 밭이 있었고, 밭 가운데 돈대처럼 생긴 언덕이 있었으며 그 위에는 십여 그루의 거목이 있었다. 나무의 지름이 모두 몇 척 크기였고, 담쟁이가 자라 뒤얽혀 있었다. 이곳에 사는 사람들은 이곳에서 귀신을 보았다고도 했고, 그윽하고 음침하며, 고요하고 엄숙하여 매년 제사를 지내는 이도 있었다. 왕무간이 이 거목을 베어 땔감으로 삼고자 하여 밭일하는 노복을 불러 도끼로 베라고 하였으나 누구도 감히 나서지 못했다.

왕무간이 화를 내며 그들에게 매질하려고 하자 노복들은 부득이

35 靈泉寺: 당 貞觀 연간에 창건된 고찰로서 현 복건성 南平市 建陽市 도심에서 조금 떨어진 庵山에 있다.

시키는 대로 할 수밖에 없었다. 겨우 몇 번 도끼로 내려치자 나무에서는 피가 흘러내렸다. 노복들이 무서워 도끼질을 멈추고 돌아가 이를 말하였다. 왕무간은 그들 중 우두머리 두 사람을 매질하며 말하길,

"그저 오래된 나무의 껍질에서 즙이 나오는 것이지 어찌 피가 나올 수 있단 말이냐?"

노복들은 장차 해를 피할 수 없을 것을 알고 함께 지전을 사서 태우며 머리카락을 풀어 헤치고[36] 나무를 베었다. 매번 도끼를 내려칠 때마다 큰소리로 외치길,

"왕무간이 저에게 나무를 베라고 시켰습니다."

마침내 그 거목들을 다 베자 언덕이 텅 비게 되었고 왕무간은 땔감 3천 단을 얻었다. 이때가 소흥 13년(1143)의 일이다. 한 달이 지나자 왕무간은 등에 옹저가 났고 요괴를 보았다고 스스로 말했다. 그가 죽고 나서도 요괴는 사라지지 않았다. 사람들은 그 언덕에 따로 나무를 심어 사죄하였고, 지금은 울창한 숲이 되었다. 그러자 비로소 요괴의 출현이 멈추었다.

36 被髮: 머리를 단정하게 묶지 않고 풀어 헤친다는 뜻으로서 본래 중원왕조와 다른 夷狄의 특색을 가리키는 말이다. 한편으로는 부모의 상을 당하면 상복을 입기 전까지 피발을 한다. 본문에서는 나무에 대한 장의를 표한다는 말이다.

12 황상어의 두창 역병魚病豆瘡

溧水尉黃德琬巡警至高淳鎮, 見漁人檥舟十數泊岸旁, 不施罔罟, 貌有愁色, 問其故, 對曰: "今歲黃顙魚遭疫, 皆患豆瘡, 數日以來無一魚可捕." 黃命取驗之, 擧罔得數枚, 熟視, 果病瘡, 正與人所苦無異. 或遍身, 或頭尾口眼間. 云踰月方平復, 然居人畏有毒, 不敢食也.

건강부 율수현[37] 현위 황덕완은 순찰하다가 고순진[38]에 이르러 어부들이 10여 척의 배를 물가에 댄 채 그물을 치지 않고 근심스러운 기색으로 있는 것을 보고 그 까닭을 물으니 대답하길,

"올해 황상어[39]들에게 역병이 돌아 모두 두창을 앓고 있습니다. 요 며칠 한 마리도 잡지 못했답니다."

황덕완이 그들에게 황상어를 가져오게 하여 살펴보니 그물에 몇 마리가 잡히기는 했지만, 자세히 살펴보니 과연 종기를 앓고 있었다. 사람에게 나는 종기와 다르지 않았다. 어떤 것은 몸통 전체에, 어떤 것은 머리와 꼬리, 입과 눈 등에 나 있었다. 한 달이 지나서야 비로소 괜찮아졌다고 하였지만, 주민들은 독이 있을까 걱정하여 감히 먹지를 못했다.

37 溧水縣: 江南東路 建康府 소속으로 현 강소성 장강 남단 南京市 남쪽의 溧水區에 해당한다.

38 高淳鎮: 江南東路 建康府 溧水縣 소속으로 현 강소성 南京市 최남단의 高淳區에 해당한다.

39 黃顙魚: 우리말로 동자개라고도 하며, 통상 빠가사리로 불린다.

13 석구호의 교룡石臼湖螭龍

溧水縣石臼固陽湖中淺處有官圩, 亘八十四里, 爲田千頃, 名曰永豐圩, 政和以來, 歷賜蔡·韓·秦三將相家. 紹興二十三年四月, 爲江水所壞, 朝廷下江東發四郡民三萬修築. 時秦氏當國, 州縣用命, 督工甚整. 次年四月十二日正晝, 忽有巨物浮宣江而下, 蹙浪蔽川, 昂首游其間, 如蛟螭之類而戴角. 村民老弱夾岸呼譟, 爭携罔罟籃畚, 循水旁捕魚. 邑尉黃德琬適董役, 見之, 問其人, 皆云: "螭龍也, 或一年·或二年·或三五年必一出, 其體涎沫甘腥, 故羣魚逐而唼食. 但掠岸時, 漁人所獲無百斤以下者." 是日此物穿丹陽湖而去. 至歲暮, 石臼湖冰合, 舟楫不通. 月望夜, 又一螭自湖中徙丹陽, 聲如震霆, 堅冰裂開一丈二尺餘, 鼓浪亦高. 冰破處, 經兩日不合. 乃知圩隄決潰, 蓋是獸所爲也.

건강부 율수현의 석구호[40]와 고양호[41] 사이의 얕은 곳에는 관에서 축조한 우전[42]이 있었는데, 주위 길이가 84리나 되고 개간된 논이 1

40 石臼湖: 현 남경시 溧水區와 高淳區 그리고 안휘성 當塗縣의 교계지에 있는 호수로서 丹陽湖가 나누어져 만들어진 담수호다. 北湖라고도 한다.

41 固陽湖: 丹陽湖의 오기로 보인다. 본문에서도 '교룡이 단양호를 지나 사라졌다', '교룡이 석구호에서 단양호로 지나갔다'는 문구가 등장한다. 단양호는 秦이 설치한 丹陽縣에서 유래한 명칭이며 溧水·高淳·當塗·宣城·蕪湖 일대의 호수는 본래 단양호가 분리되어 만들어진 것이다. 하지만 계속된 개간으로 단양호는 현재 이름만 남게 되었다.

42 圩田: 호수나 강의 저지대에 제방을 쌓아 논을 만든 뒤 갑문을 이용해 수량을 조절하는 방식의 논을 말한다. 호수나 강변의 비옥한 충적토를 이용한 데다 논의 높이가 주위 수면보다 낮아서 가뭄 걱정이 없어 높은 수확량을 확보할 수 있었다. 강남지방에서는 일찍부터 만들어졌지만, 오대 南唐과 吳越에서 본격적으로 개발하기

천 경이나 되었다. 그 우전의 이름은 영풍우[43]라 불렀다. 정화 연간(1111~1118) 이래 채경,[44] 한충언,[45] 진회 세 재상 집안에 하사되었다.

소흥 23년(1153) 4월, 영풍우는 장강의 범람에 무너져 조정에서는 강동 4개 주의 주민 3만을 동원하여 수축하라고 명을 내렸다. 당시 진회가 국정을 장악하고 있던 때라 주현에서는 명을 받들어 공사를 감독하는 데 매우 세심하게 하였다. 이듬해 4월 12일 정오, 갑자기 커다란 무엇인가가 떠올라 강을 따라 떠내려오고 있었는데, 물결을 일으켜 냇물을 막았고 머리를 높이 들어 물결 사이를 헤엄치고 있었

시작하였으며 송대에 절정을 이루었다.

43 永豐圩: 정화 5년(1115)에 축조되었으며, 紹興 3년(1133) 당시에는 제방의 길이가 50~60리, 경지는 50여 頃이며, 매년 거두어들이는 田租는 3만 석이었다. 제방 안에는 다시 15리에 달하는 埂이라고 하는 작은 둑을 쌓아 우전을 상하로 양분하였다. 제방에는 갑문을 설치하여 물의 공급을 조절하였다.

44 蔡京(1047~1126): 자는 元長이며 福建路 興化軍 仙遊縣(현 복건성 莆田市 仙遊縣) 사람이다. 起居郎으로 거란에 사절로 다녀와 中書舍人이 되었는데 동생인 蔡卞도 중서사인이어서 형제가 동시에 황제의 조서를 작성하는 영광을 누렸다. 司馬光이 집권하자 개봉부지사로서 하루아침에 신법을 폐지하는 등 과도한 처신을 일삼았고, 후에 章惇을 도와 신법을 부활시킴으로써 부정적인 여론으로 정치적 부침이 컸다. 휘종 즉위 직후 환관과 결탁했다는 간관의 비판을 받고 항주에 은거하던 중 파견 나온 童貫과 손을 잡고 개인적 재능과 뛰어난 서예 솜씨, 王安石 변법에 대한 옹호 등을 바탕으로 휘종에게 중용되어 4차례나 재상에 임용되어 17년 동안 권력을 장악하였다. 휘종의 과시욕과 예술적 재능에 영합하고, 환관에게 절도사 직을 수여하게 하는 등 국기를 문란케 하며 권력을 유지하였다. 태평성세를 이룩했다며 궁궐을 확장하고 花石綱을 일으키는 등 사치 풍조를 조장하여 국고를 탕진하였다. 또 여진과 연합하여 거란을 협공하는 정책을 추진함으로써 결국 송을 멸망으로 몰고 갔다. 국난을 초래한 六賊의 우두머리로 귀양 가던 중 병사하였다.

45 韓忠彦(1038~1109): 자는 師朴이며 河北西路 相州(현 하남성 安陽市) 사람이다. 韓琦의 큰아들로 給事中과 禮部尙書를 지냈다. 신·구법당 사이에서 모호한 입장을 취해 한때 배척받았으나 휘종 즉위 후 상서좌복야 겸 문하시랑을 지냈다. 이후 曾布와 불화하여 실각하였다.

다. 마치 교룡같이 생겼으나 뿔이 있었다. 촌민들은 노인이나 어린이들 할 것 없이 제방 안팎에서 소란스럽게 떠들며, 앞다투어 그물과 대바구니 등을 가져와 제방을 돌며 물고기를 잡고 있었다. 현위 황덕완은 그 공사를 감독하는 일을 맡고 있었는데, 이를 보고 사람들에게 물으니 모두 이르길,

"저것은 교룡입니다. 1년이나 2년, 또는 3~5년에 한 번씩 꼭 출몰하는데 그 몸에 묻어 있는 점액이 달고도 비려서 물고기가 무리를 지어 앞다투어 그것을 핥아먹으려 합니다. 그리고 단지 교룡이 제방을 치고 지나칠 때 어부들이 잡는 물고기는 100근 아래가 하나도 없을 정도입니다."

이날 교룡은 단양호를 지나 사라졌다. 연말에 석구호에 얼음이 얼어 배가 다니질 못했다. 보름날 밤에 다시 한 교룡이 석구호에서 단양호로 지나는데 그 소리가 천둥이 울리는 듯하더니 굳게 언 얼음이 쪼개져 1장 2척 여 정도로 사이가 벌어졌고 휘몰아치는 물결 역시 높이 일었다. 얼음이 깨진 곳은 이틀이 지나도록 다시 얼지 않았다. 이에 영풍우의 제방이 무너진 것도 대체로 이 교룡의 소행이었음을 알게 되었다.

14 진재보陳才輔

建炎末, 建賊范汝爲·葉鐵·葉亮作亂. 建陽士人陳才輔, 集鄉兵殺葉鐵父母妻子, 賊猖獗益甚. 紹興元年, 遂據郡城. 朝廷命提舉詹時升·奉使謝嚮同招安. 羣盜皆聽命, 獨葉鐵不肯, 曰: "必報陳才輔, 乃可出." 詹爲立重賞擒獲以畀之. 鐵選二十輩監守, 人與錢一千, 戒之甚至, 曰: "失去則皆斬." 欲明日邀使者及諸酋高會而甘心焉.

監者以巨索縛陳腳, 倒垂梁間, 大竹篾拳其手, 劍戟成林, 相近尺許, 臿一刀甚利. 至二更, 衆皆醉, 陳默禱曰: "才輔本心忠孝, 爲國爲民, 老母在堂, 豈當身受屠害? 若神明有知, 願使此曹熟睡, 刀自近前, 爲破索出手, 使得脫去." 良久, 刀果自前, 如神物推擁. 陳以掌就斷其篾, 兩手旣釋, 稍扳援割截, 繫縛盡斷, 遂握刀趨門. 一人睡中問: "誰開門?" 應曰: "我." 其人不知爲陳也, 曰: "不要失卻賊." 陳曰: "如此執縛, 何足慮!" 及出門, 已三鼓, 行穿後巷, 約一里, 聞彼處喧呼曰: "走了賊!" 陳益窘, 顧路旁坎下篁竹蒙翳, 急藏其間. 而千炬齊發, 搜尋殆遍, 坎中亦下槍刃百十, 偶無所傷.

諸人言: "必歸建陽, 或向劍浦, 宜分詣兩道把截." 陳不敢擇徑路, 但屈曲穿林莽中. 明日, 抵福州古田境, 賣所持刀, 得錢買飯, 直趨泉州, 就其姊壻黃秀才. 踰八日而十卒持詹君帖至, 復成擒. 陳知不免, 亟自碎鼻, 以血汚身, 佯若且死. 十卒自相尤曰: "奈何使至此?" 扛置邸中, 眞以爲困悴, 不復防閑. 又三日, 黃生來視, 適茶商置酒招黃及十人者, 商家相去稍遠, 唯七人往赴, 留三人護守. 陳又默禱如曩時, 三人皆飮所餉酒, 亦醉. 買菜作羹, 一坐房前, 一吹火竈間, 一洗菜水畔. 陳乘間携棍棒揮擊, 卽死. 南走漳州, 竟得脫. 明年, 韓蘄王平賊, 陳用前功得官.

건염 연간(1127~1130) 말 건주에서 도적 범여위[46] · 엽철[47] · 엽량이 반란을 일으켰다. 건령군 건양현의 사인 진재보는 향병을 소집하여 엽철의 부모와 처자식을 죽였다. 그러자 도적 떼는 더욱 창궐하였고, 소흥 1년(1131) 마침내 건주성을 점거하였다. 조정에서는 제거관 첨시승,[48] 특명 사절 사향[49]에게 명해 함께 반란군을 설득하여 항복하게 하였다. 여러 도적이 조정의 명에 따랐는데[50] 오직 엽철만이 항복하려 하지 않았다. 그가 말하길,

"반드시 진재보에게 복수해야지만 항복할 수 있겠다."

첨시승은 엽철을 위해 후한 상을 내걸고 진재보를 사로잡아 엽철에게 건네주었다. 엽철은 20여 명의 무리를 선발하여 진재보를 지키게 하고 한 사람당 돈 1천 전을 주었다. 그리고 매우 엄격하게 훈계하길,

"만약 진재보를 놓치면 모두 참수한다."

46 范汝爲(?~1132): 福建路 建州(현 복건성 南平市 建甌市) 사람이다. 본래 私鹽 판매에 종사하였는데 건염 4년(1130)에 기근이 발생하자 饑民을 결합하여 반란을 일으켜 建陽縣을 점령하였다. 12월에 辛企宗의 招安에 응해 從義郎 겸 福建民兵都統領이 되어 신기종의 통제를 받았지만 수하 군대를 해산하지 않고 건주성 밖에 별도의 영채 수십 개를 만들어 주둔하고 지주로부터 地租를 거두었다. 그리고 이듬해 다시 반란을 일으켜 建州城을 점거했지만 韓世忠에게 격파되어 자살하였다.

47 葉鐵: 范汝爲 반군의 2인자로 辛企宗의 招安에 응해 忠翊郎 · 福建民兵副都統領이 되었고, 葉徹로 개명하였다. 이듬해 다시 반란을 일으켜 싸우다 전사하였다.

48 詹時升(1062~1126): 자는 正行이며 福建路 建州 崇安縣(현 복건성 南平市 武夷山市) 사람이다. 汀州 · 興化軍 지사를 지냈다.

49 謝嚮: 복건로제치사 辛企宗에게서 범여위를 설득하는 임무를 부여받고 설득에 나섰으나 실패하였다. 提點刑獄司를 지냈다.

50 건염 4년(1130) 12월 범여위가 항복하자 조정에서는 범여위에게 武翼郎 · 閤門祗侯 · 充民兵都統領 직을 제수하였다. 당시 반군 가운데 관직을 받은 자가 100~200명에 달하였다.

그들은 이튿날 사절과 여러 두목을 불러서 성대한 연회를 열어 즐기려고 하였다. 진재보를 지키던 자들은 굵은 밧줄로 진재보의 발을 묶고 거꾸로 대들보 사이에 매달아 놓았으며 큰 대나무껍질로 수갑을 만들어 그 손을 단단히 묶었다. 칼과 창이 숲을 이룬 듯 많아서 그 거리가 1척에 불과하였으며 꽂혀 있는 칼날마다 매우 예리하였다. 2경이 되자 무리는 모두 취해 있었다. 진재보는 속으로 기도를 올리길,

"저의 본심은 나라에 충성하고 부모에게 효성을 다하는 것이며 나라와 백성을 위해서 한 일입니다. 노모가 집에 계신 데 어찌 제 몸이 죽임을 당해야 마땅하겠습니까? 만약 신명께서 이를 알고 계신다면 원컨대 이 무리가 깊이 잠들게 해 주시고 저 칼날이 저절로 저에게로 와서 끈을 끊고 손을 풀어 주어 도망갈 수 있게 해주십시오."

한참 지나자 칼이 과연 저절로 앞으로 다가왔다. 마치 신명이 있어 칼을 손에 쥐고 밀어 옮기는 것 같았다. 진재보는 그 칼을 잡아서 대나무껍질을 끊어 두 손을 풀고, 잠시 후 칼을 끌어당겨 잘라내니 묶었던 밧줄이 다 끊어졌다. 곧장 칼을 들고 문으로 달려갔다. 한 사람이 잠결에 묻기를,

"누가 문을 여느냐?"

진재보가 답하길,

"나요."

그 사람은 진재보인 줄 모르고 다시 말하길,

"저놈을 놓쳐서는 안 되네!"

진재보가 말하길,

"이렇게 잡아서 묶어 놓았는데 무슨 걱정을 해!"

대문을 나서자 삼경을 알리는 북소리가 들렸고, 뒷골목을 가로질러 약 1리를 도망갔을 때 그곳에서 시끄럽게 떠드는 소리가 들렸다.

"그 놈이 도망갔다!"

진재보는 도망가기가 어려워지자 길옆의 구덩이 아래가 대나무 숲으로 어둡게 가려져 있는 것을 보고 급히 그곳에 몸을 숨겼다. 천여 개의 횃불을 일제히 들고 샅샅이 수색하였고, 구덩이 가운데도 창과 칼로 수십에서 백여 차례나 찔러댔지만, 우연히도 다친 곳이 없었다. 여럿이 말하길,

"분명히 건양현으로 돌아갔거나 그게 아니라면 남검주 검포현[51]으로 갔을 것이다. 마땅히 두 갈래 길로 나누어 가서 지키고 있다가 잡도록 하자."

진재보는 감히 지름길을 택해 갈 수가 없어 그저 본래의 생각을 포기하고 숲을 가로질러 갈 수밖에 없었다. 다음 날 복주 고전현[52] 경내에 이르러 가지고 있던 칼을 팔아서 그 돈으로 먹을 것을 샀다. 그리고 곧바로 천주로 가서 매형인 황수재에게 갔다. 하지만 여드레가 지나 열 명의 병졸들이 첨시승의 명령이 담긴 문서를 들고 진재보를 잡으러 나타났다. 진재보는 피할 수 없다는 것을 알고 급히 스스로 코에 상처를 내 온몸에 피를 발라 마치 죽은 것처럼 위장하였다. 열 명의 병졸은 서로 쳐다보며 걱정하며 말하길,

"어찌 이 지경에 이르렀단 말인가?"

51 劍浦縣: 福建路 南劍州 소속으로 현 복건성 북부 南平市 남쪽의 延平區에 해당한다.

52 古田縣: 福建路 福州 소속으로 현 복건성 북동부 寧德市 서남쪽의 古田縣에 해당한다.

그를 들어 관아로 옮겼는데, 병졸들은 진재보가 진짜로 지쳐 쓰러져 움직이지 못하는 줄 알고 지키거나 문을 잠그지 않았다. 다시 사흘이 지나 매제 황씨가 가서 보니 마침 차를 파는 상인이 술상을 차려놓고 황수재와 열 명의 병졸을 불러 대접하려고 하였다. 상인의 가게는 거기서 조금 멀었기에 그들 중 일곱 명만 가기로 하고 세 명이 남아 지키게 하였다. 진재보는 다시 지난번과 같이 몰래 기도를 올렸다. 세 사람은 가져온 술을 모두 마셔서 이미 취했다. 그들은 또 음식 재료를 사서 국을 만들었는데 한 사람은 방 앞에 앉아 있었고, 한 사람은 부엌에서 불을 피우고 있었으며, 한 사람은 물가에서 채소를 씻고 있었다. 진재보는 틈을 타서 몽둥이를 들고 휘둘러 그들을 때려 죽였다. 남쪽 장주로 도망쳐서 마침내 추격에서 벗어날 수 있었다. 이듬해 기왕 한세충[53]이 반군을 평정하자 진재보는 앞전의 공로를 인정받아 관직에 올랐다.

53 韓世忠(1090~1151): 자는 良臣이며 永興軍路 綏德軍(현 섬서성 楡林市 綏德縣) 사람이다. 빈한한 가정에서 태어났으나 기골이 장대하고 용맹하여 서하·금과의 전투에서 혁혁한 무공을 세웠다. 특히 남송 초, 8천 병력으로 금의 10만 대군을 黃天蕩에 몰아넣고 48일 동안 고립시켜 전세를 역전시켰으며, 반란 진압에도 큰 공을 세웠다. 주화파인 秦檜와 대립하다가 밀리자 紹興 11년(1141)에 추밀사 직 해제를 자청하고 은거하였다. 사후에 太師 및 通義郡王으로 추증되었고, 孝宗 때 다시 蘄王으로 추증되었다. 岳飛·張俊·劉光世와 함께 남북송 교체기의 '中興四將' 가운데 하나로 꼽힌다.

15 장씨네 집 금동이張琴童

張永年居京師時, 值暮冬大雪, 家人宴賞, 遣小蒼頭曰琴童者, 持糖蟹海錯餉三里間親戚家. 小兒輕捷, 不憚勞, 雪中往復三四反, 雙足受凍, 色紫黑. 其母居門首, 見而念之, 呼入與湯使淋洗. 凍已極, 不知痛, 少頃, 八指悉墮盆中. 母視之, 皮內血皆成冰, 爲湯所沃, 故相激而斷.(此卷皆黃德琬說.)

장영년[54]이 도성에 살고 있을 때 늦겨울에 큰 눈이 내렸다. 집안사람 모두 술자리를 만들어 설경을 감상하였다. 어린 시종[55] 중에 금동이라는 아이를 보내 설탕에 절인 게와 해산물을 3리 밖의 친척 집에 보냈다. 어린 금동은 민첩하고 고된 일을 마다하지 않아 눈길에서도 서너 번을 왕복하느라 두 발이 모두 얼어 피부가 검붉게 되었다. 그 어머니가 문 앞에 있다가 이를 보고 마음이 쓰였다. 아들을 불러 따뜻한 물을 뿌려 씻어 주었다. 하지만 동상이 이미 너무 심해 통증을 느낄 수 없었다. 잠시 후 여덟 개의 발가락이 모두 대야 안으로 떨어졌다. 어머니가 자세히 보자 피부 안의 피가 모두 얼어 있었는데, 뜨거운 물에 담그자 서로 반응해 잘라진 것이다.(5권의 일화는 모두 황덕완이 말한 것이다.)

54 張永年: 개봉부 사람으로 유명한 화가 張諒의 아들이다. 劉益에게 화조화를 배워 『圖繪寶鑑』을 남겼다.

55 蒼頭: 본래 전국시대 鄉黨의 청년으로 구성된 군 조직으로 푸른 두건을 두른 데서 유래하였다. 한대 이후 군사적 기능이 줄어들면서 노복을 가리키는 말로 바뀌었다.

이견정지 夷堅丁志 卷 6

01 검은 털의 화주 사람和州毛人

宣和中, 和州一老婦人攜兩男, 大者二十六歲, 小者二十歲, 云: "在孕皆二十四月乃生. 遍體長黑毛, 有光采, 眼睛如點漆, 白處如碧雲, 脣朱如丹, 皆善相術." 嘗召赴京師, 賜金帛, 遣歸州. 通判黃達如邀問相, 大者曰: "可至大夫與州, 生六子, 其半得官." 黃呼長子出見, 問: "有官否?" 搖其首. 問: "壽幾何?" 曰: "將錢來數." 至四十四錢, 顧其弟曰: "是麽?" 弟曰: "是." 卽與之. 又相長女, 問: "有封邑否?" 不對. 問壽, 得五十三錢. 相次女, 得二十七錢. 凡閱數人, 率如是而已, 初無多言. 是後二十餘年, 黃仕歷御史郎, 官至朝請大夫, 知徽州而卒. 六子, 三入官. 長子·長女享年如所得錢之數. 次女以紹興甲子歲從其夫祝生赴衡山尉, 溺死於江, 恰二十七歲.

선화 연간(1119~1125)에 화주[1]에서 한 노부인이 두 아들을 데리고 있었다. 큰아들은 26세였고, 작은아들은 20세였다. 부인이 말하길, "우리 두 아들은 모두 뱃속에서 24개월을 채우고 태어났습니다. 두 아들 모두 온몸에 광채가 나는 검은색 털이 나 있었고, 눈동자는 옻칠한 것처럼 검었고, 흰자위는 푸른 구름 같았으며, 혀는 붉기가 단사 같았습니다. 지금 둘 다 관상을 아주 잘 본답니다."

일찍이 휘종 황제가 그들을 불러 도성에 갔고, 황제가 금과 비단을

1 和州: 淮南西路 소속으로 치소는 歷陽縣(현 안휘성 馬鞍山市 和縣)이고 관할 현은 3개, 州格은 防禦州이다. 장강을 사이에 두고 남경과 마주한 요충지이며 현 안휘성 중동부 馬鞍山市의 장강 서안에 해당한다.

하사하였으며 그들은 다시 화주로 돌려보냈다. 화주 통판 황달여[2]가 형제를 불러 관상을 보았다. 큰아들이 말하길,

"관직은 아마도 대부 또는 주 지사에 이를 것이며, 아들을 여섯 둘 것이며, 그 가운데 반은 관직에 오를 것입니다."

황달여는 자기의 큰아들을 불러서 관상을 보게 한 뒤 묻길,

"관직에 오르겠습니까?"

관상을 본 큰아들은 머리를 저었다. 황달여가 다시 묻길,

"수명은 어느 정도 될까요?"

답하길,

"돈을 가져다 세어 봅시다."

44전에 이르렀을 때 동생을 돌아보며 말하길,

"맞지요?"

동생이 말하길,

"그렇습니다."

곧 돈을 그에게 돌려주었다. 다시 큰딸의 관상을 보자 황달여가 묻길,

"봉읍[3]을 받겠습니까?"

2 黃達如: 秦檜의 주화론에 적극적으로 호응하여 화의에 대한 찬반을 승진의 기준으로 삼자고 제안하여 監察御史로 발탁되었다. 徽州 지사를 지냈다.

3 封邑: 唐代에 여성의 봉호가 상세히 만들어져 大長公主·長公主·公主·郡主·縣主·國夫人·郡夫人·郡君·縣君·鄕君 등을 두었다. 송대는 당대의 제도를 계승하되 大長公主에서 郡夫人까지는 같고 그 아래 淑人·碩人·令人·恭人·宜人·安人·孺人 등을 두어 모두 14등급으로 구분하였다. 당조에서는 內命婦 가운데 3~4품의 어머니, 5품관의 어머니에게 縣君을 봉하였다. 송조에서도 陞朝官의 아내와 어머니에게 縣君을 봉하였다.

대답하지 않았다. 수명을 물으니, 53전이 나왔다. 차녀의 관상을 보니, 27전이 나왔다. 무릇 여러 사람의 관상을 보았는데 대체로 이러하였다. 애초에 여러 말을 하지 않았다. 그 후 20여 년이 흘렀다. 황달여는 관직이 감찰어사[4]를 거쳐 조청대부[5]에 이르렀고 휘주[6] 지사를 역임한 후 죽었다. 여섯 아들 중 세 사람은 관직에 올랐다. 장자와 장녀의 수명은 모두 당시 나왔던 동전의 수와 똑같았다. 차녀는 소흥 갑자년(14년, 1144) 남편인 축씨를 따라 담주 형산현[7]의 현위로 부임하던 중 강에 빠져 죽었는데 그때 나이가 딱 27세였다.

4 御史郎: 어사대 소속 御史大夫의 별칭이다. 상서성 6부 및 24사에 대한 감찰 기능을 행사하였다. 원풍 관제 개혁 이후 종7품이었다. 御史郎 외에도 御史 · 監察 · 察官 등의 별칭이 있다.

5 朝請大夫: 문관 寄祿官 29개 품계 중 12위이며 從5품上이었으나 원풍 개혁 후 30개 품계 중 17위, 從6품으로 바뀌었다. 承務郎(從9品)부터 朝請大夫까지는 4년에 1단계 승급할 수 있으나 朝議大夫부터는 결원이 있어야 가능하였다.

6 徽州: 江南東路 소속으로 본래 歙州였는데 方臘의 난을 진압한 직후 徽州로 바뀌었다(1121). 치소는 歙縣(현 안휘성 黃山市 歙縣)이고 관할 현은 6개, 州格은 軍事州이다. 강서 · 절강과의 경계를 이루는 산지로 현 안휘성 남동부와 강서성 景德鎭市 북쪽에 해당한다.

7 衡山縣: 荊湖南路 潭州 衡山縣(현 호남성 衡陽市 衡山縣)이다. 현 호남성 남동부 衡陽市의 북동쪽에 해당한다.

02 관상가 왕문경王文卿相

建昌道士王文卿, 在政和宣和間, 不但以道術顯, 其相人亦妙入神. 蔡京嘗延至家, 使子孫盡出見, 王皆唯唯而已, 獨呼一小兒, 謂曰: "異日能興崇道教者, 必爾也." 京最愛幼子, 再詢之, 王拊所呼兒背曰: "俟此兒橫金著紫, 當賴其力可復官." 京大不樂. 小兒者, 陳桷元承也, 母馮氏, 蔡之甥, 故因以出入蔡府. 紹興間, 諸蔡廢絶, 陳佐韓蘄王幕府, 主徽猷閣待制, 知池州. 歲在辛酉, 蔡京子孫見存者特叙官, 向所謂幼子者, 適來池陽料理, 陳爲之保奏. 陳行天心法, 食素, 眞一黃冠耳.

건창[8] 사람인 도사 왕문경은 정화(1111~1118)에서 선화 연간(1119~1125)에 도술로 이름이 났을 뿐만 아니라 다른 사람의 관상을 봐 주는 것 역시 신묘한 경지에 이르렀다. 채경[9]은 일찍이 그를 집으로 초대하여 자손들 모두 나오게 해 관상을 보게 하였는데, 왕문경은 모두에게 그저 공손할 따름이었다. 그런데 유독 한 어린아이를 부르더니 그에게 말하길,

"훗날 능히 도교를 흥하게 할 이는 반드시 너일 것이다."

8 建昌: 江南西路 建昌軍(현 강서성 撫州市 南城·南豐·廣昌·資溪·黎川縣) 또는 江南東路 南康軍 建昌縣(현 강서성 九江市 永修縣)이다.

9 蔡京: 『이견지』에 실린 蔡京의 호칭은 다양하다. 蔡京(『갑지』, 권9-1, 「추익의 꿈」; 『정지』, 권6-2, 「관상가 왕문경」) 외에도 老蔡(『갑지』, 권18-1, 「원귀에게 보복당한 양정」), 蔡元長(『갑지』, 권16-3, 「도인 차사」), 蔡魯公(『갑지』, 권10-14, 「요강의 풍자시」; 『을지』, 권5-3, 「재동의 꿈」; 권6-3, 「제 선생」; 권10-1, 「명의 장예」) 등이 있다.

채경은 어린 막내아들을 가장 아꼈기에 그에 대해 왕문경에게 재차 물어보니, 왕문경은 자기가 부른 그 어린아이의 등을 두드리며 말하길,

"이 아이가 금띠를 두르고 자색 관복을 입게 되면 그 힘에 의지하여 이 막내아들도 다시 관직을 얻을 수 있을 것입니다."

채경은 몹시 우울해하였다. 그 어린아이가 바로 자가 원승인 진각이다. 어머니 풍씨가 채경의 생질이어서 채경의 집에 드나들다 관상을 보게 된 것이다. 소흥 연간(1131~1162) 채경 집안이 폐족이 되고 후사가 단절되었을 때 진각은 기왕 한세충의 막부에서 보좌관으로 있으며 나중에 휘유각[10] 대제와 지주[11] 지사가 되었다. 소흥 신유년(11년, 1141)에 채경의 자손들 가운데 살아남은 자에게 특별히 관직을 제수하였다. 예전에 말했던 그 막내아들이 마침 지양[12]에서 공무를 처리하던 중 진각이 그에 대해 보주[13]하였다. 진각은 천심법을 행할 줄 알았고, 고기를 먹지 않는 등 도사와 전혀 다를 바가 없었다.

10 徽猷閣: 송조는 황제 사후 조서를 비롯한 관련 문서를 총괄 보존하는 건물을 차례대로 세웠다. 徽猷閣은 哲宗의 유관 문서를 보존하는 건물이다.

11 池州: 江南東路 소속으로 치소는 貴池縣(현 안휘성 池州市 貴池市)이고 관할 현은 6개, 監은 1개, 州格은 軍事州이다. 현 안휘성 남중부에 해당한다.

12 池陽: 江南東路 池州(현 안휘성 池州市)의 별칭이다. 唐 元和 연간에 池州를 池陽郡으로 개칭한 데서 유래하였다.

13 保奏: 조정에 사람을 추천하고 보증서는 것을 뜻한다.

03 사치의 업보奢侈報

紹興二十三年, 鎭江一酒官愚騃成性, 無日不會客, 飮食極於精腆. 同官家雖盛具招延, 亦不下箸, 必取諸其家, 誇多鬭靡, 務以豪侈勝人. 嘗令匠者造十卓, 嫌漆色小不佳, 持斧擊碎, 更造焉. 啖羊肉, 唯嚼汁, 悉吐其滓, 他皆類此. 統領官員琦從軍於彼, 每苦口諫之, 反遭訕辱.

後八年, 琦從太尉劉錡信叔來臨安, 謁貴人於漾沙坑. 琦坐茶肆, 向來酒官者直入相揖, 裹碎補烏巾, 著破布裘, 裘半爲泥所汚, 跣足行, 形容不可辨. 久乃憶之, 問其故, 泣而對曰: "頃從京口任滿, 到都下求官, 累歲無成. 挈累猥衆, 素不解生理, 囊橐爲之一空, 告命亦典質. 妻子衣不蔽體, 每日求丐得百錢, 僅能菜粥度日." 琦曰: "何至沾汙如是?" 曰: "得錢糴米而無菜資, 但就食店拾所棄敗葉, 又無以盛貯, 惟納諸袖中, 所以至是." 琦惻然曰: "亦記昔時相勸乎?" 曰: "天實折磨, 何所追悔!" 琦邀至所寓, 餉以羊酒, 又與錢數十千, 使贖告身, 後不復見.

又有郭信者, 京師人. 父爲內諸司官, 獨此一子, 愛之甚篤, 遣從臨安蔡元忠先生學. 信自僦一齋, 好絜其衣服, 左顧右眄, 小不整卽呼匠治之. 以練羅吳綾爲鞋襪, 微汙便棄去, 浣濯者不復着. 黃德琬以紹興己卯赴調, 適與之鄰, 每勸之曰: "君後生, 未知世務, 錢財不易得, 君家雖富, 亦不宜枉費. 日復一日, 後來恐不易相繼耳." 信殊不謂然. 隆興甲申冬, 黃再入都, 因訪親戚陳晟, 見信在焉. 爲晟敎幼子, 衣冠藍縷, 身寒欲顫, 月得千錢, 自言: "父已死, 尙有田三百畝, 家資數千緡, 盡爲後母所擅. 一夕徑去, 不知所往. 素不識田疇所在, 無由尋索也." 黃與數百錢, 捧謝而退.

소홍 23년(1153), 진강부에서 술을 관리하는 한 관원은 타고나기가 매우 어리석어 하루도 집에 손님을 맞지 않은 적이 없었으며 준비한 음식은 매우 완미하고 풍성했다. 동료 관원의 집에서 아무리 성대하게 음식을 차려놓고 그를 초대하더라도 역시 젓가락도 대지 않고 반드시 자기 집에서 음식을 가져다 먹었다. 또 많은 양을 과시하고 낭비를 경쟁하듯 하였으며 반드시 사치스러움으로 다른 사람을 이기려 했다. 일찍이 기술자를 불러 10개의 탁자를 만들게 했는데 옻칠의 색깔이 조금 마음에 들지 않는다고 도끼로 내리쳐 부순 뒤 다시 만들게 하였다. 양고기를 먹을 때에도 오직 즙만 먹고 건더기는 모두 뱉었다. 까다롭기가 모두 이처럼 남달랐다. 통령관 원기가 군대를 따라 진강부에 왔을 때, 매번 힘써 바른말을 하였지만, 오히려 비아냥이나 욕을 먹기 일쑤였다.

8년 후, 원기는 자가 신숙인 태위[14] 유기[15]를 따라 임안부로 오게 되어 양사갱[16]이란 곳에서 한 귀인을 만났다. 원기가 찻집에 앉아 있는데 예전의 술 관리하던 그 관원이 곧바로 들어와 인사했다. 짐꾸러

14 太尉: 秦漢代에 군권을 장악하는 최고위 장관으로서 秦代에는 丞相·太尉·御史大夫를 가리켜 三公이라고 하였다. 군권 장악에 따른 과도한 권력 집중을 우려해 일찍부터 명예직으로 변하여 隋代부터 府와 僚佐를 없애고 宰相·親王·使相에 대한 加官·贈官으로 활용하였다.

15 劉錡(1098~1162): 자는 信叔이고 秦鳳路 德順軍(현 영하자치구 固原市 隆德縣) 사람이다. 瀘川節度使 劉仲武의 아들로 서하와의 전쟁에서 공을 세웠고, 張浚을 따라 富平戰에 참여하였다. 고종을 수행하여 두 차례 權主管侍衛馬軍司公事를 맡았으며, 금군의 공세를 거듭 격파하는 등 남송의 건국에 큰 공을 세웠으나 악비와 가까워 실각하였다. 太尉로서 荊路北路安撫使 직을 잘 수행하였고 이후 해릉왕의 침공을 맞아 都統制·制置使가 되었으나 병으로 활약하지 못하였다. 악비·한세충·張俊과 함께 남송 4대 명장에 꼽힌다.

16 漾沙坑: 현 절강성 杭州市 西湖 동남쪽 기슭에 있는 雲居山의 동북쪽 산록에 있는 郭婆井 일대에 해당한다.

미는 해져 기운 상태였고 머리에는 검은 두건을 썼으며 찢어진 면 옷을 입은 채였다. 옷은 절반쯤 진흙으로 더럽혀져 있었고 맨발로 걸어오는데 몰골이 알아볼 수가 없을 정도였다.

한참 후에 그가 누군지 기억이 나서 어떻게 된 것인지 그 연유를 물으니, 그가 울며 답하길,

"당시 경구[17]에서 임기를 마치고 도성으로 와 다음 보직을 기다리고 있었는데 여러 해 성사되지 못했습니다. 처자식을 비롯해 딸린 식구들이 많았는데, 저는 본래부터 먹고사는 일을 몰라 주머니가 텅텅 비었고, 고명[18]까지도 저당 잡혀 버리고 말았습니다. 처자식들은 제대로 된 옷도 입지 못하고 매일 구걸을 하여 100전을 얻으면 겨우 야채죽을 먹으며 하루를 넘길 수 있답니다."

원기가 묻길,

"어찌하여 옷이 이렇게 더럽혀졌소?"

그가 답하길,

"돈이 생기면 쌀은 살 수 있지만, 야채까지 사기에는 부족해 그저 음식점에 가서 버려진 상한 야채를 주워다 먹습니다. 하지만 담을 것이 없어서 그저 소매로 싸서 가져오다 보니 이렇게 되었습니다."

원기는 측은하게 여기며 말하길,

"예전에 내가 권고했던 말을 기억하시오?"

17 京口: 兩浙路 鎭江府(현 강소성 鎭江市)의 별칭이다. 삼국시대 東吳의 孫權이 京口鎭을 설치한 데서 유래하였다.

18 告命: 인사 명령을 적어 교부하는 문서를 뜻하며 告身・敕告・官告라고도 한다. 관리들은 이 고신을 항상 지니고 다녀야 하며, 특히 전보를 위해 대기할 때는 더욱 그러하였다.

그가 대답하길,

"하늘이 내려준 벌인데, 후회한들 무슨 소용이 있겠습니까?"

원기는 자신이 머무는 곳으로 그자를 데려가 양고기와 술을 먹여주고 또 돈 수십 관을 주었으며, 고신을 되찾을 수 있도록 돈도 갚아주었다. 그 뒤로 다시는 그자를 볼 수 없었다.

또 도성 사람 곽신이라는 자는 아버지가 내제사관[19]이었는데, 아들이 하나여서 아버지는 곽신을 애지중지하였다. 그리하여 아들을 임안부의 채원충 선생에게 보내 공부하게 하였다. 곽신은 방을 하나 빌려 지냈는데, 깨끗한 옷을 좋아하여 이리저리 살펴보고 조금이라도 바르지 않으면 곧 재봉사를 불러서 수선하게 하였다. 누인 명주와 좋은 비단으로[20] 신발과 양말을 만들었는데 조금이라도 더러워지면 곧장 갖다 버렸고, 한 번 세탁한 것은 다시 신지 않았다. 황덕완이 소흥 기묘년에(29년, 1159)에 전보되어 임안부에 왔을 때 마침 그와 이웃하여 지냈는데, 매번 그에게 권하길,

"그대는 아직 젊어서 세상일에 대해 잘 모를 텐데, 돈과 재물은 쉽게 얻어지는 것이 아니오. 그대 집은 비록 부유하겠지만 함부로 낭비해서는 안 됩니다. 세월이 흐르고 흘러 먼 훗날에는 아마도 지금처럼 부를 계속 유지하기가 쉽지 않을 수도 있소."

19 內諸司官: 內侍官으로 충임하는 차견직인 主管諸司官의 약칭이다. 國史院·實錄院·日曆所·勅令所·會要所 등을 개설하면 내시관을 主管諸司官으로 임명하여 작업이 순조롭게 진행될 수 있도록 뒷바라지하는 일을 담당한다. 內諸司官 외에도 諸司·諸司官 등의 약칭이 있다.

20 吳綾: 唐代 越州(현 절강성 紹興市)에서 조정에 貢品으로 보낸 고급 비단이다. 가볍고 얇으며 화려한 무늬로 유명하며, 그 명성은 청대까지 이어졌다.

하지만 곽신은 그다지 대수롭지 않게 여겼다. 융흥 갑신년(2년, 1164) 겨울, 황덕완이 다시 임안부에 들어가 친척인 진성을 방문하였다가 그곳에서 곽신을 보았다. 진성의 어린 아들을 가르치고 있었다. 의관이 남루하였고, 추워서 그런지 몸을 떨고 있었다. 매월 1천 전을 번다고 하며 스스로 말하길,

"아버지께서 돌아가실 때 그래도 논밭 300묘가 있었고, 집안의 재산이 수천 관이 있었는데, 새어머니가 모두 차지해 버렸습니다. 새어머니는 하룻밤 새 어디론가 사라졌고, 어디로 갔는지 알 수도 없습니다. 저는 본래 논밭이 어디에 있는지도 몰랐던 터라 그 땅을 찾을 수도 없었습니다."

황덕완이 곽신에게 수백 전을 주자, 그는 공손하게 감사의 인사를 올리고 물러났다.

04 진원여陳元輿

陳元輿軒侍郎, 建陽人, 元名某. 未第前, 夢經兩高門, 各有金書額, 若寺觀然, 一曰"左丞陳軒", 一曰"右丞黃履". 旣覺, 卽改名, 以嘉祐八年第二人登科. 履眞至右丞, 而陳但龍圖閣直學士. 暮年, 謂諸子曰: "吾白屋起家, 平生不作欺心事, 今位不副夢, 嘗思其由. 昔年守杭州日, 寄居達官盛怒一老兵, 執送府, 欲杖之, 而此兵年餘七十, 法不應杖. 吾旣聽牘, 而達官折簡來相誚, 不獲已復呼入. 其家人羅拜泣請曰: '若杖必死.' 吾不聽, 亟命行決, 果死於杖下, 輿尸而出. 至今二十年, 吾未嘗不追以自咎也. 違法徇情, 殺人招譴, 宜其不登大位, 汝等宜戒之." 方陳夢時, 左右丞乃寄祿官, 其後始以爲執政, 蓋幽冥中已知之矣.

건령군 건양현 사람으로 자가 원여인 병부시랑[21] 진헌[22]의 원래 이름은 진모이다. 과거 급제 전 어느 날 꿈에 두 개의 높은 문을 지나는데, 각각 금색으로 글자가 쓰인 편액이 있었다. 마치 절이나 도관 같았다. 하나는 "상서좌승[23] 진헌"이라고 쓰여 있었고, 다른 하나는 "상

21 兵部侍郎: 尙書省의 6부 가운데 兵部의 차관이다. 元豐 관제 개혁으로 다소 나아지기는 했지만, 樞密院으로 인해 兵部의 업무는 여전히 제한적이었다. 품계는 원풍 개혁 후 정4품하에서 종3품으로 승격되었다.

22 陳軒: 자는 元輿이며 福建路 建州 建陽縣(현 복건성 南平市 建陽市) 사람이다. 과거에 급제한 뒤 平江軍 節度推官을 시작으로 中書舍人 · 兵部侍郎 겸 侍讀을 거쳐 龍圖閣直學士로서 福州 지사를 끝으로 물러났다.

23 尙書左丞: 본래 품계와 관련된 寄祿官이고 직급은 6부 상서보다 낮았다. 그러나 원풍개혁 때 부재상인 參知政事직을 없애면서 상서좌승 · 상서우승으로 대체하였

서우승 황리[24]"라고 쓰여 있었다. 꿈에서 깨어 곧 이름을 진헌으로 바꾸었다. 가우 8년(1063) 2등으로 과거에 급제하였다. 이후 황리는 진짜로 상서우승에 이르렀는데, 진헌은 다만 용도각 직학사[25]에 머무르게 되었다.

노년이 되었을 때, 여러 아들에게 말하길,

"나는 가난한 집에서 자수성가하여 평생 내 양심을 속이는 일은 하지 않았다. 지금의 자리가 꿈과 부합하지 않은 것에 대해 일찍이 그 이유를 생각해 보았다. 예전에 항주 지사로 있을 때의 일인데, 항주에 기거하고 있던 고관이 한 노병 때문에 몹시 화가 나서 그를 잡아 항주 관아로 보냈다. 곤장을 치려고 하였지만, 이 노병은 나이가 70세라서 법률 규정상 곤장을 치면 안 되는 상황이었다. 나는 곧 보석으로 풀어 줄 것을 허락했는데, 그 고관이 힐책하는 편지를 보내 나를 꾸짖었다. 그래서 나는 부득이 그자를 다시 불러들였다. 그자의 가족들이 모두 엎드려 울며 청하기를, '곤장을 치시면 반드시 죽을 것입니다'라고 하였는데 나는 듣지 않았다. 곧 집행을 명했고 과연

다. 품계는 정2품이며 좌승이 우승보다 선임이다. 建炎 3년(1129)에 다시 參知政事직을 회복시키면서 없어졌다. 재상인 문하시랑 · 중서시랑과 함께 執政에 속한다.

24 黃履(1030~1101): 자는 安中이며 福建路 昭武軍 邵武縣(현 복건성 南平市 邵武市) 사람이다. 翰林學士 겸 侍講으로 신법당의 蔡確 · 章惇과 가까워 越州 · 舒州 · 江寧府 지사 등으로 밀려났다. 철종의 친정 이후 龍圖閣直學士 겸 御史中丞이 되어 司馬光을 비롯해 呂大防 · 劉摯 · 梁燾 등 元祐 구법당 인사를 공격하였다. 두 차례 尙書右丞을 역임하였다.

25 直學士: 학사는 고위 관료에 대한 명예직인데, 宰執 자격자에게는 觀文殿 · 資政殿 · 端明殿學士 등 殿學士를, 侍從 자격자에게는 龍圖閣 · 天章閣 · 寶文閣 · 徽猷閣 · 敷文閣 등 주요 전각마다 정3품인 閣學士, 종3품인 直學士, 종4품인 待制를 두었다.

곤장을 맞다가 죽었고 시체를 끌고 나갔다. 지금으로부터 20년 전의 일인데 나는 한시도 스스로 자책하지 않은 적이 없었다. 법률을 어기고 사적인 정을 쫓아 사람을 죽여 견책을 받아야 했으니, 높은 자리까지 올라가지 못한 것이 마땅하다. 너희들도 응당 이를 경계해야 한다."

진헌이 막 꿈을 꾸었을 때 좌승과 우승은 기록관이었으며 그 후 비로소 집정이 되었으니,[26] 아마도 명계에서는 이미 그렇게 될 것을 알았던 것 같다.

26 진헌이 과거에 응시하던 당시 상서좌승 · 상서우승 모두 품계를 나타내는 寄祿官이었다. 원풍 3년(1080) 관제 개혁 때 職事官으로 바뀌어 상서좌승 · 상서우승 모두 執政 반열에 속하게 되었다. 품계는 정2품이며 좌승이 우승보다 선임이다.

고씨의 기충高氏飢蟲

從政郎陳樸, 建陽人. 母高氏, 年六十餘, 得飢疾, 每作時, 如蟲齧心, 卽急索食, 食罷乃解, 如是三四年. 畜一貓, 甚大, 極愛之, 常置于旁, 貓嬌呼, 則取魚肉和飯以飼. 建炎三年夏夜, 露坐納凉, 貓適叫, 命取鹿脯自嚼而啖貓, 至于再. 覺一物上觸喉間, 引手探得之, 如拇指大, 墜于地. 喚燭照, 其物凝然, 頭尖匾類塌沙魚, 身如鰕殼, 長八寸, 漸大, 侔兩指, 其中盈實, 剖之, 腸肚亦與魚同, 有八子, 胎生蠕蠕, 若小鰍, 人皆莫能識爲何物, 蓋聞脯香而出也. 高氏疾卽愈.

건주 건양현 사람인 종정랑[27] 진박의 어머니 고씨는 당시 60여 세였는데, 먹어도 배가 고픈 병에 걸려 매번 발작할 때마다 벌레가 심장을 갉아먹는 것처럼 아팠다. 그럴 때는 곧 음식을 찾았고, 음식을 먹고 나면 이내 괜찮아졌다. 이렇게 3~4년이 흘렀다. 고씨는 집에서 고양이 한 마리를 키웠는데 몸집이 매우 컸다. 고씨는 고양이를 매우 예뻐하여 늘 곁에 두고 키웠다. 고양이가 귀엽게 울면 곧 물고기 살과 밥을 사료로 주었다.

건염 3년(1129) 여름, 밤에 바깥에 앉아 시원한 바람을 쐬고 있었는데, 고양이가 마침 울어서 사슴고기 말린 것을 가져오게 한 뒤 씹어서 부드럽게 만들어 고양이에게 먹였다. 두 번이나 그렇게 하였는데,

27 從政郎: 무관 寄祿官 품계를 나타내는 관명이며 종8품이다. 政和 6년(1116)에 通仕郎에서 개칭하였다.

무언가가 목구멍 사이로 올라와 걸린 듯 느껴져 손가락을 넣어 잡아서 꺼냈다. 엄지손가락 정도 크기의 것이었다. 바닥에 뱉고 촛불을 가져와 비추게 하니 그것은 가만히 있었는데, 머리가 뾰족하고 납작하여 마치 생선인 서대[28] 같아 보였다. 몸은 새우 껍질 같았고, 길이는 8촌이었는데 점점 커지더니 손가락 두 개 정도의 크기가 되었을 때는 가운데 부분이 부풀어 꽉 차올랐다.

그것의 배를 갈라 보니 창자와 위가 곧 물고기와 같았다. 여덟 마리의 새끼가 있었는데, 태아처럼 꿈틀거렸고, 생긴 것은 마치 작은 미꾸라지 같았다. 사람들 모두 이것이 어떤 물고기인지 알지 못했다. 아마도 사슴 육포의 냄새를 맡고 올라온 것 같았다. 고씨의 병은 즉시 나았다.

28 塌沙魚: 가자미의 한 종류로 몸이 납작하고 2개의 눈이 머리의 한쪽에 몰려 있다.

06 무당 옹길사翁吉師

崇安縣有巫翁吉師者, 事神著驗, 村民趨向籍籍. 紹興辛巳九月旦, 正爲人祈禱, 忽作神言曰: "吾當遠出, 無得輒與人問事治病." 翁家懇訴曰: "累世持神力爲生, 香火敬事不敢怠, 不知何以見捨?" 再三致叩, 乃云: "番賊南來, 上天遍命天下城隍社廟各將所部兵馬防江, 吾故當往." 曰: "幾時可歸?" 曰: "未可期, 恐在冬至前後." 自是影響絶息. 嘗有富室病, 力邀翁, 嚴絜祭禱, 擲珓百通, 訖不下. 至十二月旦, 復附語曰: "已殺卻番王, 諸路神祇盡放遣矣." 即日靈響如初.

건령군 숭안현에 옹길사라는 무당이 살고 있었는데, 신을 모시는데 영험하기로 소문이 나 그 지역 백성들이 우루루 그의 집에 몰렸다. 소흥 신사년(31년, 1161) 9월 초하루, 옹길사가 마침 다른 사람을 위해 기도를 올리고 있는데 갑자기 신의 목소리로 말하길,

"나는 멀리 다녀와야만 한다. 잠시 사람들이 일에 대하여 묻고 병을 치료해 달라고 해도 해 줄 수가 없게 되었구나."

옹길사의 집안사람들이 간절히 호소하길,

"여러 대에 걸쳐 신께 의지하여 먹고 살면서 향을 피우고 신을 섬기길 감히 게을리하지 않았습니다. 그런데 왜 저희를 버리고 가시는지 모르겠습니다."

여러 차례 머리를 땅까지 조아리자 이에 말하길,

"오랑캐의 군대가 남쪽으로 내려오자 상천께서는 천하의 성황묘 장수들에게 휘하의 병사와 말을 이끌고 장강을 지키라고 두루 명하

셨다. 그래서 나도 마땅히 가봐야 한다."[29]

다시 묻기를,

"언제 다시 돌아오실 수 있겠습니까?"

답하길,

"기약할 수가 없다. 아마도 동지 전후가 될 것 같구나."

이때부터 옹길사의 신통함은 완전히 사라졌다. 일찍이 한 부잣집에서 병이 나자 간곡히 옹길사를 초청하였다. 옹길사는 삼가 몸을 청결히 하고 제를 올리며 기도한 후 배교를 100번이나 던져 점을 쳤졌지만 끝내 모두 맞지 않았다. 12월 초 다시 신이 옹길사에게 빙의하여 말하길,

"이미 오랑캐의 왕을 죽여 물리쳤다. 여러 로路의 성황신들이 모두 돌아올 수 있게 되었다."[30]

그날로 옹길사의 신령함은 예전과 같이 되었다.

29 소흥 31년(1161), 금의 海陵王이 남송을 멸망시키고 전 중국을 통일하고자 전면 공세를 펼쳤다. 해릉왕은 和州에서 송군을 격파하고 장강 도하를 앞둔 상태에서 遼陽에서 반란이 일어났다는 소식을 들었다. 이에 서둘러 도강했으나 采石磯에서 송의 虞允文에게 수군이 대패하고 15만 금군은 진퇴양난에 몰렸다. 결국 해릉왕은 부하들에게 피살되고 철수하기에 이른다.

30 성황신은 도시의 수호신으로서 주민의 생사화복을 주관한다. 도시의 발달에 따라 남북조부터 일정한 형식을 갖추었고 당대에 발전하여 송대에는 국가 제사에 포함되었다.

07 진씨 묘의 삼목陳墓杉木

建陽民陳普, 祖墓傍杉一株, 甚大. 紹興壬申歲, 陳族十二房共以鬻於里人王一, 評價十三千, 約次日祠墓伐木. 是夜, 普夢白須翁數人云: "主此木三百八十年, 當與黃察院作槨, 安得便伐?" 普曰: "誰爲黃察院?" 曰: "招賢里黃知府也." 普曰: "渠今居信州, 豈必來此?" 翁曰: "汝若不信, 必生官災. 況我輩守護歷載, 雖欲賣, 必不成."

普覺而語其妻, 妻曰: "只爲此樹, 常遭孫姪怒罵, 切勿妄言." 明日, 王一攜錢酒及鵝鴨來祀冢, 罷, 與衆聚飮於普家. 飮畢, 人分錢千有八十, 尙餘四十錢, 普取之曰: "當以償我薪直." 一姪素凶很, 奪而撒于地. 普怒毆之, 至折其足. 王一猶未去, 懼必興訟, 不復買木, 但從諸人索錢, 四人不肯還, 又相毆, 遂詣邑列訴. 初, 諸陳各有田三二十畝, 因是蕩焉, 或竄徙它縣.

後五年, 黃察院卒於信州, 其子德琬買槨未得, 訪求於故里. 有以陳杉來言, 云: "願鬻已久, 因校四十錢, 數房蕩析, 恐不能遽合爾." 試遣營之. 則三日之前, 在外者適還, 是時已成十六家, 各與千錢, 皆喜而來就, 竟仆以爲槨, 普方話昔年夢. 琬細視木理, 恰三百八十餘暈云. 察院名達如.

건령군 건양현 사람 진보의 조상 묘지 옆에 삼목 한 그루가 있었는데 매우 컸다. 소흥 임신년(22년, 1152), 진씨 종족 12집 공동명의로 같은 마을 사람인 왕일에게 이 삼목을 팔았다. 나뭇값으로 13관을 받고 이튿날 묘에 제사를 올린 뒤 나무를 베기로 하였다. 이날 밤 진보의 꿈에 흰 수염이 난 노인 몇 명이 나타나 말하길,

"내가 이 나무를 주관한 지 380년이나 되었다. 마땅히 감찰어사[31]인 황씨의 관목으로 주어야 하는데 어찌 함부로 베려고 하는가?"

진보가 말하길,

"누구를 가리켜 감찰어사 황씨라고 하십니까?"

노인이 대답하길,

"초현리 사람인 지사 황씨를 말한다."

진보가 다시 말하길,

"그는 지금 신주에 살고 있는데 어찌 여기로 꼭 온다고 할 수 있겠습니까?"

노인이 말하길,

"네가 만약 믿지 못한다면 반드시 관의 소송을 당할 것이다. 하물며 우리가 여러 해를 지켜 주었으니, 비록 네가 팔려고 해도 절대 잘 되지 않을 것이다."

진보는 깨어나 그의 아내에게 말하자, 아내가 대답하길,

"그저 나무 한 그루 때문에 손주나 조카들의 원성을 사려고 합니까? 제발 함부로 말하지 마세요."

다음 날 왕일은 돈과 술, 그리고 거위와 오리고기를 가져와 무덤에 제사를 올린 뒤 진보의 집에서 여러 사람과 모여 술을 마셨다. 잔치가 끝나고, 사람들은 한집당 1,080전씩 나눴는데, 우수리 40전이 남았다. 진보가 그것을 자신이 갖겠다며 말하길,

31 察院: 監察·御史와 함께 御史臺 監察御史의 약칭이다. 대표적인 감찰 기관인 御史臺는 御史의 臺院, 殿中侍御史의 殿院, 監察御史의 察院 등 3院으로 이루어졌고, 찰원에는 轄院雜司와 吏房·戶房·禮房·兵房을 두었다.

"이 40전은 내가 땔감을 사는 비용으로 쓰겠다."

조카 한 명은 본래 성격이 사납고 거칠었는데 그 돈을 빼앗아 땅에 내동댕이쳤다. 진보는 화가 나서 그를 때렸고 조카의 발이 부러지기에 이르렀다. 왕일이 아직 돌아가지 않고 있었는데, 필시 소송이 일어날 것이라 걱정하며 나무를 사지 않겠다고 번복하였다. 여러 집사람에게서 돈을 다시 돌려받고자 하였는데, 그중 네 집이 돌려주려 하지 않았다. 이에 다시 서로 치고받으며 싸웠고, 마침내 현 관아에 가서 고소하였다. 애당초 진씨 집안은 각각 밭 20~30묘를 가지고 있었는데 소송으로 인해 탕진하게 되자, 다른 현으로 몰래 이사가기도 했다.

그 뒤로 5년이 지나 감찰어사 황씨가 신주에서 죽었는데 그 아들 황덕완이 관을 사려고 하였지만 사지 못하자 고향으로 와서 관을 구하려고 했다. 어떤 사람이 진씨네 집 삼목에 대해 이야기해 주면서 말하길,

"원래 팔려고 한 지는 오래되었지만 돈 40전 때문에 다투다 여러 집안이 가산을 탕진하고 흩어져 아마도 급히 다 모이기는 어려울 것 같습니다."

황덕완은 그래도 사람을 보내 불러 모아 보라 하였다. 사흘이 되기 전에 외지에 있던 이들이 시간에 맞춰 돌아왔는데, 그 사이에 후손이 모두 16집으로 늘어나 있었다. 집마다 1관의 돈을 주자 모두 기뻐하며 살던 곳으로 되돌아왔다. 마침내 삼나무를 베어 관으로 만들었다. 진보는 그제야 예년에 꾸었던 꿈 이야기를 해 주었다. 황덕완이 나이테를 세심하게 살펴보니 꼭 380여 개의 테두리가 보였다. 감찰어사 황씨의 이름은 달여이다.

08 영녕장의 소永寧莊牛

秦氏建康永寧莊有牧童桀橫, 常騎巨牛縱食人禾麥. 民泣請不悛, 但時擧手扣額, 訴于天地. 紹興二十四年三月中, 正食麥苗, 風雨雷電總至, 牛及童俱震死. 同牧兒望見空中七八長人, 通身著青布衣, 於烈焰中提童去. 又一人挈牛升虛, 鑿其腦後, 一竅闊寸許, 舌出一尺, 火燎其毛無遺. 監莊劉穩命舁牛棄諸江, 民竊攬取剝食之. 劉詣尉訴, 尉諭勸之, 乃止.

건강부에 있는 진회의 장원인 영녕장[32]에 한 목동이 있었는데 굉장히 흉포하고 막무가내였다. 늘 커다란 소를 타고 마음대로 다른 사람의 논밭에 들어가 벼나 보리를 마구 먹게 하였다. 사람들이 울며 호소해도 고치지 않았으니 사람들은 그저 때때로 손을 들어 이마를 두드리며 천지신명에 호소할 수밖에 없었다. 소흥 24년(1154) 3월 중순 어느 날, 마침 소에게 보리싹을 먹이고 있는데, 갑자기 비바람과 천둥 번개가 한꺼번에 몰아치더니 소와 목동 모두 벼락을 맞아 죽었다. 함께 방목하고 있던 어린아이가 공중에서 푸른색 옷을 걸친 7~8명의 키가 큰 사람들이 뜨거운 불꽃 가운데서 목동을 들어서 데리고 가는 것을 보았다. 또 한 사람이 소를 끌어 허공에 오르더니 그 머리 뒤통수에 구멍을 뚫었는데, 구멍의 크기는 1촌쯤 되었고 혀는 1척이나 길

32 永寧莊: 淮南東路 眞州 六合縣・滁州 清流縣(현 강소성 남경시 浦口區 永寧鎭)에 있었다.

게 나와 있었다. 불꽃은 소의 털을 하나도 남김없이 태워 버렸다. 장원을 관리하던 유온은 소를 끌어다 강에 버리라고 하였다. 사람들이 몰래 가져와 잘라서 먹었다. 유온은 현위를 찾아가서 고소하였는데, 현위는 그에게 권고하여 소송을 멈추었다.

09 개가 녹색 관복을 입은 관원을 물다 犬齧綠袍人

崇安人彭盈納粟得將仕郎, 旣受命, 詣妻家致謝. 其家養七八犬, 甚大且惡, 居深山間素無官人登門. 彭服綠袍, 拜妻母, 未竟, 羣犬不吠, 同時而出. 一犬先齧幞頭, 衆犬環搏之, 面皮耳鼻皆破, 滾轉于地. 家人驚迫, 以巨棒痛擊方退. 彭已困臥血中, 惛不能知人, 兩日而死. 犬吠所怪, 蓋眞有之. 鍾士顯侍郎只一子, 蔭補入官, 往妻族講禮, 斃於犬, 其事正同.

건령군 숭안현 사람 팽영은 곡물을 헌납[33]하고 장사랑[34] 직을 얻었는데, 장사랑에 임명되고 난 후 처가로 가서 감사 인사를 드렸다. 처가는 개 7~8마리를 키우고 있었는데, 매우 크고 사나웠다. 처가는 깊은 산속에 살고 있었기에 관인이 집에 찾아온 일이 한 번도 없었다. 팽영은 녹색 도포를 입고 장모에게 절을 올리는데 절을 마치기도 전에 여러 마리의 개가 짖지도 않고 동시에 나타났다.

한 마리가 먼저 팽영의 두건[35]을 물었고, 다른 여러 마리가 팽영을

33 納粟: 정부에 곡물을 납부하고 관직을 사는 것인데, 송 초에는 죄를 代贖하는 데 그쳤으나, 熙寧 1년(1068)부터 主簿・조교 등의 명예직을 주고 변방의 군량 수송 업무를 맡겼다. 高宗 때에는 700석은 無品 무관 가운데 4위인 進義副尉, 4천 석은 2위인 進武校尉 등을 수여하는 등 더 상세한 규정을 두었다.

34 將仕郎: 북송 전기에는 문관 寄祿官 29개 품계 중 최하위인 29위이며 종9품下였다. 崇寧 2년에 무관 寄祿官 품계를 나타내는 관명으로 바뀌었다가 政和 6년(1116)에 다시 迪功郎으로 개칭하였다. 종9품이다.

35 幞頭: 漢代부터 쓰기 시작한 두건으로 통상 청흑색 천으로 만들기 때문에 烏沙・

둘러싸고 공격했다. 얼굴 피부는 물론 귀와 코에 모두 상처가 났고, 팽영은 바닥으로 굴러 넘어졌다. 가족들은 모두 놀라 허둥거렸고, 커다란 몽둥이로 힘차게 내리치자 겨우 물러났다. 팽영은 이미 피를 흘리며 지쳐 쓰러졌고, 정신이 혼미해져 사람을 알아볼 수 없었으며 이틀 만에 죽었다. 개가 짖으면서 부른 괴이한 화가 세상에 진짜로 있는 법이다. 자가 사현인 시랑 종씨에게는 아들이 하나뿐인데 그 역시 음보[36]로 관직에 올랐다. 그가 처가에 가서 예를 갖춰서 인사를 올리다가 개에게 물려 죽었는데 그 일이 똑같다.

烏紗帽라고 한다. 오대부터 交脚·直脚·朝天脚 등 다양한 형태가 나왔고, 송대는 각종 화려한 장식이 더해졌으며 색깔도 다채롭게 변하였다.

36 蔭補: 문무 관리와 內外命婦 가운데 고위 품계의 자손에게 관직을 부여하는 제도로서 奏補·蔭恩·任子라고도 칭한다. 嘉祐 연간의 추천 기준은 문관의 侍御史 이상은 매년 1명, 員外郎 이상은 3년 1명, 무관의 橫行 이상은 매년 1명, 諸司副使 이상은 3년 1명이었다.

10 엽덕부葉德孚

建安人葉德孚, 幼失二親, 唯祖母鞠育拊視, 又竭力治生. 嘗語葉云: "術士言汝當得官, 吾欲求宗女爲汝婦." 建炎三年, 因避寇, 徙居州城, 而城爲寇所陷, 時葉二十一歲矣. 祖母年七十, 不能行, 盡以所蓄金五十兩·銀三十鋌付之, 使與二奴婢先出城, 戒曰: "復回挾我出, 勿得棄我. 我雖死, 必愬汝於地下."

葉果不復入, 祖母遂死寇手. 及亂定, 已不可尋訪. 葉用其物買田販茶, 生理日富. 紹興八年, 假手獲鄉薦, 結昏宗室, 得將仕郞. 明年參選, 以七月二日謁蜀人韓樵問命. 韓曰: "必作官人, 不讀書亦可. 若詢前程, 俟過二十二日立秋, 別相訪, 當細爲君說." 葉大怒, 幾欲箠辱之, 同坐黃德琬勸使去. 後十六日, 葉得病, 卽嘔血, 始以爲憂. 同行鄕僧來貨茶, 與之同歲, 乃令具兩命, 復詣韓, 韓曰: "記得此月初曾看前一命, 但過不得立秋, 此日不死, 吾不談命." 僧歸, 不敢言.

葉病中時時哀鳴曰: "告婆婆, 當以錢奉還, 願乞命歸鄕, 勿陵遲我." 竟以立秋日死. 葉不孝不義, 鬼神當殛之, 客死非不幸也. 韓之術一何神哉!

건주 건안현 사람 엽덕부는 어려서 양친을 여의고 오로지 할머니가 키우고 돌보면서 온 힘을 다해 생계를 꾸려 나갔다. 할머니는 일찍이 엽덕부에게 이르길,

"점쟁이가 말하기를 너는 분명 관직에 오른다고 하였다. 나는 종실 여자를 구해 너의 아내로 삼고 싶구나."

건염 3년(1129), 도적들의 약탈을 피해 건주 성안으로 옮겨서 지냈

는데 건주성마저 도적들에 함락되었다.[37] 당시 엽덕부는 21세였다. 할머니는 나이가 70세여서 걸을 수가 없었다. 그러자 가지고 있던 금 50냥, 은 30덩이를 모두 손자에게 주며 두 명의 노비와 함께 성을 빠져나가라고 하였다. 할머니는 타이르길,

“다시 돌아와 나를 데리고 성을 나가야 한다. 나를 버리지 말아 다오. 나를 버리면 내가 비록 죽더라도 지하에서 반드시 너를 고소할 것이다.”

섭덕부는 결국 다시 건주로 돌아가지 않았고, 할머니는 마침내 도적의 손에 죽었다. 난이 평정되었을 때도 이미 할머니를 다시 찾을 수 없었다. 엽덕부는 물려받은 재물로 땅을 사고 차를 팔아 살림살이가 나날이 좋아졌다. 소흥 8년(1138)에는 다른 사람의 손을 빌려 향시에 합격했고, 종실 여자와 결혼하여 장사랑 자리도 얻었다.

이듬해 과거에도 참가하게 되자 7월 2일에 사천 사람 한조에게 점을 쳤다. 한조가 말하길,

“당신은 반드시 관직에 오를 것입니다. 공부하지 않아도 그리될 것입니다. 만약 미래의 일을 알고자 한다면 22일 입추를 지나 다시 저를 찾아오시지요. 그러면 세세히 당신에게 말해 주리다.”

엽덕부는 노발대발하며 몇 차례 채찍으로 그를 때려 망신을 주려고 하였지만, 옆에 앉아 있던 황덕완이 말려서 그만두고 갔다. 열엿새 이후 엽덕부는 병을 얻었는데 피를 토하였고, 비로소 자신의 목숨

37 본문의 寇는 建炎 2년(1128)에 建州에서 발생한 군졸 葉儂의 반란, 건염 4년(1130)에 발생한 范汝爲의 반란을 가리키는 것으로 보인다. 范汝爲의 반란에 관하여는 『이견정지』, 권5-14, 「진재보」 참조.

이 걱정되었다. 같은 차상인 향리의 승려가 와서 차를 팔고 있었는데, 그와는 동갑이었다. 엽덕부는 그에게 두 사람의 운명에 대해 다시 한조에게 가서 물어보라고 시켰다. 한조가 말하길,

"이달 초 이자의 운명에 대해 본 적이 있었던 것을 기억합니다. 다만 입추를 넘기지 못할 것이라 했는데, 그날 이자가 죽지 않는다면 나는 다시는 점을 치지 않겠다."

승려는 돌아온 뒤 감히 그 말을 할 수가 없었다. 엽덕부는 병중에 때때로 슬피 울며 말하길,

"할머니께 말씀드리오니 마땅히 재물을 돌려드릴 터이니 제발 목숨만은 살려 주시어 고향에 돌아갈 수 있게 해 주세요. 능치처참만은 말아 주세요."

결국 입추가 되자 그날 죽고 말았다. 엽덕부는 불효하고 불의하였으니 귀신이 응당 그를 데려간 것이다. 객사했지만 불행이라 말할 수도 없다. 한조의 점술은 그 얼마나 신묘한가!

11 모산의 도인茅山道人

丙志所紀秦昌齡咎證事, 不甚詳的, 今得其始末, 復載於此. 紹興癸酉三月, 秦同其姪焞詣茅山觀鶴會, 邀溧水尉黃德琬訪劉蓑衣於黑虎洞. 林間席地飮酒, 遣小史呼能唱詞道人. 俄二十輩來. 迨夜, 步月行歌, 至清眞觀路口道堂, 衆坐, 諸人各呈其伎. 忽空中如人歌四句, 黃尉能記其二云: "四十三, 四十三, 一輪明月落清潭." 秦正四十三歲矣, 大不樂, 歷扣二十人, 此誰所言, 皆曰: "元未嘗發口." 乃罷酒而還, 九月果卒.

前一年, 達眞黃元道謂秦曰: "君有寃對, 切忌四三." 秦懇求解釋之術. 時幼兒弄磁瓢爲戲, 黃取其一, 呵祝以授秦. 秦接之, 手內如火, 不覺撲于地. 黃復拾取, 歎息曰: "了不得." 回顧醫者湯三益曰: "君宜藏此物, 遇有急則傾倒之, 得靑丸則不可服, 紅丸則可服." 後三年, 湯病傷寒甚篤, 試傾其瓢, 得紅藥一顆, 服之卽瘳, 至今猶在.

『이견병지』에 기록한 진창령의 응보와 관련한 일[38]은 그다지 상세하게 기록하지 못했다. 지금 그 자초지종을 알게 되어 다시 이곳에 적는다.

소흥 계유년(23년, 1153) 3월, 진창령은 그 조카 진순과 함께 모산의 도관에서 열린 '생일 잔치'에 다녀오며, 건강부 율수현의 현위 황덕완을 불러 흑호동의 유사의를 찾아갔다. 숲 사이에 자리를 깔고 술을

38 진창령의 응보에 관하여는『이견병지』, 권16-8,「진창령」참조.

마시며 어린 시종[39]을 보내 사를 노래할 수 있는 도인을 모셔오게 하였다. 잠시 후 20명쯤 되는 도인들이 왔다. 밤이 되어 달빛 아래 걸으며 노래를 불렀는데, 청진관 입구 도당에 이르자 여러 사람이 앉아 있었고, 사람들은 각각 그 기예를 뽐내고 있었다. 갑자기 공중에서 어떤 사람이 네 구의 노래를 부르는 듯하였는데, 현위 황덕완은 그중 두 구를 기억할 수 있었다.

"43, 43, 하늘의 밝은 달이 푸른 연못에 떨어지리."

진창령은 마침 43세였는데, 크게 불쾌히 여기며 20명의 도인에게 이 구절은 누가 노래한 것이냐고 하나하나 캐물었다. 모두 대답하길,

"본래 아무도 입을 벌리고 말하지 않았습니다."

이에 술자리가 파하고 돌아갔다. 9월이 되자 정말 진창령이 죽었다. 1년 전에 자가 달진인 황원도가 진창령에게 말하길,

"그대를 원망하는 자가 있으니 43세를 아주 조심하시게."

진창령은 그 원한을 풀 수 있는 비법을 알려 달라고 간절히 청하였다. 그때 어린아이가 자기로 된 표주박을 가지고 놀고 있었는데, 황원도가 그중 하나를 가지고 와 웃으며 축원하고 진창령에게 주었다. 진창령은 그것을 받았는데 손바닥이 마치 불에 덴 것처럼 뜨거웠다. 부지불식간에 그것을 땅에 떨어뜨렸다. 황이 다시 주으며 탄식하고 말하길,

"어쩔 수 없구나."

39 小史: 본래 『周禮』에서는 禮官의 명칭이었으나 漢代 이후 서리에 대한 통칭으로 바뀌었고, 다시 관아에서 잡역을 하는 심부름꾼이나 侍從을 가리키는 용어로 쓰였다.

뒤돌아 의사인 탕삼익을 보며 말하길,

"그대가 이 물건을 가지고 있는 것이 좋겠소. 급한 상황이 되거든 그것을 거꾸로 기울여 푸른 환약을 얻게 되면 먹지 마시고, 붉은 환약을 얻으면 먹으시오."

3년 후 탕삼익은 심한 상한병에 걸렸는데, 시험 삼아 그 표주박을 기울여 붉은 환약 한 알을 얻었다. 환약을 먹으니 곧 병이 나았다. 탕삼익은 지금까지 살아 있다.

12 천주의 객상 양씨泉州楊客

泉州楊客爲海賈十餘年, 致貲二萬萬. 每遭風濤之厄, 必叫呼神明, 指天日立誓, 許以飾塔廟設水陸爲謝. 然纔達岸, 則遺忘不省, 亦不復紀錄. 紹興十年, 泊海洋, 夢諸神來責償, 楊曰: “今方往臨安, 俟還家時, 當一一賽答, 不敢負.” 神曰: “汝那得有此福? 皆我力爾. 心願不必酬, 只以物見還.” 楊甚恐. 以七月某日至錢塘江下, 幸無事, 不勝喜, 悉輦物貨置抱劍街主人唐翁家, 身居柴垜橋西客館.

唐開宴延佇, 楊自述前夢, 且曰: “度今有四十萬緡, 姑以十之一酬神願, 餘携歸泉南置生業, 不復出矣.” 擧所賫沉香·龍腦·珠琲珍異納于土庫中, 他香布·蘇木不減十餘萬緡, 皆委之庫外. 是夕大醉. 次日, 聞外間火作, 驚起, 走登吳山, 望火起處尙遠, 俄頃間已及唐翁屋, 楊顧語其僕: “不過燒得麄重, 亦無害.” 良久, 見土庫黑煙直上, 屋卽摧塌, 烈焰亘天. 稍定還視, 皆爲煨燼矣, 遂自經於庫牆上. 暴尸經夕, 僕告官驗實, 乃得槀葬云.

천주의 객상 양씨는 10여 년 동안 해상 무역에 종사해 2만 관의 재산을 모았다. 매번 바다에서 거센 바람과 파도의 위기를 만날 때마다 반드시 신명을 외쳐 부르며 하늘의 해를 가리켜 맹세하기를, 탑과 사묘를 잘 장식하고, 수륙제를 지내 감사의 인사를 올리겠다고 했다. 그러나 연안에 다다르기만 하면 곧 잊어버리고 잘 살피지 않았으며, 그렇다고 기록하려고도 하지 않았다. 소흥 10년(1140) 바다에 배를 띄워 놓고 있는데, 꿈에 여러 신이 나타나 맹세했던 것을 이행하라고 하였다. 양씨가 말하길,

"지금 마침 임안부로 가고 있으니 조금만 기다려 주시면 집으로 돌아가 마땅히 하나하나 모두 지키겠습니다. 감히 약속을 저버리지 않을 것입니다."

신이 말하길,

"네가 어찌 이러한 복을 누리는지 아느냐? 모두 우리들의 도움으로 그리된 것이다. 마음의 간절함으로 보답하지 못할 때는 물건으로 돌려받을 수밖에 없다."

양씨는 몹시 두려웠다. 7월 모일 전당강[40] 하구에 도착하였는데, 무사한 것을 다행히 여기고 기뻐서 어쩔 줄 모를 정도였다. 여러 물건과 화물을 모두 실어 포검가[41]에 살고 있는 주인 당씨 노인의 집에 두었고, 자신은 시타교[42]의 서쪽 여관에 투숙하였다. 당씨는 연회를 베풀고 그를 불러 자리하게 하자 양씨는 스스로 전날의 꿈에 관해 얘기했다. 그리고 말하길,

"헤아려 보면 지금 40만 관이 있는데, 그저 십 분의 일을 떼어 신에게 바치고 나머지는 가지고 천주[43]로 돌아가 생활을 꾸리며 살고, 다

40 錢塘江: 원래 이름은 浙江이었으나 후에 현 항주인 錢塘縣을 지난다고 하여 錢塘江으로 바뀌었다. 항주시 富陽區 이전의 구간은 富陽의 옛 지명인 富春에서 유래한 富春江이라고 부르고, 그 이하 하류 구간을 錢塘江으로 구분하기도 한다.

41 抱劍街: 抱劍營街를 말한다. 吳越은 항주에 6개 군영을 설치하였는데, 그 가운데 하나가 鍾公橋 일대에 설치한 寶劍營이다. 보검영 터는 남송 때는 抱劍營으로 바뀌었고, 鍾公橋를 중심으로 上·下抱劍營街가 형성되었다.

42 柴垜橋: 남송 때 만든 아치형의 돌다리로서 강의 동쪽에 땔감을 쌓아 두는 곳이 있어 지어진 이름이다.

43 泉南: 福建路 泉州(현 복건성 泉州市)의 별칭이다. 唐代에는 福州를 가리켜 泉州라고 칭하고 閩江 이남의 지역을 가리켜 천남이라고 하였다. 그러나 景雲 2년(711)에 현 泉州를 설치하면서 泉南이 천주를 가리키는 말이 되었다.

시는 바다로 나가지 않을 것이오."

가지고 온 침향[44]과 용뇌,[45] 구슬과 진주 등을 개인 창고[46]에 넣고, 그 외 향포, 소목[47] 등 최소 10여 만 관의 물건을 모두 창고 밖에 쌓아 두었다. 이날은 모두 크게 취하도록 마셨다. 다음 날 밖에서 불이 났다는 소리가 들려 놀라 일어나 오산[48]으로 달려가서 올라가 바라보니 불이 난 곳은 제법 멀었다. 하지만 잠시 후 불은 이미 당옹의 집으로 번졌고, 양씨는 자신의 노복을 돌아보며 말하길,

"불에 조금 탄다고 하더라도 큰 해는 없을 것이다."

한참 후 개인 창고에서 검은 연기가 솟구쳐 오르더니, 건물이 곧 무너졌으며 불꽃이 하늘을 찔렀다. 잠시 불이 사그라들어 가 보니 모두 잿더미가 되었다. 마침내 그는 창고의 벽에서 자살하였다. 시체[49]는 하루가 지난 후 노복이 관에 신고하여 검시를 받은 후 거적으로 싸서 대충 장례를 치렀다.

44 沉香: 주로 海南島에서 생산되는 白木香 가운데 검은색 수지가 함유된 것을 말하며 海南沉·南沉香·白木香·莞香·女兒香·土沉香 등 다양한 별칭이 있다.

45 龍腦: 용뇌향 나무의 수지를 가공한 것으로 얇고 반투명한 조각이다. 驚氣·중풍·口瘡 등을 치료하는 데 쓴다.

46 土庫: 재물을 저장하는 부호들의 개인 창고를 뜻한다.

47 蘇木: 열대지방에서 자라는 콩과 나무로 목재의 중심 부분을 약재로 쓰고 목재와 뿌리는 염료로 쓴다.

48 吳山: 항주의 서호 동남쪽에 있는 산으로 춘추시대 吳의 서쪽 경계에 있던 데서 유래한 지명이다.

49 暴尸: 본래 처형을 받아 공개적인 장소에 버려진 시체를 말한다. 관의 허락을 받기 전에는 거두어 장례를 치를 수 없다.

13 개로 변한 승려에 관한 글僧化犬賦

陳茂秀才, 建陽人, 工爲文, 聚徒數十人於開福寺地藏院. 院僧德輔, 能誦孔雀經, 主持水陸, 戒律頗嚴. 陳之徒擾之已甚, 稍不副其欲, 浸潤於陳, 陳遂撰「德輔白晝化犬賦」播于外. 其隔聯云: "飢噬米糠, 幾度尋思於藥食, 冷眠苕帚, 這回抛棄於禪床." 闔邑士民驚而來問, 四遠傳者皆以爲然. 輔不勝忿, 具疏告天地, 旦旦登鍾樓, 以額扣鐘, 一扣一拜, 日百拜乃止. 已而陳得疾, 瘡穢遍體, 不復能聚徒, 困悴以死. 衆謂口業招譴, 然僧之用心報復亦爲已甚矣.

건주 건양현 사람인 수재 진무는 글을 잘 지었다. 개복사 지장원에서 제자 수십 명을 모아 가르치고 있었다. 지장원의 승려 덕보는 『공작경』[50]을 잘 외웠고, 수륙재를 주관하였으며, 계율을 자못 엄격하게 지켰다. 하지만 진무의 제자들은 덕보를 곤혹스럽게 하는 짓을 자행했고, 자신들의 요구에 조금이라도 부합되지 않으면 진무에게 덕보에 대한 비방을 일삼았다. 이에 진무는 「덕보는 백주에 개가 되었다(德輔白晝化犬賦)」라는 부賦를 지어 외부에 퍼뜨렸다. 그 가운데 한 대구를 보면,

배가 고플 때는 쌀겨를 먹더니, 여러 차례 약을 밥으로 알고 먹으려 하네.

50 『孔雀經』: 당대 不空이 번역한 『佛母大孔雀明王經』의 주석서로 모두 3권이다. 도교의 경전으로도 중시되었다.

추운 날 빗자루 위에서 자더니 이번에는 참선하는 평상마저 내버렸다네.

온 마을의 사인과 촌민들은 모두 놀라서 어찌 된 일이냐며 찾아와 물어보았고, 사방에 이를 전하는 자들은 모두 이 부의 내용이 사실이라 믿었다. 덕보는 분을 이기지 못해 고소장을 상세히 써서 천지신명에 고하였고, 매일 아침 종루에 올라 이마로 종을 두드렸는데, 한 번 두드리고 한 번 절하길 백일 동안 하고 비로소 절을 멈추었다. 오래지 않아 진무는 병이 났고 욕창이 온몸에 퍼졌다. 다시는 제자들을 모을 수가 없었고 곤고한 상태에서 초췌해져 죽었다. 사람들은 입으로 지은 죄의 업보를 받은 것이라 말하였다. 하지만 승려가 보복에 저리 마음 쓴 것 역시 너무 심한 것이었다.

14 누에를 죽인 장씨 노인張翁殺蠶

乾道八年, 信州桑葉驟貴, 斤直百錢. 沙溪民張六翁有葉千斤, 育蠶再眠矣, 忽起牟利之意, 告其妻與子婦曰: "吾家見葉以飼蠶, 尙欠其半, 若如今價, 安得百千以買? 脫或不熟, 爲將奈何? 今宜悉擧箔投于江, 而採葉出售, 不唯百千錢可立得, 且徑快省事." 翁素伉暴, 妻不敢違, 陰與婦謀, 恐一旦殺蠶, 明年難得種, 乃留兩箕藏婦床下.

是夕, 適有竊桑者, 翁忿怒, 半夜持矛往伺之, 正見一人立樹間, 仰揰以矛洞其腹, 立墜地死. 歸語家人曰: "已剌殺一賊矣. 彼夜入爲盜, 雖殺之無罪." 妻矍然, 疑必其子, 趨視之, 果也, 卽解裙自經于樹. 翁訝妻久不還, 又往視, 復自經死. 獨餘婦一身, 燭火尋其夫, 乃見三尸, 大呼告鄰里. 里正至, 將執婦送官. 婦急脫走, 至桑林, 亦縊死, 一家無遺. 元未得一錢用也, 天報速哉.(此卷亦黃德琬說.)

건도 8년(1172), 신주의 뽕잎 값이 급등하여 1근에 100전이 되었다. 사계[51]에 사는 농민으로 나이가 지긋한 장육은 뽕잎 천 근을 보유하고 있었고, 키우던 누에는 '두 번째 잠'을 자던 상태였다.[52] 그런데 갑자기 일확천금하고 싶은 마음이 생겨 아내와 며느리에게 말하길,

"우리 집에서 뽕잎을 누에에게 먹이면 오히려 절반은 손해를 보는 셈이다. 그렇다고 만약 지금 가격으로 판다면 누가 백 관을 주고 사

51 沙溪: 江南東路 信州 소속으로 信江의 서안에 있다. 현 강서성 上饒市 信州區 沙溪鎭에 해당한다.

52 누에는 모두 4회에 걸쳐 탈피하는데 막 알에서 깨어난 누에를 '개미누에', 1~3회 탈피한 누에를 '애누에', 4~5회 탈피한 누에를 '큰누에'라고 한다.

겠느냐? 고치를 짓더라도 혹 크지 않으면 그것은 또 어떡하고? 지금 마땅히 잠박을 모두 강에 갖다 버리고 뽕잎을 따서 내다 팔면 100관은 충분히 받을 수 있으니 빨리 돈을 버는 일일 뿐만 아니라 일도 줄일 수 있을 것이다."

장육은 본래 억세고 사나운 성격이라서 아내는 감히 그를 거스를 수가 없었다. 그래서 몰래 며느리와 논의하기를, 하루아침에 누에를 모두 죽이면 내년에는 종자를 얻기 어려우니 삼태기 두 개를 남겨 며느리의 침상 아래 숨기기로 하였다. 이날 저녁 마침 뽕잎을 훔친 자가 있어서 장육은 매우 화가 났다. 한밤중에 창을 들고 가서 엿보고 있었는데, 마침 한 사람이 뽕나무 사이에 서 있는 것을 보고 창을 휘둘러 그 배를 세게 찔렀다. 그자는 바로 땅에 쓰러져 죽었다. 돌아와 집안사람에게 말하길,

"이미 도둑 한 놈을 찔러 죽였다. 저는 밤에 들어와 도적질하였으니 비록 그를 죽였더라도 무죄일 것이다."

그 아내가 깜짝 놀라 두려워하며 아들을 도둑으로 오인한 것이 틀림없다고 여겨 급히 가서 보았다. 과연 그러하였다. 곧 치마를 찢어 나무에 걸고 목을 매었다. 장육은 한참이 지나도 아내가 돌아오지 않자 이상히 여겨 또 가 보고는 본인 역시 목을 매 죽었다. 겨우 며느리 한 사람만 남았는데, 촛불을 들고 남편을 찾다가 세 구의 시체를 발견하고는 크게 소리 지르며 이웃을 불렀다. 이정이 다다르자 며느리를 잡아 관으로 데리고 가려 했다. 며느리는 급히 도망쳐 뽕나무 숲으로 가서 목을 매 죽었다. 온 집안에 아무도 남지 않게 되었고, 한 푼의 돈도 얻지 못했다. 하늘의 응보가 이처럼 빨랐다.(6권의 일화 역시 황덕완이 말한 것이다.)

이견정지 夷堅丁志 卷 7

01 대루문 안의 주택戴樓門宅

顯謨閣直學士林卲, 年二十歲時赴省試, 入京師僦居戴樓門內. 所處極荒僻, 人多言彼宅凶怪, 以其僦直廉, 不問也. 數日後, 聞堂屋兩山小兒語聲, 喚僕登屋視之, 無所見. 次夕三鼓, 宿房內有盜至, 盡揭蓋覆衣衾去, 而門窗如初. 須臾, 一僕擧所臥薦席, 其下若新坎穴, 衣衾在焉. 又次夕, 陰晦中一物墜地, 聲甚大, 至曉, 乃花紋石段四五, 各長數尺. 里巷來觀, 有識者云: "此州橋花石也." 時方修橋, 往驗之, 信然, 遂徙出.

현모각[1] 직학사 임소[2]는 스무 살 때 성시에 참가하였는데, 당시 도성에 들어가 대루문[3] 안에서 잠시 세를 들어 살았다. 그곳은 매우 황폐하고 외져서 사람들 다수가 그 집은 흉가라고 말하였지만 임소는 집세가 싸서 상관하지 않았다. 며칠 지나서 지붕의 용마루 양쪽 끝에서 어린아이의 말소리가 들려 노복을 불러 지붕에 올라가 보라고 했으나 아무것도 없었다. 다음 날 저녁 3경쯤, 묵고 있는 방 안에 도둑

1 顯謨閣: 황제 사후 관련 문서를 총괄 보존하는 건물로 龍圖閣 · 天章閣 · 寶文閣 · 顯謨閣 등을 잇달아 건립하였는데, 顯謨閣은 神宗의 조서 등 유관 문서를 보존하는 건물이므로 神宗을 閣主라고 한다.

2 林卲: 자는 才中이고 福建路 福州 福淸縣(현 복건성 福州市 福淸市) 사람이다. 南新縣 지사 · 光州 지사 · 淮南轉運副使 · 吏部郎中 · 潁昌府 지사 등을 지냈다. 顯謨閣 · 寶文閣 直學士로 관직을 마쳤다.

3 戴樓門: 개봉성 外城의 남쪽 3개 성문 가운데 서쪽에 있는 安上門의 속칭이다. 바로 옆에는 蔡河 水門이 있었다.

이 들어 덮개와 옷 및 이불을 다 가져갔다. 그러나 문과 창문은 원래대로 닫혀 있었다. 잠시 후 한 노복이 누워 있던 깔개를 들어 보니 그 아래 새로 만든 구덩이 같은 것이 있었고, 옷과 이불이 거기에 있었다. 또 다음 날 밤, 어두운 가운데 한 물건이 땅에 떨어졌는데 그 소리가 매우 컸다. 새벽이 되었을 때 보니 각각 길이가 여러 척 되는 긴 화문석[4] 4~5개가 놓여 있었다. 마을 사람들이 와서 보니 뭔가 알고 있는 자가 이르길,

"이것은 우리 주에서 다리를 만드는 데 쓰는 화문석입니다."

당시 주에서는 다리를 놓고 있었고, 가서 확인하여 보니 실로 그러하였다. 마침내 임소는 그 집에서 이사를 나왔다.

4 花紋石: 대리석의 일종으로 장식용 석재로 쓰인다.

02 임씨네 사위의 여종林氏壻婢

林顥謨長女, 初嫁一武官, 夫婦對飮, 遣婢往堂後小圃摘菜. 少頃, 壻忽大叫仆地, 如中風狀, 至曉始蘇. 婢亦方還, 蓬頭垢面, 衣服皆沾汚. 疑其乘隙有他過, 詰之, 云: "初入圃, 放燈籠於側, 以小刀掘菜根. 方擧一窠, 有小兒長尺許, 自地踴出. 揮刀斫之, 應手成四五兒, 愈斫愈多, 牽衣而上, 遂爲所壓墜, 昏不醒. 及覺, 日已出." 度其見怪時, 正壻得疾之際. 壻自是感心疾死, 林女後適中大夫任靡.

현모각 직학사 임소의 장녀는 처음에 한 무관에게 시집갔다. 부부가 함께 술을 마시려고 여종을 집 뒤의 채마밭에 보내 채소를 뽑아오라고 하였다. 잠시 후 사위가 갑자기 큰 소리를 지르더니 바닥에 쓰러졌다. 마치 중풍인 것 같았는데, 새벽이 되어서야 비로소 깨어났다. 여종도 그제야 막 돌아왔는데, 봉두난발에 얼굴은 흙투성이였고, 옷도 다 더럽혀져 있었다. 부부는 자신들이 정신없는 틈을 타서 여종이 무슨 잘못을 저지른 것이 아닐까 의심하고 책망하자 여종이 말하길,

"처음에 채마밭에 가서 등불을 옆에 내려놓고 작은 칼로 채소의 뿌리를 파냈습니다. 그런데 막 채소 하나를 뽑자 1척쯤 되는 어린아이가 땅바닥에서 뛰어올라 나왔습니다. 제가 칼을 휘둘러 그 아이를 베니 베는 데에 따라서 4~5명의 아이로 늘어났고, 베면 벨수록 더 많아져서 제 옷을 잡아당기며 올라와서 마침내 그들에게 눌려 넘어졌고

혼미한 상태에서 깨어나지 못했습니다. 일어나 보니 해가 이미 떴더군요.”

여종이 괴이한 것을 본 시간을 헤아려 보니 바로 사위가 병을 얻었던 시간이었다. 사위는 이때부터 심장병이 생겨 죽었다. 임소의 딸은 후에 중대부 임옹에게 시집을 갔다.

03 왕후의 무王厚蘿蔔

王厚, 韶之長子, 位至節度使, 爲邊帥, 晩年歸京師. 一日家集, 菜楪內蘿蔔數十莖忽起立, 須臾行於案上, 衆皆愕然. 厚怒形於色, 悉撮食之, 登時嘔吐, 明日死. 幼弟寀, 字輔道, 宣和初爲兵部侍郞, 坐天神降其家, 被極刑, 人以爲韶用兵多殺之報.

왕후[5]는 왕소[6]의 큰아들인데, 지위가 절도사[7]까지 올라갔고, 변경에서 군대의 지휘하다가 만년에 도성으로 돌아왔다. 하루는 가족들이 모였는데, 야채를 담은 쟁반에서 무 수십 개가 갑자기 반듯이 서고, 곧장 상위에서 돌아다녀 가족 모두가 경악하였다. 왕후는 얼굴에 노기를 띠었고 무를 모두 모아 먹어 버렸다. 곧바로 구토하였고 그다

5 王厚(?~1106): 자는 處道이며 江南東路 江州 德安縣(현 강서성 九江市 德安縣) 사람이다. 젊어서부터 아버지 王韶를 따라 전공을 세웠고, 元祐 연간에 송조가 포기했던 青海 지역을 王贍과 함께 되찾아 湟州와 鄯州를 설치하고 湟州 지사가 되었다. 그 뒤 황주 방어에 실패하여 좌천되었으나 다시 童貫을 도와 수복하고 熙河路 경략안무사가 되었다.

6 王韶(1030~1081): 자는 子純이며 江南東路 江州 德安縣(현 강서성 九江市 德安縣) 사람이다. 진사 출신이나 병법에 밝고 지략이 뛰어났다. 熙寧 1년(1068)에 平戎策을 제안하여 秦鳳路經略使機宜文字가 되어 熙河之役을 주도하였다. 羌과 서하를 공략하여 熙州 · 河州 · 洮州 · 岷州 · 宕州 등 5개 주를 설치, 서하를 포위하게 한 공으로 觀文殿學士 · 禮部侍郎 · 추밀부사가 되었다. 왕안석 실각 후 한때 좌천되었으나 곧 복직하였다. 太尉 · 司空 · 燕國公으로 추증되었다.

7 節度使: 재상 및 부재상을 역임한 宰執官에게 제수되는 순수한 명예직이지만 최고위 무관직이고 각종 의례의 융숭함으로 인해 대단히 명예롭게 생각하였다.

음 날 죽었다. 자가 보도인 어린 동생 왕심[8]은 선화 연간(1119~1125) 초에 병부시랑이 되었는데, 천신이 그 집에 내려와 극형에 처해졌다. 사람들은 이 모두가 왕소가 전쟁에 나가 사람을 많이 죽인 업보라고 여겼다.

8 王寀: 자는 輔道이며 江南東路 江州 德安縣(현 강서성 九江市 德安縣) 사람이다. 진사에 급제하여 校書郞 · 翰林學士 · 兵部侍郞을 지냈다. 선화 1년(1119)에 도사 林靈素의 모함을 받아 棄市에 처해졌다.

04 천태산묘의 옥 두꺼비天台玉蟾蜍

蔡州城西軍營中有廟曰天台山廟, 不知其義. 廟中有石, 高三尺, 石眼有水, 雖旱歲不涸. 嘗爲人發地測之, 愈深愈大, 不可窮極. 又有小白蟾蜍, 雪色而朱目, 常在水中, 或至人家則爲吉兆. 朱魯公丞相, 郡人也, 崇寧四年春, 得之於所居堂戶限下, 以淨器覆之, 周圍封誌甚密, 祝之曰: "若果通靈, 當自歸廟." 至暮擧器, 無見矣. 徑往廟訪視, 乃在水中. 是歲朱公登第.

채주[9]성 서쪽 군영에 '천태산묘'라는 사묘가 하나 있는데, 그 명칭의 유래는 알 수가 없다. 사묘 안에는 높이가 3척인 돌이 있는데, 돌에 난 구멍에는 물이 고여 있어 비록 가뭄이 든 해에도 마르지 않았다. 일찍이 한 사람이 바닥을 뚫어 그 깊이를 측량하려고 하였는데, 아래로 물속 깊이 들어갈수록 그 너비가 커져 바닥까지 이를 수가 없었다. 물에는 작고 하얀 두꺼비가 살고 있었는데, 피부는 눈같이 희고 눈은 붉었으며 항상 물 안에 있었다. 어떨 때는 다른 사람의 집에서 발견되기도 했는데 사람들은 이를 길조로 여겼다. 승상을 지낸 노국공 주승비[10]는 채주 사람이었는데, 숭녕 4년(1105) 봄, 살고 있던 집

9 蔡州: 京西北路 소속으로 치소는 汝陽縣(현 하남성 駐馬店市 汝南縣)이고 관할 현은 10개이며 州格은 節度州이다. 현 하남성 남동부 駐馬店市의 동쪽에 해당한다.

10 朱勝非(1082~1144): 자는 藏一이며 京西北路 蔡州(현 하남성 駐馬店市 汝南縣) 사람이다. 靖康 1년(1126)에 東道副總管 겸 南京 應天府 지사로서 고종의 즉위를 권하였다. 建炎 2년(1128)에 尙書右丞 · 中書侍郎 · 尙書右僕射 · 同中書平章事 등

문지방 아래에서 그것을 발견하였다. 깨끗한 그릇으로 덮어 두었고, 주위를 꼼꼼하게 봉하고 표지를 남겼다. 그는 두꺼비에게 축원하며 말하길,

"네가 만약 영험하다면 스스로 사묘로 돌아감이 마땅하리라."

저녁이 되어 그릇을 들어 보니 아무것도 보이지 않았다. 곧바로 사묘로 가서 찾아보니 곧 물 안에 있었다. 이해에 주승비는 과거에 급제하였다.

의 요직을 거쳤다. 모친상으로 사직하였다가 다시 우복야 겸 추밀원지사가 되어 악비의 북벌을 적극적으로 지원하였다. 후에 진회와 대립하여 은퇴하였다.

05 제주에 나타난 불운의 말濟州逆馬

政和初, 濟州村民家馬生駒, 七日, 大與母等, 額上一目, 中有二睛, 鼻吻如龍, 吻邊與蹄上斑文如虎, 色正赤, 兩膊皆起肉焰. 一夕, 食其母, 皮骨無遺, 逸出田間. 民慮其爲患, 集數十人追殺之. 近邸畫工圖其形以示人, 蓋獸中梟獍也.

정화 연간(1111~1118) 초, 제주[11]의 한 촌민 집에서 망아지를 낳았다. 7일째 되던 날 크기가 어미와 같아졌고 이마 위에 눈동자가 두 개인 눈이 하나 있었다. 코와 입술은 용처럼 생겼고, 입술 주변과 말 발굽에는 호랑이처럼 얼룩무늬가 있었으며 색깔은 붉은색이었다. 두 앞다리에는 모두 불꽃 모양으로 피부가 돋아나 있었다. 어느 날 저녁 그 어미를 먹어 치웠는데, 가죽과 뼈까지 모두 남김이 없었다. 다 먹고 난 뒤 밭으로 빠져나갔다. 사람들은 그 말이 화를 일으킬까 걱정하였고, 수십 명의 사람을 모아 추격해 잡아 죽였다. 근처 집에 살고 있던 화공이 그 모양을 그려 어떤 사람에게 보여 주니 아마도 동물 중 효경[12] 같다고 하였다.

11 濟州: 京東西路 소속으로 치소는 鉅野縣(현 산동성 菏澤市 巨野縣)이고 관할 현은 4개, 州格은 防禦州이다. 황하와 태산산맥 사이에 형성된 저지대로 송대에는 梁山泊 등 호수와 습지가 발달하였다. 현 산동성 서남부에 해당한다.

12 梟獍: 전설 속의 동물로서 梟는 어미 새를 잡아먹는 흉악한 새이고, 獍은 아비를 잡아먹는 흉악한 짐승이라고 한다. 배은망덕한 사람에 대한 비유로 널리 쓰였다.

06 남경의 거북이와 뱀南京龜蛇

靖康元年閏月, 北虜犯南京. 合圍方急, 有穹龜見城中, 大如車輪, 高三尺, 骨尾九條, 甲色黃如蠟. 每甲刻一字, 可辨者八, 云: "郭負放生千秋萬歲," 餘不可讀. 目光射人, 頸鱗如錢, 顧視殊不凡. 留守朱魯公命置于城隍廟, 郡人爭往觀. 公畏其惑衆, 乃言: "龜不食, 豈思水耶?" 投之南湖, 不復出. 繼又雷萬春廟有大赤蛇蟠香爐中, 累日不動, 但時或擧首, 人莫敢近. 公作文祭焉, 且言: "賊犯城, 不施陰助, 乃出異物以怖人, 何也?" 卽日蛇亡. 凡受敵踰半年, 竟不能陷.

정강 1년(1126) 윤달에 북로北虜가 남경 응천부[13]를 침공하였다. 남경이 포위되어 긴급한 상황에서 큰 거북이가 성안에 나타났다. 크기가 수레바퀴만 했고, 높이가 3척이었다. 꼬리뼈가 9개나 달려 있었고, 등껍질의 색은 밀랍같이 누런색이었다. 등껍질 조각마다 각각 한 글자씩 새겨져 있는데, 알아볼 수 있는 것은 여덟 글자로 "곽·부·방·생·천·추·만·세(곽부가 방생하니, 천수를 누리리라)"였다. 나머지는 알아볼 수 없었다. 눈빛은 사람을 꿰뚫어 보는 듯하였고 목 비늘은 동전 같았으며 자세히 살펴보면 매우 비범해 보였다. 당시 남경

13 南京: 京東西路의 치소로서 4개 부, 5개 주, 1개 군을 관할하였다. 본래 宋州였는데 송 태조가 宋州 刺史 겸 歸德軍節度使 직을 맡은 바 있어 宋의 발상지로 간주되어 景德 3년(1006)에 應天府로, 大中祥符 7년(1014)에 다시 陪都로 승격하여 南京이라고 칭하였다. 치소는 宋城縣(현 하남성 商丘市 睢陽區)이고 관할 현은 6개이다. 현 하남성 중동부에 해당한다.

유수[14]인 노국공 주승비는 그 거북이를 성황묘에 두라고 명하였고, 남경 사람들은 다투어 가서 보았다. 주승비는 군중이 거북이로 인해 현혹될 것을 걱정하여 말하길,

"거북이가 아무것도 먹지 않으니 물이 그리워서 그런 것이 아니겠는가?"

거북이를 남호[15]에 갖다 던졌더니 다시 나오지 않았다.

이어서 또 뇌만춘[16]묘에 커다란 붉은 뱀이 향로 안에서 똬리를 틀고 앉아 있었다. 여러 날이 지나도 움직이지 않았고, 다만 때때로 머리를 들었는데 사람들은 감히 가까이 가지 못했다. 노국공이 글을 짓고 제를 올려 이르길,

"적군이 성을 침범하였는데도 명계의 도움을 받을 수 없고 기이한 동물까지 나와 사람들을 떨게 하니 이 무슨 연유인가?"

그러자 당일로 뱀이 죽었다. 무릇 적의 공격을 받은 지 반년을 넘겼지만, 성은 마침내 함락되지 않았다.

14 留守: 황제가 親征 등으로 도성을 떠날 때 親王이나 재상이 황제를 대신하여 도성을 관리하는 것을 뜻한다.

15 南湖: 남경 응천부 성곽의 남쪽에 있어서 취해진 이름이다. 현 상구시 睢陽區에 있다.

16 雷萬春(701~757): 자는 鳴空이며 본명은 雷震으로 涿州(현 하북성 保定市 涿州市) 사람이다. 안록산이 장안과 낙양을 점령한 뒤 산동과 강남 진출을 위해 淮陽(송의 남경 응천부)을 집중적으로 공격하였다. 뇌만춘은 張巡과 함께 10개월을 항전하다가 함락된 뒤 귀순을 거부하고 살해당하였다. 뇌만춘은 얼굴에 6개의 화살을 맞고도 싸워 신화적 인물이 되었으며 후에 당 憲宗과 송 휘종 등의 追封이 이어져 '雷霆驅魔대장군'으로 신격화되었다.

병국대부秉國大夫

張邦昌爲中書舍人使高麗, 至明州謁東海廟, 夜夢神告曰: "他日至中書侍郎, 但不可爲秉國大夫." 後數年, 當宣和末, 果有鳳池之拜. 靖康元年正月九日, 圍城中拜少宰, 出質於虜營, 挾以歸燕山. 明年, 都城失守, 虜脅立爲楚帝, 遂坐誅.

장방창[17]은 중서사인[18]으로 고려에 사신으로 갔는데, 명주[19]에 이

17 張邦昌(1081~1127): 字는 子能이며 河北東路 永靜軍 東光縣(현 하북성 衡水市 阜城縣) 사람이다. 徽宗 · 欽宗 때 尙書右丞 · 左丞 · 中書侍郎 · 少宰 · 太宰兼門下侍郎 등 최고위직을 역임하였으며, 금의 1차 개봉 포위 때 康王 趙構와 함께 금의 군영에 가서 영토 할양과 배상 문제를 논의하였다. 靖康 2년(1127) 2월, 금이 북송을 멸망시키고 太宰 장방창을 大楚 황제로 책봉하고 도성을 江寧府(현 南京)로 정하였다. 장방창은 이를 거부했지만, 즉위를 거부하면 대신을 살해하고 개봉 주민을 몰살시키겠다고 위협하자 장방창은 억지로 32일 동안 황제 노릇을 하였다. 이후 금군이 철군하자마자 곤룡포를 벗고 짐이라 자칭하지 않았으며, 정전에서 일하지 않는 등 극도로 조심하였다. 그리고 元祐 황후를 延福宮으로 맞아들이고 歸德軍(현 하남성 商丘市)으로 가서 康王을 만나 부득이했던 상황을 설명하고 請罪하며, 고종이 순탄하게 즉위할 수 있도록 하여 남송 건국을 위해 기반을 닦았다. 고종 즉위 직후 太保에 임명되었으나 6월에 유배를 당했고, 9월에 살해되었다.

18 中書舍人: 舍人은 詔勅을 작성하는 황제의 측근이며, 중서사인은 중서성에서 詔勅의 작성을 관장하면서 詔令이나 인사명령이 부당할 경우 황제에게 주청하여 재고를 요청할 수 있는 요직이었다. 중서성의 吏房 · 戶房 · 禮房 · 兵房 · 刑房 · 工房 등 6방의 업무를 전담할 수 있도록 정원은 6명이었다. 전기에는 正5品下였으나 원풍 이후 정4품이 되었다.

19 明州: 兩浙路 소속으로 紹熙 5년(1194)에 寧宗의 潛邸여서 慶元府로 승격하였다. 치소는 鄞縣(현 절강성 寧波市 鄞州區)이고 관할 현은 6개, 州格은 節度州이다. 현 절강성 중동부로 항주만 남쪽에 해당한다.

르렀을 때 동해신묘[20]를 배알하였다. 그날 밤 꿈에 신을 만났는데, 신이 말하길,

"훗날 중서시랑[21]의 자리에 오를 것이다. 그러나 '병국대부'가 되어서는 안 된다."

몇 년 뒤인 선화 연간(1119~1125)의 마지막 해, 정말 중서시랑으로 재상에 임명되었다.[22] 정강 1년(1126) 1월 9일, 도성이 포위된 가운데 소재[23]에 제수되었는데, 북로北虜 군영에 인질로 가게 되었고[24] 강제

20 東海神廟: 바다의 신에 제사를 모시는 장소로 진시황 이래 계속 중시된 곳은 萊州(현 산동성 烟台市 萊州市)였다. 송대에도 開寶 6년(973)에 萊州에 동해신묘를 세우고 국가에서 관리하였다. 하지만 북송이 멸망하고 萊州가 금의 영토가 되자 자연스레 明州의 동해신묘가 萊州의 동해신묘를 대신하였다.

21 中書侍郎: 관명이 시랑이고, 관품도 북송 전기에 정3품, 원풍 3년 관제개혁 이후 정2품이지만, 국정 전반에 걸쳐 황제에게 직언하고 관리를 규찰할 수 있는 막강한 권한을 가지고 있어서 실제로는 재상이 겸직하거나 아예 임명하지 않았다. 북송 전기에는 재상인 同中書門下平章事에 딸린 階官을 나타내는 것으로 실제 직무가 없었지만, 원풍 이후 재상인 尙書右僕射 겸직인 경우와 단독의 중서시랑으로 부재상인 두 가지 경우가 있었다. 建炎 3년에 중서시랑직을 없애고 재상은 상서우복야, 부재상은 參知政事라는 본래의 직명을 회복하였다.

22 鳳池: 통상 봉황이 사는 蓮池를 뜻하나 송대에는 재상의 별칭으로 쓰였다. 하지만 이때 장방창이 받은 관직은 상서우복야 겸직의 중서시랑이 아닌 단독의 중서시랑이어서 재상이 아니라 부재상에 해당하였다. 송대 재상은 同平章事·同中書門下平章事·尙書左右僕射·左右丞相이고, 부재상은 參知政事·門下侍郎·中書侍郎·尙書左右丞·樞密使·知樞密院事·同知樞密院事·樞密副使이다.

23 少宰: 행정 실무를 총괄하는 상서성 최고 책임자인 尙書令은 정1품관으로 권력이 막강하므로 실제로는 임명하지 않고 종1품으로 부재상인 尙書左僕射와 尙書右僕射를 임명하는 것이 관례였다. 徽宗은 政和 2년(1112)에 『周禮』에 근거하여 관직 명칭을 대거 변경하면서 좌복야를 太宰로, 우복야를 少宰로 개칭하였다.

24 금군의 대거 공세에 직면한 휘종은 흠종에게 양위하고 강남으로 도주하려고 하였다. 당시 권신 王黼와 童貫은 흠종의 즉위에 반대하였기 때문에 흠종은 즉위 직후 왕보와 동관을 처형하고 왕보의 측근이었던 장방창과 정치적으로 부담스러운 康王(이후 高宗이 됨)을 금군 군영에 보내 협상하게 하는 한편 금군 군영을 습격하여 강왕과 장방창을 진퇴양난에 빠트리려고 하였다.

로 연산부로 끌려갔다.

이듬해 도성이 함락되었고, 북로北虜는 그를 위협하여 초제楚帝로 삼았고, 그는 마침내 주살되었다.

08 주승사라고 새겨진 인장朱勝私印

朱丞相留守南京, 虜寇來攻, 方修守備. 夜巡城至南門, 見壕外光照地, 冏然如燭. 遣人視之, 無物也, 謹識其處. 旦而掘之, 得一銅方印, 大徑寸, 古篆四字, 曰: "朱勝私印", 銅色深綠, 製作甚精. 朱公名勝非, 而印曰朱勝私, 亦異矣. 乾道八年, 予仲兄留守建康, 亦發土得印, 徑寸七分, 其文十二字, 曰: "西道行營水陸諸軍都虞候印", 欲考其何時而未暇也.

승상[25] 주승비가 남경 응천부 유수로 있을 때, 북로 도적이 와서 공격하여 바야흐로 수비를 갖추고 있었다. 밤에 성을 순찰하는데 남문에 이르러 해자 밖에서 빛이 나는 곳이 있었다. 촛불을 밝힌 듯 환하기에 사람을 보내 살펴보라고 했는데, 아무것도 없어서 그 장소를 주의 깊게 보았다. 아침에 파 보니 구리로 만든 사각형 인장을 발견했는데, 크기를 보니 너비가 1촌 정도 되었고, 전서체로 '주승사인'이라는 네 글자가 쓰여 있었다. 구리의 빛은 진한 녹색이었고, 매우 정교하게 제작되어 있었다. 유수 주공은 이름이 '승비'인데, 인장에 '주승

25 丞相: 秦은 고위 정책자문단인 相邦을 설치하였는데(前334), 西漢에서는 劉邦을 피휘하여 相國으로 고치고 丞相을 두어 상국을 보좌하게 하였다. 그러나 실제로는 相國의 권력을 제한하기 위해 승상만 임명하였고, 曹操가 승상이 되면서 丞相 제도가 정착되어 후대로 이어졌다. 丞相은 정식 관명인 데 비해 宰相은 다양한 최고 행정장관에 대한 통칭으로 그 구체적인 관명은 10여 개나 되며 송대 재상의 정식 명칭은 同中書門下平章事이다.

사'라고 새겨 있기에 자못 신기하였다. 건도 8년(1172), 필자의 둘째 형이 건강부 유수로 있을 때 역시 땅을 파다가 인장을 발견했는데, 너비가 1촌 7분이었고, 12개 글자가 새겨져 있었는데, '서도행영수륙제군도우후인'이라고 쓰여 있었다. 어느 때 것인지 고증하려고 하였으나 시간이 없어 하지 못했다.

대혼왕大渾王

聞人興祖, 字餘慶, 秀州人. 博學有文采, 魁伉豪放, 不拘小節, 居於近郊, 自稱"東郊耕民". 爲州學錄, 與學諭婁虞友善. 紹興丁卯夏, 虞以疾卒. 秋九月, 興祖夢一客來訪其居, 緋袍跨馬, 導從甚盛, 諦視, 乃虞也.

謂興祖曰: "幸當與君聯事." 呼後騎使升, 曰: "此馬頃刻千里." 俛仰間身已據鞍, 遂交轡而行. 夾道列炬如晝, 行數里, 火光浸微. 至大官府, 中有殿, 南向垂簾, 簾內燈燭明滅. 廷下吏卒或坐或臥, 見二騎至, 不爲起. 二人轉而東, 復少北, 有聽事, 對設兩榻, 執事者鞠躬聲喏, 虞揖就坐, 曰: "此君治所也." 俄一小兒自屏間出, 挽其衣. 虞曰: "令嗣先在此矣." 蓋數年前所失稚子也. 虞曰: "君且歸, 徐當相迎."

興祖方攬轡, 蹶然而寤. 明日, 徧告常所來往者, 疑爲不祥. 未幾, 因出謁, 過婁氏之門, 毛骨凜然俱竦, 卽得疾. 扶歸家, 信宿而卒. 卒後, 其表弟陳振夢見之, 與語如平生. 振曰: "聞兄爲冥吏, 信否?" 興祖唯唯. 振又曰: "人持盃珓來卜者, 兄能告以吉凶乎?" 曰: "大渾王雅不喜此." 振曰: "然則兄爲大渾王官屬邪?" 興祖遽曰: "吾失言, 吾失言." 號慟而去. 振驚寤, 尙依約聞其哭聲云.

이름이 널리 알려진 홍조는 자가 여경이며 수주[26] 사람이다. 박학하며 문장도 뛰어났고 몸집이 크며 성격도 호방하여 작은 것에 연연

26 秀州: 兩浙路 소속으로 孝宗의 潛邸여서 慶元 1년(1195)에 嘉興府로 승격하였다. 치소는 嘉興縣(현 절강성 嘉興市 南湖區)이고 관할 현은 4개, 州格은 軍事州이다. 五代에 蘇州에서 분리되어 설치되었으며 현 절강성 북동부에 해당한다.

해하지 않았다. 주성 근교에 살면서 스스로를 '동쪽 교외에서 밭을 가는 사람'이란 뜻의 '동교경민'이라고 칭하였다. 주학에서 학록을 맡고 있었고, 학유[27]인 누거와 잘 지냈다. 소흥 정묘년(17년, 1147) 여름, 누거가 병으로 세상을 떴다. 가을 9월, 홍조는 꿈에 한 손님이 자신이 사는 곳을 방문했는데, 녹색 도포에 말을 타고 있었으며, 안내하고 수행하는 자들이 매우 많았다. 그 손님을 자세히 살펴보니 바로 누거였다. 누거가 홍조에게 말하길,

"다행히 자네와 함께 일할 수 있게 되었어."

그리고 뒤에 있는 말을 불러와 홍조에게 올라타게 한 뒤 말하길,

"이 말은 짧은 시간에 천리를 달릴 수 있다네."

아래위를 둘러보는 사이 몸은 이미 안장 위에 앉았고, 곧 고삐를 받아 출발했다. 길 양쪽으로 횃불이 나열하여 있었는데 대낮처럼 밝았다. 몇 리를 가니 불빛이 점점 사그라들었다. 큰 관아에 도착하였는데 중간에 대전이 있었고, 남쪽으로 발이 드리워져 있었으며 발 안으로 촛불이 깜박거렸다. 대청 아래 서리와 아역[28] 가운데 어떤 이는 앉아 있고 어떤 이는 누워 있는데, 두 필의 말이 다다른 것을 보고도 일어나지 않았다. 두 사람은 돌아서 동쪽으로 갔다가 다시 북쪽으로 조금 더 가니 청사가 하나 보였고 양쪽으로 평상 두 개가 놓여 있었

27 송대 지방의 府州學에 대한 관리는 路의 '提擧學事司'에서 전담하였고, 비교적 규모가 큰 府州學에는 교수 2명, 學長 1명, 學諭 1명, 直學 1명, 齋長 1명, 齋諭 1명이 임명되었다. 하지만 교수만 學官에 속하고 그 외는 정식 관원이 아니기 때문에 이들 외에도 助敎·學正·學錄·糾彈·司計 또는 司庫·文學 등 다양한 명칭의 직책이 있었다.

28 吏卒: 통상 胥吏와 衙役을 가리키는 말이지만 때로는 官兵을 뜻하기도 한다.

다. 일을 보던 이들이 몸을 굽혀 인사하고 예를 갖추자 누거도 읍을 하고 자리에 앉았다. 홍조에게 말하길,

"여기가 자네의 일할 공간이라오."

잠시 후 한 어린아이가 병풍 뒤에서 나오더니 홍조의 옷을 잡아당겼다. 누거가 말하길,

"아드님께서 여기에 먼저 와 있더군."

그 아이는 대략 몇 해 전에 잃은 어린 아들이었다. 누거가 말하길,

"자네는 잠시 먼저 집으로 돌아가 계시게. 내가 천천히 자네를 다시 데리러 가리다."

홍조는 곧 고삐를 잡았고, 돌연 꿈에서 깨어났다. 다음 날 평소 왕래하던 이들에게 두루 꿈 이야기를 해 주었더니 다들 불길하다고 여겼다. 오래지 않아 사람을 만나려 외출했다가 누거의 집 앞을 지나게 되었는데, 갑자기 모골이 송연하더니 곧장 병이 들었다. 부축을 받아 집에 돌아왔고 이틀 뒤 사망하고 말았다. 홍조가 죽은 후 사촌 동생 진진은 꿈에 그를 보았는데, 살아 있을 때와 똑같이 얘기를 나누었다. 진진이 묻길,

"듣자 하니 형께서는 명계의 관리가 되었다고 하는데 정말인가요?"

홍조는 그렇다고 답했다. 진진이 또 묻길,

"사람들이 배교를 가져와 점을 봐 달라고 하면 형은 길흉을 얘기해 줄 수 있습니까?"

홍조가 대답하길,

"대혼왕께서 본디 그런 일을 좋아하지 않으신다네."

진진이 묻길,

"그러면 형께서는 대혼왕의 관속입니까?"

홍조가 다급히 말하길,

"내가 실언을 했네, 내가 실언을 했어."

홍조는 애통해하며 크게 울면서 가 버렸다. 진진은 놀라 깨어났는데, 여전히 그 우는 목소리가 들리는 듯하다고 한다.

10 장씨의 옥사張氏獄

政和初, 宗室郇王仲御判宗正, 其第四女嫁楊侍郎之孫. 楊早失父, 其母張氏性暴猛, 數與婦爭詈. 楊故元祐黨籍中人, 門戶不得志, 婦尤鬱鬱. 張嘗曰: "汝以吾爲元祐家, 故相陵若此. 時節會須改變, 吾家豈應終困?" 婦以其語告郇王. 王次子士驪妻吳氏, 王荊公妻族也, 每出入宰相蔡京家, 遂展轉達於京. 京以爲奇貨, 卽捕張置開封獄.

府尹劾以誹謗乘輿, 言語切害, 罪至陵遲處斬. 二法吏得其事, 曰: "婦人尙無故殺, 法安得有大逆罪?" 尹怒, 並杖之, 二人皆以瘡潰死. 張竟抵法. 行刑之日, 郇王矍然, 不謂至此. 驪與兩弟入市觀, 未幾輒相繼死. 驪見婦人被血蹲屏帳間, 又作鬼語曰: "我本不欲校, 無奈二法吏不肯."

蔡京後感疾, 命道士奏章. 道士神游天門, 見一物如堆肉而血滿其上. 旁人言: "上帝正臨軒決公事." 頃之, 一人出, 問道士何以來, 告之故. 其人指堆肉曰: "蔡京致是婦人於極典, 來訴于天. 方此震怒, 汝安得爲上章?" 對曰: "身爲道士, 而奉宰相之命, 豈敢拒之?" 曰: "後不得復爾." 又曰: "適已有符遣京送潭州安置矣, 汝可亟還." 道士寤, 密以告所善者. 又十年, 京乃死於長沙, 然郇王女及吳氏俱至八十.

정화 연간(1111~1118) 초, 종실인 순왕 조중어[29]가 종정시[30]의 판종

29 趙仲御(1052~1122): 송의 종실로서 박학다식하고 조정의 典故에 밝아 철종 때 判宗正寺卿이 되었다. 하지만 실제 부임하지 않는 虛職이었다. 이후 鎭寧軍・保寧軍・昭信軍・武安軍 절도사를 거쳐 汝南・華原郡王에 제수되었다. 政和 연간에 檢校少傅・泰寧軍 절도사・開府儀同三司에 제수되었고, 사후 郇王에 추증되었다.

30 宗正寺: 종실의 족보와 명칭 부여, 종묘와 능침의 관리와 제사 등을 담당하는 부서

정시경[31]이 되었을 때, 넷째 딸을 양시랑의 손자에게 시집보냈다. 사위는 일찍이 아버지를 여의었고 그 어머니 장씨는 성격이 사나워 자주 며느리와 다투었다. 양씨는 본래 원우당적[32]에 포함된 사람이라서 가문이 뜻을 펼 수 없었기에 며느리는 더더욱 우울해하였다. 시어머니 장씨가 일찍이 며느리에게 말하길,

"너는 우리 집이 원우당적에 속한 집안이라 이렇듯 깔보고 있는 것이겠지. 시절이 반드시 바뀌기 마련이니 우리 집안이 언제까지나 힘들기만 하라는 법은 없다."

넷째 딸은 이 이야기를 친정아버지 순왕에게 하였다. 순왕의 둘째 아들 조사려의 아내 오씨는 형국공 왕안석[33]의 처족으로 매번 재상

로서 北齊 때 처음 설치하였다. 太常寺와 함께 9寺의 선임 부서이고, 종실을 위한 기관이어서 북송 때는 정원과 편제가 방만하였다. 하지만 조회와 예악, 제사와 능묘 관리를 담당하는 太常寺와 업무가 일부 중복되고, 정강의 변 때 종실 대다수가 금조에 끌려갔기 때문에 남송 때에는 규모가 축소되고 결원도 많았다.

31 判宗正寺卿: 종정시의 장관인 종정시경은 태상시경과 함께 9寺卿의 선임이라서 정4품이고 다른 7寺卿은 종4품이었다. 하지만 북송 전기에는 겸직관이었고, 원풍 관제개혁 이후에는 실제 임명을 하지 않았으며, 남송 때는 직제 자체를 폐지하였다. 그리고 북송 때 실제 임명은 判·同判·知·權知宗正寺事 등으로 임명하였다. 약칭은 종정경·종정이다.

32 元祐黨籍: 신종이 죽고 9세의 철종이 즉위하자 宣仁太后가 수렴청정하면서 사마광을 기용하여 신법 일체를 폐지하고 9년 동안 구제도를 회복하면서 신법파를 '元豐黨人'으로 배척하였다. 元祐 8년(1093)에 철종이 친정을 하면서 章惇을 재상으로 기용하여 신법을 채택하고 '元祐당인'을 공격했다. 하지만 元符 3년(1100) 철종이 죽고 휘종이 즉위하자 向태후가 수렴청정하며 다시 원우당인을 중용하고 신법을 폐지하였다. 그러나 1년 만에 휘종이 친정을 하게 되자 蔡京을 재상으로 기용하여 120명의 구법당 인사를 선별하여 휘종이 친필로 '元祐黨人碑'를 세워 당사자는 물론 자손까지 도성 거주 금지, 과거 참여 금지 등의 처벌을 선포하였다. 그 뒤 채경은 범위를 309명까지 확대하면서 자신과 대립한 일부 신법파까지 포함함으로써 당쟁을 더욱 심화시켰다.

33 王安石(1021~1086): 자는 介甫이며 江南西路 撫州(현 강서성 撫州市) 사람이다.

채경의 집에 드나들었는데, 마침내 그 얘기가 돌고 돌아 채경에게까지 전해지게 되었다. 채경은 꼬투리 잡을 좋은 기회라 생각하고, 즉시 장씨를 잡아다 개봉부의 감옥에 가두었다. 개봉부윤[34]은 장씨를 조사한 후 그녀가 황제[35]를 비방하였을 뿐만 아니라 그 말의 위해 정도가 심하여 죄가 능지처참에 해당한다고 하였다. 재판 실무를 담당한 서리[36] 두 사람은 그 안건에 대하여 말하길,

"부인이 고의로 사람을 죽인 것도 아닌데 법으로 어째 대역죄라 할 수 있겠습니까?"

부윤은 노하며 둘에게 곤장을 쳤고, 두 사람은 모두 상처가 터져 죽었다. 장씨는 마침내 국법에 저촉되는 것으로 결론이 났다. 형이 집행되는 날이 다가오자 순왕은 일이 이 지경에 이를 줄은 생각하지 못하였기에 몹시 당황해하였다. 조사려와 두 동생은 시장으로 가서

어려운 가정 형편상 지방관을 자임하였는데, 탁월한 실력과 실적으로 평판이 높았다. 熙寧 2년(1069)에 參知政事가 되어 신법을 주도하였고, 전후 두 차례 재상이 되어 신법을 추진하였다. 기존 체제의 구조적인 한계를 극복하기 위한 개혁의 필요성과 神宗의 적극적인 의지에 힘입어 강력한 개혁을 추진하여 상당한 성과를 거두기도 했지만, 기득권 계층의 반발과 지역적 갈등, 지나친 성과주의의 폐단 등으로 좌절되고, 철종 즉위 직후 사마광을 비롯한 보수파가 집권하여 신법이 일거에 폐지되는 와중에 사망하였다. 왕안석은 당송팔대가 가운데서도 으뜸일 정도로 뛰어난 문학적 역량을 구비하였고 경학에도 뛰어났다. 蔡京 등 신법당 계열이 북송 멸망을 초래하자 왕안석은 남송 이후 간신으로 폄하되기도 하였다. 荊國公에 봉해져 통상 王荊公이라 불렸다.

34 府尹: 都城과 陪都 또는 京畿 지역의 수장인 尹의 별칭으로 州 가운데서 府로 승격된 곳의 지사인 知府와 구분된다.

35 乘輿: 황제의 별칭은 수십 가지가 넘지만, 황제 전용 수레를 이용한 별칭으로 乘輿 외에도 玉輿 · 車駕 · 大駕 · 宮車 등이 있다.

36 法吏: 개봉부의 사법 관련 안건은 개봉부 判官과 推官, 功曹參軍事와 法曹參軍事가 주관하였다. 본문의 法吏는 재판 실무를 담당한 서리로 보인다.

처형 장면을 지켜보았는데, 잠시 후 갑자기 연달아 죽었다. 조사려는 장씨 부인이 피를 흘리며 실내에 설치한 휘장 안에서 쪼그리고 앉아 있는 것을 보았다. 장씨 부인은 귀신의 목소리로 말하길,

"나는 본래 무언가를 꾸미려 하지 않았는데, 두 법을 담당한 서리가 있어도 어쩔 수 없구나!"

채경은 이후에 병에 걸렸는데, 도사를 불러 하늘에 고해 달라고 하였다. 도사가 신기를 발휘해 하늘 문에 다다랐을 때 고깃덩어리 같은 무언가를 보았는데, 피가 낭자하였다. 옆에 있는 사람이 말하길,

"상제께서 지금 청사에 납시어 일을 처리하고 계십니다."

잠시 후 한 사람이 나와 도사에게 무슨 일로 왔냐고 그 연유를 물었다. 온 까닭을 고하자 그 사람은 옆에 있는 고깃덩어리를 가리키며 말하길,

"채경이 이 부인을 극형에 처해 부인이 하늘에 와서 고소하였소. 신께서 마침 이 일로 진노하였는데, 당신이 어찌 신을 배알하여 글을 올릴 수 있겠소?"

대답하여 말하길,

"저는 도사로서 재상의 명을 받들어야 하는데 어찌 감히 거역할 수 있겠습니까?"

그자가 대답하길,

'이후에는 다시 그렇게 일하지 마시오."

또 말하길,

"마침 이미 명을 내리시길 채경을 담주[37]로 보내 안치[38]하라고 하였소. 당신은 최대한 빨리 돌아가시오."

도사는 깨어난 뒤 잘 알고 지내던 사람에게 몰래 이를 말해 주었

다. 그 뒤 십 년 후 채경은 장사에서 죽었다. 그러나 순왕의 딸과 오씨는 모두 80세까지 살았다.

37 潭州: 荊湖南路의 치소로서 7개 주, 1개 군, 1개 감, 39개 현을 관할하였다. 치소는 長沙縣과 善化縣(현 호남성 長沙市 長沙縣)이고 관할 현은 12개, 州格은 節度州이다. 洞庭湖 남쪽에 있으며 현 호남성 북동부에 해당한다.

38 安置: 관리에 대한 문책의 하나로 유배에 앞서 품계를 낮추는 처분을 하되 죄가 중할 경우 재산도 몰수하며, 유배지 내에서 해당 관아의 감시와 관리를 받는다. 編管보다는 한 등급 가볍지만 居住보다는 한 등급 무거운 처벌에 해당한다.

11 재상 탕사퇴와 사호湯史二相

縉雲湯丞相·四明史丞相, 紹興十五年乙丑俱在臨安. 湯公以政和令赴詞科, 史公以進士赴省試, 同詣韓慥問命. 慥時方葺所居, 僅留一席地, 每客來, 立談卽逝. 及二公至, 各言甲子, 慥呼小女設椅, 延坐置茶, 咨歎良久, 拱手曰: "二公皆宰相, 卽日亨奮矣." 皆不敢自謂然. 是年並擢第, 湯公由館閣翰苑登樞府, 以丁丑歲拜相. 史公方爲太學博士, 常語人曰: "韓慥言湯公信神驗, 何獨至於我而失之? 今之相望, 眞天冠地屨也." 庚辰之冬, 湯公自左揆免歸. 史公正直講建邸, 用攀附恩亟遷, 癸未春拜相.

승상을 지낸 처주 진운현 사람 탕사퇴[39]와 사명[40] 사람 사호[41]는 소흥 을축년(15년, 1145)에 모두 임안부에 있었다. 탕사퇴는 건주 정화현[42] 현령[43]으로 있으면서 박학홍사과[44]를 준비하고 있었고, 사호는

39 湯思退(1117~1164): 자는 進之이며 兩浙路 處州 縉雲縣(현 절강성 麗水市 縉雲縣) 사람이다. 과거에 급제한 뒤 博學鴻詞科에 1등으로 합격한 박학다식한 인물로 청렴하고 성실한 업무 태도를 견지하였고 簽書樞密院事·尙書右僕射·尙書左僕射를 지냈다. 秦檜와 밀착하여 주화론을 강력하게 주장하였으나 금군의 거듭된 침공으로 실각하였다.

40 四明: 兩浙路 明州(현 절강성 寧波市)의 별칭이다. 관내 四明山 大兪峰 정상에 있는 四窓巖 4개 동굴로 日月星辰의 빛이 들어온다고 하여 취해진 지명이다.

41 史浩(1106~1194): 자는 直翁이며 兩浙路 明州 鄞縣(현 절강성 寧波市 鄞州區) 사람이다. 늦게 출사하였지만 고종의 신임을 얻었고, 입양을 통해 태자 문제를 해결할 것을 제안하였다. 그리고 태자의 교육을 담당하여 후에 孝宗이 즉위한 뒤에 參知政事·尙書右僕射가 되었고, 太保로 사직하였다. 그 뒤 光宗 때 太師로 승진하였으며 89세로 사망하였다.

'진사'로 성시를 준비하면서, 함께 한조에게로 가서 점을 보았다. 한조는 당시 살던 곳을 수리하고 있어서 겨우 한 사람 앉을 자리만 남겨 두어 매번 손님이 오면 서서 얘기를 나누고 곧 가게 했다. 그런데 두 사람이 와서 각각 사주를 얘기하자 한조는 어린 딸을 불러 의자를 가져오게 하여 두 사람을 청해 앉게 한 뒤에 차를 대접하였다. 그리곤 한참을 감탄하다가 두 손을 모아 말하길,

"두 분 모두 재상이 되실 것입니다. 당장 오늘부터 승승장구하실 것입니다."

두 사람은 모두 자신이 그렇게 될 것이라고는 감히 생각하지 못했다. 이해에 둘 다 급제하였고 탕사퇴는 관각[45]의 한림원[46]에서 첨서

42 政和縣: 福建路 建州 소속으로 咸平 3년(1000)에 설치한 關隸縣을 政和 5년(1115)에 개칭하였다. 현 복건성 북동부 南平市 동쪽의 政和縣에 해당한다.

43 縣令: 송조는 본래 현지사를 知縣과 縣令으로 구분하였다. 인구가 많고, 관할지역이 넓으며, 군사적 요충지에 위치한 중요한 현에는 7품 이상의 京官을, 그렇지 않은 현에는 選人을 임명하였다. 정식 직함도 지현은 '權知某縣事'이다. 반면 縣令은 8~9품관인 選人이므로 그냥 '현령'이라고 칭하였고, 개봉부 · 京畿의 현령을 제외하곤 정9품을 임명하였다.

44 博學鴻詞科: 특별 과거로 唐 開元 연간에 처음 만든 제도이다. 송대에는 과거제를 통해 인재 선발의 폭을 넓혔지만, 입시에만 능할 뿐 정작 조정에서 필요한 실무 능력을 갖춘 인재가 부족하다는 지적이 잇달았다. 이에 박학다식하고 문장력이 뛰어난 인재를 선발하기 위해 紹興 3년(1133)에 신설하였다. 응시 자격은 제한이 없었으며, 현직 관리의 응시도 허용하였다.

45 館閣: 唐代부터 내려오던 史館 · 昭文館(弘文館) · 集賢院 등 3館을 太平興國 3년(978)부터 崇文院으로 통칭하였고, 端拱 1년(988)에 숭문원 안에 秘閣을 추가 설치하여 三館秘閣이라고 통칭하였다. 館閣은 약칭이다. 館閣의 실무직을 館職, 명예직을 貼職으로 구분하나, 포상용이나 진입 예비용으로 帶職도 있었다. 소장한 전적의 보관 및 편수가 주 업무지만, 황제 자문에 응하는 일이 더 중시되어 館職은 고위 관료 승진의 첩경으로 여겨졌다.

46 翰苑: 황제의 비서실 기능을 하는 學士院의 별칭이다. 翰林學士承旨 · 한림학사 知制誥 · 한림학사 등으로 구성된 학사원은 國書와 고위 관료 임명서 등 주요 문서

추밀원사로 승진하였고 소흥 정축년(27년, 1147)에는 재상이 되었다.[47] 사호는 막 태상박사[48]가 되었는데 종종 사람들에게 말하길,

"한조가 탕공께 한 얘기는 매우 영험한데, 어찌 나에 대한 예언만 영험하지 않을까? 지금 모습을 비교해 보면 실로 천양지차네."

소흥 경신년(30년, 1160) 겨울, 탕사퇴는 상서성좌복야[49]에서 사임하여 고향으로 돌아갔다. 사호는 당시 건왕의 직강으로 있었는데,[50] 건왕의 권세에 힘입어 빠르게 승진하였고, 융흥 계미년(1년, 1163) 봄, 재상에 올랐다.

를 작성하는 업무를 맡았다.

47 탕사퇴는 소흥 25년(1155)에 端明殿학사로서 簽書樞密院事가 되었고, 소흥 27년(1157)에는 재상직인 尙書右僕射로 승진하였다.

48 太常博士: 조회와 예악, 제사와 능묘 관리를 담당하는 太常寺의 정8품 관원으로서 오례 의식, 관원에 대한 시호 심사 등을 맡았다.

49 左揆: 상서성좌복야의 별칭으로 端揆라고도 한다.

50 고종은 소흥 30년(1160)에 普安王을 建王으로 승격시키고 건왕부에 直講과 贊讀을 각각 1명씩 임명하였다. 당시 史浩는 건왕부 교수 겸 직강에 임명되어 건왕을 잘 보좌하여 고종과 효종의 신뢰를 얻었다. 그리고 사호는 소흥 32년(1162)에 황태자 책봉을 고종에게 건의하였다.

12 형산의 여관荊山客邸

韓洙者, 洺州人, 流離南來, 寓家信州弋陽縣大郴村. 獨往縣東二十里, 地名荊山, 開酒肆及客邸. 乾道七年季冬, 南方擧人赴省試, 來往甚盛. 瓊州黎秀才宿其邸, 旦而行, 遺小布囊於房. 店僕持白洙, 洙曰: "謹守之, 俟來取時, 審細分付."

黎生行至丫頭巖, 旣一驛矣, 始覺. 亟回韓店, 徑趨臥室內, 翻揭席薦, 無所見而出, 面色如墨, 目瞠口哆, 不能復言. 洙曰: "豈非有遺忘物乎?" 愀然曰: "家在海外, 相去五千里, 僅有少物以給道費, 一夕失之, 必死於道路, 不歸骨矣." 洙笑曰: "爲君收得, 不必憂." 命僕取以還, 封記如初. 解視之, 凡爲銀四十四兩 · 金五兩 · 又金釵一雙. 黎奉銀五兩致謝, 拒不受. 黎感泣而去.

明年, 游士范萬頃詢知其事, 題詩壁間曰: "囊金遺失正茫然, 逆旅仁心盡付還. 從此弋陽添故事, 不教陰德擅燕山." 又跋云: "世間嗜利爲小人之行者, 比比皆是, 聞韓子之風得無愧乎?" 洙今見存.

명주[51] 사람 한수라는 이는 전란으로 떠돌다가 남쪽으로 온 사람이다. 가족들은 신주 익양현[52] 대침촌에 임시로 살고 있었고 자신은 홀로 현성에서 동쪽으로 20리 떨어진 형산이라는 곳에서 지내며 주점과 여관을 열었다. 건도 7년(1171) 늦겨울, 향시에 합격한 남방의 거

51 洺州: 河北西路 소속으로 치소는 永年縣(현 하북성 邯鄲市 永年區)이고 관할 현은 5개, 州格은 防禦州이다. 현 하북성 남부 邯鄲市 城區의 북쪽에 해당한다.

52 弋陽縣: 江南東路 信州 소속으로 등급은 望이다. 현 강서성 동북부 上饒市 동단의 서남쪽인 弋陽縣에 해당한다.

인들이 성시를 보러 임안부로 가면서 이곳을 오가는 이가 매우 많았다. 경주[53]의 거인 여씨가 한수의 여관에서 하룻밤을 묵고 새벽이 되어 출발했는데, 천으로 만든 작은 자루를 그만 방에 두고 갔다. 여관의 노복이 가져와 한수에게 말하자 한수가 이르길,

"이 자루를 잘 간수하거라. 그가 와서 가져갈 때까지 기다렸다가 자세히 살펴서 전해 주어야 한다."

여씨는 길을 가다가 아두암[54]에 다다라 이미 한 역참에 도착했는데 그제야 비로소 자루를 놓고 왔음을 깨달았다. 그는 급히 한수의 여관으로 돌아가 곧바로 묵었던 방으로 달려가 바닥의 자리를 들추어 보았지만, 아무것도 보이지 않자 그냥 나왔는데 얼굴색이 먹처럼 까맣게 되었다. 눈은 휘둥그레졌고, 놀란 입은 저절로 벌어졌지만 더는 아무 말도 하지 못했다. 한수가 묻길,

"잃어버린 물건이 있어서 그러신 것인가요?"

그는 근심 어린 목소리로 대답하길,

"집은 멀리 바다 밖 5천 리나 떨어진 곳에 있어 겨우 몇 가지 물건으로 여비를 삼고 있을 뿐이었습니다. 하룻밤에 그것을 잃어버렸으니 길에서 죽을 수밖에 없게 되었습니다. 시신도 돌아갈 수 없겠지요."

한수가 웃으며 말하길,

"당신을 위해 수습해 두었습니다. 걱정하지 마세요."

53 瓊州: 廣南西路 소속으로 치소는 瓊山縣(현 해남성 海口市 瓊山區)이고 관할 현은 5개, 州格은 節度州이다. 현 광동성 雷州반도와 마주 보는 해남도 북쪽에 해당한다.

54 丫頭巖: 弋陽縣 동쪽의 길가에 우뚝 솟은 바위의 이름이다.

한수는 노복을 불러 자루를 가져오라 하여 돌려주었는데, 봉하면서 표해 놓은 것이 본래 모습 그대로였다. 풀어서 살펴보니 모두 은 44냥, 금 5냥, 또 금비녀 한 쌍 등이 있었다. 여씨는 은 5냥을 꺼내 사례하려고 하였으나 한수는 거절하며 받지 않았다. 여씨는 감격하여 눈물을 흘리며 떠났다. 이듬해 방랑 사인 범만경은 그 이야기를 알고 상세히 물은 후 시를 지어 벽에 써 주었다.

금을 넣어 둔 자루를 잃어버리고 망연자실하고 있는데,
여관 주인은 인자한 마음으로 모두 찾아 돌려주었네.
이로부터 익양에는 미담이 더해졌으니,
음덕이 연산을 옮긴다는 이야기를 가르치지 않아도 되었네.[55]

또 발문에 이르기를,

세간에서 이익만 챙기는 것은 소인들이 행하는 바로써 그렇지 않은 이가 없다. 그런 이들이 한수의 품격을 듣는다면 어찌 부끄럽지 않겠는가?

한수는 지금도 살아 있다.

55 도교의 권선문인 '文昌帝君陰騭文'에 나오는 고사이다. 五代에 연산 사람 竇禹鈞은 30여 세가 되도록 아들이 없었는데, 꿈에 할아버지가 나타나 너의 팔자에 아들이 없을 뿐 아니라 단명할 운명이라고 하였다. 이에 열심히 좋은 일을 하고 남을 도와 음덕을 쌓았더니 다섯 명의 아들을 두었고, 이들 모두 과거에 급제하였으며, 자신도 82세까지 무병장수하였다는 이야기이다.

13 하이랑夏二娘

京師婦人夏二娘, 死經年, 見夢其子杜生曰: "我在生時欠某坊王家錢十二貫, 某坊陳家錢三十四貫, 坐謫爲王氏驢而鬻於陳. 王氏所得價錢償已足, 而陳未也. 日與之負麥, 然一往反纔直三十八錢許, 今日以外, 尙欠十八千, 非兩年不可了. 吾昔日瘞銀百餘兩於堂內戶限下, 可發取以贖我."

其子曰: "卽往尋訪, 以何爲記?" 曰: "明早從南薰門入, 一騾最先行, 別又一驢, 次則我. 汝來時, 我自擧頭視汝." 杜生寤, 掘地得銀, 徑詣南薰待之, 果遇麥馱聯翩來, 第三者仰頭相視. 杜雨泣, 欲牽以歸, 陳氏之役曰: "此吾主家物, 汝何爲者?" 杜曰: "吾母也, 當還元價以贖." 其人不許, 相與忿爭.

廂官錄送府, 府尹扣其說, 命引驢至前, 謂曰: "果識汝子, 可銜其裾." 應聲而然. 尹異之. 時劉豫盜京師, 尹具以白豫, 呼入殿廷, 復謂之曰: "能擧前兩足搭子肩上, 則信矣." 應聲亦然. 豫嗟異良久, 欲官爲給錢. 杜拜曰: "若爾, 恐母債不得釋, 願自出錢而丐驢歸." 豫許焉. 杜掃一室謹事之, 又二年乃死, 買棺加衣衾以葬. 後朝廷得河南, 杜氏子來歸, 居贛州, 爲人話其事如此.

도성에 살던 부인 하이랑은 죽은 지 여러 해 지났는데, 아들인 두씨의 꿈에 나타나 말하길,

"내가 살아생전에 모모 방[56]의 왕씨 집에서 돈 12관을 빌렸고, 모모

56 坊: 개봉부는 직할 2개의 縣이 설치되었고, 그 아래 舊城에 4개, 新城에 4개 등 8개의 廂을 두었고, 그 아래에 다시 120개 坊을 설치하였다. 坊에는 방을 관리하는 서

방의 진씨 집에서도 돈 34관을 빌렸으나 갚지 못해 지금 그 벌로 왕씨 집의 당나귀가 되었는데, 왕씨는 나를 진씨에게 팔았다. 왕씨가 얻은 돈으로 이미 그에게 진 빚은 충분히 갚았지만, 진씨 집의 빚은 아직 못 갚았다. 매일 보리를 나르는 일을 하는데, 한 번 왕복하며 옮겨 주는데 겨우 38전 정도이니 지금부터 따져도 여전히 18관을 갚아야 하니 2년을 더 일해야 겨우 다 갚을 수가 있구나. 내가 예전에 은 100여 냥을 우리 집 문지방 아래 묻어 두었는데, 그것을 찾아 빚을 갚아 나를 풀어 주도록 해라."

아들 두씨가 말하길,

"곧 가서 찾아뵙겠습니다. 무엇으로 어머니를 알아볼 수 있습니까?"

대답하길,

"내일 아침 남훈문[57]으로 들어갈 텐데 당나귀 한 마리가 가장 앞에서 가고 있을 것이고, 그 뒤에 또 한 마리 그리고 그다음이 바로 나다. 네가 오면 내가 머리를 들고 너를 볼 것이다."

두씨는 잠에서 깨어 문지방 아래 땅을 파서 은을 손에 쥘 수 있었다. 그는 곧바로 남훈문으로 가서 기다리자 과연 보리를 나르는 당나귀가 줄지어 오는 것을 보았다. 세 번째 당나귀가 머리를 들어 두씨를 보았다. 두씨는 눈물을 비처럼 흘리며 가서 끌고 가려고 하자 진씨의 노복이 말하길,

리인 坊正을 두었다.

57 南薰門: 개봉부 외성의 남대문에 해당한다. 황성의 남대문인 宣德門과 동일 축선에 있다.

"이 당나귀는 우리 집 주인의 것이다. 너는 무엇 하는 자이냐?"

두씨가 답하길,

"이 당나귀는 우리 어머니이다. 마땅히 원래 사 온 가격을 주고 데려오려 한다."

그 노복은 허락하지 않았고, 서로 싸움이 벌어졌다. 구당상공사관[58]은 관련 기록을 개봉부로 보냈고, 부윤이 그 이야기를 들더니 당나귀에게 앞으로 오라고 명한 후 이르길,

"과연 네가 너의 아들을 알아본다면 그 옷자락을 물어라."

당나귀는 울면서 응답하며 그대로 하였다. 부윤이 그것을 기이하게 여겼다. 당시 유예는 도성을 점거하고 있었는데, 부윤이 이 일을 유예에게 상세히 보고하자 유예는 그들을 불러 궁전의 대청으로 오게 한 후 다시 그 당나귀를 가리키며 말하길,

"앞의 두 다리를 들어 아들의 어깨에 놓을 수 있다면 내가 곧 아들 말을 믿겠다."

역시 울면서 응답하고 시키는 대로 하였다. 유예는 한참 탄식하며 기이하게 여기더니 관에서 그에게 돈을 주고자 하였다. 두씨는 배알하며 말하길,

"만약 그렇게 하면 어머니의 빚이 해결되지 않을까 걱정됩니다. 원컨대 제가 돈을 내 당나귀를 집으로 데려갈 수 있게 해 주십시오."

유예는 이를 허락하였다. 두씨는 방 한 칸을 깨끗이 청소한 후 당

58 勾當廂公事官: 개봉부는 舊城에 4개, 新城에 4개, 신성 밖에 9개 등 모두 17개의 廂을 두었으며, 廂에는 勾當左·右廂公事官을 두었다. 廂官·都廂官은 勾當左·右廂公事官의 별칭이다.

나귀를 잘 모셨다. 2년 후 당나귀가 죽자 관을 사서 옷과 덮개를 더하여 장사를 치렀다. 후에 조정은 하남을 수복하였는데, 그때 두씨 아들이 귀순하여 감주[59]에 와서 살았다. 사람들에게 자신이 겪은 일의 전말을 말하여 주었다.

59 贛州: 江南西路 소속으로 본래 虔州인데 紹興 23년(1153)에 贛州로 바꿨다. 치소는 贛縣(현 강서성 贛州市 贛縣區)이고 관할 현은 10개, 州格은 節度州이다. 현 강서성 남부에 해당한다.

14 화음현의 어린 소사華陰小廳子

宣和間, 陝西某郡守赴官, 食於道上驛舍. 一道人從外直入, 閽者諭使去, 不肯聽. 家人望見亦怒, 爭遣逐之. 獨郡守延問其故, 但云: "尊官過華陰時, 若見小廳子, 幸留意, 他無所言也." 語畢徑出. 守欲扣其曲折, 使追之, 不可及. 洎入關, 浮舟泝渭, 晚泊矣. 從吏白: "有小史持刺, 稱華陰小廳子, 欲參謁. 拒以非時, 則曰: '有一事將語使君, 然吾祗役於邑中, 來日朔旦不可脫身, 故乘休假馳至此.'" 此去邑尚百里也. 守憶道人語, 命呼登舟. 則又曰: "所言絕祕, 不願傍近聞之, 必移泊北岸乃可." 守又從之. 舟人謂: "繫纜已定, 無故而北, 豈非姦盜設計乎? 北又非安穩處." 不得已而行. 迨至北岸, 其人杳不來, 盡室怨悔, 業已爾, 無可奈何. 夜未半, 大風忽起, 如山頹泉決之聲, 魚龍悲吟, 波浪濺激, 搖兀不得寐. 兢憂達曉, 望南岸, 旣崩摧數仞, 客舟元同憩宿者淪溺無餘. 及到縣訪求此吏, 蓋未嘗有也. 一家免葬魚腹, 異哉!

선화 연간(1119~1125)에 섬서 어떤 주의 지사가 부임하던 중 길가의 역사에서 식사하고 있었다. 한 도인이 바깥에서 곧바로 들어오려고 하자 문지기가 그에게 좋은 말로 달래며 내보내려고 했는데 말을 듣지 않았다. 집안사람들도 이를 보더니 화내며 앞다투어 그를 내보내려고 하였다. 오직 지사만이 그를 불러 이유가 뭐냐고 묻자 도인이 그저 대답하길,

"관원께서 화주 화음현[60]을 지나실 때 만약 관아의 어린 소사[61]를 보았다면 바라건대 마음에 새겨 두십시오. 다른 것은 할 말이 없습니다."

말을 마치고 곧바로 나갔다. 지사는 그 곡절을 묻고자 사람을 보내 쫓아갔지만 찾을 수 없었다. 동관[62]으로 들어온 뒤 배를 타고 위하[63]를 거슬러 올라가다가 저녁이 되어 정박하였다. 수행하던 서리가 보고하길,

"어린 소사가 명함을 들고 왔는데, 자신이 화음현의 소사라며 뵙기를 청하였습니다. 적당한 시간이 아니라며 안 된다고 하자 곧 말하길, '한 가지 지사께 전할 일이 있습니다. 그런데 제가 현아에서 일하고 있어, 내일 아침에서 밤까지 밖으로 나올 수가 없습니다. 그래서 휴식 시간을 내어 이곳까지 달려왔습니다.'"

이곳에서 현성까지는 아직도 100리나 되었다. 지사는 도인의 말을 기억하며 그를 불러 배에 올라오게 하였다. 그러자 어린 소사는 또 말하길,

"제가 말씀드리는 것은 절대로 비밀입니다. 옆에 사람들이 제 말을 듣지 않길 바라며, 반드시 북쪽 강가로 배를 옮겨 정박시켜야 합니다."

지사는 또 그 말을 따라 주었다. 뱃사공이 말하길,

"줄을 이미 단단하게 묶어 놓았는데, 아무 이유 없이 북쪽으로 옮

60 華陰縣: 永興軍路 華州 소속으로 현 섬서성 중동부 渭南市 동남쪽의 華陰市에 해당한다.

61 廳子: 관아에서 잡역을 맡아 일하는 衙役의 별칭 가운데 하나다.

62 潼關: 북쪽의 황하, 남쪽의 華山 사이에 형성된 좁은 진입로에 설치된 관문으로 관중 동쪽의 최대 군사 요충지이다. 현 섬서성 渭南市 潼關縣에 있다.

63 渭河: 감숙성 동부에서 발원하여 섬서성 중부 관중평야를 지나 潼關縣에서 황하로 유입되는 황하의 최대 지류이다. 오랫동안 渭水라고 칭하였으나 현재는 渭河가 공식 지명이다.

기라니 이는 간사한 도적의 모략이 아니고 무엇이겠습니까? 또 북쪽은 물살이 잔잔한 곳이 아닙니다.”

그러면서 어쩔 수 없이 배를 옮겼다. 북안으로 이르자 소사는 어둠 속에서 사라졌다. 온 집안사람들이 원망하고 후회했다. 그러나 일은 이미 벌어졌으니 어찌할 수는 없었다. 밤이 아직 깊어지지 않았을 때 큰바람이 갑자기 일더니 마치 산이 무너지고 강이 넘치는 소리가 들렸다. 물고기와 용이 슬피 우는 소리가 들렸으며, 물결이 급히 일자 배가 요동쳐서 잠을 잘 수 없었다. 전전긍긍하며 근심 속에서 새벽을 맞았는데 남쪽 물가를 바라보니 산이 몇 길이나 무너져 있었다. 객선과 그곳에서 원래 휴식을 취하고 있던 자들이 모두 물에 빠져 살아남은 이가 없었다. 현아에 가서 그 소사를 찾아보니 본래부터 그런 이가 없다고 하였다. 온 집안사람이 물고기 뱃속에 들어가 장사 치르는 것을 면할 수 있었으니 실로 기이한 일이다!

15 무창현의 관저武昌州宅

劉亞夫爲武昌守, 始入州宅, 望堂上若有人. 及升堂, 正見婦人在門扇內立, 垂雙足于外. 親往視之, 蓋新被刖者, 履襪皆鮮潔, 不見上體, 立而不仆. 劉疑以爲姦人所爲, 陰察中外, 寂無聲跡. 凡停留兩日, 乃命埋藏之, 竟不測其異.(孫革說.)

유아부는 무창[64]의 지사가 되어 처음 주지사 관저로 들어갔을 때 대청 위에 누군가 있는 것처럼 보였다. 대청으로 오르자 마침 한 여인이 문 안쪽에 서 있었는데, 두 다리를 바깥으로 늘어뜨리고 있었다. 가까이 가서 보니 막 잘린 듯하였는데, 신발과 버선이 모두 깨끗하였다. 상체는 보이지 않았고 꼿꼿이 서서 넘어지지 않았다. 유아부는 간악한 사람의 소행이라 의심하고 집 안팎을 몰래 살폈는데, 고요했고 아무런 소리나 흔적이 없었다. 이틀을 그대로 두었다가 곧 묻어주라고 하였다. 끝내 그 기이함을 이해할 수 없었다.(이 일화는 손혁이 말한 것이다.)

64 武昌: 荊湖北路 鄂州가 武昌軍節度使司의 치소여서 武昌은 악주의 별칭이자 관할 무창현을 지칭한다. 본문에 지사 관아를 州宅이라고 한 것으로 보아 劉亞夫는 악주 지사였던 것으로 보인다.

16 대유현의 미제 사건大庾疑訟

大庾縣吏黃節妻李四娘, 素與人淫通. 乘節出外, 挈三歲兒奔之, 與俱逃. 行未久, 兒啼不可止, 乃棄草間. 縣手力李三者適以事到彼, 見兒宛轉地上, 心不忍, 抱之歸, 家人皆喜. 節還舍, 失妻子, 求訪備至.

李三居數里間, 正挾兒爲戲而節來, 卽告其鄰, 共捕執送縣, 窮鞫甚苦. 李誣服云: "家無子, 故殺黃之妻, 沉尸于江, 而竊兒以歸. 今旣成擒, 甘就死不悔." 獄成, 且詣郡, 正械立廷下, 陰雲忽興, 雷電皆至. 李杻械自解脫, 兀兀如癡. 稍定, 則推吏已死, 背有朱書字, 似言獄寃. 諸吏二十輩皆失巾, 邑令亦怖慴. 良久, 呼問李所見, 但云: "眼界漆黑, 不知所以然, 獨長官坐青紗帳中耳." 令恐悔, 亟釋之. 而四娘與淫夫終不獲. 時紹興十九年八月二十九日也. 黃節·李三幷此兒至今無恙.

남안군 대유현[65]의 서리 황절의 아내 이사랑은 본래부터 다른 사람과 간통하였다. 황절이 출차를 나간 틈을 타서 세 살 아들을 데리고 간통한 남자에게로 함께 달아나 버렸다. 얼마 가지 않아 아이가 울음을 그치지 않자 곧 풀밭에 버리고 가 버렸다. 현의 아전[66]인 이삼이라는 자가 마침 일이 있어 그곳을 지나고 있었는데 어린아이가 바닥에서 구르고 있는 것을 보고 차마 그냥 지나칠 수 없어 아기를 안고 돌

65 大庾縣: 江南西路 南安軍의 치소로 지명은 西漢 초에 이 지역 반란을 진압한 庾勝의 이름에서 취하였다. 현 호남성과의 접경인 강서성 남부 贛州市 서쪽의 大余縣에 해당한다.

66 手力: 관아에서 잡역을 담당하던 하급 아전 또는 군졸이다.

아왔는데 가족 모두 기뻐하였다.

황절이 집으로 돌아왔을 때 아내와 아들이 없자 여기저기 찾으며 두루 돌아다녔다. 이삼은 몇 리 떨어진 곳에 살고 있었는데, 마침 아이를 안고 놀고 있을 때 황절이 왔다. 황절은 즉시 이웃들에게 이를 알리고 함께 이삼을 잡아다 현 관아로 끌고 갔다. 이삼은 아주 심하게 추국을 당하자 고통스러워 거짓으로 자복하길,

“집안에 아들이 없어 황절의 아내를 죽여 시체를 강에 버리고 몰래 아이를 데리고 왔다. 지금 이미 이렇게 잡혔지만 기꺼이 죽을 것이며 후회는 없다.”

심리가 종결되자 안건이 주 관아로 이첩되었다. 이삼이 형구를 쓰고 대청 아래 서 있는데, 바로 그때 어두운 구름이 갑자기 일더니 천둥과 번개가 함께 쳤다. 이삼은 바보처럼 꼼짝하지 않고 서 있었는데도 형구가 저절로 풀어졌다. 잠시 후 안정을 되찾자 추국하던 서리들은 이미 죽었고 그들의 등에 붉은색 글씨가 보였는데 원통한 옥사라고 말하는 듯했다. 20명이나 되는 서리들 모두 두건이 날아갔고 현지사도 두려워 떨었다. 한참 후 이삼을 불러 본 것을 물어보니 그저 대답하길,

“눈앞이 칠흑처럼 깜깜했고 어찌 된 일인지 모르겠습니다. 그저 장관께서 푸른 비단으로 만든 장막 안에 앉아 있을 뿐이었습니다.”

현지사는 두려워 떨며 후회했고 급히 이삼을 풀어 주었다. 그러나 이사랑과 간통한 남자는 끝내 잡지 못했다. 때는 소흥 19년(1149) 8월 29일이었다. 황절과 이삼 그리고 그 아들은 지금까지 별 탈 없이 살고 있다.

이견정지 夷堅丁志 卷 8

01 화양동의 문華陽洞門

李大川, 撫州人, 以星禽術游江淮. 政和間至和州, 值歲暮, 不盤術. 正旦日, 逆旅主人拉往近郊, 見懸泉如簾, 下入洞穴, 甚可愛, 因相攜登隴, 觀水所注. 其地少人行, 陰苔滑足, 李不覺隕墜. 似兩食頃, 乃坐於草壤上, 肌膚不小損. 睨穴中, 正黑如夜, 攀緣不能施力, 分必死, 試擧右手, 空無所著. 擧左手, 卽觸石壁. 循而下, 似有微徑可步, 稍進漸明, 右邊石池荷花方爛熳, 雖飢渴交攻, 而花與水皆不可及.

已而明甚, 前遇雙石洞門, 欲從右入, 恐益遠, 乃由左戶而過. 如是者三, 則在大洞中, 花水亦絶, 了不通天日, 而晃曜勝人間. 中有石棋局, 聞誦經聲, 不見人. 遠望若有坐而理髮者, 近則無所睹. 俄抵一大林, 陰森慘澹, 悽神寒骨, 怖悸疾走. 已出曠野間, 擧頭見日, 自喜再生, 始緩行. 逢道傍僧寺, 憩于門. 僧出問故, 皆大驚, 爭究其說, 李曰: "與我一杯水, 徐當言之." 便延入寺具飯, 悉道所歷.

僧歎曰: "相傳玆山有洞, 是華陽洞後門, 然素無至者." 李問: "此何處?" 曰: "滁州境." "今日是何朝?" 曰: "人日也." 李曰: "吾已墜七日, 財如一晝耳." 僧率衆挾兵刃, 邀李尋故蹊, 但怪惡種種, 不容復進. 李還和州, 訪舊館, 到已暮夜. 扣戶, 主人問爲誰, 以姓名對, 擧室唾罵曰: "不祥! 不祥!" 李大聲呼曰: "我非鬼也, 何得爾?" 遂啟戶. 留數日而歸, 每爲人話其事, 或誚之曰: "爾亦愚人, 正旦荷花發, 詎非仙境乎. 且雙石洞門, 安知右之遠而左可出也?" 李曰: "方以死爲慮, 豈暇念此? 後雖悔之, 何益?" 李有子, 今在臨川.(陳鍔說, 口聞之大川.)

무주 사람 이대천은 별자리와 동물을 짝지어 점을 치는 성금술[1]을 행하며 강회 지역을 유랑하였다. 정화 연간(1111~1118)에 화주에 이르렀을 때, 마침 세모라서 점술[2]을 행하지 않았다. 정월 초하루 여관 주인이 그를 데리고 근교로 나갔는데, 물줄기가 쏟아져 내리는 높은 절벽[3]이 발처럼 드리워져 있었고 물줄기는 그 아래 동굴로 들어가고 있는데 매우 아름다웠다. 그래서 둘은 서로 손을 잡고 가파른 언덕을 올라가 물이 흘러 들어오는 곳을 구경하였다. 그곳은 인적이 드문 곳이었으며 음지에 난 이끼에 발이 미끄러져 이대천은 자기도 모르게 굴러떨어졌다. 두 식경 정도가 흘렀을 때 겨우 풀밭 위에 앉을 수 있었는데, 살갗은 상처 난 곳이 하나도 없었다. 동굴 안을 곁눈질하며 보니 밤인 듯 시커멓다. 무엇인가를 붙잡고 기어오르려 해도 힘을 줄 수가 없어서 '살아날 길이 없겠구나'라고 생각했다. 혹시나 해서 오른손을 위로 올려 봤지만, 손에 잡히는 것은 아무것도 없었고, 왼손을 들어 보니 곧 석벽이 만져졌다. 벽을 따라 내려가니 걸어갈 수 있는 작은 길이 있는 것 같았다. 조금씩 앞으로 갈수록 점점 밝아졌고 오른쪽의 돌로 된 연못에는 연꽃이 바야흐로 아름답게 빛나고 있었다. 비록 배가 고프고 갈증이 나서 힘들었지만, 꽃이나 물의 위치가 먹고 마실 수 있을 정도로 가깝지는 않았다.

잠시 후 주위가 아주 밝아졌는데, 바로 앞에 두 개의 돌로 된 동굴 문이 있었고 오른쪽으로 들어가려고 하였으나 갈수록 더 멀어지는 것 같아 왼쪽 문으로 들어갔다. 이렇게 세 번의 문을 들어가니 큰 동굴 안에 있게 되었고, 꽃과 물도 모두 끊겼다. 하늘의 해와 전혀 통하

1 星禽術: 五行과 28수의 별자리, 그리고 각종 짐승을 배합하여 길흉화복을 점치는 점성술을 말한다. 禽星術이라고도 한다.

2 盤術: 점치거나 관상을 보는 등의 행위를 뜻한다.

3 懸泉: 물이 곧장 쏟아져 내리는 높은 절벽을 뜻한다.

지 않는데도 찬란한 빛은 인간세의 것을 넘어서고 있었다. 그 가운데는 돌로 된 바둑판이 있었고, 불경을 외는 소리가 들렸는데도 사람은 보이지 않았다. 멀리서 보니 마치 앉아서 머리를 빗고 있는 이가 있는 것 같았는데, 가까이 가니 아무것도 보이지 않았다.

잠시 후 큰 숲에 이르렀다. 빛이 들지 않는 어두운 숲은 처연하고 고요했으며 차가운 기운은 뼛속까지 파고들어 두려워 떨며 급히 달려 나왔다. 넓은 들로 나왔을 때 머리를 들러 해를 보니 다시 살아나올 수 있음에 기뻐하며 그제야 비로소 천천히 걸었다. 걷다가 길가의 절을 발견하고는 그 문 앞에서 쉬고 있었다. 한 스님이 나와 어찌 왔느냐고 연유를 묻더니 이야기를 듣고 모두 대경실색하며 앞다투어 이대천의 이야기를 듣고자 하였다. 이대천이 말하길,

"내게 물 한 잔만 주시지요, 천천히 다 말씀드리겠습니다."

이에 그를 데리고 절 안으로 가서 먹을 것을 주었고 이대천은 자신이 경험한 것을 모두 다 말해 주었다. 스님이 탄식하며 말하길,

"전해 듣기로 이 산에는 동굴이 있고, 그곳이 화양동의 뒷문이라고 합니다만, 그곳에 가 본 이는 없었습니다."

이대천이 묻길,

"여기가 어디지요?"

스님이 답하길,

"제주[4] 경계입니다."

"오늘이 며칠이지요?"

4 滁州: 淮南東路 소속으로 치소는 淸流縣(현 안휘성 滁州市 琅琊區)이고, 관할 현은 3개, 州格은 軍事州이다. 현 안휘성 중동부 滁州市의 남동쪽에 해당한다.

스님이 답하길,

"1월 7일[5]입니다."

이대천이 말하길,

"내가 굴러떨어지고 이미 이레나 흘렀군요. 겨우 한나절 지난 것 같았는데요."

스님은 무리를 이끌고 칼 등 무기를 들고 이대천을 앞세워 지나온 길을 찾고자 하였는데, 괴이하고 흉악한 일이 이어져 앞으로 더 나아갈 수가 없었다. 이대천은 화주로 돌아와 예전 묵었던 여관으로 갔는데, 도착할 무렵 이미 날이 저물어 밤이 되었다. 문을 두드리니 주인이 누구냐고 물었고 이름을 대며 답하니 방안에 있던 사람 모두 침을 뱉고 욕하며 말하길,

"불길하구나! 불길해!"

이대천이 큰 소리로 말하길,

"나는 귀신도 아닌데 왜들 그러십니까?"

그러자 마침내 문을 열어 주었다. 며칠을 묵고 다시 고향으로 돌아갔는데, 사람들에게 그 이야기를 해 줄 때마다 어떤 사람은 그를 비웃으며 이르길,

"넌 참 바보 같구나. 정월 아침에 연꽃이 피어 있다면 어찌 선경이 아니었겠는가? 게다가 두 개의 돌로 된 동굴 문 중 오른쪽은 멀고 왼

5 人日: 음력 1월 7일이다. 女媧가 처음 세상 만물을 만들 때 짐승을 먼저 만들고 7일째 사람을 만들었다는 전설에서 유래하였다. 人口日・人七日・人節・人慶節이라고도 칭한다. 漢代부터 시작해 魏晉 이후 더욱 중시되어 이날은 일종의 머리 장식인 '人勝'을 머리카락에 꽂고 높은 곳에 올라가 詩賦를 읊는 풍속이 있다. 唐代 이후에도 매우 중시된 명절의 하나이다.

쪽은 다시 나갈 수 있다는 것을 어찌 알았을꼬?"

이대천이 말하길,

"그저 죽을까 봐 걱정하고 있는데 이런 것들을 생각할 겨를이 어디 있었겠는가? 지금 와서 이를 후회한들 무슨 소용인가?"

이대천에게는 아들이 있었는데 지금도 임천에 살고 있다.(이 일화는 진악이 말한 것이다. 진악은 이대천에게서 들었다고 하였다.)

02 벼락 맞아 죽은 왕사雷擊王四

臨川縣後溪民王四, 事父不孝, 常加毆擊. 父欲訴于官, 每爲族人勸止. 乾道六年六月又如是, 父不勝忿, 走詣縣自列. 王四者持二百錢, 遮道與之, 曰: "以是爲投狀費." 蓋言其無所畏憚也. 父行未半里, 大雷雨忽作, 急避於旁舍. 雨止而出, 聞惡子已震死. 趨視之, 二百錢乃在其脅下皮內, 與血肉相連. 父探懷中所攜, 已失矣.

무주 임천현[6] 후계의 촌민 왕사는 아버지에게 불효하고 자주 때리기까지 하였다. 아버지는 관아에 고소하고 싶었지만, 매번 집안사람들이 말렸다. 건도 6년(1170) 6월, 왕사가 또 여느 때처럼 때리자 아버지는 분을 참지 못하고 바로 현아로 가서 자신이 직접 고소하려고 하였다.

왕사는 돈 200전을 들고나와 길을 막고 아버지에게 주면서 말하길,

"이것으로 소송비에 쓰세요."

그 말은 대체로 자신은 무섭고 꺼릴 바가 전혀 없다는 뜻이었다. 아버지가 반 리를 채 못 갔을 때 큰 벼락이 치며 비가 내려 급히 길옆 집에서 비를 피했다. 비가 그쳐 나올 무렵 그 흉악한 아들이 이미

6 臨川縣: 江南西路 撫州 소속으로 현 강서성 중동부 撫州市의 城區인 臨川區에 해당한다.

벼락에 맞아 죽었다는 말을 들었다. 급히 가서 보니 200전이 그의 겨드랑이 살갗 안에 파고 들어가 피와 살에 엉겨 붙어 있었다. 아버지는 자기가 품에 가지고 있던 것을 살펴보니 돈은 이미 사라지고 없었다.

03 남풍현에 떨어진 천둥 할미南豐雷媼

南豐縣押錄黃伸家, 因大雨, 墮雷媼于廷. 擾擾東西, 蒼黃失措, 髮茁然, 赤色甚短, 兩足但三指, 大略皆如人形. 良久, 雲氣斗暗, 震電閃爍, 遂去不見.

건창군 남풍현의 압록[7]인 황신의 집에 크게 비가 내린 후 하늘에서 천둥 할미가 뜰로 떨어졌다. 노파는 사방을 돌아다니며 저지레를 하였고, 창졸간에 어찌할 바를 모르는 듯하였다. 붉은 머리카락은 막 난 듯 매우 짧았고 두 발은 발가락이 세 개밖에 없었으나 대략 사람의 모습은 하고 있었다. 한참 뒤 구름이 갑자기 어두워지더니 천둥과 번개가 내리치자 곧 사라져 보이지 않았다.

7 押錄: 관아에서 문서의 작성과 관리, 조세 징수와 법률 문제를 맡은 서리로 통상 押司라고 한다. 통상 1개 현에 8명을 두었고 중앙부서나 남송의 臨安府에도 押司官을 두었다. 말단 관원이지만 사실상 서리의 업무를 담당하였다.

04 진흙 위에 남은 거인의 흔적泥中人跡

撫州村落間, 一夕雷雨, 居民聞空中數百人同時大笑. 明旦, 大木一本, 連根皆拔出. 其旁泥內, 印巨人跡絶偉, 腰脞痕入地尺餘, 足長二尺, 闊稱之. 疑神物盡力拔樹, 遇滑而蹶, 故衆共笑之云.

무주의 한 촌락에서 어느 날 저녁 천둥이 치고 비가 내렸는데 당시 그곳 주민들은 공중에서 수백 명이 동시에 크게 웃는 소리를 들었다. 다음 날 아침 큰 나무 한 그루가 뿌리째 뽑혀 있었다. 그 옆 진흙에는 거인의 흔적이 새겨져 있었는데 대단히 컸다. 허리와 넓적다리 흔적으로 땅이 파인 것이 1척이 넘었고 발의 길이가 2척이었으며 너비도 그 정도 되었다. 신령스런 무엇인가가 온힘을 다해 나무를 뽑다가 미끄러져 넘어졌고, 그래서 여럿이 함께 웃은 것이라 사람들은 생각했다.

05 배의 길흉을 점치는 의황현 사람宜黃人相船

宜黃人多能相船, 但父子相傳眼訣, 而無所謂占書之類. 乾道五年, 縣民莫寅造大艦成, 以大錢邀善術者視之. 曰: "此爲雌船, 而體得雄. 一板如矛, 嶄焉居中. 其相旣成, 在法當凶. 官事且起, 災于主翁." 寅欲改更之, 曰: "禍福已定, 不可爲也."

寅持錢三百萬, 將買鹽淮東, 適州需船載上供錢, 拘以往. 至大孤山下, 桅檣爲風所折, 倉卒無可買, 伐岸傍杉爲之. 人或言: "此神樹, 不暇恤." 是夕, 滿船聞奇響震厲, 莫測所以然. 旣過丹陽, 盜夜入船, 諦觀之, 若甲士數十輩往來者. 寅家藏古刀, 累世矣, 近年遇夜後光采發見, 訝其異, 取以自隨. 乃攜此刀徑趨前, 間値一人熟睡, 手橫腹上, 奮刀連斫之, 斷其右臂. 救至得不死, 蓋部綱官劉尉也.

初, 劉生以寅解事有膽, 故處其舟中, 元未嘗有纖介之隙. 寅殊不知覺, 遂就擒, 鞫于鎭江獄. 府官欲論以死, 而劉尉持不肯, 曰: "固他生宿寃耳, 非今世事. 吾幸存餘生, 何必處以極典?" 遂用疑獄奏讞, 得減死, 黥隷邵武軍.

무주 의황현[8] 사람 가운데 배를 보고 그 길흉을 점칠 줄 아는 이가 제법 많았다. 다만 눈으로 보는 비결을 부자간에만 전수할 뿐 점서라고 할 만한 것은 없었다. 건도 5년(1169)에 의황현의 촌민 막인이라는 자가 큰 배를 한 척 만들었는데, 많은 돈을 들여 점을 잘 보는 이를

8 宜黃縣: 江南西路 撫州 소속으로 현 강서성 중동부 撫州市 남쪽의 宜黃縣에 해당한다.

모셔다 배를 보게 하였다. 그 점술가가 말하길,

"이 배는 암컷의 성질을 지녔는데, 형체는 수컷의 모양을 하고 있습니다. 한 개의 나무판이 창처럼 배의 가운데를 뚫고 있습니다. 그 모양이 이미 갖추어졌으니 이치상으로는 '흉'에 해당합니다. 소송이 일어날 것이고 주인집에 재앙이 될 것입니다."

막인은 그 운세를 바꾸려고 하였으나 점술가가 다시 말하길,

"길흉화복은 이미 정해져서 어떻게 해볼 수가 없습니다."

막인은 300만 전을 가지고 장차 회동으로 가서 소금을 사려고 하였다. 마침 무주에서는 조정에 보낼 돈을 실을 수 있는 배가 필요하여 막인의 배도 불려가게 되었다. 대고산[9] 아래 이르렀을 때 돛대가 바람에 부러져 창졸간에 새로 살 수가 없어서 언덕 가에 있는 삼목을 베어 돛대로 삼았다. 어떤 이가 말하길,

"이 나무는 신령스러운 나무인데, 우리가 돌 볼 틈이 없었구나!"

이날 저녁 배 전체에서 기이한 소리가 들리며 배가 요동치고 흔들렸는데, 아무도 그 까닭을 알 수가 없었다. 진강부 단양현[10]을 지나는데, 밤에 도적이 배에 침입하였다. 그들을 자세히 보니 갑옷을 입은 병사 수십 명이 왔다 갔다 하고 있었다. 막인은 집안에서 보관해 온 오래된 칼을 가지고 있었는데 여러 대를 지나온 것으로 근년 들어 밤이 되면 칼 뒤에서 광채가 나 그 기이함에 놀라 몸에 가지고 다녔다.

9 大孤山: 鄱陽湖 안에 있는 섬으로 삼면이 절벽으로 이루어져 경치가 아름답다. 한쪽 봉우리는 높고, 한쪽은 낮은 것이 마치 큰 신발 같다고 하여 鞋山이라고도 한다. 현 강서성 九江市 湖口縣에 있다.

10 丹陽縣: 兩浙路 鎭江府 소속으로 현 강소성 장강 남단에 있는 鎭江市 남쪽의 丹陽市에 해당한다.

막인은 이 칼을 가지고 곧바로 앞으로 뛰어나갔는데, 그 사이에 한 사람이 누워서 깊이 잠을 자고 있었다. 그는 손을 가로로 배 위에 두고 있었는데 휘두른 칼날이 연이어 그를 베어서 오른쪽 팔이 잘리었다. 급히 처치하여 죽음은 면할 수 있었다. 그는 상공전을 운반하는 일을 맡은 현위 유씨였다.

애초 유씨는 막인이 일을 처리하는 데 배짱이 있다고 여겨 그가 탄 배에 같이 타고 있었다. 원래 그와는 조금의 갈등도 없었다. 막인은 현위가 다친 것을 전혀 모르는 상태에서 곧 체포되어 진강부에서 추국을 받았다. 진강부의 관원은 그를 사형에 처하려고 하였지만 유 현위가 말리며 이르길,

"원래 전생의 숙원 때문에 그런 것일 뿐 현세의 일 때문은 아닙니다. 나는 다행히 목숨을 구했는데 극형에 처할 필요가 있겠습니까?"

마침내 증거 불충분 사안으로 판결을 요청하는 재심리 평의를 올렸고 죽음은 면해 주는 것으로 판결이 이루어져 막인은 문신을 새긴 뒤 소무군에 예속되게 하였다.

06 빰에 난 종기에서 나온 커다란 이頰瘤巨虱

臨川人有瘤生頰間, 痒不復可忍, 每以火烘炙, 則差止, 已而復然, 極以患苦. 醫者告之曰: "此眞虱瘤也, 當剖而出之." 取油紙圍項上, 然後施砭. 瘤才破, 小虱湧出無數, 最後一白一黑兩大虱, 皆如豆, 殼中空空無血. 乃與頰了不相干, 略無瘢痕, 但瘤所障處正白爾.

무주 임천현의 어떤 사람이 빰에 종기가 생겼는데, 간지러워서 더 참을 수가 없었다. 매번 불로 그을리게 해야 간지러움이 좀 멈추었다. 그러다 곧 다시 간지러워졌는데 매우 고통스러웠다. 의사가 그에게 말하길,

"이는 필시 슬류[11]일 것입니다. 반드시 갈라서 이가 나오게 해야 합니다."

기름 바른 종이를 가져와 목 위를 감싼 뒤에 돌침으로 찔렀다. 혹이 찢어지자 작은 이들이 무수히 많이 쏟아져 나왔고 가장 마지막에 흰색 한 마리와 검은색 한 마리의 큰 이가 나왔는데 콩알만 한 크기였다. 혹의 껍질 안은 텅텅 비어 있었고 피도 나지 않았다. 혹과 빰은 서로 떨어져 피부에 흔적도 남기지 않았다. 다만 슬류로 덮였던 곳이 하얗게 변했을 뿐이었다.

11 虱瘤: 주로 등에 생기며 몹시 가려운 혹을 말한다. 가려운 이유는 이(虱)가 들어 있기 때문이라고 생각하였다.

07 도사 호씨胡道士

胡五者, 宜黃細民, 每鄕社聚戲作砑鼓時則爲道士, 故目爲胡道士. 以煮螺師爲業, 必先揭其甲, 然後烹之. 及臥病, 自擧右手一指曰: "一螺在此." 遂以針剔去其爪, 流血被掌, 呼叫稱痛. 少焉又剔其次者, 至幷足甲皆盡乃死.

호오라는 자는 무주 의황현에 사는 가난한 주민으로 매번 사람들이 향사[12]에 모여 '아고'[13]라는 연극을 올릴 때 그가 항상 도사 역을 맡았기에 사람들은 그를 '호도사'라 불렀다. 그는 소라를 잡아 삶는 요리를 업을 삼았는데, 소라를 삶을 때는 반드시 먼저 그 껍질을 벗겨낸 후 삶았다. 어느 날 그는 병이 나서 자리에 누웠는데, 스스로 오른손 손가락 한 개를 들더니 말하길,

"소라 한 마리가 여기에 있다."

그리고는 바늘로 찔러 그 손톱을 다 뜯어냈다. 피가 흘러 손바닥을 덮었고 소리를 내며 아프다고 하였다. 잠시 후 또 그다음 손가락 손톱을 뜯어냈다. 이렇게 발가락 발톱까지 다 뜯어낸 후 마침내 죽었다.

12 鄕社: 통상 향촌 사회의 조직을 뜻하여 村社라고도 하였다. 또 동향의 사인들이 모여서 만든 문인의 결사를 뜻하기도 하였다. 송대에는 향촌·고향의 뜻으로도 쓰였다.

13 砑鼓: 송대 百戲의 하나이다. 높은 난간에 오르기, 줄타기 등 다양한 내용이 있는데 砑鼓는 북을 이용한 것이다.

08 감묘관 조씨趙監廟

建昌寄居趙監廟, 素有羸疾, 或教之曰: "服鹿血則愈." 趙買鹿三四頭, 日取一枚, 以長鐵管插入其肉間, 少頃血凝滿管中, 乃服. 鹿日受此苦, 血盡而死. 趙果膚革充盛, 健飲啖, 而所服既多矣, 晚得疾, 遍體生異瘡, 陷肉成竅, 痒無以喻, 必以竹管立瘡中, 注沸湯灌之, 痒方息. 終日不暫寧, 兩月而卒.

건창에 일시 기거하는 감묘[14] 조씨는 본래 병약하였는데 어떤 사람이 그에게 가르쳐 주길,

"사슴의 피를 먹으면 나아질 것이오."

조씨는 사슴 서너 마리를 사서 매일 한 마리씩 긴 철관을 그 몸에 꽂아 놓고 잠시 후 피가 흘러 관에 모이며 그것을 마셨다. 사슴은 매일 이런 고통을 당해야 했고, 피가 다 빠져나오면 죽었다. 조씨는 결국 피부가 좋아지고 살쪘으며 건강하게 음식도 잘 먹었다. 이렇게 녹혈을 많이 먹었는데, 만년에 병에 걸렸다. 온몸에 기이한 욕창이 생겼고 피부를 갉아먹어 구멍이 생겼다. 간지럽기가 이루 말할 수가 없어 반드시 대나무 관을 욕창 가운데 꽂아 끓는 물을 흘려 넣어야 가려움증이 멈추었다. 종일 잠시도 편할 수가 없었다. 두 달 후 죽었다.

14 監廟: 神宗 때 五嶽廟를 관리하는 직책으로 管勾·提擧·提點官을 설치하였다가 후에 監官으로 고쳤다. 관리의 자청 또는 조정에서의 특별 파견 형식으로 選人 가운데서 充任하였다. 단 남송 때에는 관리가 많아서 임명받기 힘들었다.

09 난한 도인亂漢道人

乙志所載陽大明遇人呵石成紫金事, 予於『起居注』得之, 今又得南康尉陳世材所記, 微有不同, 而甚詳, 故復書於此.

大明者, 南康縣程龍里士人, 父喪, 廬墓次. 其明年, 歲在壬戌, 七月七日晨興, 有道人從山下來. 陽時與學童三四人處, 一僕執炊. 荒山寂寞, 左右前後十里間絶無人居, 扳緣蘿蔓乃得到. 正無可與語, 見客來, 喜而迎之坐. 客曰: "子八月當有厄, 服吾藥可免." 取腰間小瓢, 出藥一粒, 令以水呑, 且曰: "吾有求於子, 其許我乎?"曰: "何求?" 客指架上布衫曰: "以此見與." 陽欲許而頗疑其僞, 未即與. 請至再, 不得已付之.

客捲納瓢中, 瓢口僅容指. 陽雖怪咤, 然默念: "豈幻我歟?" 旣而言: "吾豈眞欲衫? 聊相試耳. 便能見贈, 爲可嘉也." 探瓢出還之, 索椀水, 置藥末一撮, 撥旋久之, 成紅丸如彈, 揖陽曰: "能服此否?" 陽曰: "身幸無病, 不願服." 客即自呑之, 徐徐語曰: "子久此當窘用, 吾有遺於子." 呼學童掬塊土, 大如拳, 握而噓之者三, 顧陽曰: "意吾手中何物?" 曰: "不知也." 置諸几, 則爛然金一塊, 歷歷有五指痕. 曰: "可收此, 以助晨昏之費." 蓋陽母尙存.

陽方知爲異人, 尙疑其以財利嘗試我, 拒弗受. 客笑擲之地, 引脚蹴之, 遂成頑石. 起辭去, 留與飮, 不可, 漫指壁間詩謂曰: "此皆諸公見寄者, 願得先生一篇, 如何?" 客曰: "子欲詩, 可矣." 取案上禿筆, 就地拂數四, 蘸椀水中, 大書于壁, 略無丹墨之跡, 殊不可辨. 旣送之下山, 回視, 已若淡紫色, 其詩云: "陽君眞確士, 孝行洞穹壤. 皇上憐其艱, 七夕遣回往. 逡巡樂頑石, 遺子爲饋享. 子旣不我受, 吾亦不汝强. 風埃難少留, 願子志勿爽. 會當首鼠記, 靑雲看反掌."

前題'亂漢道人'四字, 字徑四寸許. 俄又加赤色, 正如赤土所書. 明日遍詢村民, 皆莫見所謂道人者. 鄕之士共以告縣, 縣告郡, 郡聞於朝, 賜束帛. 後五年, 世材自福州來爲尉, 親見陽, 談始末如此. 訪程龍之盧, 草屋摧頹, 他詩悉剝落, 獨道人者洒然如新. 詩中云'遣回往', 疑必呂洞賓云. 陽盧父墓終喪, 母繼亡, 亦[15]

『이견을지』에 수록된 양대명이 만난 도인이 돌을 가져와 숨을 불어 넣어 자주색 금이 되게 했다는 이야기[16]는 내가 『기거주』[17]에서 얻은 것이다. 지금 다시 남강군 군위[18] 진세재가 기록한 바를 얻었는데 세세한 부분에서 서로 다르고, 더욱 상세하므로 여기에 다시 적는다.

양대명이라는 자는 남강현 정용리의 사인으로서 부친상을 당하여 여막을 짓고 아버지를 추모하며 지냈다. 그 이듬해가 임술년이었는데, 7월 7일 새벽에 일어났는데 한 도인이 산 아래에서 올라오고 있었다. 당시 양대명은 어린 학생 서너 명과 함께 있었고, 한 노복이 불을 때서 밥을 하고 있었다. 산은 황량하고 적막하였으니 전후좌우 10리 사이에 아무도 살지 않아 담쟁이덩굴 같은 것을 잡고서야 겨우

15 송대 판본은 이 뒤의 12항이 결락되었다.

16 『이견을지』, 권3-11, 「양대명」 참조.

17 起居注: 황제를 수행하는 사관(종6품)이 황제의 언행을 기록한 것이다. 左史라고 칭하는 起居郞은 사건을, 右史라고 칭하는 起居舍人은 발언을 기록하여 국사 편찬의 기본 자료로 삼았다. 대외 유출이 금지되었고 국사 편찬 후 파쇄하여 명청대 이전의 기거주로는 「大唐創業起居注」가 유일하다.

18 軍尉: 縣의 치안을 담당한 縣尉는 弓手라고 칭한 縣尉司의 병력을 이끌고 주로 縣城을 관리하였다. 직급은 현의 크기에 따라 북송 전기에는 8品下~9品下였고, 元祐 연간(1086~1094) 이후에는 정9품~종9품 사이였다. 현이 軍으로 승격하면 軍尉로 승격하였지만, 승격이 자동으로 이루어지지는 않아 현위직을 유지하기도 하였다.

갈 수 있었다. 이렇게 아무하고도 얘기를 나눌 수 없었는데 손님이 오는 것이 보이자 양대명은 기뻐하며 그를 맞아 앉게 하였다. 과객이 말하길,

"그대는 8월에 액을 당할 것이나 내가 주는 약을 먹으면 피할 수 있을 것입니다."

허리춤의 작은 호리병에서 한 알의 약을 꺼내 양대명에게 물과 함께 삼키라고 하였다. 또 말하길,

"내가 그대에게 청할 것이 있는데 나에게 허락해 줄 수 있겠소?"

양대명이 묻길,

"구하는 것이 무엇입니까?"

과객은 시렁에 걸린 포로 만든 적삼을 가리키며 말하길,

"이것을 나에게 주시오."

양대명은 허락하려고 하였으나 그가 무언가 속이고 있는 것이라고 의심하여 곧바로 그에게 주지는 않았다. 과객이 재삼 청하자 어쩔 수 없이 건네주었다. 과객은 그것을 둘둘 말아서 호리병 안에 넣었는데, 호리병 구멍이 겨우 손가락이 들어갈 정도였다. 양대명은 비록 괴이하게 여기며 입맛을 다시면서 속으로 생각하길,

"어찌 나를 현혹하려는 것인가?"

잠시 후 과객이 말하길,

"내가 어찌 진짜로 적삼을 가지려고 했겠소? 그저 시험해 본 것뿐이라오. 그런데 바로 받을 수 있었으니 실로 하례할 만한 일이지요."

호리병에서 적삼을 다시 꺼내더니 돌려주었다. 그는 물 한 그릇을 찾더니 한 자밤의 가루약을 넣고 한참을 돌려 알약을 만들었다. 붉은 환약이 탄알처럼 둥글게 되자 양대명에게 읍을 하며 말하길,

"이것을 먹을 수 있겠소?"

양대명이 대답하길,

"저는 다행히 아픈 곳이 없어 먹고 싶지 않습니다."

과객은 곧바로 자기가 삼켰다. 그리고 천천히 양대명에게 말하길,

"그대는 오랫동안 여기에 머물렀기에 마땅히 쓸 것이 부족할 것이오. 내가 당신에게 남겨 줄 게 있소."

어린 학생들을 불러 흙덩이를 들고 오게 하여 주먹 크기로 만들게 하고 그것을 쥔 다음 '후' 하고 세 차례 불었다. 양대명을 돌아보며 말하길,

"나의 손에 있는 것이 어떤 물건이라고 생각하시오?"

양대명이 대답하길,

"잘 모르겠습니다."

과객은 그것을 탁자 위에 두었는데, 찬란하게 빛나는 금덩이 한 개였다. 다섯 손가락의 흔적이 역력했다. 그가 말하길,

"이것을 가져도 좋소. 부모를 봉양하는 비용으로 쓰시오."

아마도 양대명의 어머니가 아직 살아 계셨기 때문에 그렇게 말한 것 같다. 양대명은 비로소 그 과객이 범상치 않은 사람임을 알았으나 여전히 그자가 재물과 이익으로 자신을 시험하는 것 같아 거절하고 받지 않았다. 과객은 웃으며 그것을 땅에 던지고 발로 차자 곧 딱딱한 돌덩이가 되었다. 과객이 일어나 가겠다고 말하자 잠시 머물라며 마실 것을 권유하였는데 사양하기에 양대명은 벽에 쓰인 시를 가볍게 가리키며 말하길,

"이는 여러분이 쓴 것입니다. 선생께도 시 한편을 부탁드리고자 합니다. 어떠신지요?"

과객이 말하길,

"그대가 시를 원하니 그렇게 해 드리리다."

과객은 책상 위의 낡은 붓을 가져와 땅에 대고 4번을 털더니 사발의 물에 담갔다가 꺼내서 벽에 크게 썼다. 하지만 먹을 묻히지 않아 잘 알아볼 수가 없었다. 그가 하산하는 것을 배웅한 후 다시 돌아와 보니 글씨가 이미 옅은 자색을 띠었다. 그 시는 다음과 같다.

양군은 진정 참다운 사인,
그 효행 하늘과 땅을 꿰뚫었네.
황상께서 그가 어버이상 당함을 불쌍히 여겨,
칠석에 사람을 보내 돌아보게 했네.
명약과 귀한 보석[19]을,
그대에게 주어 누리게 하였지만 사양하였네.
그대 내가 주는 것을 이미 받지 않는다고 하니,
나 역시 그대에게 강권할 수가 없네.
바람도 먼지도 잠시 머물기 어려운 그대여,
원컨대 그대의 뜻이 무너지지 않게 하오.
당연히 주저하면서도[20] 이 시를 쓰노니,
고관대작이야 손바닥 뒤집듯 가볍게 보시게나.

앞에는 '난한도인' 네 글자가 쓰여 있었다. 글자는 직경 4촌쯤 되었다. 잠시 후 적색이 뚜렷해지더니 마치 붉은 흙으로 쓴 것 같았다. 다음 날 이 마을 촌민을 두루 찾아다니며 물어보았지만 모두 도인이라

19 頑石: 女媧가 하늘을 메울 때 썼던 오채색의 靈石이라고 하며, 옥석처럼 단단한 돌이나 보석을 뜻하기도 한다.

20 首鼠: 주저주저하며 결정하지 못한다는 뜻의 '首鼠兩端'으로 널리 쓰인다.

는 이를 본 적이 없다고 했다. 향촌의 사인이 함께 이 이야기를 현에 알렸고, 현에서는 주에, 주에서는 조정에 이를 알렸다. 황제는 비단을 하사하였다.

5년 후 진세재가 복주[21]에서 이곳으로 와 군위를 맡았다가 직접 양대명을 만났고 그 시말을 들은 것이 이와 같았다. 정용리의 여막을 찾아가 보았더니 초가는 무너져 가고, 다른 시들은 모두 떨어져 없어졌지만, 오직 도인이 쓴 것만 새로 쓴 듯 단정했다. 시 가운데 '사람을 보내 돌아보게 했네'라는 구절을 보니 이는 분명히 여동빈을 말하는 것이라는 생각이 들었다. 양대명이 부친의 시묘살이를 마치자마자 어머니가 이어 돌아가셨고 역시 ….

21 福州: 福建路의 치소로서 6개 주, 2개 군, 47개 현을 관할하였다. 치소는 閩縣과 侯官縣현 복건성 福州市 城區)이고 관할 현은 12개이며 州格은 節度州이다. 현 복건성 북동부의 閩江 하구에 해당한다.

10 오승가吳僧伽

吳僧伽, 贛州信豐縣僧文祐, 本姓吳, 落髮出遊, 結庵於贛縣屼嶺, 久而去之, 客雩都妙淨寺之僧伽院中, 遂主院事, 故因目爲吳僧伽. 佯狂市廛, 人莫能測. 每日必詣松林以扣之. 曰: "趙家天子趙家王." 不曉其意. 逢善人于塗, 輒拱揖致敬; 貪暴不仁者, 率抵以狗彘不少屈. 惡少年不樂, 至羣輩譟逐之. 嘗走避于某家園竹中, 疾呼求救, 且拊其竹曰: "大大竹林成掃帚." 不旬浹, 萬竹悉枯. 此家固一凶族, 自是衰替. 寺後竹叢, 一竿最巨, 忽夜半造其下, 考擊而歌, 聲徹四遠. 連夕如是, 他僧爲之廢寢, 怒而伐之. 旣而紫芝徑尺生橛上. 邑民曾德泰, 老無子, 與妻議飯吳以祈. 未及召, 旦而排闥來. 曾大驚, 謹饋之食. 將去, 曰: "當何爲報? 唯有二珠而已." 果連生二子. 縣市舊集于南洲, 而縣治外但曠野. 吳過門, 必言曰: "錢將平腰矣."及洲沒於水, 市遂徙于邑門之陽. 嘗求菜于民婦, 戒使多爲具, 婦許諾. 夫歸, 怒其妄費. 吳至, 乞醯生啖之, 若欲輟而□食者再三, 婦曰: "食飽則已, 何必盡?" 曰: "欲免汝夫婦責言耳." 民駭謝.

學佛者孫德俊往汀州武平謁慶巖定應師, 師曰: "雩川自有佛, 禮我何爲?" 孫曰: "佛爲誰?" 曰: "吾法弟僧伽也. 爲吾持一扇寄之." 舟檥岸, 吳已至, 曰: "我師寄扇何在?" 孫以汀扇數十雜示之, 徑取本物而去. 由是狂名日減, 多稱爲生佛. 一夕, 遍詣同寺諸刹門, 鋪坐具作禮曰: "珍重! 珍重!" 皆寂無應者. 中夕, 趺坐而逝. 時大中祥符己酉六月六日也. 是日, 邑大商在蜀遇之於河梁, 問吳僧何往, 痀僂急趨曰: "少幹, 少幹." 商歸, 乃知其亡. 其亡也, 異香滿室, 數日不變. 僉議勿火化, 而堊其全體事之. 元豐乙丑冬, 一僧來郡城訪桂安雅家, 求木作龕, 桂曰: "師爲何人?" 曰: "雩都妙淨寺明覺院吳僧也." 桂許之, 送之踰閾, 遂不見. 後乃審其故, 云: "明覺卽僧伽也." 眞身至今存.

오승가는 바로 감주 신풍현[22]의 승려 문우이다. 본래의 성은 오씨로 삭발한 후 유랑하다 감주 감현[23] 궤령에 암자에 지었다. 한참 후 그곳을 떠나 감주 우도현[24] 묘정사의 승가원에 머무르며 승가원의 일을 주관하였기에 사람들은 그를 불러 오승가라고 하였다. 거짓으로 미친 척 저자의 거리를 다니기도 하였는데 사람들은 그를 이해할 수 없었다. 그는 매일 소나무 숲에 가서 소나무를 두드리며 말하길,

"조씨 집안의 천자, 조씨 집안의 왕."

그 말이 무슨 뜻인지 누구도 알지 못했다. 착한 사람을 거리에서 만나면 갑자기 두 손을 모아 읍하며 공경을 표했고, 욕심 많고 포악하며 인자하지 않은 자에게는 개나 돼지처럼 대하는데 조금도 주저함이 없었다. 그 결과 못된 소년들은 기분 나빠하며 한 무리가 모여 떠들썩하게 그를 쫓아낸 적도 있다. 한 번은 어느 집 정원의 대숲으로 도망간 적이 있었는데 급히 도움을 청한다며 소리를 지르고 또 대나무를 두드리며 말하길,

"크디큰 대나무 숲이 다 없어져 버릴 것이다."

열흘이 못 가 1만 그루의 대나무가 모두 말라 죽었다. 이 집 사람들은 실로 흉악한 무리였는데, 이때부터 쇠망하였다. 절 뒤에는 대나무 숲이 있는데, 한 그루가 유독 컸다. 홀연히 한밤에 그 아래로 가더

22 信豐縣: 江南西路 贛州 소속으로 현 강서성 남부 贛州市 서쪽의 信豐縣에 해당한다.

23 贛縣: 江南西路 贛州의 치소이며 현 강서성 남부 贛州市 城區의 동쪽인 贛縣區에 해당한다.

24 雩都縣: 江南西路 贛州소속으로 현 강서성 남부 贛州市의 가운데 于都縣에 해당한다.

니 나무를 두드리며 노래를 불러 그 소리가 사방에 이르렀다. 밤마다 계속 이렇게 하니 다른 승려들은 그 때문에 잠을 잘 수가 없었다. 결국 화가 나서 그 대나무를 베어 버렸는데, 얼마 후 직경이 1척이나 되는 자색 영지버섯이 그 그루터기 위에서 자랐다.

우도현 현성에 사는 주민 가운데 증덕태라고 하는 이가 있었는데 늙어서도 아들이 없었다. 그는 아내와 함께 오승가에게 음식을 대접하고 기도를 올려 달라고 청하려고 하였다. 아직 그를 부르기도 전인데 오승가는 아침부터 그 집 문을 열고 들어왔다. 증씨가 깜짝 놀라 삼가 그에게 식사를 잘 대접했다. 오승가는 가려고 하면서 그들에게 묻길,

"무엇으로 보답할까요? 여기 두 개의 진주가 있을 뿐입니다."

그랬더니 과연 연이어 두 아들을 낳았다.

우도현의 시장은 예로부터 남쪽 강가에 열렸는데, 현성 바깥쪽으로는 그저 허허벌판이었다. 오승가가 성문을 지날 때면 반드시 말하기를,

"돈이 장차 허리로 오겠구나."[25]

얼마 후 남쪽 강가가 수몰되자 시장은 곧 성문의 남쪽으로 옮겨 오게 되었다.

일찍이 한 촌민의 부인에게 음식을 청한 적이 있는데 많이 준비해 달라고 일러 주었다. 부인은 그 요청을 허락하였지만, 남편은 돌아와서 아내가 쓸데없이 낭비한다고 화를 내었다. 오승가는 와서 식초를

25 平腰: 배꼽 높이의 허리를 가리키는 말인데, 현성의 남대문이 성의 정중앙에 있음은 은유한 것으로 보인다.

달라고 하여 찍어서 마구 먹어대었다. 마치 그만 먹을 것처럼 보였다가도 다시 먹기를 두세 번이나 계속하였다. 부인이 말하길,

"배불리 드셨으면 된 것 아닌가요. 어째서 꼭 다 드시려고 하세요?"

오승가가 대답하길,

"당신 부부가 서로 원망하는 말을 하지 않게 하려고 그런 것입니다."

부부는 깜짝 놀라 사죄하였다.

불교를 공부하는 손덕준이 정주[26] 무평현[27]으로 가서 경암의 정응 스님을 배알하였다. 정응이 말하길,

"우도[28]에 본래 부처가 있는데 어찌 나에게 와서 예를 갖추는가?"

손덕준이 묻길,

"그 부처가 누구십니까?"

정응이 대답하길,

"나의 불법의 아우인 오승가이다. 나를 위해 부채 하나를 가지고 가서 그에게 전해 주었으면 한다."

배가 나루터에 이르자 오승가는 이미 와 있으면서 말하길,

"스승님이 부채를 보내셨을 텐데 어디 있는가?"

26 汀州: 福建路 소속으로 치소는 長汀縣(현 복건성 龍岩市 長汀縣)이고 관할 현은 5개, 州格은 軍事州이다. 현 복건성 서남부 龍岩市 서쪽과 三明市 서남쪽에 해당한다.

27 武平縣: 福建路 汀州 소속으로 현 복건성 서남부 龍岩市 남서쪽의 武平縣에 해당한다.

28 雩川: 江南西路 虔州 雩都縣의 별칭이다. 우도현의 지명은 관내의 雩都水에서 취하였는데, 雩川은 雩都水를 뜻한다.

손덕준이 정주에서 가지고 온 부채 수십 개를 뒤섞어서 그에게 보여 주자 곧바로 정응이 보내온 부채를 찾아서 가 버렸다. 이때부터 미치광이라는 소문은 점점 사라지고 많은 사람은 그를 생불이라 불렀다.

어느 날 밤, 살고 있던 절의 여러 방문을 두루 다니더니 의자를 놓고 예를 갖추며 말하길,

"건강을 잘 돌보시길! 건강을 잘 돌보시길!"

모두 조용했고 대답하는 자가 없었다.

한밤중에 가부좌를 한 채 세상을 떴다. 이때가 대중상부 기유년(2년, 1009) 6월 6일이었다. 이날 현의 대상인이 사천의 하량[29]에서 오승가를 만났는데, 그에게 어디로 가느냐고 묻자 몸을 구부리고 급히 뛰어가면서 말하길,

"공연히 남의 일에 끼어들지 마시오! 공연히 남의 일에 끼어들지 마시오!"

상인은 우도현으로 돌아와서 비로소 그가 죽은 것을 알았다. 그가 죽을 때 신기한 향이 방안 가득했고 여러 날 계속되었다고 한다. 모두가 화장하지 말 것을 논의하였고, 그 몸 전체에 칠을 하여 모시자고 하였다. 원풍 을축년(8년, 1085) 겨울, 한 승려가 감주 성안에 있는 계안아의 집을 방문하여 감실을 만들 나무를 구하니 계씨가 말하길,

"스님께서는 누구십니까?"

그가 대답하길,

29 河梁: 본래 교량을 뜻하며, 이별의 장소를 의미하기도 한다. 또 중경시 巫山縣 내 지명이기도 하다.

"우도 묘정사 명각원의 승려 오씨입니다."

계안아가 주겠다고 허락하였고, 그를 배웅하여 문지방을 나서자마자 곧 보이지 않게 되었다. 후에 그 연유를 자세히 알아보고 말하길,

"명각이 곧 승가였구나."

그의 진신사리[30]는 지금까지도 보존되고 있다.

30 眞身: 죽음을 맞이할 때 가부좌를 한 상태에서 그대로 열반에 들어 오랜 시간이 지나도 시신이 썩지 않으면 금칠이나 옻칠을 해서 육신을 보존한다. 이 경우 온몸이 사리가 되었다고 하여 眞身이라고 하며 육신불이라고도 한다.

11 승상 하율何丞相

何文縝丞相初自仙井來京師, 過梓潼, 欲謁張王廟而忘之, 行十里始覺, 亟下馬還望, 默禱再拜. 是夕, 夢入廟廷, 神坐簾中, 投文書一軸于外, 發視之, 全類世間告命, 亦有詞語. 覺而記其三句云: "朕臨軒策士得十人者, 今汝褎然爲擧首, 後結銜具所授官." 何公思之: "廷試所取無慮五百, 而言十人, 殆以是戲我也." 及唱第, 果魁多士. 第一甲元放九人, 旣而傅崧卿以省元升甲, 遂足十數. 蓋夢中指言第一甲也, 所得官正同.(葉石林書此.)

자가 문진인 승상 하율[31]이 처음 선정감[32]에서 도성으로 갈 때, 검주 재동현[33]을 지나면서 장왕묘[34]를 배알하려고 하였는데 깜박 잊어

31 何㮚(1089~1127): 자는 文縝이며 成都府路 仙井監(현 사천성 眉山 · 樂山市) 사람이다. 북송의 마지막 과거인 政和 5년(1123) 과거에서 장원급제하고 起居舍人 · 中書舍人으로 중용되었다. 이후 御史中丞이 되어 권신 王黼의 간악한 행위 15개 항목을 지적하는 상소를 7차례나 올렸다가 泰州 지사로 밀려났으나 欽宗 즉위 후 翰林學士 · 尙書右丞 겸 中書侍郎 · 參知政事로 중용되었다. 금군이 개봉을 포위하자 하율은 尙書右僕射 겸 中書侍郎이 되어 康王을 天下兵馬大元帥로 임명하도록 하여 남송 건국의 단초를 열었다. 尙書右僕射 兼 中書侍郎으로 금군과의 협상에 나서기도 하였다. 개봉 함락 후 금군과 협상하다 억류되었고 북송 멸망으로 포로가 되어 압송되던 중 단식하여 39세에 사망하였다.

32 仙井監: 成都府路 소속으로 치소는 仁壽縣(현 사천성 眉山市 仁壽縣)이고 관할 현은 仁壽縣 · 井研縣 2개이다. 본래 陵州인데(965~1071), 陵井監을 거쳐(1072~112), 政和 3년(1113)에 仙井監으로 개칭하였다. 현 사천성 중남부 眉山市의 동쪽, 樂山市의 북동쪽에 해당한다.

33 梓潼縣: 利州路 劍州 소속으로 현 사천성 동북부 綿陽市 동쪽의 梓潼縣에 해당한다.

버렸다. 이미 10리를 지나서야 비로소 깨닫고 급히 말에서 내려 뒤로 돌아보며 묵묵히 기도를 올리고 재배하였다. 이날 저녁 꿈에 장왕묘의 뜰로 들어가는데 발이 드리워진 곳 가운데 신이 앉아 있었고, 문서 두루마리를 밖으로 던져 주었다. 그것을 펼쳐 보니 모두 세간 사람들의 운명과 관련된 것이었다. 또한 사詞로 된 글도 있었다. 깨어났지만 그중 세 구절은 기억하였는데, 다음과 같았다.

"짐이 친히 전전으로 행차하여 책문으로 시험을 봐서 사대부 10명을 얻었는데, 지금 너는 당당히 장원을 하였고, 이후 관함은[35] 제수받게 될 관직을 모두 갖추었다."

하율이 그것에 대해 생각하길,

"전시에서 선발된 사람은 대략 500명일 텐데 10명이라고 하니 필시 나를 놀리려는 것일 거다."

급제자 등수를 발표하는데, 과연 많은 사인 가운데 장원이었다. 제1갑은 원래 9명이었는데, 잠시 후 성시에서 장원한 부송경[36]을 제1갑

34 張王廟: 374년 사천의 張育이 前秦의 苻堅과 싸우다 죽자 사람들이 梓潼縣 七曲山에 張育祠를 세워 추모하다가 후에 인근의 梓潼神 亞子祠와 통합하여 張亞子라 칭하였다. 그 후 사천의 학자를 보호하는 수호신으로 변하기 시작하였고, 그 신령함으로 황제들의 敕封이 계속되었다. 특히 송 眞宗은 英顯武烈王으로 승격시켜 주었다. 일부 유학자들은 梓潼神 신앙이 본질적으로 淫祀라고 비판하였지만 남송 때에는 과거 급제를 기원하는 전국 사인들의 신으로 확고하게 자리 잡았다. 이어 元 延佑 3년(1316)에 梓潼神과 士人의 文運과 성공을 주관한다고 알려진 별에서 유래한 文昌神을 합하여 '輔元開化文昌司祿宏仁帝君'으로 승격시켜 주었고 도교에서도 주요 신의 하나로 적극 수용하였으며 淸代에는 국가 제사의 하나로 공식화되었다.

35 結銜: 관리가 자신이 받은 직책을 나열한 것으로서 신분을 밝히는 가장 대표적인 형식이다. 상주문이나 신도비 등에 주로 활용한다.

36 傅崧卿: 자는 子駿이며 兩浙路 越州(현 절강성 紹興市) 사람이다. 북송 마지막 과

으로 승갑[37]시켜 마침내 10명이 되었다. 대략 꿈에서 말한 제1갑과 같았고, 제수받은 관직도 관함과 꼭 같았다.(이 일화는 엽석림이 기록한 것이다.)

거인 政和 5년(1123) 과거에서 급제하여 考功員外郎 겸 太子舍人이 되었으나 휘종의 신임을 독차지한 도사 林靈素과 대립하여 좌천되었다. 고종 즉위 후 용도각 직학사, 越州·婺州 지사를 거쳐 權戶部侍郎·中書舍人·給事中이 되었다.

37 升甲: 송대에는 과거 합격자를 등수에 따라 1甲~5甲으로 구분하고 1~2甲에는 진사급제, 3~4甲에는 진사출신, 5甲에는 同진사출신이라는 칭호를 하사하였다. 그 가운데 1甲은 총 3명이어서 三鼎甲이라고도 하고, 2甲과 3甲의 정원은 별도로 정해지지 않았지만 3甲까지 모두 臚唱의 특전을 누리므로 통상 3甲까지도 진사급제라고 칭한다. 그런데 본문을 통해 휘종이 제1갑 정원을 9명으로 늘렸음을 알 수 있다. 升甲은 황제 재량에 의해 위의 甲에 포함시켜 준다는 뜻이다. 甲의 구분은 후대에 3단계로 간략해졌다.

12 정주의 물 긷는 부인鼎州汲婦

鼎州開元寺多寓客, 數客同坐寺門, 見婦人汲水. 一客善幻術, 戲惱之, 卽挈水不動. 不知彼婦蓋自能幻也, 顧而言曰: "諸君勿相戲." 客不對. 有頃曰: "若是, 須校法乃可." 擲其擔, 化爲小蛇. 客探懷取塊粉, 急畫地, 作二十餘圈而立其中, 蛇至不能入. 婦人含水噀之, 稍大於前, 又懇言: "官人莫相戲." 客固自若. 蛇突入, 直抵十五圈中, 再噀水叱之, 遂大如椽, 徑躪中圈. 將向客, 婦又相喻止, 客猶不聽. 蛇卽從其足纏繞至項, 不可解. 路人聚觀且數百. 同寺者欲走訴于官, 婦笑曰: "無傷也." 引手取蛇投之地, 依然一擔耳. 笑謂客曰: "汝術未盡善, 何敢然? 若值他人, 汝必死." 客再拜悔謝, 因隨詣其家爲弟子云.

정주[38] 개원사는 임시로 거주하고 있는 과객이 많았는데, 절의 대문 앞에 여러 과객이 함께 앉아 한 부인이 우물에서 물을 긷고 있는 것을 보았다. 한 과객이 요술에 능하여 그녀를 희롱하며 괴롭혔다. 그 부인이 물동이를 들고 움직일 수 없게 한 것이다. 하지만 그 부인도 대략 요술에 능하다는 것은 미처 알지 못했다. 그 부인은 과객을 돌아보며 말하길,

"여러분들 저를 희롱하지 마세요!"

38 鼎州: 荊湖北路 소속으로 치소는 武陵縣(치소는 현 호남성 常德市 鼎城區)이고 관할 현은 3개, 州格은 團練使州이다. 본래 郎州였는데 大中祥符 5년(1012)에 鼎이 출토되자 鼎州로 바꾸었고 乾道 1년(1165)에 常德府로 승격하였다. 현 호남성 북중부에 해당한다.

하지만 과객은 아무런 대답도 하지 않았다. 그러자 그녀는 잠시 후 다시 말하길,

"만약 계속 희롱한다면 누구 요술이 센지 반드시 한번 붙어 보는 것도 좋습니다."

그 부인은 메고 있던 긴 장대[39]를 땅에 던지니 곧 작은 뱀으로 변하였다. 과객은 품 안에서 한 뭉치의 가루를 꺼내 급히 땅에 그림을 그렸다. 20여 개의 동그라미를 그리고 그 한가운데 서 있었다. 뱀이 다가섰지만, 그 선 안으로 들어갈 수 없었다. 부인은 물을 입에 머금었다 뿜어내니 뱀이 커져서 앞으로 나아갔다. 그리고 다시 간청하길,

"댁은 더는 나를 희롱하지 마세요!"

하지만 과객은 실로 태연자약했다. 그런데 뱀이 갑자기 안으로 돌진하더니 15번째 동그라미 가운데서 멈추어 섰다. 부인이 다시 물을 내뿜으며 뱀에게 소리치자 마침내 뱀이 서까래같이 커지더니 곧바로 가운데 동그라미를 뛰어넘어 들어갔다. 뱀이 그 과객을 향하려는데 부인은 다시 희롱을 멈추라고 권고했으나 과객은 여전히 듣지 않았다. 그러자 뱀이 즉시 과객의 다리에서부터 목까지 둘둘 감았고, 그는 풀 수가 없었다. 길을 지나가던 이들이 구경삼아 모여들었는데, 그 수가 무려 수백 명이나 되었다. 함께 절에 있던 자가 관아에 가서 고소하려고 하자 부인이 웃으며 말하길,

"다치진 않았을 겁니다."

그녀는 손을 뻗어 뱀을 잡아 땅에 던졌더니 그것은 분명 그녀가 메

39 擔: 물건을 나르기 위해 어깨 위에 걸쳐 놓는 긴 나무를 말한다. 나무 양쪽 끝에 물건을 매달아 균형을 유지하여 나르는데, 扁擔 또는 肩挑擔子라고 칭한다.

고 있던 장대일 뿐이었다. 부인은 웃으며 과객에게 말하길,

"네 요술은 아직 완전하지도 못한데 어찌 감히 나에게 덤볐느냐? 만약 다른 사람을 만나 덤볐다면, 너는 필시 죽었을 것이다."

객이 재배하고 사죄하면서 후회하였다. 이에 그녀를 따라 그 집으로 가서 제자가 되었다고 한다.

13 서운원의 참새瑞雲雀

邵武軍泰寧瑞雲院主僧顯用之師普聞, 乾道六年十一月二十八日, 巡堂殿焚香, 至羅漢像前, 方瞻禮次, 一雀飛鳴盤旋, 斂翼立爐上, 歷一時久, 凝駐不動. 視之, 已化矣. 鄉人接跡來觀, 了不傾側, 正與像相對. 顯用具白縣. 縣宰趙善扛書偈于紙尾曰: "日日飛鳴宣妙旨, 幻華起滅復何疑? 可憐多少風塵客, 去去來來只自欺." 寺僧圖其狀刻石. 今經數年, 雀羽毛不摧落, 儼然如生, 遠近起敬者不絶. 予甲志所載鼠壞經事, 亦此寺也. 紹興初, 宗本住泰寧之丹霞, 亦有雀化之異.(顯用持刻本來.)

소무군 태녕현[40] 서운원의 주지 현용의 스승 보문은 건도 6년(1170) 11월 28일에 원내의 전각과 요사채[41]을 돌면서 향을 피우고 있었다. 나한상 앞에 이르러 막 나한상을 우러르며 예를 갖추고 머물러 있는데, 참새 한 마리가 날아오더니 울면서 빙빙 돌다가 날개를 추스르고 향로 위에 앉았다. 한참을 머물러 있더니 단단히 멈춰 움직이지를 않았다. 자세히 살펴보니 이미 죽었으나 훼손되지 않은 상태였다.[42] 마을 사람들은 줄지어 와서 보았는데, 조금도 옆으로 기울지 않았으며

40 泰寧縣: 福建路 昭武軍 소속으로 현 복건성 중서부 三明市의 북서쪽에 해당한다.

41 堂殿: 殿은 대웅전 · 관음전 등 부처나 보살을 모신 곳을, 堂은 조사당 · 나한당 등 승려를 모시거나 거주하는 곳을 말한다.

42 化: 본래 승려나 도사의 죽음을 뜻하는 데서 파행하여 시신을 화장해 재가 된다는 뜻도 있고, 죽었지만 훼손되지 않는 몸이 되었다는 뜻도 있다.

정확히 나한상과 마주 보고 있었다. 현용은 이 이야기를 모두 현에 보고했다. 현지사 조선강은 두 손으로 보고서를 들고 본 뒤 그 끝에 게를 지었는데 다음과 같았다.

날마다 날아오르며 우니 신묘한 뜻을 전하는 듯한데,
현혹함과 화려함이 생기고 멸하는 가운데 다시 무엇을 의심하리오?
많고 적은 풍진의 객들은 얼마나 불쌍한가,
오고 가는 이들이 그저 자기를 속일 뿐이네.

절의 승려는 그 모양을 그려 돌에 새겼다. 지금 여러 해가 지났는데도 참새의 깃털은 조금도 빠지지 않았고 살아 있는 모습과 똑같았다. 원근각지에서 이것을 보러오는 이가 끊이지 않았다. 내가 『이견갑지』에 수록한 쥐가 불경을 찢은 이야기도 바로 이 절의 일화다.[43] 소흥 연간 초(1131), 종본 스님이 태녕현의 단하사에 머물 때 역시 참새가 그렇게 변한 기이한 일이 있었다고 한다.[44](이 일화는 승려 현용이 가지고 온 판각본에 실려 있다.)

43 쥐가 불경을 찢은 일화에 관하여는 『이견갑지』, 권12-12, 「경전을 찢은 쥐에 대한 응보」 참조.
44 참새가 변한 일화에 관하여는 『이견갑지』, 권9-8, 「종본이 만난 기인」 참조.

이견정지 夷堅丁志 卷 9

태원 사람 의랑太原意娘

京師人楊從善陷虜在雲中, 以幹如燕山, 飮于酒樓. 見壁間留題, 自稱"太原意娘", 又有小詞, 皆尋憶良人之語. 認其姓名字畫, 蓋表兄韓師厚妻王氏也. 自亂離睽隔不復相聞. 細驗所書, 墨尙濕, 問酒家人, 曰: "恰數婦女來共飮, 其中一人索筆而書, 去猶未遠." 楊便起, 追躡及之. 數人同行, 其一衣紫佩金馬盂, 以帛擁項, 見楊愕然, 不敢公招喚, 時時擧目使相送.

逮夜, 衆散, 引楊到大宅門外, 立語曰: "頃與良人避地至淮泗, 爲虜所掠. 其酋撒八太尉者欲相逼, 我義不受辱, 引刀自剄不殊. 大酋之妻韓國夫人聞而憐我, 亟命救療, 且以自隨. 蒼黃別良人, 不知安往, 似聞在江南爲官, 每念念不能釋. 此韓國宅也, 適與女伴出遊, 因感而書壁, 不謂叔見之. 乘間顧再訪我, 儻得良人音息幸見報." 揚恐宅內人出, 不敢久留連, 悵然告別. 雖眷眷于懷, 未敢復往.

它日, 但之酒樓瞻玩墨蹟, 忽睹別壁新題字幷悼亡一詞, 正所謂韓師厚也. 驚扣此爲誰, 酒家曰: "南朝遣使通和在館, 有四五人來買酒, 此蓋其所書." 時法禁未立, 奉使官屬尙得與外人相往來. 楊急詣館, 果見韓, 把手悲喜, 爲言意娘所在. 韓駭曰: "憶遭掠時, 親見其自刎死, 那得生?" 楊固執前說, 邀與俱至向一宅, 則闃無人居, 荒草如織. 逢牆外打線媼, 試告焉. 媼曰: "意娘實在此, 然非生者. 昨韓國夫人閔其節義, 爲火骨以來, 韓國亡, 因隨葬此."

遂指示窆處. 二人踰垣入, 恍然見從廡下趣室中, 皆驚懼. 然業已至, 卽隨之, 乃韓國影堂, 傍繪意娘像, 衣貌悉曩所見. 韓悲痛還館, 具酒殽, 作文祭酹, 欲挈遺燼歸, 拜而祝曰: "願往不願往, 當以影響相告." 良久, 出現曰: "勞君愛念, 孤魂寓此, 豈不願有歸? 然從君而南, 得常常善視我, 庶慰冥漠; 君如更娶妻, 不復我顧, 則不若不南之愈也." 韓感泣, 誓不再娶. 於是竊發冢, 裹骨歸, 至建康, 備禮卜葬, 每旬日輒往臨視. 後數年, 韓無以爲家, 竟有所娶, 而於故妻墓稍益疎. 夢其來, 怨恚甚切, 曰: "我在彼甚安, 君强攜我. 今正違誓言. 不忍獨寂寞, 須屈君同此況味." 韓愧怖得病, 知不可免, 不數日卒.

도성 사람 양종선은 금군이 운중부[1]를 함락할 때 그곳에 있다가 금나라 사람이 되었다. 그리고 일이 있어 연산부[2]에 갔다가 한 주점에 들러 술을 마시고 있었다.

주점의 벽을 보니 누군가 글을 남겨 놓고 스스로를 '태원부[3] 사람 의랑'이라고 칭하였다. 또 짧은 사詞도 있었는데 모두 남편을 찾고 그리워하는 내용이었다. 그 이름과 글씨체를 잘 살펴보니 대략 사촌 형 한사후의 아내 왕씨가 쓴 것이었다. 그들과는 난리 통에 헤어진 뒤 떨어져 지내며 서로 소식을 전하지 못하고 있었던 것이다. 그 글을

1 雲中府: 거란 西京道의 치소인 西京 大同府의 唐代 지명이다. 당조는 天寶 1년(742)에 雲州를 雲中으로, 乾元 1년(758)에 다시 운주로 바꿨다. 거란은 後晉으로부터 雲州를 할양받은 뒤 大同軍節度使司를 설치하였다가(937) 重熙 13년(1044)에 西京 大同府로 승격시켰다. 하지만 거란의 정통성을 부인하고 싶은 宋朝는 시종 거란의 서경 대동부 대신 당대의 명칭인 운중부라고 칭하였다. 치소는 大同縣과 雲中縣(현 산서성 大同市 雲州區)이고 관할 현은 7개이다.

2 燕山府: 본래 거란 南京 析津府(현 북경시)이다. 휘종은 금군과의 협공을 통해 현 북경 일대를 점령할 것으로 기대하고 宣和 4년(1122)에 연산산맥 남쪽 지역에 燕山府를 치소로 관할 9개 주, 20개 현으로 이루어진 燕山府路를 미리 설치하였다. 하지만 이듬해 금조로부터 실제 할양받은 것은 經州 · 平州 · 營州를 제외한 6개 주였고, 그나마도 2년 후인 선화 7년(1125)에 다시 금조에게 빼앗기고 말았다.

3 太原府: 河東路의 치소로서 3개 府, 14개 州, 8개 軍, 81개 현을 관장하였다. 치소는 陽曲縣(현 산서성 太原市 迎澤區)이고 관할 현은 10개, 監은 2개, 州格은 節度州이다. 後唐 · 後晉 · 後漢 등 세 왕조의 발상지여서 송이 점령한 뒤 幷州로 격하되었다가 嘉祐 4년(1059)에 태원부로 승격되었다. 현 산서성 중부에 해당한다.

자세히 살펴보니 먹물이 아직 젖어 있기에 주점의 주인에게 물어보니 답하길,

"바로 조금 전에 몇 명의 여자가 와서 함께 술을 마셨고, 그중 한 사람이 붓을 달라고 하여 이 글을 썼습니다. 아직 여기에서 멀리 가지는 못했을 겁니다."

양종선은 바로 일어나 그들을 뒤쫓아 따라잡았다. 여러 명이 함께 가고 있었는데, 그중 자색 옷을 입고 말이 그려진 금잔 장식으로 달고 비단으로 목을 두른 자가 있었는데 양종선을 보더니 경악하였다. 그러나 감히 대놓고 손을 흔들어 부르지는 못하고 수시로 눈을 들어 바라보며 따라오라고 암시하였다. 밤이 깊어 사람들이 흩어지자, 비로소 양종선을 불러 큰 저택의 문밖으로 오라고 한 뒤 선 채로 말하길,

"일전에 남편과 함께 피난을 가다가 회하와 사수가 만나는 곳[4]에 이르렀을 때 금의 군대에 붙잡혔습니다. 그 추장인 태위 살팔[5]이라는 자가 욕을 보이려 하였는데, 저는 도의상 결코 욕보임을 당할 수 없어 칼을 꺼내 스스로 목을 베었지만 죽지는 못하였습니다. 살팔의 아내 한국부인이 이를 듣고 저를 불쌍히 여겨 급히 치료해 주었고, 이때부터 저는 그분을 따르게 되었습니다. 경황이 없는 와중에 남편과

4 淮泗: 회하와 사수가 만나는 회하의 하류 지역으로 회하 북쪽의 海州(현 강소성 連雲港市 海州區)와 泗州(현 강소성 洪澤湖 주변) 그리고 남쪽의 楚州(현 강소성 淮安市) 일대를 가리킨다.

5 撒八(?~1161): 거란인이지만 금군에 참여하여 출세하였다. 正隆 5년(1160), 해릉왕이 남송을 침공하면서 거란인을 대거 징병하자 撒八은 반란을 일으켰다. 후에 금군의 대거 공세에 밀려 西遼에 투항하려 이동 중 발생한 내분에서 살해되었다.

헤어지고 어디에서 사는지 알 수도 없었는데, 강남에서 어떤 관직에 있다고 들었습니다. 매번 남편이 그리울 때마다 마음을 풀 길이 없었습니다. 여기는 한국부인의 저택으로 마침 동료들과 바깥나들이를 하였는데 마음이 동하여 벽에 글을 쓴 것인데, 시동생께서 그걸 볼 줄은 생각치도 못했습니다. 시간 될 때 다시 저를 찾아 주시고, 만약 남편의 소식을 알게 되거든 저에게도 꼭 알려 주시면 좋겠습니다."

양종선은 저택 안에서 사람이 나오려 하는 것 같아 감히 더 오래 머무르지 못하고 슬피 이별을 고하였다. 비록 그녀가 가엾게 여겨져 마음속에 잊지 못하고 있었지만, 감히 그녀를 다시 찾아가지는 못했다. 다른 날 단지 주점에 가서 그녀가 쓴 글을 보려고 했는데 문득 다른 쪽 벽에 새롭게 쓰인 글과 망자를 애도하는 사詞가 쓰여 있어 보게 되었다. 바로 사촌 형 한사후의 것이었다. 깜짝 놀라서 이 글을 누가 썼느냐고 묻자 주점의 주인이 말하길,

"남조에서 화의를 맺기 위해 온 사신들이 여관에 묵고 있는데, 4~5명이 와서 술을 마셨습니다. 이 글은 아마도 그중 한 사람이 썼을 겁니다."

당시에는 법적으로 금지하는 규정이 아직 만들어지지 않을 때여서 남쪽에서 사신으로 온 관원과 속관들은 여전히 외부 사람들과 왕래할 수 있었다. 양종선은 급히 여관으로 갔고 정말로 한사후를 만날 수 있었다. 양종선은 한사후의 손을 잡고 새삼 희비가 교차하는 가운데 그에게 의랑이 있는 곳을 말해 주었다. 그러자 한사후는 놀라 말하길,

"금군에게 침략을 당했을 때 아내가 스스로 목을 베어 죽은 것을 내가 직접 목격했는데 어찌 살아 있을 수가 있단 말이오?"

양종선이 앞서 했던 말이 틀림없다고 고집하자 그와 함께 전에 갔던 저택으로 가 보자고 했다. 함께 가 보니 인적이 끊긴 채 아무도 살고 있지 않았으며 잡초만 무성하였다. 담장 밖에서 실을 잣고 있는 노파가 보이기에 혹시나 해서 물어보았다. 그러자 노파가 말하길,

"의랑은 이곳에 실제로 있었습니다. 그러나 살아 있던 것은 아닙니다. 전에 한국부인이 그녀의 절개를 안타깝게 여겨 화장하여 데리고 왔고, 한국부인이 죽었을 때 이곳에 함께 묻혔지요."

그리고 묻힌 곳을 알려 주었다. 두 사람은 담장을 넘어 들어갔는데 아득하게 그녀가 행랑채 아래를 지나 방으로 들어가는 것을 보고 깜짝 놀라 두려워 떨었다. 그러나 이미 이곳까지 왔기에 곧장 그녀를 따라갔다. 그랬더니 그 방은 한국부인의 초상을 모시는 영당이었고, 옆에는 의랑의 초상이 그려져 있었다. 옷과 용모는 모두 일전에 양종선이 본 것과 똑같았다. 한사후는 비통한 마음으로 여관으로 돌아왔고, 술과 음식을 준비하여 제문을 짓고 술을 따르며 강신하였다. 한사후는 의랑의 분골을 가지고 귀국하고 싶어 재배하고 그녀에게 축원하며 묻갈,

"가기를 원하는지 원하지 않는지 모습이나 소리로 말해 주시면 좋겠소."

한참 뒤 그녀가 모습을 드러내고 말하길,

"당신의 사랑하고 그리워하는 마음에 감사드려요. 외로운 혼으로 여기에 잠시 머물고 있지만, 어찌 돌아가기를 원하지 않을 수 있겠어요? 그러나 그대를 따라 남쪽으로 간 후에도 그대는 매일 나를 잘 대해 주어야 해요. 명계의 망막함을 달래 주셔야 해요. 만약 그대가 다시 재혼이라도 하여 나를 돌아보지 않는다면 차라리 남쪽으로 가지

않는 것이 더 나을 거예요."

한사후는 감동하여 눈물을 흘리며 재혼하지 않겠다고 맹세하였다. 이에 몰래 무덤을 파서 그 유골을 천에 감싸서 귀국하였다. 건강부에 돌아와 예를 갖추어 묫자리를 골라 장사 지내고 열흘에 한 번 가서 살폈다. 이후 여러 해가 지나도록 한사후는 가정을 이루지 못했으나, 결국 재혼하였고 그 후 전처의 묘에 대해 갈수록 조금씩 소홀하게 대하였다. 꿈에 의랑이 찾아왔는데 그 원망함이 매우 컸다. 그녀가 말하길,

"내가 북쪽에 있었을 때는 매우 편안했었는데 당신이 강제로 나를 데리고 왔고, 지금 맹세를 정확하게 어겼어요. 홀로 적막함을 견딜 수가 없네요. 반드시 그대에게 똑같은 상황을 만들어 줄 거예요."

한사후는 자괴감과 두려움에 그만 병을 얻었고, 죽음을 피할 수 없다는 것을 알았다. 불과 며칠 만에 죽고 말았다.

허도수許道壽

許道壽者, 本建康道士, 後還爲民, 居臨安太廟前, 以鬻香爲業, 倣廣州造龍涎諸香, 雖沉麝箋檀, 亦大半作僞. 其母寡居久, 忽如姙娠, 一産二物, 身成小兒形, 而頭一爲貓, 一爲鴉, 惡而殺之. 數日間母子皆死, 時隆興元年.

허도수라는 자는 본래 건강부의 도사였는데 후에 환속하여 일반인이 되었다. 임안부의 태묘[6] 앞에서 살면서 향을 파는 일을 하였는데, 광주에서 제작한 용연향[7] 등 여러 향을 모방하여 만들어 팔았는데 침향, 사향, 전향,[8] 단향 등이라고는 하지만 대부분 가짜로 만든 엉터리였다.

허도수의 어머니는 홀로 된 지 매우 오래되었는데 갑자기 임신한

6 太廟: 남송이 건국되면서 태묘의 9廟 神主도 각처로 이주하기 시작하여 먼저 揚州 壽寧寺로 옮겼다. 이후 금군의 양주 급습 때 창졸간에 대피하느라 太祖의 신주를 한때 분실하는 소동도 있었지만, 양주에서 越州를 거쳐 溫州에 안치하였다. 이후 정세가 안정되자 소흥 5년(1135)에 임안부에 태묘를 정식 건립하였다.

7 龍涎香: 용의 침으로 만든 향이란 뜻인데, 사향 · 침향과 함께 3대 향료로 꼽히는 향료다. 본래 수컷 향유고래의 소화기관에서 생성되는 단단한 왁스 형태의 고형물이다. 처음 토해낼 때는 똥 냄새 같은 악취가 나지만 바닷속을 떠다니며 은은한 향기를 지니게 되는데 알코올에 녹이면 향료로 변하며 다른 향과 결합하면 향의 지속 시간을 늘리는 고정제 역할을 한다.

8 箋香: 침향의 일종인데 침향의 형성에는 10~20년이 소요된다. 향은 수지 밀도에 따라 5단계로 구분하는데 최상급인 침향의 수지 밀도는 100%이고, 2번째 등급인 전향은 90% 정도다.

것같이 되어 한 번에 쌍둥이를 낳았다. 몸은 어린아이 같았지만 하나는 머리가 고양이였고 하나는 머리가 갈까마귀였다. 허도수는 그들이 혐오스러워 죽였다. 며칠 사이에 허도수 모자 둘 다 죽었다. 융흥 1년(1163)에 있었던 일이다.

03 등명지滕明之

臨安人滕明之, 初爲諸司吏, 坐事失職, 無以養妻子, 乃爲人管幹官爵差遣, 規取其贏. 且好把持人語言短長, 求取無度, 識者畏而惡之. 紹興丁卯之秋, 告其妻曰: “吾適夢至望仙橋, 入馬胎中, 驚怛而寤, 此何祥也?” 卽得疾死. 死之夕, 家人皆聞馬嘶聲, 妻後亦流爲倡云.

임안부 사람 등명지는 본래 조정의 실무 기관[9]에서 서리를 지내다 업무 처리를 잘못하여 실직하였다. 처자를 부양할 수 없게 된 등면지는 관직이나 작위를 얻거나, 임용[10]되려는 사람들을 위해 다리를 놓아 주는 역할을 하며 그 사이에서 이익을 취하고 있었다. 사람들의 말에서 장단점을 잘 파악했고 이익을 취하는 데 끝이 없어 알 만한 이들은 모두 그를 두려워하거나 싫어하였다. 소흥 정묘년(17년, 1147) 가을, 그가 아내에게 말하길,

“내가 마침 꿈에 망선교[11]에 이르렀는데 말의 뱃속으로 들어가 놀라서 깨어났다오. 이게 무슨 징조일까?”

그는 곧 병을 얻어 죽었다. 죽던 날 밤, 집안사람 모두 말이 우는 소리를 들었고 그의 아내는 후에 창녀가 되었다고 한다.

9 諸司: 尙書省 24司와 尙書省 6部 諸司 등 상서성의 실무 부서를 말한다.

10 差遣: 송대에는 중앙관(京官)을 파견하는 형식으로 지방관을 임명하였다. 따라서 차견은 통상 파견보다는 부임 · 임용 · 전보 등의 의미가 더 강하다.

11 望仙橋: 현 杭州市 上城區에 있는 鼓樓와 德壽宮 遺址 사이를 흐르는 中河에 놓인 돌다리이다.

04 서지에서의 유람西池遊

宣和中, 京師西池春遊, 內酒庫吏周欽倚仙橋欄檻, 投餠餌以飼魚. 魚去來游泳, 觀者雜沓, 良久皆散. 唯一婦人留, 引周裾與言. 視之, 蓋舊鄰賣藥駱生妻也. 自徙居後, 聲迹不相聞. 見之喜甚, 問良人安在, 顣頞曰: "向與子鄰時, 彼謂我私子, 子旣徙去, 猶屢箠辱我. 我不能堪, 與之決絶, 今寓食阿姨家. 聞子已喪偶, 思欲遣媒妁□議而未及, 不料獲相逢於此." 周愈喜, 卽邀入酒肆, 草草成約, 納爲妻.

踰數月, 因出城回, 買飯于市, 駱生適負藥笈過門, 周以娶其出婦之故羞見之, 掩面欲避. 駱遽入相揖, 周勉與語, 且詢其室家. 駱傷惋曰: "首春病疫死矣, 吾如失左右手, 悲念之不忘." 遂泣下. 周寬譬使去, 殊大驚. 又疑駱諱前事而爲之說, 立詣舊居, 訪鄰里. 皆言駱妻死明白, 曰: "吾屬皆送葬者也."

周益自失, 懼不敢還家, 又不知所爲, 縱飮酒壚, 醉就睡, 迨夜乃出, 信步行, 茫無所之. 値當道臥者, 絆而仆, 沾溼滿身, 復起行, 財數十步, 聞連呼'殺人'. 邏卒躡尋, 見周意狀蒼忙, 而汚血被體, 共執送官. 具說蹤跡如此, 竟不能自明, 掠死於獄. 而眞盜逸至京東, 以他過敗獲, 具言都城殺人事. 移牒開封, 則周旣死矣, 可謂奇禍也. 其子子明, 亦坐惡逆誅.

선화 연간(1119~1125)에 도성에서는 봄에 서지[12]를 유람하는 풍속

12 西池: 개봉성의 서쪽에 만든 황실 정원으로서 金明池로 널리 알려졌다. 본래 후주 顯德 4년(957)에 수군 훈련장소로 만들어져서 북송으로 이어졌다. 호수 형태는 사각형이며 주위는 담으로 둘러쌌고 각종 전각과 교량으로 아름답게 만들어졌다. 황실 정원이지만 매년 3월 초부터 4월 8일까지 봄놀이 장소로 일반인에게 개방하

이 있었는데 내주방[13]의 창고 관리를 담당한 서리[14] 주흠은 서지의 선교[15] 난간에 기대어 전병 부스러기를 물고기에게 던져 주고 있었다. 물고기는 왔다 갔다 하며 물속에서 헤엄을 치고 있었고, 이를 구경하는 자가 매우 많았지만 얼마 뒤 모두 흩어졌다. 오직 한 부인만 남아 있다가 주흠의 옷자락을 끌며 말을 걸었다. 자세히 보니 옛날에 이웃에서 약을 팔던 낙씨의 아내였다. 주흠 자신이 이사한 뒤로 그들에 관해 아무런 소식도 듣지 못하였다. 그녀를 보자 매우 기뻐하며 남편은 어디에 있느냐고 묻자 콧날을 찡그리며 말하길,

"예전에 당신과 이웃으로 지낼 때 남편은 내가 당신과 사통하고 있다고 생각했고, 당신이 이사 나간 후로도 여전히 수 차례 나를 때리고 욕보였어요. 나는 더는 참을 수가 없어서 그와 관계를 끊었답니다. 지금은 잠시 이모 집에서 머무르고 있습니다. 듣자 하니 당신도 상처하였다고 하여 저는 매파를 보내 혼담을 넣으려고 하던 참에 예상치 않게 여기에서 당신을 만났네요."

주흠은 더욱 기뻐 즉시 그녀를 주점 안으로 데리고 들어가 서둘러 약식으로 혼례를 올리고 그녀를 아내로 삼았다. 여러 달이 지나 성 밖으로 나갔다가 돌아오는 길에 시장에서 밥을 먹고 있는데, 마침 낙

였다. 서지는 명 崇禎 15년(1642)에 황하의 대홍수로 사라졌다.

13 內酒坊: 국가에서 필요로 하는 술을 생산하고 관리하는 부서이다. 개봉성 내성의 서북쪽에 있으며, 황실 제사용 法糯酒, 일반용 糯酒, 군인과 서리 등에 대량 공급할 常料酒 등 3종의 술을 생산하였다.

14 掌庫: 內酒坊은 업무를 총괄하는 酒坊官 3명, 監門官 2명이 있고 그 아래 술을 주조하는 전문가 19명, 군인 139명, 창고를 관리하는 掌庫 14명으로 이루어졌다. 본문의 周欽은 掌庫 14명 가운데 하나인 것으로 보인다.

15 仙橋: 서지 중간에 만든 3개의 아치가 있는 다리다. 다리 위에는 寶津樓까지 있어 풍취를 더하였다.

씨가 약상자를 둘러메고 식당 문 앞을 지나고 있었다. 주흠은 낙씨가 이혼한 여자를 자신의 아내로 받아들인 사정도 있고 하여 그를 보기가 꺼려져서 얼굴을 가리고 피하고자 했다. 하지만 낙씨가 급히 들어와 인사를 하자 주흠도 억지로 그와 말을 나누었고, 또 낙씨의 집안 사정에 대해 물어보았다. 낙씨는 상심하여 탄식하며 말하길,

"아내가 이번 봄 역병이 돌 때 죽었다오. 나는 좌우 두 손을 다 잃은 듯하여 슬퍼하며 잊지 못하고 있지요."

그는 곧 눈물을 흘렸다. 주흠은 그를 좋은 말로 위로하여 돌아가게 했지만, 오히려 크게 놀랐다. 또 한편으로는 낙씨가 전의 일을 꺼리어 그렇게 말한 것일 수도 있다고 의심하고 곧바로 예전 살던 곳에 가서 이웃에게 물어보았다. 모두 낙씨의 아내가 죽은 게 분명하다며 말하길,

"우리들이 모두 장례를 도왔지요."

주흠은 마음이 허탈하여 정신이 없고, 두려워서 감히 집으로 돌아갈 수 없었다. 또 어떻게 해야 할 바를 몰라 술집에 들러 실컷 술을 마시고 취하여 잠이 들었다. 밤이 되자 술집을 나와 발 가는 대로 거리를 거닐었지만, 망연자실할 뿐 갈 곳이 없었다. 마침 길가에 누워 있던 자와 부딪혀 걸려 넘어졌고 온몸이 젖게 되었다. 다시 일어나 걸었는데 겨우 수십 보를 걸었을 때 누군가 '사람을 죽였다'라며 연거푸 외치는 소리가 들렸다.

순찰하던 포졸들이 뒤따라와서 범인을 찾다가 주흠의 정서와 황급하고 외모가 엉망인 것을 보았고 또 온몸이 피로 더럽혀진 것을 발견하고 함께 잡아서 관아에 넘겼다. 그가 있었던 일을 있는 그대로 설명하였으나 결국 스스로 결백함을 설명하지 못하여 마침내 옥에서

매를 맞고 죽었다. 진범은 경동로[16]까지 도망가던 중 다른 죄로 체포당했는데, 도성에서 사람을 죽인 일까지 다 자백하였다. 사건이 개봉부로 이첩되었지만 주흠은 이미 죽었다. 정말 기이한 화를 입은 것이라고 일컬을 만했다. 그 아들 주자명도 중죄를 지어 역시 사형에 처해졌다.

16 京東路: 開寶 1년(968), 수도인 東京 開封府의 동쪽에 처음 설치되어 至道 3년(997), 전국 15개 轉運使路 체제의 하나로 운영되었다. 治所는 본래 廣濟軍이었으나, 景德 2년(1005) 이후 靑州와 鄆州로 옮겼고 관할 주는 16개, 군은 4개, 감은 2개였다. 현 산동성과 하남성 동부, 강소성 북부에 상당하는 지역이며, 熙寧 5년(1072)에 동로와 서로로 분리되었다.

05 서무가 키운 물고기舒懋育鰍鱓

臨安浙江人舒懋, 以賣魚飯爲業, 多育鰍鱓甕器中, 旋殺旋烹. 一日發甕, 失所蓄, 遍尋之, 乃悉緣著屋壁, 纍纍欲上, 而無所届, 繚繞虯結可畏. 懋甚懼, 取投諸江, 誓不復殺, 而易爲蔬饌. 經數月, 所入殊薄, 不足以贍家, 乃如其故. 俄又失二物所在, 因汲水, 見□蟠井中, 不暇顧省, 拾取而烹之. 時乾道五年春也. 及秋, 疫作, 盡室皆死, 懋獨不然. 但遍身生瘡, 每瘡輒有鰍鱓頭喙突出, 痛楚特甚, 後一月乃死.

임안부를 흐르는 절강[17]의 강변에 사는 서무는 물고기 요리를 팔아서 먹고사는데 미꾸라지나 드렁허리[18] 등을 옹기에 넣고 키우다 그때그때 잡아서 요리하였다. 하루는 옹기를 열어 보니 키우던 물고기가 모두 사라졌기에 여기저기 찾아보았는데, 모두 집의 벽을 타고 뒤엉켜서 다다를 곳도 없는데 계속 위로 올라가고 있었다. 이렇게 서로 뒤얽힌 규룡 같아서 몹시 무섭게 생겼다.

서무는 너무도 무서워서 그것을 모두 강에다 버렸고, 다시는 살생하지 않겠다고 맹세하고 채소 요리로 바꾸었다. 이렇게 몇 달이 지나자 수입이 매우 적어 가족들을 부양할 수가 없자 다시 예전과 같이

17 浙江: 현 절강성을 동서로 가르며 흐르는 錢塘江의 본래 명칭이다. 후에 현 항주인 錢塘縣을 지난다고 하여 錢塘江으로 바뀌었다. 항주시 富陽區 상류 구간은 富陽의 옛 지명인 富春에서 유래한 富春江이라고 부르고, 그 이하 하류 구간을 錢塘江으로 구분하기도 한다.

18 鱓魚: 뱀장어와 비슷하게 생긴 물고기로 드렁허리라고도 한다. 통상 鱔魚로 쓴다.

물고기 요리로 돌아갔다. 얼마 후 미꾸라지와 드렁허리가 또 사라졌고 물을 길으러 가는데 … 우물 가운데 엉켜 있어 돌아볼 틈도 없이 그것을 잡아다 요리했다. 그때가 건도 5년(1169) 봄이었다. 가을이 되자 역병이 돌았고 집안 식구들이 모두 죽었다. 서무 홀로 살아남았는데 온몸에 종기가 났다. 종기에는 각각 미꾸라지나 드렁허리 대가리가 있었고, 뾰족한 주둥이가 밖으로 튀어나와 있었다. 통증이 매우 심했는데 한 달 후 그도 죽었다.

06 진씨 집 며느리陳媳婦

宣和四年, 京師鬻果小民子夜遇婦人, 豔粧秀色, 來與語. 邀至一處, 相與燕狎, 頗得衣物之贈. 自是夜夜見之, 所獲益多. 民服飾驟鮮華, 而容日羸悴, 醫巫不能愈. 有禁衛典首劉某, 持齋戒, 不食, 但啖乳香飲水, 能制鬼物, 都人謂之'喫香劉太保'. 民父母偕往懇祈. 劉呼視其子, 曰: "此物乃爲怪耶? 吾久疑其必作孽, 今果爾."

卽共造産科醫者陳媳婦家. 陳之門刻木爲婦人, 飾以衣服冠珥, 稍故暗則加采繪而更新其衣. 自父祖以來有之, 不記歲月矣. 劉揭其首冪令民子視之, 則宛然夜所見者. 乃就其家設壇位, 步罡作法, 擧火四十九炬焚之, 怪遂絶.

선화 4년(1134) 도성에서 과일을 파는 가난한 주민의 아들이 밤에 한 여인을 만났다. 곱게 꾸며 매우 아름다운 여인이 그에게 다가와 말을 걸었다. 그리고 그에게 가자고 권하여 한곳에 이르더니 서로 희롱하며 장난쳤고 그 아들은 제법 많은 옷가지와 물건들을 얻었다. 이때부터 밤마다 그녀를 만났고 얻는 선물은 갈수록 많아졌다. 아들의 옷차림은 화려해졌으나 얼굴은 날로 초췌해져 갔다. 의사나 무당은 그를 치료할 수 없었다. 금위군의 전수인 유모씨는 계율을 지키며 일반 음식을 먹지 않고, 오직 유향[19]과 물만 먹으며 지냈는데 귀신과 요

19 乳香: 감람과의 유향나무 수액을 건조하여 만든 약재로 진통 약효가 뛰어나다. 아라비아반도 남부에서 생산되며 薰陸香 · 馬尼香 · 天澤香 · 摩勒香 · 多伽羅香 등 주로 생산지의 지명에서 유래한 다양한 별칭이 있다.

물을 제압할 수 있다고 하여 도성 사람들은 그를 가리켜 '유향을 먹은 유태보'라 불렀다. 과일상은 그에게 찾아가 간절히 부탁하였다. 유태보가 그 아들을 보고 말하길,

"그 요물이 홀린 것이 틀림없네? 그것이 틀림없이 일을 저지를 거라고 내가 전부터 의심했는데 오늘 보니 분명히 그러하네."

유태보는 곧 과일상과 함께 산파인 진씨 며느리 집을 찾아갔다. 진씨네 대문에는 나무로 만든 부인 조각이 있고, 거기에 의복과 관, 귀고리 등으로 장식해 놓았다. 조금 오래되어 바래면 새로 수를 놓고 갈아입혔다. 할아버지와 아버지 때부터 있던 조각이니 얼마나 오래되었는지 알 수 없었다. 유태보가 그 머리에 덮은 것을 걷어 과일상의 아들에게 보여 주니 밤에 본 여자와 똑같다고 하였다. 이에 바로 그 집에서 제단과 신위를 만들고 칠성의 기를 받기 위해 걷고 법술을 행하였다. 횃불 49개를 들어 나무조각상을 태우니 괴이한 일이 곧 멈추었다.

07 하동 사람 백정 정씨河東鄭屠

臨安宰豬, 但一大屠爲之長, 每五鼓擊殺于作坊, 須割裂旣竟, 然後衆屠兒分挈以去. 獨河東人鄭六十者, 自置肆殺之. 嘗挂肉於案鉤上, 用刀頗銳, 鉤尖利甚, 傷其掌, 刃透手背, 痛逾月方愈. 又臨竈燖豬, 恍若有物挽捽入大釜中, 妻子急拯之, 半身煮爛死矣.

임안부에서 돼지를 도살할 때는 가장 큰 규모로 사업하는 백정 한 명이 대표가 되고 매번 오경이 되면 작방에서 돼지를 잡아 고기를 잘라서 나누면 일이 마무리된다. 그 연후에 여러 백정이 서로 고기를 나누어 가지고 갔다. 그런데 유독 하동로 사람 정육십이라는 자는 스스로 도살장을 꾸리고 돼지를 잡았다. 일찍이 고기를 가판대 갈고리 위에 걸어 두었다. 사용한 칼이 제법 예리하고 갈고리의 끝은 매우 뾰족했는데, 갑자기 거기에 자신의 손바닥이 찔렸고 칼날이 손등을 뚫었다. 통증은 한 달이 지나서야 겨우 가라앉았다. 또 한 번 부엌에서 돼지고기를 삶으려는데, 황망한 중에 마치 무엇인가가 가마솥으로 그를 끌어당기는 듯하였다. 아내가 급히 그를 잡았는데, 몸이 이미 반이나 삶겨져서 죽고 말았다.

승절랑 장안張顔承節

宣和間, 京師天漢橋有官人自脫冠巾引頭觸欄柱不已. 觀者環視, 恍莫測其由, 不復可勸止, 問亦不對. 良久, 血肉淋漓, 冥仆于地. 徼巡卒共守伺之. 日晚小蘇, 呻吟悲劇, 顧曰: "我張顔承節也, 住某坊內, 幸爲僦人舁歸." 旣至家, 遂大委頓, 頭顱腫潰如盎, 呼醫傅藥, 累旬方小愈. 家人扣其端, 全不自覺.

瘡成痂而痒不可忍, 勢須猛爬搔, 則又腫潰. 才愈復痒, 如是三四反, 踰年不差, 殆於骨立. 盡室憂其不起. 嘗扶掖出門, 適舊僕過前, 驚問所以, 告之故, 僕曰: "都水監杜令史施惡瘡藥, 絕神妙. 然不可屈致, 當勉詣彼, 庶見證付藥, 可立愈." 張仗僕爲導, 亟訪之. 杜生屏人曰: "頗憶前年中秋夜所在乎?" 曰: "忘之矣."

杜曰: "吾能言之. 君是年部江西米綱, 以中秋夕至獨樹灣檥泊, 月色正明, 君杖策登岸百步許, 得地平曠, 方命酒賞月, 俄而驟雨, 令僕夫取雨具, 怒其來緩, 致衣履沾濕, 抛所執拄斧, 擲之中額.

僕回舟謂妻曰: '我爲主公所擊, 已中破傷風, 恐不得活. 然無所赴愬, 卽死, 汝切勿以實言, 但云痼疾發作. 此去鄉遠, 萬一不汝容, 何以生存? 宜懇白主公, 乞許汝子母附舟入京, 猶得從人浣濯以自給.' 言終而亡. 比曉, 妻舉尸槀瘞于水濱, 泣拜君曰: '夫不幸道死, 願容附載.' 君叱之曰: '舟中皆男子, 豈宜著汝無夫婦人?' 略不顧, 促使解纜. 妻拊膺大慟曰: '孤困異土, 兼乏裹糧, 進退無路, 不如死.' 抱幼子自投江中.

僕旣殞於非命, 又痛妻兒之不終, 訴諸幽府, 許償此寃. 去年君觸橋時, 乃彼久尋君而得見也."

張震駭曰: "是皆然矣. 某方欲丐藥, 何爲及此? 且何以知之?" 杜曰: "吾晝執吏役, 夜直冥司, 職典寃獄, 玆事正在吾手. 屢爲解釋, 渠了不聽從. 自今四十九日, 當往與君決. 至期, 可掃洒靜室, 張燈四十九盞, 置高坐以待之, 中夜當有所睹. 幸而燈不滅, 彼意尙善; 若滅其半, 則不可爲矣. 吾亦極力調護, 但負命之寃, 須待彼肯捨與否. 有司固不可得而强, 無用藥爲也."

張泣謝而歸, 如其敎. 張燈之夕, 獨坐高榻, 家人皆伺於幕內. 近三鼓, 陰風勁厲, 四十九燈悉滅, 其一復明. 亡僕流血被面, 妻子相隨, 猶帶水瀝漉, 從室隅出, 捽張曰: "可還我命!" 卽隕墜于下, 頭縮入項間而死.

선화 연간(1119~1125), 도성의 천한교[20]에서 한 관원이 스스로 갓과 건을 벗고 머리로 다리 난간을 들이받고 있었는데 멈추지를 않았다. 주위 사람들이 둘러싸고 그를 보고 있었는데, 황당했지만 그 이유는 알 수 없었다. 또 그에게 멈추라고 권할 수도 없었으며 왜 그러냐고 물어도 대답하지 않았다. 한참 후 피가 살갗 위로 흥건하게 흘렀고, 그는 혼절하며 바닥으로 넘어졌다. 순찰 중이던 포졸이 와서 함께 그를 지켜보고 있었다. 날이 어두워지자 조금 정신이 들었고, 그는 매우 슬프게 신음했다. 그리고 주위를 돌아보며 말하길,

"나는 승절랑[21] 장안이라고 하는데 모모 방坊에서 살고 있소. 사람을 불러 가마에 태워 돌아갈 수 있게 해 주시면 감사하겠소."

집에 도착한 뒤 곧 크게 힘이 빠져 넘어졌고, 머리뼈가 부어올랐으

20 天漢橋: 唐 建中 2년(781)에 汴州(개봉) 동남쪽 汴河에 설치한 돌다리다. 정식 이름은 汴州橋였고 오대에는 汴橋, 송대에는 천한교였으나 통상은 州橋라고 불렀다. 북송 이후 개봉성이 확장되면서 다리는 皇宮과 南城門을 잇는 번화가인 御道의 일부가 되었다. 平橋여서 배가 지나갈 수는 없었다.

21 承節郎: 禁軍의 三班院에 속한 하급 무인으로서 三班奉職이라고 칭하였고, 政和 2년(1112)에 承節郎으로 개칭하였다. 원풍개혁 이후 從9품에 속하였다.

며 살이 찢어져 동이처럼 둥근 모양이 되었다. 의사를 불러 약을 바르고 열흘 정도 지나자 비로소 조금 나아졌다. 가족들이 어떻게 된 일이냐고 까닭을 물었지만 장안은 아무것도 기억하지 못했다.

머리의 상처가 딱지처럼 앉더니 가려워서 참을 수 없을 정도여서 심하게 긁어야만 했다. 그랬더니 머리가 다시 부어오르고 살이 찢겨졌다. 조금 나아지면 다시 가려웠으니 이렇게 서너 번을 반복하면서 일 년이 지나도 나아지지 않아 뼈가 다 드러날 지경이 되었다. 온 집안사람들은 그가 끝내 일어나지 못할까 걱정했다. 하루는 그를 부축하고 집을 나섰는데 마침 옛 노복이 그 앞을 지나다가 놀라서 까닭을 물었고 이유를 말해 주자 노복이 말하길,

"도수감[22] 영사[23] 두씨에게 악창에 붙이는 약이 있는데 매우 신묘하다고 합니다. 그러나 그에게 집으로 오라고 할 수는 없을 터이니 힘들더라도 그의 집에 가서 상처를 보이고 약을 바르면 곧 나을 것입니다."

장안은 노복에게 의지하여 길을 안내받아 급히 서둘러서 두씨 집을 방문했다. 두씨는 주위 사람들을 물리치고 말하길,

"작년 중추절 밤에 있었던 곳을 조금이라도 기억하시는지요?"

장안이 대답하길,

22 都水監: 하천 · 제방 · 나루 · 교량 · 운하 준설 등을 책임진 부서이다. 元豐 관제개혁 이후 책임자는 都水監使, 都水監丞, 都水監主簿이다. 남송은 황하와 운하에 대한 관리 부담이 크게 줄었기 때문에 도수감의 기능을 축소하였고, 소흥 10년(1140)에 폐지하였다.

23 令史: 문하성 소속으로 官印 관리, 各房의 실무를 처리한다. 원풍 관개제혁 이후 정원은 6명이며 비록 서리지만 종8품이다.

"잊어버렸습니다."

두씨가 말하길,

"제가 능히 얘기해 줄 수 있습니다. 댁은 그해 강서의 미곡 운반선을 지휘하고 있었고, 중추절 밤에 독수만에 이르러 배를 정박하고 있었는데, 달빛이 매우 아름다워 대나무를 지팡이 삼아 강언덕에 올라 100여 보쯤 걸었을 때 바닥이 평평하고 넓은 곳에 이르렀습니다. 막 술을 가져오게 하고 달을 감상하려는데 잠시 후 소나기가 와서 노복에게 우산을 가져오게 하였습니다. 그런데 노복이 늦게 가져와 옷과 신발이 모두 젖은 것에 화가나 당신은 가지고 있던 도끼를 던져 버렸는데 날아간 도끼가 노복의 이마에 맞았지요. 노복은 배로 돌아가 아내에게 말하길,

'나는 주인이 던진 도끼에 맞아서 이미 파상풍에 걸린 것 같소. 아마 살기가 어려울 것 같으나 호소할 곳도 없구려, 곧 죽으면 당신은 절대로 사실대로 말하지 말고 그저 고질병이 발작하여 죽은 것이라 하시오. 이곳은 고향에서 매우 멀어 주인이 만일 당신을 데려가지 않으면 무엇으로 살아가겠소? 마땅히 주인에게 간절히 고하여 당신과 아들 모자를 배에 태워 도성까지 갈 수 있게 해 달라고 하오. 도성에 가거든 사람들의 빨래를 해 주면 생계를 이어 갈 수 있을 거요.'

노복은 말을 마치고 죽었지요. 새벽이 되자 노복의 아내는 남편의 시신을 들고 거적에 쌓서 물가에 묻고 당신에게 울며 절하면서 말하길,

'남편이 불행하게도 길에서 죽었습니다. 바라건대 저희를 배에 태워 주십시오.'

당신은 그녀에게 호통치며 말하길,

'배에는 모두 남자뿐인데 어찌 너같이 남편이 없는 여자를 태울 수 있겠는가?'

당신은 조금도 돌아보지 않고 닻줄을 풀라고 재촉하고 출발했지요. 노복의 아내는 가슴을 치며 크게 통곡하면서 말하길,

'낯선 타향에서 홀로 힘들게 살아야 하는데 먹을 것도 입을 것도 없으니 진퇴양난일세. 그렇다면 차라리 죽는 것만 못하구나.'

그녀는 어린 아들을 안고 강에 몸을 던졌습니다. 노복은 이미 비명횡사 한데다 또 처자식이 제대로 살지 못한 것을 통탄하며 명계의 관청에 이를 고소하며, 이 원한을 풀어 달라고 간청했지요. 작년에 당신이 다리 난간에 머리를 박았을 때가 바로 그 노복이 오랫동안 당신을 찾아다니다가 당신을 만난 시점이었습니다."

장안이 깜짝 놀라 말하길,

"이 일이 다 그런 것이었군요. 나는 당신에게 약을 구하러 왔는데 이 이야기를 다 들려주니, 그대는 이 일을 어떻게 다 알고 있습니까?"

두씨가 말하길,

"저는 낮에는 서리로서 일하고 있지만 밤에는 명계의 관아에서 당직을 섭니다. 제가 맡은 일은 억울한 옥사를 처리하는 것인데, 이 사건은 바로 제가 담당입니다. 여러 차례 그에게 좋은 말로 권했지만, 그는 절대 따르려 하지 않습니다. 오늘부터 49일 내로 마땅히 그대에게 가서 결판을 지으려 할 것입니다. 기한이 다가오면 집을 청소하고 정숙하게 한 뒤 49개의 등잔에 불을 켜시고 높은 의자에 앉아 그를 기다리십시오. 밤이 깊을 때 무언가 보일 것입니다. 다행히 등불이 꺼지지 않으면 그자가 그런대로 좋게 끝내려 하는 것이고 만약 그 반이 꺼지면 그렇게 하지 않겠다는 뜻입니다. 내가 최대한 힘써 조정을

해볼 터이나 목숨을 잃은 억울함을 푸는 것은 그저 그자가 어떻게 하는지를 기다릴 수밖에 없습니다. 관아에서도 실로 강제할 수 없습니다. 달리 약을 쓸 필요가 없습니다."

장안은 울며 감사의 뜻을 표하고 돌아가 두씨가 가르쳐 준 대로 하였다. 불을 켠 날 밤, 장안은 홀로 높은 의자에 앉았고 가족들은 모두 장막 안에서 지켜보고 있었다. 3경이 다가오자 음습한 바람이 갑자기 세게 불더니 49개의 불이 모두 꺼졌다가 그중 1개만 다시 켜졌다. 죽은 노복은 온 얼굴에 피를 흘리고 있고, 그의 아내와 아들은 아직도 물에 젖어 있는지 물기를 뚝뚝 흘리며 방 모퉁이에서 함께 나왔다. 그는 장안을 잡아끌며 말하길,

"우리 목숨을 돌려주시오!"

장안은 즉시 아래로 굴러떨어져 머리가 쪼그라들어 목으로 들어간 채로 죽었다.

09 불효자 용택과 진영년龍澤陳永年

乾道三年秋, 臨安大雷震, 軍器所作坊兵龍澤夫婦幷小兒曰凡三人, 震死於一室. 初, 澤父全旣死, 澤妹鐵師居白龜池爲娼. 其母但處女家, 遇子受俸米, 則來取三斗去. 澤夫婦頗厭其至, 屢出惡言. 郭僧者亦相與罵侮, 以乞婆目之, 故獲此譴.

同時有嚴州人陳永年同其兄開銀鋪于臨安市, 狂遊不檢. 母私儲金十數兩, 規以送終, 恐永年求取無度, 不使知. 一日開篋, 永年適自外來, 見之, 遽攫而走. 母恚悶仆絶, 兄追及爭奪, 僅得其半以歸母. 母遂病臥. 是夕, 永年亦遭震厄.

건도 3년(1167) 가을, 임안부에 큰 천둥과 번개가 쳤다. 군기소[24] 작방에서 일하는 병사인 용택 부부와 곽승이라는 어린아이까지 모두 세 사람이 한 집에서 벼락에 맞아 죽었다. 애초 용택의 아버지 용전이 죽었을 때 용택의 여동생인 용철사는 백구지[25]에 살던 창녀였고, 그 어머니는 그저 딸네 집에 살면서 아들을 만나면 월급으로 받는 쌀에서 한 번에 세 말씩 가지고 갔다. 용택 부부는 어머니가 오는 것을 아주 싫어하며 여러 차례 욕설을 해대곤 하였다. 곽승 역시 나서서

24 軍器所: 군에서 필요한 모든 무기를 제작하는 부서이며 정식 명칭은 製造御前軍器所이다. 원풍 관제 개혁 때 처음 설치된 부서로서 처음에는 工部에 속해 있었으나 후에는 步軍司 · 殿前司에 속하였다. 책임자는 提點御前軍器所 2명이며, 그 아래에 提轄官, 監造官, 幹辦公事官, 受給官, 監門官을 두었다.

25 白龜池: 臨安府 서쪽 성문의 하나인 錢塘門 안에 있던 연못으로 唐代 杭州 刺史였던 李泌이 개착한 것이다.

욕하며 모욕을 주었다. 그들은 어머니를 구걸하는 노파로 대하였다. 그래서 이런 벌을 받은 것이다.

그때, 엄주[26] 사람 진영년은 형과 함께 임안부의 시장에 은을 파는 가게를 열었다. 그는 마음대로 놀러 다니며 절제하지 않았기에 어머니는 몰래 금 10여 냥을 모아 훗날 장례 비용으로 쓰려고 하였다. 그리고 진영년이 알면 무조건 달라고 할까 걱정하여 그가 모르게 하였다. 어느 날 상자를 여는데 진영년이 마침 외출했다가 돌아와 금이 있는 것을 보고 급히 그것을 가지고 가 버렸다. 어머니는 화가 나고 답답하여 쓰러져 기절하였고 형은 그를 쫓아가 싸웠지만, 겨우 그 반만 찾아서 어머니에게 돌려주었다. 어머니는 곧 병이 들어 누웠다. 이날 저녁 진영년도 벌로 벼락에 맞아 죽었다.

26 嚴州: 兩浙路 소속으로 본래 睦州인데 方臘의 난을 진압한 이듬해인 宣和 3년(1021)에 嚴州로 바꿨고, 咸淳 1년(1265)에 建德府로 승격되었다. 치소는 建德縣(현 절강성 杭州市 建德市)이고, 관할 현은 6개, 監은 1개, 州格은 節度州이다. 錢塘江 중류 유역으로 현 절강성 북부 杭州市의 서남쪽에 해당한다.

10 전당강의 거센 조류錢塘潮

錢塘江潮, 八月十八日最大, 天下偉觀也. 臨安民俗, 太半出觀. 紹興十年秋, 前二夕, 江上居民或聞空中語曰: "今年當死于橋者數百, 皆凶淫不孝之人. 其間有名而未至者, 當分遣促之. 不預此籍, 則斥去." 又聞應者甚衆, 民怪駭不敢言. 次夜, 跨浦橋畔人夢有來戒者云: "來日勿登橋, 橋且折." 旦而告其鄰數家, 所夢皆略同, 相與危懼.

比潮將至, 橋上人已滿, 得夢者從傍伺之, 遇親識立于上者, 密勸之使下. 咸以爲妖妄, 不聽. 須臾潮至, 奔洶異常, 驚濤激岸, 橋震壞入水, 凡壓溺而死數百人. 旣而死者家來, 號泣收殮. 道路指言: "其人盡平日不逞輩也." 乃知神明罰惡, 假手致誅, 非偶然爾.

전당강의 조류는 8월 18일에 가장 높이 일었는데 실로 천하의 웅대한 경관이라고 할 수 있다. 임안부의 풍속에 따라 이날 태반의 사람들이 강에 나와서 그 경관을 구경하였다. 소흥 10년(1140) 가을, 이틀 전날 밤 강가의 주민들 가운데 어떤 이들은 하늘에서 들려오는 말을 들었다. 이르길,

"올해 다리에서 죽어야 하는 자는 수백 명으로 모두 흉폭하고 음란하며 불효를 저지른 사람이다. 그 명단에 이름이 있지만, 아직 도착하지 못한 자는 마땅히 따로 보내서 그들을 재촉할 것이다. 이 명단에 없는 자는 반드시 물러나거라."

이 소리를 들은 사람은 매우 많았다. 사람들은 해괴하다고 생각하면서도 감히 떠들지 않았다. 다음 날 밤 과포교[27] 근처에 있던 사람들

은 꿈에 어떤 사람이 나타나 주의하라며 하는 말을 들었는데 그자가 이르길,

"내일은 다리에 오르지 말아라. 다리가 무너질 것이다."

아침이 되어 여러 이웃집에 이 이야기를 하니 모두 꿈이 비슷했다. 서로 걱정하며 두려워 떨었다. 물결이 일 무렵 다리 위에 사람들이 이미 가득 찼다. 꿈을 꾼 사람들은 옆에서 지켜보고 있었다. 그들의 친척과 알고 지내는 사람 중 다리 위에 있는 이를 만나면 몰래 내려오라고 알려 주었다. 그러나 모두 황당한 이야기로 여기며 듣지 않았다. 잠시 후 조류가 밀려왔고, 평소와 달리 세차게 일더니 거센 물결이 강가 제방을 크게 쳤다. 다리는 흔들리며 무너져 강 속으로 빠졌다. 무릇 다리가 무너져 물에 빠져 죽은 자가 수백 명이었다. 잠시 후 죽은 자의 가족들이 왔고, 울면서 시체를 거두었다. 도로에 있던 사람들이 말하길,

"그 사람들은 평소에 불량했던 무리다."

이에 신명의 징벌임을 알았고 조류를 빌려 벌을 준 것이었으니 이는 우연이 아니었다.

27 跨浦橋: 항주 동남쪽에 있는 貼沙河의 가장 남쪽에 있던 다리였다. 다리 옆에는 三廊廟가, 남쪽에는 浙江亭이 있었다.

11 섬서의 유씨陝西劉生

紹興初, 河南爲僞齊所據, 樞密院遣使臣李忠往間諜. 李本晉人, 氣豪, 好交結, 人多識之. 至京師, 遇舊友田庠. 庠, 亡賴子也, 知其南來, 法當死, 捕告之賞甚重, 輒持之曰: "爾昔貸我錢三百貫, 可見還." 李忿怒曰: "安有是? 吾寧死耳." 陝西人劉生者聞其事, 爲李言: "極知庠不義, 然君在此如落穽中, 奈何可較曲直? 身與貨孰多? 且敗大事, 盍隨宜餌之." 李猶疑其爲庠遊說, 然亦不得已, 與其半. 劉曰: "勿介意, 會當復歸君." 李佯應曰: "幸甚."

庠得錢買物, 將如晉絳, 劉曰: "我亦欲到彼, 偕行可乎?" 卽同塗. 過河中府, 少憩於河灘, 兩人各攜一擔僕共坐沙上, 四顧無人, 劉問庠鄉里年甲, 具答之. 劉曰: "然則汝乃中國民, 嘗食宋朝水土矣." 庠曰: "固然." 劉曰: "我亦宋遺民, 不幸淪沒僞土, 常恨無以自效. 朝廷每遣人探事, 多采道聽塗說, 不得實. 幸有誠慤如李三者, 吾曹當出力助成之, 奈何反挾持以取貨?" 庠諱曰: "是固負我."

劉曰: "吾素知此, 且詢訪備至, 甚得其詳. 吾與汝無怨惡, 但恐南方士大夫謂我北人皆似汝, 敗傷我忠義之風耳." 遂運斤殺之. 僕亦殺其僕, 投尸于河, 并其物復回京師, 盡以付李, 乃告之故. 李欲奉半直以謝, 劉笑曰: "我豈殺人以規利乎?" 長揖而別. 李南還說此, 而失劉之名, 爲可惜也.

소홍 연간(1131~1162) 초, 하남이 위제에게 점거당했을 때 추밀원[28]

28 樞密院: 中書省과 함께 '二府'라고 불리는 국정 최고 기관으로서 국방 관련 업무를 총괄하였다. 樞密使 · 추밀부사 · 도승지 · 부도승지 · 부승지 등이 주요 업무를 담

에서 파견한 무관[29]인 이충은 하남을 오가면서 첩자로 활동하였다. 이충은 본래 진晉[30] 사람인데, 기상이 호방하고 친구를 잘 사귀어 많은 사람이 그의 사람됨에 대해 인정해 주었다. 그가 도성이었던 변경에 도착했을 때 우연히 옛 친구였던 전상을 만났다. 전상은 무뢰배였는데 그가 남쪽에서 온 것을 알게 되었다. 당시 법대로라면 이는 사형에 처할 일이고 이를 신고한 자는 상금이 매우 컸다. 그래서 갑자기 그를 붙들고 말하길,

"네가 예전에 빌려 간 내 돈 300관을 이제 갚아라!"

이충은 화를 내며 말하길,

"어찌 그런 일이 있단 말이냐? 내 차라리 죽고 말겠다."

섬서 사람 유씨라는 이가 이 일에 대해서 듣고 이충을 위해 말하길,

"전상이 의롭지 못하다는 것은 아주 잘 알고 있습니다. 그러나 그대가 여기에서 이렇게 함정에 빠지면서까지 옳고 그름을 따져서 무

당하였고, 실무 기구로 5房을 두었으나 元豐 연간에 12방으로, 그 뒤 다시 25房으로 확대하는 등 기능을 확대하였다. 단 황제의 군권 장악을 위해 추밀원은 兵籍 관리와 무관의 선발 및 인사, 군대의 이동·배치권, 국경 방어만 담당하고, 군대의 훈련과 관리는 三衙에서, 군 지휘권은 각 부대 지휘관이 나누어 가졌다. 별칭으로는 '右府·西府·樞府' 등이 있다.

29 使臣: 본래 황제의 명을 받아 타국에 파견되는 관리, 또는 특별한 명령을 받고 파견되는 관리에 대한 범칭이나 송대에는 7품관 이하 무관에 대한 총칭이기도 하다.

30 晉: 춘추시대 현 산서성을 중심으로 하남·하북·섬서 일부를 지배하던 제후국으로 송대에는 河東路의 별칭으로 쓰였다. 한편 晉은 하동로의 치소인 太原府의 별칭인 晉陽을 뜻하기도 한다. 晉陽은 전국시대 趙의 도성 명칭으로 시작해 후대로 이어졌고, 당의 북경, 후당의 서경, 후진과 후한의 북경, 북한의 도성 명칭이라서 당 開元 11년(723)에 처음 설치된 행정지명인 태원보다 더 널리 알려져 송대에도 별칭으로 쓰였다.

엇하겠습니까? 몸과 돈 중 무엇이 중합니까? 게다가 대사를 그르치게 될 터인데, 차라리 그에게 적당히 먹을 것을 주시지요."

이충은 유씨가 전상을 위해서 자신을 설득하려는 것이 아닐까 의심하면서도 그 또한 어쩔 수 없어서 요구하는 액수의 반을 주었다. 유씨가 말하길,

"개의치 마시오. 그 돈은 반드시 그대에게 돌아올 것입니다."

이충은 속내를 감추고 응대하길,

"그렇게만 되면 정말 다행이지요."

전상은 돈이 생기자 물건을 산 뒤 장차 진의 강주[31]로 가려고 하였다. 유씨가 말하길,

"나도 그곳으로 가려고 하는데 같이 가는 것이 어떻소?"

그들은 곧 함께 길을 떠났다. 하중부를 지나가다 황하의 강가 모래밭에서 잠시 쉬었다. 두 사람은 각각 짐을 메고 가는 노복을 한 명씩 데리고 있었는데, 모두 모래밭에 앉아 있었다. 사방에 아무도 없을 때 유씨는 전상에게 고향과 나이를 물었고, 전상이 상세히 대답했다. 유씨가 말하길,

"그렇다면 당신은 중국[32]의 백성이로군요. 일찍부터 송조의 물을

31 絳州: 河東路 소속으로 치소는 正平縣(현 산서성 運城市 新絳縣)이고 관할 현은 7개, 州格은 防禦州이다. 넓은 臨汾분지에 있고 鹽湖에서 생산한 소금의 유통으로 상업이 발전하였고, 관우와 사마광의 고향으로 유명하다. 현 산서성 서남부 運城市의 북쪽, 臨汾市의 남쪽 일부에 해당한다.

32 中國: '중국'이라는 용어는 서주 초기 청동기 명문과 『書經』 등 문헌에 나타난 이후 그 범위는 시대에 따라 다양하게 변하였다. 西周 때는 關中·河洛을, 東周 때는 주 왕실에 복속하는 모든 지역, 즉 황하 중하류 지역을 뜻하였고, 이후 각 제후국의 영토 확장에 따라 범위가 커졌다. 秦漢 이후에는 황하 유역과 무관하게 중원왕

마시고 송조의 땅에서 나는 것을 먹었지요?"

전상은 말하길,

"분명 그렇습죠!"

유씨가 말하길,

"나 역시 송조의 유민이지요. 불행하게도 이곳은 위제의 땅이 되어버렸고, 항상 스스로 할 수 있는 일이 없는 것이 한스러웠다오. 조정에서 매번 사람을 보내 정보를 구할 때 대부분 길에서 듣는 것을 얻어 가지고 가는데 다 사실이 아니지요. 다행히 이충과 같은 성실한 이가 있으니 우리가 온 힘을 다해 그를 잘 도와야 일이 이루어지게 해야 하지 않겠소. 그런데 어찌 반대로 그를 위협하여 돈을 얻으려 하십니까?"

전상이 거짓으로 말하길,

"그 돈은 진짜로 그가 내게 빚진 것이었답니다."

유씨가 말하길,

"나는 본래 이 일을 잘 알고 있다오. 게다가 직접 방문하고 꼼꼼히 조사해서 그 상세한 내막을 다 알고 있소. 나는 그대와 아무런 원한 관계가 없습니다. 다만 남방 사대부들이 우리 북쪽 사람들 모두 다 당신과 같다고 여기고, 그리하여 나처럼 충의의 품격을 가지고 있는 이도 있다는 것을 모르게 될까 걱정할 따름이라오."

조의 전 영역을 포괄하는 것으로 바뀌었다. '중국'은 또 문화적 정통성을 강조할 때 쓰이기도 하였는데, 鮮卑족이 건립한 北魏는 스스로 중국을 자처하면서 남조를 島夷라고 깎아내렸고, 남조 역시 中國을 자처하면서 북위를 魏虜라며 인정하지 않았다. 거란과 북송, 금과 남송 역시 각자 중국을 자처하면서 상대를 중국으로 인정하지 않았다. 여기에서는 원문 그대로 '중국'으로 번역한다.

마침내 도끼로 그를 죽였다. 유씨의 노복도 전상의 노복을 죽였다. 그들은 두 사람 시신을 황하에 버렸다. 유씨는 그 물건을 가지고 도성으로 돌아가 전부 이충에게 돌려주었고 연유를 말해 주었다. 이충은 그 반을 돌려줌으로써 사례하려고 하였지만, 유씨는 웃으며 말하길,

“내가 어찌 사람을 죽이고 이익을 취하겠소?”

유씨는 정중하게 읍하고 이별했다. 이충은 남쪽으로 돌아와 이 이야기를 사람들에게 전해 주었는데 유씨의 이름을 알 수 없었으니 참으로 애석한 일이다.

12 불효로 벌을 받은 요이要二逆報

姑蘇村民要二, 以漁爲業, 凶暴不孝. 紹興二十三年, 妻生男, 方在乳, 民母抱持之, 老人手弱, 誤墮于地, 死焉. 母畏子之暴, 不知所爲. 民殊不以介意, 他日白母曰: “久不到舅家, 偶得大魚, 欲往饋, 能偕行否?” 母慰喜過望, 欣然從之. 襆被登舟, 行數里, 至寂無人處, 則停棹持斧立母前, 怒目罵曰: “母生我, 旣知愛惜, 今我生子, 那得不愛? 奈何故墮地殺之? 便當償子命.” 母知不可脫, 急引被蔽頭面曰: “聽汝所爲.” 民奮斧將及母, 母分必死, 久乃寂然, 擧被視之, 不見其子, 而舟已在所居岸下. 旣反舍, 婦泣言: “適青天無雲, 大雷一聲, 夫震死于野, 遍身皆斧傷巨創, 不知何以至此?” 母始話其事. 元不聞雷聲, 亦不覺舟之動搖復還也. 民之家遂絶.(此卷□忠翊郎馬□說.)

고소의 촌민 요이는 어부였는데, 성격이 흉포하고 부모에게 불효하였다. 소흥 23년(1153)에 아내가 아들을 낳았는데 아직 젖먹이였을 때다. 어머니가 손자를 안고 있다가 노인이라 손에 힘이 없어 실수로 손자를 땅에 떨어뜨렸고 아이는 죽고 말았다. 어머니가 아들의 흉포함을 알았기에 어찌할 바를 몰랐다. 요이는 평소와 달리 오히려 개의치 않는 것 같았고, 다른 날 어머니에게 말하길,

“오랫동안 외삼촌 댁을 찾아뵙지 못했습니다. 마침 큰 물고기도 잡고 했으니 가서 드리고 싶은데 함께 가시지 않겠습니까?”

어머니는 마음의 부담을 떨치며 안위를 얻음이 기대 이상이라서 흔쾌히 따라나섰다. 보자기에 물건을 싸서 배에 올랐다. 몇 리를 갔

을 때 적막하고 아무도 없는 곳에 이르자 아들은 노를 멈추고 도끼를 들고 어머니 앞에 서서 눈을 부라리며 욕하고 말하길,

"어머니가 나를 낳았으니 자식을 아끼고 사랑하는 것이 무엇인지 잘 알 것 아니요. 그런데 지금 내가 아들을 낳았는데 왜 그 아이는 사랑하지 않는 거요? 왜 고의로 땅에 떨어뜨려 그 애를 죽였소? 마땅히 자신의 목숨으로 아이의 목숨을 갚아야 할 거요."

어머니는 죽음을 피할 길이 없다는 것을 알고 급히 보자기를 가져와 얼굴을 덮고 말하길,

"네가 하자는 대로 따르마."

요이는 도끼를 휘두르며 어머니에게 향했고 어머니는 반드시 죽을 것이라 여겼다. 그러나 한참이 지나도 조용하기에 보자기를 들고 살펴보니 아들은 보이지 않았다. 그리고 배는 이미 사는 곳의 바닷가 언덕에 다다라 있었다. 집으로 돌아오니 며느리가 울며 말하길,

"푸른 하늘에 구름 한 점 없었는데, 큰 천둥소리가 울리더니 남편이 들에서 벼락에 맞아 죽었습니다. 온몸이 도끼 자국으로 커다란 상처가 났는데 어떻게 이런 일이 일어났는지 모르겠습니다."

요이의 어머니는 비로소 있었던 이야기를 해 주었다. 어머니는 천둥소리도 듣지 못했다. 심지어 배가 어떻게 움직여 돌아왔는지도 몰랐다. 요이의 집은 대가 끊어졌다.(9권의 일화 모두 충익랑[33] 마□이 말한 것이다.)

33 忠翊郎: 政和 2년(1112)에 신설되었고 무관 寄祿官 52개 품계 중 48위이며 정9품에 해당한다. 52위인 승신랑에서 43위인 訓武郎까지는 근무 고과에 따라 승진 기회가 5년에 한 번 주어졌다.

이견정지 夷堅丁志 卷10

01 등성현의 무당鄧城巫

襄陽鄧城縣有巫師, 能用妖術敗酒家所釀, 凡開酒坊者皆畏奉之. 每歲春秋, 必遍謁諸坊求丐, 年計合十餘家率各與錢二十千, 則歲內酒平善, 巫亦藉此自給, 無飢乏之慮. 一歲, 因他事頗窘用, 又詣一富室有所求, 曰: "君家最富贍, 力足以振我, 願勿限常數." 主人拒之甚峻, 曰: "年年餉君二萬錢, 其來甚久, 安得輒增? 寧敗我酒, 一錢不可得!"

巫嘻笑而退, 出駐近店, 遣僕回買酒一升, 盛以小缶, 取糞汚攪雜, 攜往林麓, 禹步誦呪, 環繞數匝, 瘞之地乃去. 適有道士過見之, 識其爲妖而不知事所起. 巫還店, 喜甚. 俄道士亦繼來, 少憩, 訪酒家, 見擧肆遑遑憂窘, 問其故. 曰: "爲一巫所困, 今酒甕成列, 盡作糞臭, 懼源源不已, 欲往尋迹哀求之." 道士曰: "吾亦見此人, 不須往求. 吾有術能療, 但已壞者不可救耳." 卽焚香作法, 半日許臭止. 又言: "凡爲此法以敗五穀者, □□糞穢, 罪甚大. 君家宜齋戒, 當奉爲拜章上愬."

其家方忿恚, 迫切趣營醮筵. 道士伏廷下, 踰數刻始起曰: "玉帝有勅, 百日內加彼以業疾, 然未令死也." 自是巫日覺踝間痒, 爬搔不停, 忽生一贅, 初如芡實, 累日後益大, 巍然徑尺如毬, 而所係搖搖才一縷, 稍爲物棖觸則痛徹心膂, 不復可履地. 子孫織竹爲簣, 舁以行丐, 飲食屎溲雜簣中, 所至皆掩鼻, 歷十年乃死. 胡少汲尚書宰邑尚見之, 其子栝說.

양양부[1] 등성현[2]에 한 무당이 살고 있었는데 요망한 법술을 이용해

1 襄陽府: 京西南路의 치소로서 1개 부, 7개 주, 1개 군, 31개 현을 관할하였으며 본래 襄州인데 宣和 1년(1119)에 襄陽府로 승격되었다. 치소는 襄陽縣(현 호북성 襄

술도가에서 빚은 술을 상하게 할 수 있었다. 무릇 술도가를 연 사람들 모두 그를 두려워하며 받들어 모셨다. 매년 봄과 가을, 무당은 꼭 여러 술도가를 방문하며 돈을 요구했다. 매년 모두 십여 집에서 각자 20관씩을 그에게 내도록 했다. 그러면 한 해 내내 술도가는 별 탈 없이 평안했다. 무당 역시 이 돈을 가지고 생계를 꾸리며 먹을 것 입을 것 걱정을 덜었다. 그런데 한 해는 다른 일로 급히 돈 쓸 곳이 있자 무당은 다시 한 부자 술도가 주인에게 찾아가 돈을 요구하며 말하길,

"당신 집이 가장 부유하고 넉넉하여 나를 도와주기에 족하니 바라건대 평소 주던 액수에 구애받지 않기를 바라오."

술도가 주인은 매우 단호하게 거절하며 말하길,

"매년 그대에게 바치는 돈이 2만 전이고 오래전부터 그렇게 했소이다. 왜 갑자기 액수를 올리는지요? 차라리 우리 집 술이 상해 버리는 게 낫지 한 푼도 더 줄 수 없소!"

무당은 쓴웃음을 지으며 물러났지만, 나와서 가까운 술도가에 머물면서 노복 한 사람을 보내 술 1되를 사서 오라고 한 뒤 이를 작은 장군에 부은 다음 똥을 가져와 넣고 흔들어 섞은 다음 그것을 가지고 숲이 우거진 산기슭으로 가져갔다. 그리고 무당들이 칠성의 기를 받기 위해 걷는 걸음걸이를 하며 주문을 외웠고 항아리 주변을 여러 차례 돌다가 땅에 묻고 가 버렸다. 마침 한 도사가 지나는 길에 이것을

陽市 城區)이고 관할 현은 6개, 州格은 節度州이다. 武當산맥과 桐柏산맥 사이에 펼쳐진 개활지를 방어함으로써 하남과 호북의 통로를 통제할 수 있는 전략적 요충지다. 漢江의 중류 지역이며 현 호북성 북중부에 해당한다.

2 鄧城縣: 京西南路 襄州 소속으로 현 호북성 북중부 襄陽市 城區의 북서부인 樊城區에 해당한다.

다 보았고, 그가 요술을 부리고 있는 것을 알아차렸지만 어떻게 해서 일어난 일인지 몰랐다. 무당은 술도가로 돌아왔는데, 매우 흡족해하였다. 잠시 후 도사가 왔고, 조금 쉬었다가 술도가를 방문하였다. 술도가에 있는 사람들 모두 당황하며 근심에 가득 차 있기에 그 까닭을 물었다. 그들이 대답하길,

"한 무당에게 괴롭힘을 당하고 있습니다. 지금 줄지어 세워 놓은 술 항아리마다 똥 냄새가 납니다. 계속 이러다 멈추지 않을까 걱정이 됩니다. 무당에게 찾아가 간곡하게 부탁해야 할 것 같습니다."

도사가 말하길,

"나도 그 무당을 보았습니다. 가서 간청할 필요는 없습니다. 제가 법술로 능히 이를 해결할 수 있습니다. 다만 이미 상한 술을 다시 돌이킬 수는 없군요."

곧 향을 피우고 법술을 행하기 시작하였는데, 반나절쯤 지나자 똥 냄새가 그쳤다. 또 말하길,

"무릇 법술로 오곡을 망가뜨린 것, 더구나 똥으로 그렇게 만든 것은 그 죄가 매우 큽니다. 그대들은 집에서 마땅히 재계하고 상주문을 올려 신께 호소해야 할 것으로 보입니다."

그 술도가 사람들은 분노하며 급히 서둘러 초재를 준비했다. 도사가 대청 아래에서 엎드린 채 몇 각의 시간이 지나자 비로소 일어나 말하길,

"옥황상제께서 칙명을 내려 주시어 백일 안에 그자에게 업보로 병을 내려 주시되 그러나 죽이지는 않겠다고 하셨습니다."

이때부터 무당은 매일 발뒤꿈치 부근이 가려웠고, 손으로 긁어도 가려움이 계속되더니 갑자기 혹이 하나 생겼다. 처음에는 가시연밥

처럼 작았지만, 며칠이 지나자 대단히 커져서 높이 솟은 것이 직경이 1척 정도 되는 공 같았다. 하지만 매달린 부분이 매우 가느다래서 흔들거리는 것이 마치 실 한 줄로 연결된 것 같았다. 또 조금이라도 무엇인가에 닿거나 부딪히면 통증이 심장과 등골뼈에까지 미쳤다. 다시는 땅을 밟고 걸을 수가 없었다.

자손들은 모두 잔 대나무를 엮어 평상을 만든 뒤 그를 태우고 돌아다니며 구걸을 했다. 무당은 밥을 먹고 똥오줌 누는 일까지 모두 평상 위에서 해야 했다. 이르는 곳마다 사람들은 똥 냄새에 모두 코를 막았고 이렇게 십 년을 살다가 죽었다. 자가 소급인 상서 호직유[3]가 등성현 지사로 있을 때 그를 보았다고 한다.(이 일화는 호직유의 아들 호괄이 말한 것이다.)

3 胡直孺(?~?): 자는 少汲이며 江南西路 洪州 奉新縣(현 강서성 宜春市 奉新縣) 사람이다. 감찰어사와 平江府 지사, 江 · 湖 · 淮 · 浙發運使를 거쳐 戶部侍郎에 임용되었는데, 金軍의 공세에 맞서 군공을 세워 南京 지사 및 東京道總管으로 승진하였다. 금군의 재침에 맞서 항전하였으나 주화파의 음모로 고립되어 포로가 된 뒤 오랫동안 금군에 억류되었다. 남송 건국 후 刑部尙書를 지냈고 주전론자를 옹호하였다.

02 외과 의사 서루대徐樓臺

當塗外科醫徐樓臺, 累世能治癰癤, 其門首畫樓臺標記, 以故得名. 傳至孫大郎者, 嘗獲鄕貢, 於祖業尤精. 紹興八年, 溧水縣蠟山富人江舜明背疽發, 扣門求醫. 徐云: "可治." 與其家立約, 俟病愈, 入謝錢三百千. 凡攻療旬日, 飮食悉如平常, 笑語精神, 殊不衰減, 唯臥起略假人力. 瘡忽甚痛且庠, 徐曰: "法當潰膿, 膿出卽瘉."

是夜用藥, 衆客環視, 徐以鍼刺其瘡, 撚紙張五寸許, 如錢緡大, 點藥插竅中. 江隨呼: "好痛!" 連聲漸高. 徐曰: "別以銀二十五兩賞我, 便出紙, 膿才潰, 痛當立定." 江之子源怒, 堅不肯與, 曰: "元約不爲少, 今夕無事, 明日便奉償." 徐必欲得之. 江族人元綽亦在旁, 謂源曰: "病者痛已極, 復何惜此?" 遂與其半. 時紙撚入已踰一更, 及拔去, 血液交湧如泉, 呼聲浸低. 徐方詫爲痛定, 家人視之, 蓋已斃. 膿出猶不止. 不一年, 徐病熱疾, 哀叫不絶聲, 但云: "舜明莫打我, 我固不是, 汝兒子亦不是." 如是數日乃死. 二子隨母改嫁, 其家醫遂絶.

태평주 당도현[4]의 외과 의사인 서루대는 집안 대대로 능히 악창 치료를 잘하였는데 그 집 문 앞에 누대를 그린 그림을 간판으로 삼고 있어서 얻어진 이름이었다. 대를 이어 손자인 손대랑에 이르러서는 그가 일찍이 향시를 합격하였고 이어받은 가업의 의술은 더욱 정교해졌다. 소흥 8년(1138), 강령부 율수현 납산에 사는 부자 강순명은

4 當塗縣: 江南東路 太平州 소속으로 등급은 上이다. 현 안휘성 중동부 馬鞍山市의 장강 동안인 當塗縣에 해당한다.

등에 종기가 나자 사람을 보내 문을 두드리며 서둘러 치료해 달라고 요청하였다. 서루대가 이르길,

"치료할 만합니다."

그는 잘 치료하여 병이 나으면 그때 사례비 300관을 받기로 강순명의 가족과 약속하였다. 치료가 시작되어 총 열흘이 되었을 때, 강순명은 먹고 마시는 것이 모두 평상시와 같았고 웃는 것, 말하는 것, 그리고 정신까지 조금도 쇠약하지 않았다. 다만 눕고 일어날 때 다른 사람의 도움을 조금 받는 정도였다. 그런데 갑자기 등의 종기가 심하게 아프고 또 몹시 가려웠다. 서루대가 말하길,

"응당 곪은 곳이 터져야 하고, 고름이 모두 나오면 즉시 완쾌하실 것입니다."

이날 밤 약을 쓰는데 여러 손님이 둘러앉아 보고 있는 가운데 서루대가 침으로 그 종기를 찔렀다. 그리고 종이를 비비 꼬아서 약 5촌 정도 길이로 만들었는데, 굵기는 동전을 꿰는 줄 정도로 가늘지 않았다. 약물을 묻히고 종기 틈으로 찔러 넣으니 강순명이 연이어 소리를 지르길,

"너무 아프구나!"

비명이 그치지 않았을 뿐 아니라 더욱 커졌다. 그런데 서루대가 말하길,

"사례비 300관 외에 별도로 은 25냥을 저에게 상으로 주셔야 합니다. 이 종이를 꺼내기만 하면 고름이 비로소 터질 것이고, 그러면 통증도 당장 멈출 것입니다."

강순명의 아들 강원은 화를 내며 절대로 더는 줄 수 없다며 말하길,

"원래 약속한 액수도 적지가 않습니다. 오늘 밤 잘 치료가 되면 내일 당장 사례비를 드리겠습니다."

하지만 서루대는 반드시 은 25냥을 받고자 하였다. 강순명의 집안 사람 중 강원작이라는 이도 옆에 있었는데, 강원에게 일러 말하길,

"병자의 통증이 이렇게 심한데 어찌 돈을 아끼느냐?"

요구액의 반을 우선 주었다. 당시 종이를 꼬아서 넣은 지 이미 1경이 지난 상태였는데, 종이를 빼어내자마자 피가 샘물처럼 용솟음쳐 흘렀고, 비명도 점차 줄어들었다. 서루대는 통증이 가라앉은 것이라 자랑하고 있는데, 집안사람들이 보자 강순명은 이미 죽어 있었다. 고름은 여전히 멈추지 않고 흘러나왔다. 그 뒤로 1년이 넘지 않아 서루대는 열병을 앓고 있었는데 애절한 비명을 쉴 새 없이 지르며 그저 말하길,

"강순명, 나를 그만 때려요. 나도 정말 잘못했지만, 당신 아들도 잘못하였잖습니까."

여러 날 동안 이러길 반복하다 비로소 죽었다. 서루대의 두 아들은 어머니가 개가할 때 따라갔고, 그 집안의 가업은 마침내 중단되었다.

03 조교 부씨符助教

宣城符裏鎭人符助教, 善治癰疽, 而操心甚亡狀, 一意貪賄. 病者瘡不毒, 亦先以藥發之, 前後隱惡不勝言. 嘗入郡爲人療疾, 將辭歸, 自詣市買果實. 正坐肆中, 一黃衣卒忽至前, 瞠曰: "汝是符助教那? 陰司喚汝." 示以手內片紙, 皆兩字或三字作行, 市人盡見之, 疑爲所追人姓名也. 符曰: "使者肯見容到家否?" 曰: "當卽取汝去, 且急□, 以七日爲期." 遂不見. 滿城相傳, 符助教被鬼取去. 及還, 至鎭岸, 臨欲登, 黃衣已立津步上, 擧所執藤棒點其背, 符大叫: "好痛!" 黃衣曰: "汝元來也知痛!" 所點處隨手成大疽如盌, 凡呼暑七晝夜乃死.

선주 선성현[5] 부리진[6] 사람으로 주학에서 조교를 맡고 있던 부씨는 악창을 잘 치료했지만, 마음 씀씀이가 매우 바르지 못해 오로지 재물을 탐하는 데만 뜻을 두고 있었다. 병자의 악창에 독성이 없는데도 먼저 약으로 그것을 커지게 하는 등 전후로 드러나지 않은 악한 행동은 이루 다 말할 수 없을 정도였다. 일찍이 주성에 들어가 어떤 사람의 병을 치료해 주고 돌아가는 길에 시장에 들러 과일을 샀다. 과일가게에 막 앉아 있는데 누런색 옷을 입은 포졸이 갑자기 그의 앞에 오더니, 그를 똑바로 쳐다보며 말하길,

5 宣城: 江南東路 宣州의 별칭이기도 하지만 본문에서는 선주의 치소인 宣城縣을 뜻한다. 현 안휘성 남동부 宣城市의 城區인 宣州區에 해당한다.

6 符裏鎭: 宣城縣 현성 동북쪽의 南漪湖 호반에 있으며 북송 때 처음 설치되었다. 符復鎭이라고도 한다.

"네가 부조교인가? 명계의 관아에서 너를 소환하였다."

그자는 손에 든 문서를 보여 주었는데 모두 두 글자 또는 세 글자씩 한 줄에 쓰여 있었다. 시장 사람들 모두 그 문서를 보고, 잡아가야 할 사람의 이름이라 생각하였다. 부조교가 말하길,

"사자께서는 제가 집에 한 번 다녀올 수 있도록 허락해 주시겠습니까?"

그가 대답하길,

"즉시 너를 데리고 급히 돌아가야 마땅하지만 7일의 기한을 주겠다."

그자는 곧 사라져 보이질 않았다. 부조교가 귀신에게 잡혀갔다는 소문이 온 성안에 파다하게 퍼졌다. 집으로 돌아오면서 부리진의 나루터에 도착해 막 뭍으로 올라가려고 하는데, 누런색 옷을 입은 이가 이미 나루터에 서 있다가 손에 들고 있던 등나무 방망이를 높이 들어 등을 때렸다. 부조교가 크게 소리치길,

"아이고! 아파."

누런색 옷을 입은 이가 말하길,

"너도 원래 아픈 게 무엇인지를 알고 있었구나!"

그자가 때린 곳에는 즉시 그릇만큼 큰 종기가 생겼고 7일 밤낮 동안 아프다고 울부짖다 곧 죽었다.

04 수양촌의 의사 육양水陽陸醫

宣城管內水陽村醫陸陽, 字義若, 以技稱. 建炎中, 北人朱莘老編修避亂南下, 挈家居船間. 其妻病心躁, 呼陸治之. 妻爲言: "吾平生氣血劣弱, 不堪服涼劑, 今雖心躁, 元不作渴, 蓋因避寇驚憂, 失飢所致, 切不可據外證投我以涼藥. 編修嗜酒, 得渴疾, 每主藥必以涼爲上, 不必與渠議也. 我有私藏珍珠, 可爲藥直, 君但買好藥見療. 欲君知我虛實, 故丁寧相語." 陸診脈, 認爲傷寒陽證, 煮小茈胡湯以來. 婦人曰: "香氣類茈胡, 君宜審細, 我服此立死." 陸曰: "非也, 幸寧心飮之." 婦人又申言甚切, 陸竟不變. 才下咽, 吐瀉交作, 婦遂委頓, 猶呼云: "陸助敎, 與汝地獄下理會!" 語罷而絕.

後數年, 溧水高□鎭李氏子病瘵, 來召之. 用功數日未效, 出從倡家飮, 而索錢幷酒饌於李氏, 李之兄怒叱不與. 及歸, 已黃昏, 乘醉下藥數十粒, 病者云: "藥在鬲間, 熱如火." 又云: "到腹中, 亦如火." 又云: "到臍下, 亦如火." 須臾大叫, 痛不可忍, 自床顚悸墜地. 至夜半, 陸急投附子丹沙, 皆不能納, 潛引舟遁去. 未旦李死. 紹興九年, 陸暴得病, 日夜呼曰: "朱宜人, 李六郎, 休打我! 我便去也." 旬日而死.

선성 관내 수양촌에 살며 자가 의약인 의사 육양은 뛰어난 의술로 명성이 자자하였다. 건염 연간(1127~1130)에 북쪽 사람인 편수관[7] 주

7 編修: 서적을 편찬하고 교정하는 업무를 담당한 관리를 말하지만 國史院編修 · 史館편수 · 추밀원편수 등 편수관이 다양하고, 그 약칭이 모두 編修라서 본문의 내용만으로는 朱莘老의 정확한 직책을 파악할 수 없다. 다만 주신로의 부인에게 宜人이라고 칭하였으니 정6품~종6품 관원에 해당하였을 것이다.

신로가 전란을 피하여 남쪽으로 내려왔는데 가족들을 거느리고 배에서 생활하고 있었다. 그의 아내가 심장이 빨리 뛰는 병이 있어 육양을 불러 치료하게 하였다. 주신로 아내가 말하길,

"나는 평생 기혈이 약하여 차가운 성질의 약은 몸이 견디질 못합니다. 지금 비록 심장이 빨리 뛰기는 하지만 본래 갈증이 나지 않으니 아마도 적군을 피하느라 놀라고 걱정되어 식욕을 잃어서 나타난 증상인 것 같습니다. 그러니 절대 겉으로 드러난 증상만으로 나에게 차가운 성질의 약을 주시면 안 됩니다. 남편은 술을 좋아하여 갈증이 심한 증상이 나타날 때마다 매번 주요 약재로 꼭 차가운 것을 썼고, 그것을 최상으로 여기니 그와 상의할 필요는 없습니다. 내가 따로 가지고 있는 진주를 약값으로 드릴 테니 그대는 그저 좋은 약재를 사서 치료해 주세요. 선생께서 제 몸의 허실을 잘 알 수 있게 하려고 거듭 간절히 당부드립니다."

육양은 진맥을 한 뒤 상한양증[8]이라 판단하고 소자호탕[9]을 끓여 올렸다. 부인이 말하길,

"향기가 자호와 같군요. 선생께서는 의당 세심히 살펴야 합니다. 내가 이것을 마시면 당장 죽게 됩니다."

육양이 말하길,

"아닙니다. 편안한 마음으로 드세요."

8 傷寒陽證: 상한병 가운데 陽證을 뜻한다. 얼굴이 붓고, 열이 나며, 목이 마르고, 정서가 불안해지는 등의 증상을 말한다.

9 小茈胡湯: 상한병의 少陽 증세를 치료하는 데 쓰는 약재이다. 해열이나 땀을 내게 하는 데 쓰는 미나리과의 茈胡를 주 약재로 하고 半夏·黃芩·인삼·감초·생강·대추 등을 함께 사용한다. 茈胡는 柴胡라고도 한다.

부인이 다시 말을 하였는데 그 어조가 매우 절절하였다. 그러나 육양은 끝내 약을 바꾸지 않았다.

부인이 소자호탕을 마시고 겨우 삼켰을 뿐인데 바로 토하고 설사하길 번갈아 하였다. 부인은 곧 쓰러졌지만 그래도 의사를 부르며 말하길,

"육조교, 너와 지옥에서 만날 이번 일을 처리할 것이다!"

말을 마치고 곧 절명하였다. 여러 해가 지나 건강부 율수현 고순진[10]에 사는 이씨의 아들이 폐결핵을 앓고 있어서 육양을 불렀다. 여러 날 치료를 하였지만, 효과가 없었다. 육양은 그 집에서 나와 창기의 집에서 술을 마신 뒤 그 술값을 이씨에게 달라고 요구하고, 나아가 술과 안주를 달라고 하였다. 이씨의 형은 화가 나서 육양을 꾸짖고 주지 않았다. 육양이 이씨의 집으로 돌아올 무렵 이미 황혼이었는데 취기에 약 수십 알을 병자에게 먹였다. 이씨 아들이 말하길,

"약이 가슴 사이에 걸렸는데, 불처럼 뜨겁네요."

또 말하길,

"약이 뱃속에 있는데 역시 불처럼 뜨겁습니다."

다시 말하길,

"약이 배꼽 아래로 내려갔는데 역시 불처럼 뜨거워요."

곧 크게 소리치더니 더는 통증을 참지 못하고 덜덜 떨다가 침상에서 굴러 땅에 떨어졌다. 한밤중이 되자 육양은 다시 부자와 단사를 급히 먹였지만 모두 효과가 없었다. 그러자 몰래 배를 가지고 와 도

10 高淳鎭: 江南東路 建康府 溧水縣 소속으로 현 강소성 남서부 南京市의 남단인 高淳區에 해당한다.

망쳐 버렸다. 이씨의 아들은 새벽이 되기 전에 죽었다. 소흥 9년(1139), 육양이 갑자기 병에 걸렸는데 어느 날 밤 소리를 지르며 이르길,

"주의인,[11] 이육랑, 저를 그만 때리세요. 저는 곧 갑니다."

육양은 열흘 후 세상을 떴다.

11 宜人: 政和 2년(1112)에 1~2품관의 夫人부터 7품관의 孺人까지 관료 부인을 위해 봉호를 만들었다. 봉호는 夫人·淑人·碩人·令人·公人·宜人·安人·孺人순이며 宜人은 朝議大夫(정6품)~朝奉大夫(종6품)의 부인에게 해당한다.

05 자가 초재인 진재秦楚材

秦楚材, 政和間自建康貢入京師, 宿汴河上客邸. 旣寢, 聞外人喧呼甚厲, 盡鎖諸房, 起穴壁窺之. 壯夫十數輩皆錦衣花帽, 拜跪于神像前, 稱秦姓名, 投盃珓以請. 前設大鑊, 煎膏油正沸. 秦悸栗不知所爲, 屢告其僕李福, 欲爲自盡計. 夜將四鼓, 壯夫者連禱不獲, 遂覆油于地而去.

明旦, 主人啟門謝秦曰: "秀才前程未可量, 不然吾輩當悉坐獄." 乃爲言: "京畿惡少子數十成羣, 或三年或五年輒捕人漬諸油中, 烹以祭鬼. 其鬼曰'獰瞪神', 每祭須取男子貌美者, 君垂死而脫, 吁, 其危哉!" 顧邸中衆客, 各率錢爲獻. 秦始憶自過宿州即遇此十餘寇, 或先或後迹之矣.

遂行, 至上庠, 頗自喜, 約同舍出卜. 逢黥面道人, 攜小籃, 揖秦曰: "積金峰之別, 三百年矣, 相尋不可得, 誤行了路, 卻在此耶. 無以贈君." 探籃中白金一塊, 授之曰: "他日卻相見." 同舍讙曰: "此無望之物, 不宜獨享." 挽詣肆, 將貨之以供酒食費. 肆中人視金, 反覆咨玩不釋手, 問需幾何錢, 曰: "隨市價見償可也." 人曰: "吾家累世作銀鋪, 未嘗見此品." 轉而之他, 所言皆然. 秦亦悟神仙之異, 不肯鬻. 以製酒杯·茶湯匕·藥器, 凡五物, 日受用之, 自此三十年無病苦. 紹興十六年, 在宣城忽臥疾, 五物者同時失去, 知必不起, 果越月而亡. 積金峯在茅山元符宮云.

자가 초재인 진재[12]는 정화 연간(1111~1117)에 성시를 보기 위해 건

12 秦梓(?~1146): 자는 楚材이며 江南東路 江寧府(현 강소성 南京市) 사람이다. 台州

강부에서 도성으로 온 뒤 변하[13] 부근의 여관에서 머무르고 있었다. 이미 잠이 들었는데 바깥에서 사람들이 엄청 시끄럽게 떠드는 소리가 들렸다. 하지만 방마다 문을 다 잠가 두었기 때문에 진초재는 일어나 벽 틈으로 몰래 밖을 내다보았다. 모두 화려하게 수놓은 모자를 쓰고 비단옷을 입은 건장한 청년 십여 명이 신상 앞에서 무릎을 꿇고 절하며 진초재의 이름을 부르면서 배교를 던지며 신의 점지를 청하고 있었다. 그 앞에는 큰 가마솥이 준비되어 있었고 기름을 끓이고 있었는데 막 펄펄 끓고 있었다.

두려워 떨며 어찌할 바를 모르던 진재는 자신의 노복인 이복에게 여러 차례 차라리 자살할 계획이라고 말하였다. 밤이 깊어 4경에 이르자 청년들은 계속 기도했지만 아무 소용도 없다며 마침내 기름을 땅에 붓고 떠났다. 다음 날 아침, 여관 주인이 문을 열고 진재에게 사죄하며 이르길,

"수재께서는 앞날이 헤아릴 수 없을 정도로 좋을 것입니다. 그렇지 않다면 우리 모두 잡혀서 감옥에 들어갈 뻔했습니다."

또 진재를 위해서 알려 주길,

"도성 주변에 사는 불량한 청소년 수십 명이 무리를 지어 3년 또는

지사를 지냈다. 秦檜의 형이지만 동생과 정견이 달라 溧陽縣(현 강소성 常州 溧陽市)으로 이주하여 은거하였으며 청렴한 관리로 평가받았다. 사후 資政殿大學士로 特進되었다.

13 汴河: 隋煬帝 때 대운하를 개착하면서 만든 通濟渠 구간으로 강남의 물자를 도성인 개봉으로 보급하는 역할을 수행하였다. 唐代 이후 廣濟渠라고 칭하였지만, 속칭인 汴河로 더 널리 알려졌다. 현 하남성 鄭州 滎陽市 동북쪽에서 황하의 물을 받아들여 개봉 성곽 서쪽에 있는 宣澤·利澤 두 수문을 거쳐 성안으로 들어와 通津·上善 두 수문을 거쳐 흘러나갔다.

5년마다 사람을 잡아서 기름에 빠뜨렸다가 튀겨서 귀신에게 제를 올립니다. 그 귀신을 가리켜 '영징신'이라고 하는데, 매번 제를 올릴 때마다 반드시 남자 가운데 잘생긴 이를 고릅니다. 수재께서는 거의 죽음에 이르렀다가 벗어난 것입니다. 그러니 아! 그 위태로움이 어떠했겠습니까!"

여관의 여러 손님을 돌아봤더니 각자 모두 돈을 거두어 기증하였다. 진재는 비로소 숙주를 지나올 때 이들 10여 명의 불량배와 우연히 마주쳤던 것이 기억났다. 때로는 먼저 가기도 하고 때로는 뒤를 따르기도 했었다. 마침내 숙소를 나와서 태학[14]에 도착하자 스스로 매우 기뻐하였다. 진재는 기숙사의 동료들과 약속하고 점을 보러 나갔다가 얼굴에 문신한 도사를 한 명 만났다. 작은 바구니를 들고 있던 도사는 진재에게 읍을 하며 말하길,

"적금봉에서 헤어진 이후로 300년이 되었네요. 찾아도 찾을 수 없었고, 길을 잘못 들었는데 도리어 이곳에서 만났군요. 하지만 당신에게 줄 게 별로 없네요."

도사는 바구니 안에서 은[15] 한 덩이를 찾아 진재에게 주며 이르길,

"훗날 다시 만날 것입니다."

기숙사 동료들이 좋아서 탄성을 지르며 말하길,

"이 은덩이는 가지려고 해서 가진 물건이 아니니 너 혼자 다 가져서는 안 될 것이다."

14 上庠: 『禮記』에 기록된 학교의 명칭으로 태학에 해당한다. 향학은 庠序라고 하였다.

15 白金: 은을 뜻한다.

동료들은 진재를 이끌고 가게로 가서 은을 팔아 술과 음식값으로 쓰자고 했다. 가게 주인은 은을 자세히 보더니 여러 차례 감탄하며 어루만지면서 손을 떼지 못하다가 필요한 돈이 얼마냐고 물었다.

답하길,

"시장 시세대로 주시면 됩니다."

주인이 말하길,

"우리 집은 대대로 금은방을 하였는데, 일찍이 이런 물건은 본 적이 없습니다."

주인이 은덩이를 다른 이에게 보여 주니 모두 똑같이 말하였다. 진재 역시 신선이 준 기이한 물건임을 깨닫고 팔려고 하지 않았다. 그는 그 은으로 술잔, 차 끓일 때 쓰는 숟가락, 약그릇 등 다섯 개의 물건을 제작하여 날마다 그것을 사용하였다. 이로부터 30년 동안 병을 앓는 일 없이 건강하게 살았다. 소흥 16년(1146), 선성에서 갑자기 병이 나서 자리에 누웠는데 다섯 개의 물건도 동시에 사라졌다. 그러자 진재는 자신이 다시는 일어나지 못할 것을 알았고 과연 한 달이 지나서 세상을 떴다. 적금봉은 모산 원부궁에 있다고 한다.

06 건강부의 두타 도인建康頭陀

政和初, 建康學校方盛, 有頭陀道人之學, 至養□齋前, 再三瞻視不去. 齋中錢・范二秀才詰之曰: "道人何爲者?" 對曰: "異事, 異事! 八坐貴人都著一屋關了, 兩府直如許多, 便沒興不唧溜底, 也是從官." 有秦秀才者, 衆目爲'秦長脚', 范素薄之, 乃指謂曰: "這長脚漢也會做兩府?" 客曰: "君勿浪言, 他時生死都在其手." 滿坐大笑, 客瞠曰: "諸君莫笑, 總不及此公." 時同舍生十人, 唯邢之綽者最負才氣, 爲一齋推重, 適從外來, 衆扣之, 曰: "也是箇官人." 略無褒語. 遂退.

後四十年間, 其言悉驗. 秦乃太師檜也. 范擇善・段去塵・魏道弼, 三參政. 何任叟・巫子先, 兩樞密. 錢端脩・元英, 兩從官, 一忘其姓名, 獨邢生潦倒, 得一官卽死.

정화 연간(1111~1118) 초, 건강부에서 학교가 막 번성하고 있었는데, 두타 도인이라는 자가 학교에 왔다. 그가 '양□재' 앞에 왔을 때 여러 차례 건물을 올려보더니 가지 않았다. 재 안에 있던 수재 전씨와 범씨 두 사람이 그를 힐난하며 말하길,

"도인은 무엇 하러 오셨습니까?"

도인이 대답하며 이르길,

"기이한 일입니다! 기이한 일입니다! 여덟 명의 귀인이 모두 한 집에 들어와 있는데 양부[16]로 곧바로 들어갈 이가 여럿이요, 중용되지

16 兩府: 국정 최고 기관으로 행정 관련 업무를 총괄하는 中書省과 국방 관련 업무를

못하거나 총명하고 민첩하지 못한 이라도 시종관에는 이를 것입니다."

수재 진씨라는 이가 있어 사람들은 그를 '진장각'[17]이라 불렀는데, 범씨는 평소 그를 업신여기고 있어 그를 가리키며 말하길,

"이 '오지랖 넓은 녀석'도 양부에 오를 수 있다고요?"

그러자 도인이 말하길,

"그대는 함부로 말하지 마시오. 훗날 생사가 모두 그의 손에 달려 있을 것이오."

좌중의 사람들이 크게 웃었다. 도인은 무리를 똑바로 쳐다보며 말하길,

"여러분들은 웃지 마시오. 모두 이분께 미치지 못할 것입니다."

당시 태학의 학생이 모두 열 명이 있었는데, 오직 형지재라는 사람만 재주와 기백을 가지고 있다고 하여 모두의 추앙을 받았다. 마침 그가 외출했다 들어 오기에 학생들이 그를 가리키며 그의 앞날을 묻자 도인이 답하길,

"역시 한 명의 관원이지요."

대략 특별히 칭찬하는 말이 없었다. 마침내 모두 물러났다. 이후 40년간 그의 말은 하나하나 꼭 들어맞았다. 진이라는 자는 태사[18] 진

총괄하는 樞密院을 가리킨다. 중서성을 가리켜 '左府·東府', 추밀원을 가리켜 '右府·西府'라고도 한다.

17 秦長脚: 진회가 太學에서 공부할 때 주로 발로 뛰어다니는 일을 잘 처리하였다. 그래서 동기생들은 밖에 나가 놀기 전에 진회를 먼저 보내서 준비 작업을 하곤 했다. '오지랖이 넓다'는 뜻의 '진장각'이란 별명은 진회를 비아냥하기 위한 것이다.

18 太師: 정1품인 3公 가운데서도 수석이며 6卿의 수장이었으나 秦代 이후 정치적 부담 때문에 공석으로 둔 경우가 많았으며, '太宰'라고도 한다. 『周禮』에서는 太師·

회였다. 자가 택선인 범동[19] · 자가 거진인 단불[20] · 자가 도필인 위량신[21] 세 사람은 참지정사가 되었고, 자가 임수인 하약[22] · 자가 자선인 무급[23] 두 사람은 추밀사가 되었으며, 자가 서수인 전시민[24] · 자가 원영인 전주재[25] 두 사람은 시종관이 되었고, 한 명의 이름은 잊었다.

太傅 · 太保를, 『尙書』와 『禮記』에서는 司馬 · 司徒 · 司空을 3公이라 하였고, 당의 제도를 계승한 송은 태사 · 태부 · 태보를 3師, 太尉 · 사도 · 사공을 3公이라고 하고 정1품의 宰相 · 使相 · 親王에게 수여하는 최고의 명예직으로 삼았다. 단 휘종은 3公을 없애고 太師 · 太傅 · 太保를 3公으로 바꾼 뒤 명예직이 아닌 재상의 정식 명칭으로 삼았다.

19 范同(1097~1148): 자는 擇善이며 江南東路 江寧府(현 강소성 南京市) 사람이다. 政和 5년(1115)에 과거에 급제하였고, 다시 博學宏詞科에 급제하였다. 秦檜에게 아부하며 노골적으로 주화론를 폈고, 악비 · 한세충 · 장준의 병권을 해제할 것을 건의하여 한림학사로 발탁되었고 다시 參知政事가 되었으나 진회의 견제를 받고 유배되었다.

20 段拂(?~1156): 자는 去塵이며 江南東路 江寧府(현 강소성 南京市) 사람이다. 博學宏詞科에 급제하였으며, 예부시랑 겸 실록원 수찬을 거쳐 한림학사 겸 參知政事가 되었다. 진회와 대립하여 資政殿學士를 끝으로 실각한 뒤 유배되었다.

21 魏良臣(1094~1162): 자는 道弼이며 江南東路 建康府 高淳縣(현 강소성 南京市 高淳區) 사람이다. 都官 · 吏部 · 右司 · 左司員外郎을 거쳐 紹興 11년(1141)에 吏部侍郎으로 금군 군영에 稟議使로 파견되었다. 池州 · 盧州 지사를 지낸 뒤 5년 동안 한거하다가 參知政事로 복귀하였다. 이후 紹興府 · 宣州 · 潭州 · 洪州 지사를 역임하였다.

22 何若(1105~1150): 자는 任叟이며 江南東路 江寧府(현 강소성 南京市) 사람이다. 20세에 과거에 급제하여 秘書省正字 · 御史中丞을 거쳐 簽書樞密院事가 되었으나 진회와 대립하여 실각하였다.

23 巫伋(1099~1173): 자는 子先이며 江南東路 江寧府(현 강소성 南京市) 사람이다. 紹興 8년(1138)에 과거에 급제하여 감찰어사 · 同知貢擧 · 諫議大夫 · 給事中을 거쳐 樞密院使 겸 參知政事가 되었다. 금에 사신으로 다녀오기도 하였다. 진회의 무고로 실각하였다.

24 錢時敏(1085~1153): 자는 端脩이며 江南東路 江寧府(현 강소성 南京市) 사람이다. 政和 2년(1112)에 과거에 급제하여 工部侍郎 · 兵部侍郎 등을 지냈다. 문장과 품격이 뛰어났다.

25 錢周材(1095~1167): 자는 端脩이며 江南東路 溧陽縣(현 강소성 常州市 溧陽市)

오직 그 형지재만 운세가 곤고하여 한 번 관직을 받았으나 곧 죽고 말았다.

사람이다. 후에 효종이 된 普安郡王府의 교수로 있다가 校書郎·著作郎·起居舍人·權刑部侍郎을 지냈고 소흥 15년(1145)에 賀金國正旦使로 다녀와 中書舍人이 되었다·常州 지사를 지냈고 효종 즉위 후 中書舍人·給事中을 역임하고 龍圖閣學士로 치사하였다. 논란이 있지만 주전파에 속한 인물로 평가된다.

07 동원 선생洞元先生

沈若濟, 臨安人, 結庵茅山, 以施藥爲務. 宣和間蒙召對, 賜封'洞元先生'. 嘗指華陽洞之東隙地曰: "死必葬我於是." 其徒以地勢汙下爲言, 不聽. 紹興十五年卒, 其徒用治命, 掘地六尺許得石板, 大書六字曰: "沈公瘞劍于此", 觀者異焉. 豈非先有神物告之者乎? 佳城漆燈之說, 信有之矣.(右六事皆湯三益說.)

임안부 사람 심약제는 모산에 암자를 짓고 약재를 대는 것을 업으로 삼았다. 선화 연간(1119~1125) 에 황제를 알현할 수 있는 은혜를 입었는데, 휘종은 그를 '동원 선생'으로 봉해 주었다. 일찍이 화양동의 동쪽 공터를 가리키며 말하길,

"내가 죽으면 반드시 이곳에 나를 묻어 주시오."

그의 제자들은 그곳의 지세가 낮다는 것을 이유로 그 말을 따르려 하지 않았다. 소흥 15년(1145)에 심약제가 죽자, 제자들은 유언[26]을 받들고자 땅을 6척 정도 파 보니 석판이 나왔다. 석판에는 큰 글자로 여섯 글자가 쓰여 있었는데, '심공이 이곳에 칼을 묻었다'라고 했다.

석판을 본 사람들은 기이한 일이라고 여겼다. 먼저 신비로운 물건으로 누군가가 묻힐 곳을 알려 준 것이 아니겠는가? '묘지의 옻 등잔'

26 治命: 죽기 전 맑은 정신으로 남긴 유언을 뜻한다.

이라는 일화[27]는 정말로 있었던 일이었던 것 같다.(위의 여섯 가지 일화 모두 탕삼익이 말한 것이다.)

27 '佳城漆燈': 佳城은 묘지를 뜻하며, 漆燈은 무덤 안에서 쓰는 등을 말한다. 벽돌이나 목재를 사용하여 지하에 墓室을 만드는 분묘 구조에서 나온 말이다. 『佩文韻府』 권25에서는 송대 龍袞의 『江南野史』를 인용하여 '佳城漆燈'의 유래를 다음과 같이 밝혔다. "唐의 沈彬이 살아생전 葬地로 지정한 곳에 묘로 만들려고 땅을 파 보니 옛 무덤이 있었다. 그 안에는 옻을 연료로 쓰는 등잔이 하나 있고, 관을 두는 구덩이에는 구리판에 '아름다운 무덤 오늘 드디어 문을 열었네. 비록 무덤을 만들긴 했으나 매장은 하지 않았으니 옻 등잔도 여전히 타지 않았네, 오직 심빈이 오길 기다릴 뿐이라네(佳城今已開, 雖開不葬埋. 漆燈猶未燕, 留待沈彬來.)'라고 쓰여 있었다."

08 하늘이 맡긴 일天門授事

贛州寧都縣胡太公廟, 其神名雄, 邑民也. 生有異相, 顧自見其耳, 死而著靈響, 能禍福人, 里中因爲立祠. 崇寧初, 邑士孫勰志康夢白鬚翁邀至其家, 問曰: "如何可得封爵?" 孫意其神也, 告曰: "宜行陰功, 無專禍人." 翁曰: "吾豈禍人者? 吾爲天門授事, 日掌此邦人禍福. 必左右竊聞之, 託吾所云, 妄出擾惑爾." 孫曰: "歲時水旱, 最民所急, 若能極力拯濟, 則縣令郡守必以上於朝, 封爵可立致也." 覺而審其爲太公.

五年丙戌, 縣大火, 禱於祠. 俄頃, 風雲怒起, 如有物驅逐之, 火卽滅. 縣以事白府, 奏賜'博濟廟', 明年, 遂封'靈著侯'. 噫! 神旣受職於天, 猶規規然慕世之榮名, 唯恐不得, 乃知封爵之加, 固非細事. 孫公夢中能曉神如是, 可謂正士矣.(黎珣作記.)

감주 영도현[28]의 호태공묘에서 모시는 신은 원래 이름이 '웅'인데 본래 영도현 주민이었다. 살아생전에 매우 기이한 모습을 하고 있었는데, 눈을 돌리면 능히 자신의 귀를 볼 수 있었다. 죽은 후 더욱 영험해져 능히 사람들의 화복을 주관하였다. 그래서 마을 사람들은 그를 위해 사묘를 세워 주었다.

숭녕 연간(1102~1106) 초, 자가 지강인 영도현의 사대부 손사[29]가

28 寧都縣: 江南西路 贛州 소속으로 紹興 23년(1153)에 虔州를 贛州로 개칭하면서 虔化縣도 寧都縣으로 개칭하였다. 현 강서성 남부 贛州市 북동쪽의 寧都縣에 해당한다.

29 孫勰(1050~1120): 자는 志康이며 江南西路 贛州 寧都縣(현 강서성 贛州市 寧都縣) 사람이다. 蘇軾의 제자로 소식에게서 재능과 강직한 기질을 인정받았다. 高陽

꿈에 흰 수염의 노인이 자기 집에 가자고 청하더니 그에게 묻길,

"어떻게 해야 작위를 분봉 받을 수 있습니까?"

손사는 그가 신인 것을 알고서 그에게 말하길,

"마땅히 음공을 행해야 하며 다른 사람에게 화를 끼쳐서는 안 되지요."

노인이 답하길,

"내가 어찌 다른 사람을 해하겠소? 나는 하늘에서 일을 받아 매일 이 지역 사람들의 화복을 관장하고 있소. 하지만 반드시 주변으로부터 몰래 그들에 대해 들어 보고 하늘이 내게 맡긴 바를 행하는 것입니다. 망령되이 나서서 사람들에게 성가시게 굴거나 미혹하게 하지 않소이다."

손사가 말하길,

"백성들이 가장 힘들어하는 것은 해마다 가뭄이 드는 것입니다. 만약 전력을 다해 그것을 구제해 주실 수 있다면 현지사나 주지사가 반드시 이를 조정에 보고할 것입니다. 작위를 얼마든 빠르게 받을 수 있을 것입니다."

손사는 꿈에서 깨어난 후 그 노인이 태공인 것을 알았다. 숭녕 병술년(5년, 1106), 영도현에서는 큰 불이 나자 호태공묘에 기도를 올렸다. 잠시 후 바람과 구름이 크게 일었는데 마치 어떤 무엇인가가 바람과 구름을 몰아오는 듯했다. 불이 즉시 꺼졌다. 현에서는 이 일을 강남서로에 고하였고 로에서는 '박제묘'라는 사액을 하사해 줄 것을

關路와 河東路 안무사를 지낸 張近 역시 손사의 강직함을 높이 사서 오랫동안 함께하였다. 岳州 지사로 있으면서 화재로 소실된 岳陽樓를 중건하였다.

조정에 상주하였다.[30] 이듬해 마침내 '영저후'에 봉해졌다.

아! 신은 이미 하늘에서 직분을 받았는데도 여전히 천박하게 세상의 영예도 사모하여 오직 작위를 얻지 못할까 걱정할 뿐이며, 작위가 더해짐이 무엇인지 알게 되었으니 이는 실로 작은 일이 아니다. 손공은 꿈에서도 이처럼 능히 신과 소통하였으니 가히 올바른 선비라 칭할 수 있다.(이 일화는 여순[31]이 남긴 기록에서 취한 것이다.)

30 영도현이 속한 강남서로는 모두 9個州・4個軍으로 이루어졌을 뿐 府가 따로 설치되지 않았다. 강남서로의 치소인 洪州는 隆興 1년(1163)에 隆興府로 승격될 때까지 계속 州로 있었다. 따라서 본문의 '府'는 강남서로의 치소를 가리키는 표현일 것으로 보았다.

31 黎珣: 자는 東美이며 江南西路 贛州 寧都縣(현 강서성 贛州市 寧都縣) 사람이다. 약관에 과거에 급제하여 뛰어난 문장으로 명성을 떨쳤다. 右文殿修撰을 역임하였으며 대중대부로 사직하였다. 少師에 추증되었다.

09 대홍산의 절름발이 호랑이 大洪山跛虎

隨州大洪山寺有別墅曰落湖莊. 紹興十二年, 莊僧遣信報長老淨嚴遂師云: "當路有跛虎出, 頗害人, 往來者今不敢登山, 殊懼送供之不繼也." 淨嚴卽命肩輿而下, 至虎所過處下輿, 焚紙錢. 遙見其來, 麾從僕及侍僧皆退避, 獨踞胡床以待. 少焉虎造前, 蹲伏于旁, 弭耳若聽命. 時棗陽·隨兩縣巡檢張騰, 適被郡檄就寺納二鄕稅租, 亦同往, 且升高木諦觀之, 不知嚴所說何語也. 虎俄趨而去, 自是絶跡不復出.(見『漢東志』.)

수주[32] 대홍산[33]에 있는 한 절에는 밭 근처에 '낙호장'이라고 하는 별장이 있었다. 소흥 12년(1142) 낙호장의 승려는 장로인 정엄수사에게 편지를 보내 이르길,

"길에 절름발이 호랑이가 나타나 사람들을 자못 위협하고 있어 오가는 이들이 지금 감히 산에 오르려 하지 않습니다. 이러다가 물건을 공급하는 일이 중단될까 특히 걱정입니다."

정엄이 곧 견여를 준비하라고 명한 뒤 타고 내려가 호랑이가 지나가는 곳에 도착하였다. 견여에서 내린 정엄은 지전을 태웠고, 멀리서 호랑이가 오는 것이 보이자 수하의 노복과 수행하던 승려 모두 뒤로

32 隨州: 京西南路 소속으로 치소는 隨縣(현 호북성 隨州市)이고 관할 현은 3개, 州格은 節度州이다. 현 호북성 북중부 隨州市의 서쪽과 襄陽市의 남쪽에 해당한다.
33 大洪山: 隨州 서남쪽 大洪산맥의 주산으로 본래 綠林山인데 절벽과 동굴, 폭포와 온천 등 다양한 경관을 자랑한다.

피하라고 한 뒤 홀로 접이의자[34]에 앉아 호랑이를 기다렸다. 잠시 후 호랑이가 앞으로 다가와 옆에 쭈그려 엎드려 귀를 기울이는 것이 명령을 듣고자 하는 것 같았다. 이때 조양현[35]과 수현[36] 두 현의 순검사인 장등은 마침 절이 소속된 두 개 향에 조세를 납부하라는 수주의 공문을 받고 그것을 통지하기 위해 절에 가던 중이었다. 정엄이 호랑이를 기다리던 곳 근처에 와 있던 장등은 높은 나무에 올라 자세히 보았다. 정엄이 하는 말이 무슨 말인지 알 수 없었지만, 호랑이는 잠시 후 뛰어서 어디론가 가 버렸다. 이때부터 종적을 감추고 다시 나타나지 않았다.(이 일화는 『한동지』[37]에 실려 있다.)

34 胡床: 접이의자를 뜻한다. 胡牀 · 交床 · 交椅 · 繩床이라고도 한다.

35 棗陽縣: 京西南路 隨州 소속으로 현 호북성 북중부 襄陽市 동북쪽의 棗陽市에 해당한다.

36 隨縣: 京西南路 隨州 소속으로 현 호북성 북중부 隨州市의 城區인 曾都區에 해당한다.

37 『漢東志』: 隨州城 남대문 城樓의 명칭이 漢東樓인 데서 알 수 있듯이 '漢東'은 수주를 상징한다. 마찬가지로 『漢東志』는 송대 편찬한 수주 지역 지방지인 것으로 보인다. 명 嘉靖 16년에도 顔木이 『漢東志』를 저술하여 隨州 應山縣(현 隨州市 廣水市)의 일을 기록하였다고 하였다.

10 자가 대경인 장각의 사張臺卿詞

國朝故事, 翰林學士草宰相制, 或次補執政, 謂之'帶入'. 大觀三年六月八日, 何清源登庸, 四年六月八日, 張無盡登庸, 皆張臺卿草麻, 竟無遷寵. 時蔡京責太子少保, 張當制, 詆之甚切, 爲搢紳所傳誦. 京銜之, 會復相, 卽出張知杭州.

明年六月八日, 宴客中和堂, 忽思前兩歲宿直命相, 正與是日同, 乃作長短句紀其事曰: "長天霞散, 遠浦潮平, 危欄駐目江皐. 長記年年榮遇, 同是今朝. 金鑾兩回命相, 對清光頻許揮毫. 雍容久, 正茶杯初賜, 香袖時飄. 歸去玉堂深夜, 泥封罷, 金蓮一寸才燒. 帝語丁寧, 曾被華袞親褒. 如今漫勞夢想, 歎塵蹤杳隔仙鼇. 無聊意, 强當歌對酒怎消." 觀者美其詞而訝其卒章失意. 未幾, 以故物召還, 遽卒于官, 壽止四十. 臺卿, 河陽人.(吳傳朋說.)

조정의 선례를 보면, 한림학사[38]가 재상 임명의 제서,[39] 또는 집정[40]

38 翰林學士: 황제의 조칙 초안을 작성하는 정3품관인데 황제 측근 요직이어서 직급 이상으로 모두가 선망하여 정원 규정이 잘 지켜지지 않았고 순수한 명예직도 많아 실제 업무를 담당하는 경우 한림학사 겸 知制誥라 칭하여 구분하였다. 조칙은 황제의 명령을 직접 받아 작성하는 것과 재상의 명을 받아 작성하는 것을 각각 內制와 外制로 구분하며 원풍 개혁 후 내제는 한림학사가, 외제는 中書舍人이 담당하였다. 한림학사에는 學士·翰林·翰墨·內翰·內相·內制·詞臣·鳳·坡 등 다양한 별칭이 있다.

39 制: 본래 황제의 명령을 뜻하며 통상 軍國大事에 관한 지시와 고위직 임명 등이 주종을 이룬다. 한편 制는 황제 명의 하달한 모든 문서의 총칭인 制書를 뜻하기도 한다.

40 執政: 본래 국가 정사를 장악하고 관리한다는 말이지만 송대에는 부재상을 뜻하였

의 후임을 임명하는 제서의 초안을 작성하는 것을 가리켜 '대입'이라 하였다. 대관 3년(1109) 6월 8일, 자가 청원인 하집중[41]이 등용될 때, 그리고 대관 4년(1110) 6월 8일, 호가 무진인 장상영이 등용될 때도 모두 자가 대경인 장각[42]이 내제[43]의 초안을 작성하였는데, 정작 장각 본인은 끝내 승진의 은혜를 입지 못하였다.

채경이 문책을 받고 태자소보[44]로 좌천될 당시[45] 장각이 제서를 기

다. 參知政事와 그 후신인 門下侍郎・中書侍郎・尙書左丞・尙書右丞, 추밀원 장관인 樞密使・知樞密院使, 차관인 同知樞密院事・樞密副使 등이다. 執政官이라고도 칭하였다.

41 何執中(1044~1118): 자는 伯通이며 兩浙路 處州 龍泉縣(현 절강성 麗水市 龍泉市) 사람이다. 工部・吏部尙書를 거쳐 尙書右丞으로 4년을 지낸 뒤 蔡京의 후임으로 尙書左丞이 되었으나 태학생들의 반발에 부딪칠 정도로 명망이 없었다. 政和 1년(1111), 채경과 함께 재상이 되어 5년을 역임하면서 아부와 거짓으로 북송 멸망에 일조하였다. 다만 많은 재산을 들여 義莊을 만들어 宗族 가운데 가난하나 재능 있는 이를 후원하였다.

42 張閣(1070~1115): 자는 臺卿이며 京西北路 孟州 河陽縣(현 하남성 焦作市 孟州市) 사람이다. 遷宗正少卿・起居舍人으로 있다가 병으로 사임하였다가 건강을 회복한 뒤 다시 給事中・殿中監을 거쳐 翰林學士가 되었다.

43 麻: 당 開元 26년(738)에 翰林供奉을 翰林學士로 바꾸면서 모든 인사 관련 문서와 군 정벌 명령 문서를 흰색 麻로 만든 용지에 기재하게 하였다. 송 역시 翰林學士知制誥가 칙명을 작성할 때는 白麻에 쓰고 옥새를 찍어 중서성에 보내 공포하게 하여 中書舍人이 黃紙에 작성하여 재상의 관인을 찍는 告敕과 구분하였다. 白麻를 內制, 黃紙를 外制로 구분하기도 한다.

44 太子少保: 周代의 관제로서 3公(太師・太傅・太保) 다음 직책인 3少(少師・少傅, 少保)의 하나로 후대에 형식상 3公은 황제를, 3少는 황태자를 보좌하는 직책이라고는 했지만, 실제로는 고위 관직에 추가하는 명예직이었다. 天禧 4년(1020)에 황태자를 보좌하기 위해 집정관에게 겸직시키면서 종2품의 職事官이 되었다고도 하지만, 여전히 부재상에게 부여하는 명예직으로 봐야 할 것이다.

45 大觀 3년(1109), 태학생 陳朝老가 채경의 14개 죄상을 밝히는 상소문을 올리자 士人들이 앞다투어 비판에 가세하였고, 이듬해 혜성이 나타나자 어사 張克公이 다시 비판하자 어사중승 石公弼과 시어사 毛注 등도 비판의 대열에 합류하였다. 이에 채경은 太子少保 명의로 사임하여 항주로 낙향하여 2년여 머물게 되었다.

초하였는데, 매우 날카롭게 채경의 잘못을 지적해 관원들에게 널리 소문이 났다. 채경은 이를 마음속에 품고 있었고, 그가 다시 재상의 자리에 올랐을 때 장각을 항주 지사로 내보냈다. 이듬해 6월 8일, 장각은 중화당[46]에서 손님들과 연회를 갖고 있었는데, 문득 2년 전 숙직하며 재상을 임명하는 제서를 작성했을 때가 생각났다. 마침 6월 8일로 날짜가 똑같았다. 이에 사를 지어 그때 일을 기억하며 이르길,

넓은 하늘에 노을은 한가로우며, 멀리 강변의 물결은 잔잔한데,
위태로이 난간에 기대서서 강변을 바라보네.
여러 해 조정에서 일했던 영광스럽던 때를 아득히 기억나니,
마치 오늘 아침의 일만 같구나.
금란전[47]에서 두 번이나 재상을 명하며,
황제의 면전에서 맡긴 바 소임을 다하고자 마음껏 붓을 휘둘렀구나.[48]
환한 얼굴이 오랫동안 이어졌고, 마침 찻잔을 처음 하사받았으니,
향기로운 옷소매가 때때로 휘날리었다.
깊은 밤 옥당[49]으로 돌아와 봉니까지 마치니,[50]
어느새 밤은 1/3이 지났네.[51]

46 中和堂: 본래 吳越의 武肅王 閱禮堂이었는데 至和 3년에 지사 孫沔이 중수하고 중화당으로 개칭하였다. 송대 趙抃이 쓴 「杭州八詠」 가운데 두 번째에 해당하는 명승지로 현 항주시 西湖박물관 錢王祠에 해당한다.

47 金鑾殿: 본래 당대 궁전에 있던 전각의 명칭이나 후에 황제가 조회를 받는 전각을 뜻하게 되었다. 본문에서는 文德殿에 해당한다.

48 '對淸光頻許揮毫': 淸光은 '청아하고 아름다운 풍채'라는 뜻으로 제왕의 얼굴을 비유하는 말로 쓴다. 황제의 면전에서 자신에게 믿고 맡긴 바 소임을 거리낌 없이 행사했음을 말한다.

49 玉堂: 궁전에 대한 美稱, 혹은 신선의 거처나 호화주택을 뜻한다. 한림원의 별칭이기도 하다.

50 泥封: 조서나 공문의 보안을 유지하기 위해 문서 봉투 외면에 진흙을 바르고 도장을 찍어서 함부로 개봉하지 못하도록 한 것을 말한다.

황제의 말씀은 간곡하셨고, 일찍이 황제의 칭찬도 받았다네.[52]
지금 천천히 그때 일을 꿈처럼 떠올리니,
세상의 발자취와 아득히 먼 선계의 자라만을 탄식하노라.[53]
어찌할 수 없구나, 억지로 노래를 하고 술을 마시나 어찌 잊혀지겠는가?

이 글을 본 이마다 그의 작품을 칭찬했으나 끝에서 실의에 빠진 것을 의아하게 여겼다. 오래지 않아 원래의 자리로 돌아왔지만, 재직 중 급서하였다. 향년 겨우 40세였다. 장각은 맹주 하양현[54] 사람이다.(이 일화는 오전붕[55]이 말한 것이다.)

51 金蓮: 밀교에서는 이 세상이 智德 방면의 금강계와 悟性 방면의 태장계로 이루어졌다고 하는데, 금강계는 『금강경』, 태장계는 『대일경』을 소이경전으로 삼고 있다. 금강계는 五智를 태장계는 3덕을 강조하는데 3덕인 大定 · 大悲 · 大智는 각각 부처 · 蓮花 · 금강 3部를 표상으로 한다. 그래서 금강계와 태장계 모두 중앙에 비로자나여래가 있으나 사방에 배치되는 보살은 각기 다르게 해석한다. 본문에서 언급한 金蓮은 바로 태장계 3部 가운데 하나인 연화를 뜻하는 것이며, 밤을 셋으로 나눌 때 두 번째인 깊은 밤이 되었다는 말이다.

52 衮褒: 천자가 제후에게 천자의 衮衣를 하사하여 각별한 신임과 우대를 표한다는 말이다.

53 '歎塵蹤杳隔仙鼇': 거북과 자라는 중국 신화에서 가장 대표적으로 등장하는 동물이다. 황제의 신임을 받았던 관료로서 권력자 채경과 다른 길을 걸었다고 하여 지방관으로 내몰린 것에 대한 탄식을 담은 것으로 보인다.

54 河陽縣: 京西北路 孟州 소속으로 현 하남성 중북부, 황하 이북의 焦作市 서남쪽 孟州市에 해당한다.

55 吳傳朋: 郎中을 지냈으며 세칭 '吳傳朋書'로 알려진 천자문이 있는 데서 상당한 명필이었음을 알 수 있다.

11 신건현의 옥사新建獄

豫章新建村民, 夏夜羣輩納涼. 有自他所疾走來, 以手掩腹, 叫號曰: "某人殺我!" 奔趨及其家卽死. 家訴于縣. 縣捕某人訊之, 自言此夕在某處爲客, 與死者略無干涉. 鞫不成, 悉逮納涼者二十輩, 分囚之, 使各道所見. 皆曰: "實聞其言如是, 他非所知也." 縣令必欲得其情, 箠掠不可忍, 乃共爲證辭以實之. 引某人參對, 不能勝衆, 强誣服, 仰天而呼曰: "某果殺人, 不敢逃戮. 若寃也, 願天令證人死於獄以爲驗." 不旬日, 獄疫暴起, 凡十人相繼殂. 縣令知其然, 又畏凶身不獲, 竟不釋, 此人終亦死.

예장 신건현[56]의 촌민들이 여름밤에 한데 모여 시원한 바람을 쐬고 있었다. 어떤 사람이 다른 곳에서 빠르게 달려오더니 손으로 배를 누르며 소리치길,

"어떤 자가 나를 죽이려고 한다!"

급히 달려서 자기 집에 도착하자마자 곧 죽었다. 가족들은 현아에 고발하였다. 현에서는 한 사람을 잡아다 추국했고, 그자는 말하길 '당시 저녁에 모처에 손님으로 가 있어서 죽은 자와는 그 어떤 관련도 없다'고 하였다. 조사가 제대로 이루어지지 않자 당시 바람을 쐬고 있던 20명의 무리를 모두 데려와 감옥에 나누어 가두고 그들에게

56 新建縣: 江南西路 洪州 소속으로 현 강서성 북중부 南昌市 城區의 서북쪽인 新建區에 해당한다.

각각 본 것을 이야기하게 하였다. 모두 말하길,

"실제로 죽은 이가 그렇게 말하는 소리를 듣긴 했지만, 다른 것은 알지 못합니다."

현지사는 반드시 그 정황을 알고자 해서 참을 수 없을 정도로 곤장과 고문을 했음에도 모두 진술하는 말이 똑같았다. 그자를 데려와 대질시켰는데 그는 이 많은 사람을 당할 수 없어 억지로 거짓 자복을 하였지만, 하늘을 보며 소리치길,

"내가 만약 진짜로 사람을 죽였다면 감히 사형을 피하려 하지 않을 것입니다. 그러나 만약 내가 억울한 것이 맞다면, 원컨대 하늘이 증인들을 감옥에서 죽게 하여 이를 증명해 주십시오."

열흘도 안 되어 옥에서는 갑자기 역병이 돌아 모두 10명이 연이어 죽었다. 현지사는 그자의 말이 사실임을 알았다. 그러나 또한 범인을 잡지 못한 것을 걱정하여 그도 놓아주지 않아서 끝내 그마저 죽었다.

12 조주의 코끼리潮州象

乾道七年, 縉雲陳由義自閩入廣省其父, 提舶□過潮陽, 見土人言: "比歲惠州太守挈家從福州赴官, 道出于此. 此地多野象, 數百爲羣. 方秋成之際, 鄉民畏其蹂食禾稻, 張設陷穽於田間, 使不可犯. 象不得食, 甚忿怒, 遂擧羣合圍惠守於中, 閱半日不解. 惠之迓卒一二百人, 相視無所施力. 太守家人窘懼, 至有驚死者. 保伍悟象意, 亟率衆負稻穀積于四旁. 象望見, 猶不顧. 俟所積滿欲, 始解圍往食之, 其禍乃脫." 蓋象以計取食, 故攻其所必救. 尨然異類, 有智如此, 然爲潮之害, 端不在鱷魚下也.(由義說.)

건도 7년(1171) 처주 진운현 사람 진유의가 아버지를 뵈러 복건로에서 광남동로에 갔다. 배를 타고 조주 조양현[57]으로 가던 중 한 사인을 만났는데 그가 말하길,

"근래에 혜주[58] 지사가 가족들을 데리고 복주에서 부임지로 가다가 이곳을 지나갔었지요. 이 지역은 야생 코끼리들이 많습니다. 수백 마리가 무리를 이루어 다니지요. 마침 가을 추수기였는데, 이 지역 농

57 朝陽縣: 廣南東路 潮州 소속으로 宣和 3년(1121)에 설치되었으나, 紹興 2년(1132)에 다시 해양현에 편입되었다가 紹興 10년(1140)에 재설치되었다. 현 광동성 동남부 汕頭市 城區의 남쪽 潮陽區에 해당한다.

58 惠州: 廣南東路 소속으로 본래 禎州인데 仁宗 趙禎을 피휘하여 惠州로 바꿨다(1021). 치소는 歸善縣(현 광동성 惠州市 惠陽區)이고 관할 현은 4개, 州格은 軍事州이다. 지금은 惠州市를 중부, 汕尾市를 동부지역으로 나누지만, 송대에는 하나의 주였다. 현 광동성 중남부에 해당한다.

민들은 코끼리들이 벼를 밟을까 걱정하여 밭 가운데 함정을 파고 범접할 수 없게 하였지요. 코끼리들은 벼를 먹지 못하게 되자 심하게 화를 내며 곧 여러 코끼리가 무리를 지어 혜주 지사를 가운데 두고 포위하였습니다.

지사는 반나절이 되도록 풀려나지 못했고, 지사를 맞이하기 위해 나온 혜주의 병사[59] 100~200명도 서로 바라볼 뿐 아무것도 할 수가 없었습니다. 지사의 가족들은 황급하고 두려웠으며 심지어 놀라 죽은 자까지 나왔어요. 주의 향병[60]들은 코끼리들의 뜻을 알고 급히 무리를 이끌고 가서 벼를 사방에 날라 쌓았어요. 코끼리들이 그것을 보고는 여전히 꿈적도 하지 않았습니다. 벼가 만족할 정도로 가득 쌓이는 것을 기다렸다가 비로소 포위를 풀고 가서 먹기 시작해서 그 화를 겨우 피할 수 있었지요."

대개 코끼리들도 먹을 것을 얻기 위해 '반드시 구하려고 하는 것을 공격한다'는 전략을 쓴 것이다. 크고 기이한 동물이지만 이와 같은 지혜가 있으니 조주에 미친 해가 악어보다 못하지 않았다.(이 일화는 진유의가 말한 것이다.)

59 迓卒: 송대 관아에서 경비와 파견 등의 업무를 담당하였던 군졸인데, 부임하는 관리를 맞이하기 위해 파견되기도 했다. 迓兵이라고도 한다.

60 保伍: 다섯 집을 한 개의 조직인 伍를 구성하여 서로 보호하고 통제한 데서 유래한 향촌의 오래된 鄕兵 조직이다. 송조는 전국 향촌을 都保·大保·少保로 조직하여 그 운영하였다.

13 유좌무劉左武

劉左武者, 河北人. 南來江西一邑, 三十年而亡. 數歲間妻及男女數人繼死, 但餘子婦幷幼子存. 家貲本不豐, 悉爲一僕乾沒, 至於五喪在殯不能葬. 其姪宗奭, 邑人涂氏甥也. 內弟伯牛以奭故助之錢□千, 且相率詣其家奠酹. 奭頃隨父爲靖安宰, 攜小史來, 是日從行, 忽升堂據几, 爲劉君揖客狀, 呼其僕罵曰: "吾一家五人未能入土, 此爲何時, 汝忍破蕩吾生計, 使至此極? 非涂親惠賜於我, 當奈何?" 拱手起, 就伯牛欲致謝, 牛避不與之接. 遂罵子婦曰: "坐汝不解事, 以及此, 今復何言?" 又罵僕曰: "汝乃愚人, 無足問, 吾亦不訴於陰司. 所以責汝者, 聊欲使汝知幽明雖異路, 不可欺也." 僕但俛首不敢答. 奭惡其久留, 屢叱逐之, 且高誦天蓬諸呪. 卽瞠目曰: "我少頃自退, 何用作此!" 凡五六刻乃去. 小史蹶然而蘇, 無所覺.(伯牛說.)

하북 사람인 유좌무라는 자는 남쪽으로 강서의 한 현으로 와 30년을 살다 죽었다. 여러 해 사이에 아내와 아들 딸 여러 명이 연이어 죽었고, 다만 며느리와 어린 손자만 살아남았다. 집안 재산이 본래 넉넉하지 못했지만, 그마저 모두 한 노복에게 다 빼앗겼다. 그리하여 다섯 명의 장례는 초빈만 하고 장례를 치르질 못했다.

유좌무의 조카 유종혁은 같은 현 사람 도씨의 생질이기도 했는데, 도씨 집안 동생인 도백우는 유종혁과의 관계를 생각하여 돈 □ 관을 부조하였고, 게다가 사람들을 데리고 상가에 가서 술을 따르며 조문하였다.

유종혁은 예전에 아버지가 홍주 정안현[61]의 지사로 갈 때 따라가면서 소사를 데리고 갔다. 이날 소사가 따라왔는데, 그 소사가 갑자기 대청으로 올라 탁자에 기대더니 유좌무가 빙의하여 손님들에게 읍하더니, 자기 집에서 일하던 노복을 불러와 욕하며 말하길,

"우리 가족 다섯 사람이 아직도 땅에 묻히지 못했는데, 도대체 지금이 언제인가? 너는 어찌 우리 집의 재산을 다 탕진하여 이러한 끔찍한 지경에 이르게 했단 말이냐? 인척인 도씨 집안에서 우리에게 은혜를 베풀지 않았다면 우리는 어떻게 되었겠는가?"

그리고는 일어나 두 손을 모아 도백우에게로 가서 감사의 인사를 표하려 하자 도백우가 피하며 인사를 받으려고 하지 않았다. 또 유좌무는 곧 며느리를 꾸짖으며 말하길,

"너는 일을 잘 알지 못해 집안을 여기까지 이르게 하였으니 지금 다시 무슨 말을 할 수 있느냐?"

또 종을 꾸짖으며 말하길,

"너는 어리석은 사람으로 죄를 물을 필요도 없다. 나 역시 명계에서 너를 고소하지는 않겠다. 너를 꾸짖는 것은 이승과 저승은 서로 길이 다르더라고 속일 수 없다는 것을 알게 하기 위함이다."

노복은 그저 머리를 조아리고 감히 답할 수 없었다. 유종석은 유좌무가 오래 머무르는 것 자체가 좋지 않다고 생각하여 그를 거듭 꾸짖고 쫓아 보내려고 하였다. 그리고 천봉주를 큰소리로 암송하였다. 그러자 유좌무는 똑바로 쳐다보며 말하길,

61 靖安縣: 江南西路 洪州 소속으로 현 강서성 북서부 宜春市 북동쪽의 靖安縣에 해당한다.

"나는 조금 있다가 스스로 물러날 것이다. 어찌 이렇게까지 하느냐!"

모두 5~6각의 시간이 지나자 유좌무는 물러났다. 소사는 갑자기 깨어났고, 무슨 일이 있었는지 아무것도 깨닫지 못했다.(이 일화는 도백우가 말한 것이다.)

저 자_ **홍 매(洪邁)**

홍매洪邁(1123~1202)는 남송南宋 시기 사람으로 자가 경로景盧이고 호는 용재容齋·야처野處이며, 강남동로江南東路 요주饒州 파양현鄱陽縣(지금의 강서성 上饒市 鄱陽縣) 사람이다. 아버지는 예부상서禮部尙書를 지낸 홍호洪皓(1088~1155)로, 금조에 사신으로 갔다가 15년간 억류 생활을 마치고 돌아와 『송막기문松漠紀聞』을 편찬한 바 있으며, 형 홍괄洪适(1117~1184)과 홍준洪遵(1120~1174) 역시 모두 송조의 재상과 부재상의 자리에 올랐다. 후대 사람들은 이렇듯 활약이 뛰어난 홍씨 네 부자父子를 두고 '사홍四洪'이라 일컬었다.

홍매는 소흥紹興 15년(1145) 진사가 되어 관직에 올랐고, 금조에 사신으로 다녀온 바 있다. 일찍이 길주吉州지사, 감주贛州지사, 무주婺州지사 등을 역임하였고, 순희淳熙 13년(1186)에는 한림학사翰林學士가 되었다. 이후 영종寧宗 시기 단명전학사端明殿學士에 오른 후 관직에서 물러났다. 만년에는 향리에 머물면서 저술에 전념했으며, 남긴 저술로는 『이견지』 외에 『용재수필容齋隨筆』과 『야처유고野處類稿』 및 『사기법어史記法語』 등이 있다.

역주자_ **유원준(兪垣濬, Yoo WonJoon)**

경희대학교 사학과를 졸업하고 대만 중국문화대학 사학과에서 송대사 전공으로 석사 및 박사학위를 취득하였으며, 현재 경희대학교 사학과 교수로 재직 중이다. 저서로는 『중국역사지리』(2023, 내일의 나), 『대학자치의 역사와 지향 I · II』(2020, 내일의 나), 공저로 『대학정책』(2022, 내일의 나) 등이 있으며, 역서로는 『중국문화의 시스템론적 해석』(천지, 1994), 공역으로 『이견지(갑 · 을지)』(세창출판사, 2019) 등이 있다. 이 외에 송대 경제사 · 군사사 등에 대한 다수의 논문이 있다.

역주자_ **최해별(崔해별, Choi HaeByoul)**

이화여자대학교 사학과를 졸업하고 중국 북경대학 역사학과에서 당송시대로 석사 및 박사학위를 취득하였으며, 현재 이화여자대학교 사학과 부교수로 재직 중이다. 저서로는 『송대 사법 속의 검시 문화』(세창출판사, 2019), 공저로 『질병 관리의 사회문화사』(이화여자대학교출판문화원, 2021) 등이 있으며, 역서로는 『공주의 죽음—우리가 모르는 3-7세기 중국 법률 이야기』(프라하, 2013), 공역으로 『이견지(갑 · 을지)』(세창출판사, 2019) 등이 있다. 이 외에 송대 법제사 · 사회사 · 의료사 등에 대한 다수의 논문이 있다.